講談社文庫

死の開幕

ジェフリー・ディーヴァー｜越前敏弥 訳

ウィズ、クリス、シャーロット、イザベルに

目次

わたしの求める演劇は、役者が火あぶりの犠牲者のごとく、炎の向こうから合図を送ってくるたぐいのものだ。

――アントナン・アルトー

●主な登場人物〈死の開幕〉

ルーン　ドキュメンタリー制作会社〈L&Rプロダクション〉のアシスタント
シェリー・ロウ　ポルノ映画女優
ニコール・ドルレアン　ポルノ映画女優　シェリーのルームメイト
アーサー・タッカー　シェリーの演技指導教師
ダニー・トラウブ　シェリーの所属プロダクションの経営者
マイケル・シュミット　ブロードウェイの有名プロデューサー
ウォーレン・ハサウェイ　爆破事件の現場証人
トミー・セイヴォーン　シェリーの元恋人
アンディー・ルウェリン　シェリーのボーイフレンド
スチュ　編集プロダクションの社員
ラリー　〈L&Rプロダクション〉の共同経営者
ボブ　〈L&Rプロダクション〉の共同経営者
サム・ヒーリー　ニューヨーク市警爆発物処理班の刑事

1

ルーンが映画館の前を通り過ぎ、三ブロック先まで行ったとき、爆発音が響いた。土木工事用のダイナマイトなんかじゃない——そう確信したのは、都市再建の進むマンハッタンで何年も暮らしてきたからだ。いまのは桁ちがいに大きい——ボイラーがひっくり返ったようなすさまじい轟音だった。黒い煙が荒々しく立ちのぼり、遠くから悲鳴も聞こえるとなれば、もう疑いの余地はない。

そしてサイレン、叫び声、駆けまわる人々。目を凝らしたけれど、いまいる場所からはよく見えなかった。

ルーンは現場をめざして歩きだしたが、ふと立ちどまり、腕時計——手首にはめている三本のうちで、唯一動いている一本——に視線を落とした。スタジオへもどるはずの時間はとうに過ぎている。三十分の遅刻だ。そこで考える。どうせ怒られるんなら、せめておもしろい話でも仕入れて帰って、点数を稼いだほうがいいんじゃない？

さあ、どうする？

行こう。ルーンは悲惨な光景を見ようと南へ引き返した。

爆発そのものはたいした規模ではなかった。床に穴があいたわけでもなく、吹き飛んだのは映画館の窓が数枚と、隣のバーの板ガラスだけだ。そう、やっかいなのは火事のほうだった。燃えさかる座席のクッションが、戦争映画に出てくる曳光弾《えいこうだん》のように弧を描いて大量に飛び散り、壁紙やカーペットや客の髪の毛、さらには館主が整頓しようと思いながら十年間放置していた隅々のがらくたに火をつけたらしい。ルーンが着くころには炎はすでに仕事を終え、〈ヴェルヴェット・ヴィーナス劇場〉(〝成人映画専門——当地区随一の画質!〟)は跡形もなかった。

八番街はひどい混乱ぶりで、四十二丁目通りと四十六丁目通りのあいだは完全に封鎖されていた。細身で背丈が五フィート余りの小柄なルーンは、やすやすと人だかりをすり抜けて最前列に陣どった。ホームレスや娼婦や路上賭博者や子供たちが、十数台の消防車から出てきた男女の、ダンスにも似たなめらかな動きに見入っている。映画館の屋根がくずれて火の粉が通りに降ってくると、人々はイースト川で〈メイシーズ〉の花火大会でも見物しているかのように、賞賛のため息をついた。

ニューヨーク市消防署の隊員は優秀で、二十分もすると炎は——ある消防士の漏らしたことばによれば——〝たたきのめ〟され、劇的な場面は幕を閉じた。映画館のほかに、バーとデリカテッセンとビデオボックスが焼失した。

やがて見物人のざわめきが途絶え、重々しい沈黙に包まれて一同が見守るなか、救急隊員が遺体を運びだした。あるいは、遺体の一部を。

緑色の分厚い袋が台車や人の手で運ばれていくたびに、ルーンは心臓が激しく高鳴るのを感じた。救急医療従事者にとってこうした状況はめずらしくないはずだが、その彼らでさえ表情をこわばらせ、青ざめた顔をしていた。一様に唇をきつく結び、視線を前方に据えている。

ルーンは、救急隊員のひとりが消防士と話をしているそばへそっと近づいた。若い隊員は粋がって、笑みを浮かべながらしゃべっていたけれど、その声は震えていた。

「四人死んでたよ。だけど、そのうちふたりはどこのだれなんだか——歯型から割りだそうにも、ろくに顔も残ってないんだ」

ルーンは息を呑んだ。吐き気と泣きたい衝動が同時にこみあげ、少しのあいだ互いを抑えあった。

吐き気がぶり返したのは、ほかのことに気づいたときだ。歩道に転がる三、四トンものコンクリートや漆喰の塊から煙が漏れているが、ほんの数分前、まさにこの場所を自分も歩いていた。小学生のようにスキップをしながら、悪いことが起こらないようにと歩道の継ぎ目を注意深く避けて進んできて、ここで映画のポスターに目をやり、〈淫らな従姉妹《いとこ》〉の主演女優の長い金髪に見とれたのだった。

たしかにここよ！　あと何分か遅かったら……

「なんだったの？」ルーンは、ぴったりした赤いTシャツを着たあばた顔の若い女に訊いた。声がかすれたので、もう一度繰り返さなくてはならなかった。

「爆弾か、ガス管の破裂か」女は肩をすくめた。「プロパンガスかもね。よくわかんない」

ルーンはゆっくりうなずいた。

警官たちはとげとげしく、うんざりした顔をしている。居丈高な調子で繰り返した。「さあ、行った行った。ほら、立ちどまらないで」

ルーンは動かなかった。

「お嬢さん、すみません」ていねいな口調で声をかけられた。振り向くと、カウボーイ風の男が立っていた。「ちょっと通してもらえますか」男は焼け落ちた映画館から出てきたところで、道の真ん中に群がる警察関係者のもとへ向かおうとしている。

身長は六フィート二インチほどだろうか。青のジーンズを穿《は》き、ワークシャツの上に金属板で補強された防護ヴェストをつけている。足にはブーツ。薄くなりかけた髪を後ろへ流し、口ひげを生やしている。表情は硬く、もの憂げな感じだ。手には古びたキャンバス地の手袋をはめている。汚れた分厚いベルトに留まったバッジが目にはいり、ルーンは脇へよけた。

男は黄色い現場保存テープの下をくぐり、通りへ出た。ルーンはじりじりとあとを追った。男は〝爆発物処理班〟という文字の記された青と白のステーション・ワゴンの前で立ちどまり、ボンネットにもたれかかる。ルーンは話し声が聞こえるところまで近づいた。

「何かつかめたか」茶色のスーツ姿の太った男がカウボーイに尋ねた。

「プラスチック爆弾らしい。〇・五キロってところだ」カウボーイは白と黒の交じった眉の下で目をあげた。「どうもわからないな。アイルランド共和国軍《IRA》のしわざじゃない。アイルランド人のバーも焼けてる」首を縦に振る。「マフィアの場合は、爆破するのは営業時間外だけだ。それに、保護料がとれなくなっては意味がないから、脅すだけなら建設工事用のトベックスか震盪手榴弾を使う。派手な音のするやつをな。しかし、軍用のプラスチック爆薬だぞ？　それもガス管のすぐそばに？　そんなことをするはずがない」

「こんなものが見つかりました」巡査がやってきて、ビニールの証拠品袋をカウボーイに手渡した。焦げた紙片が一枚はいっている。「あとで指紋を調べますので、取り扱いは慎重にお願いします」

カウボーイはうなずき、紙片に書かれた文字に目を走らせた。

ルーンもすばやくのぞいてみた。ていねいな筆跡が見える。ところどころに黒っぽいしみがある。血だろうか。

カウボーイが顔をあげた。「きみ、何者だ」

「母が言うには大物らしいわ」ルーンはあわてて笑顔を作った。カウボーイはそれには答えず、いぶかしげな目で見つめている。目撃者なのかと考えているのかもしれない。あるいは爆破の犯人なのかと。ルーンは小ざかしい真似をやめることにした。

「なんて書いてあるのかなと思って」

「ここは立ち入り禁止だ」

「あたし、記者です。何があったのか興味があるだけよ」

茶色のスーツの男が言った。「興味はどこかよそへ向けてもらえないかね」

むっとしたルーンは、自分が税金を払っているおかげで――実は払っていないが――あんたたちの給料が出るんじゃないかと言いかけた。だがそのとき、スーツ男が紙片に書かれた文を読み終え、カウボーイの腕を軽くたたいた。「この〝剣《つるぎ》〟というのはどういう連中だ」

ルーンの存在を忘れてカウボーイが言った。「聞いたことのない団体だが、名前を売りたがっているようだ。もっと目立つやつが現れないかぎり、願いどおりになる」

それから何かに気づき、車から離れて前方へ歩いていった。スーツ男がよそへ目を向けた隙に、ルーンは焼け焦げた紙に書かれたメッセージを盗み見た。

第一の天使がラッパを吹いた。すると、血の混じった雹と炎とが生じ、地上に投げ入れられた。地上の三分の一が焼け……

――〈イエスの剣〉からの警告

カウボーイはすぐにもどってきた。若い司祭があとにつづいている。

「これです」カウボーイがビニールの証拠品袋を手渡すと、司祭は立ち襟の上に出た片耳をいじりながらメッセージを読み、うなずきつつ、薄い唇を固く結んだ。葬儀の場にいるような、まじめくさった顔をしている。ほんとうにまじめなのだろう、とルーンは思った。

司祭は言った。「ヨハネの黙示録ですね。八章の……七節、いや六節だったかもしれません。はっきりとは――」

カウボーイが訊いた。「〝黙示〟というのは？　神の導きを得るということですか」

司祭はあいまいに小さく笑ったあとで、相手が冗談を言っているのではないと気づいたらしい。「そこに示されているのはこの世の終わりです。まさに〝終末〟ですよ」

そのとき、スーツ男が、カウボーイの曲げた肘の下からルーンがのぞき見しているのに気づいた。「おい、きみ、あっちへ行け」

カウボーイが振り向いたが、何も言わなかった。

「何がどうなってるのか、あたしにも知る権利があると思う。ほんのちょっと前にここを通ったんだから。死んでたかもしれないのよ」

「たしかにな」スーツ男が言う。「でも死ななかった。運がよかったと思わなきゃいかん。さあ、同じことを何度も言わせないでくれ」

「助かるわ。同じことを何度も聞かなくてすむなら」ルーンはにやりとした。

カウボーイは笑いをこらえている。

「さあ」スーツ男は前へ進み出た。

「はいはい、わかりました」ルーンは歩きはじめた。

ただし、ゆっくりと――すっかり打ちのめされたわけではないことを示しながら。

もたもた歩いていたので、若い司祭がカウボーイとスーツ男にこう言っているのが聞こえた。

「申しあげにくいのですが、もしこのメッセージが爆破に関係しているとしたら、よい前ぶれではありません」

「なぜですか」カウボーイが尋ねた。

「節の内容ですよ。第一の天使のことが書かれていますね。全体を通して七人の天使が出てくるのです」

「ということは？」スーツ男が訊いた。

「神がすべてを一新なさるまでに、あと六回同様のことが繰り返されるという意味だと思います」

二十一丁目通りにある〈L&Rプロダクション〉のオフィスで、ルーンは冷蔵庫からビールを取りだした。ケンモアの古い冷蔵庫は、ルーンが以前から大好きなもののひとつだ。扉には、一九五〇年型スチュードベイカー車のラジエーターグリルに似た格子型の細工がされ、潜水艦のハッチを思わせる銀色の大きな取っ手がついている。

受付の机の向こうにかかっている古びた鏡に目をやると、オフィスの蛍光灯に照らされた自分の姿がくすんだ深緑色に見えた。恐竜のシルエットがプリントされた赤いミニスカートを穿き、白と濃紺のノースリーブのTシャツを重ね着している。栗色の髪をポニーテールにまとめ、そのおかげで丸顔がいくぶん細く見える。腕時計のほか、アクセサリーを三つ身につけている——胸もとには両剣水晶のペンダント、片耳にはエッフェル塔の形をした金メッキのイヤリング、腕にはふたつの手が握りあった形の銀のブレスレット。ブレスレットは、一度壊れてハンダで修理したものだ。けさ簡単にすませた化粧は、八月の午後に汗だくになって、三十一丁目通りの給水栓から噴き出る水に顔をつけたせいですっかり落ちている。なんにせよ、化粧はあまり好きじゃない。たいして気をつかわなくても、なんとかなっていると思う。入念に顔を作ったりしたら、かっこよさが野暮ったさに、上品さがいやらしさに化けてしまう。ルーンのおしゃれ哲学――背が低いのも、ときには魅力になる。基本のアイテムは、Tシャツとブーツと恐竜。ヘアスプレーを使うのは、ハエを殺すときか、スクラップブックに何か貼るときだけ。

ルーンは冷たいビール瓶を頬に押しつけ、机に向かってすわった。〈L&Rプロダクション〉のオフィスには、会社の財政事情がよく表れている。一九六七年製ぐらいの灰色のスチール家具。あちこちが剝げかかった床のリノリウム。黄ばんだ請求書や、絵コンテ、美術監督年鑑、新聞が山と重なり、毛皮のようなほこりをかぶっている。

経営者のラリーとボブはオーストラリア人のドキュメンタリー映画制作者で、ルーンの日々の評価によると、おたくだった。メルボルンやニューヨークの広告代理店でCMの制作を手がけていたころ、芸術家としての尊大な自負以上のものを培ったらしい。本人たちのことばを正確に引用するなら、〝めちゃくちゃデキる〟やつということになる。家畜のように食べ、げっぷをし、巨乳の金髪女を追いまわし、わけもなく不機嫌になる。近ごろはCM作りの合間にドキュメンタリーの秀作をいくつか撮っていて、公共放送《PBS》やイギリスのチャンネル4やフィルム・フォーラムで観ることができた。

ルーンはふたりの魔術にいくらかでもあやかろうと、うまく頼みこんでここでの職を得ていた。

すでに一年になるけれど、たいした効果はない。

顎ひげの長いラリーが、オフィスへはいってきた。いつもと同じ恰好だ。ブーツ、黒い革のズボン、冴えない黒のパラシュートシャツ。ひとつひとつのボタンが太鼓腹によって強度を試されている。

「とんでもない時間じゃないか。どこへ行ってたんだ」

ルーンは、ミッドタウンの光学機器店で借りてきたシュナイダー社製のレンズを掲げた。ラリーが手を伸ばしたが、ルーンはそれをかわした。「つけがたまってるって言われたわ」

「つけが？」ラリーはかなりひるんだ。

「で、もっと入金してくれって。あたしが小切手を切らなきゃいけなかったのよ。自分用のやつを」

「わかった。こんどの給料に足しとくよ」

「いま、いますぐちょうだい」

「なあ、いつもこんなふうに時間に遅れるのはまずいぞ。もし撮影中だったらどうするんだ」ラリーはレンズを奪いとった。「時は金なり、だろ?」

「ちがう、金は金なり、よ」ルーンは言い返した。「立て替えたんだから、そのぶんを払ってよ。ねえ、ラリー、いま必要なんだって」

「じゃあ、小口金庫から持ってけ」

「小口金庫に六ドル以上あったことなんて、あたしがここで働きだしてからは一度もないわよ。知ってるくせに」

「そうだった」ラリーはレンズを観察している。ドイツの光学技術が生んだ芸術品だ。

ルーンは動じず、じっとラリーをにらみつづけた。

ラリーは顔をあげた。ため息を漏らす。「いくらだよ」

「四十ドル」

「まいったな」ラリーはポケットを探り、二十ドル札を二枚よこした。

ルーンは形ばかりの笑みを浮かべた。「ありがとう、ボス」

「ところで、これから大事な打ちあわせがあるんだが――」

「またCMだなんて言わないでね、ラリー。自分を安売りしないで」

「そのおかげで事務所の家賃が払えてるんだぞ。おまえの給料もな。だから……コーヒーを四つ頼む。薄いやつと、ふつうのやつと、あとふたつは砂糖入りだ。それから紅茶もふたつな」ラリーは払いもどしを迫られたことなど忘れたのか、いたわりのまなざしでルーンを見つめた。「それから――できればこんなことは頼みたくないんだが、スポーツジャケットを……ほら、黒いやつだよ。あれをクリーニングに出してあって、取りにいかなきゃいけな――」

「おことわりよ。あたしは制作アシスタントなんだから」

「ルーン」

「ちゃんと覚えておいて。制作の補助よ。洗濯物の面倒を見る仕事じゃないの」

「頼むよ」

「制作と洗濯物。まったく別物でしょ。昼と夜ぐらいちがう」

「こんどロケに行ったら、カメラをまわさせてやるから」

「洗濯物はおことわり」

「くそっ」

ルーンはビールを飲みほした。「ラリー、お願いがあるんだけど」

「給料ならこの前あげてやったばかりだ」

「さっき爆破事件があったでしょ。ミッドタウンで。ポルノ映画館が吹っ飛んだやつ」

「おまえの行きつけの場所だなんて言うなよ」

「あたしが前を通った直後に爆発したの。どこかの宗教団体のしわざらしいわ。狂信的な右翼か何かかも。で、この事件を映画にしたいと思って」

「おまえが？」

「ドキュメンタリーに」

ルーンは猫背になりがちで、そんなときは背丈がラリーの第二ボタンの高さにしかならない。いま立ちあがったルーンは、もう少しで襟に届きそうだった。「あたしは映画作りを学ぶためにここへ来たのよ。ところが、もう十一ヵ月もたつのに、やってることと言ったら、コーヒーを買いにいくとか、機材をとってくるとか、撮影現場でケーブルを巻くとか、ボブのみすぼらしい犬を散歩に連れていくとか、そんなことばっかり」

「あの犬が好きなんだと思ってた」

「すごくいい犬よ。でも、そういう話じゃない」

ラリーは腕のロレックスに目をやった。「みんなが待ってる」

「撮らせてよ、ラリー。クレジットに名前を載せてあげるから」

「ずいぶん気前がいいんだな。だけど、おまえ、ドキュメンタリーのなんたるかをわかってるのか」

ルーンは小さな口の端に無理やり笑みをたたえ、敬服のそぶりを見せた。「あなたたちの仕事を、一年近く見てきたもの」

「ばか言うな。ろくでもないことしか学んでないだろ。撮影の基本がわかってない」

「三分の二は学んだけど」

「いいか、おれは自分が鬼才だなんて言い張るつもりもないが、それでもたったいま、机のなかには五、六十通の履歴書がはいってる。そいつらの大半が、おれの洗濯物を取りにいく栄誉を担いたがってるんだ」

「資金は自分で出すから」

「わかったよ。洗濯物のことはもういい。向こうの部屋にカフェインの必要な人間が山ほどいるんだ」ラリーはくしゃくしゃになった五ドル札をルーンに握らせた。「頼む、コーヒーを買ってきてくれ」

「仕事が終わったら、カメラを使っていい？」

ラリーはまた腕時計に目をやった。「しょうがないな。だが、カメラはだめだ。ベータカムにしろ」

「いやよ、ラリー、ビデオなんて」

「これからはビデオの時代だぞ。テープは自分で買え。カメラの台数は毎晩チェックするからな。もし一台でも——ほんの三十分でも——持ちだしたら、おまえはクビだ。それから、勤務時間外にやること。譲れない条件だ」

ルーンは愛想よく微笑んだ。「紅茶にビスケットもつける?」

出かけようとすると、ラリーに呼びとめられた。「そうだ、もうひとつ……その爆破事件だけどな、なんであれ、まずまちがいなくニュースで事細かに報道されるぞ」

ルーンはうなずき、ラリーの目に、ボブやカメラマンとの討論や撮影のときにのぞかせるきびしさを見てとった。つづきに耳を傾ける。「爆破事件はただの〝売り〟だと思え」

「売り?」

「いいドキュメンタリーを作りたかったら、爆破事件が主題でありながら爆破事件が主題でないものを撮ることだ」

「禅問答みたい」

「ああ、たしかにな」ラリーは口もとをゆがめた。「そうそう、おれの紅茶には砂糖を三つだ。このあいだは忘れてたろ」

紅茶とコーヒーの代金を払っているとき、ルーンはスチュのことを思いだした。なぜいままで思いつかなかったのか不思議だ。ラリーのくれた紙幣は使わずに自分の小銭で二ドル払い、デリの店員に〈L&R〉まで飲み物を届けてくれるよう頼んだ。

それから店を出て、のろのろと地下鉄の駅へ向かった。

車高の低い十五年ほど前の型のベージュのセダンが、猛スピードでルーンを追い越した。クラクションとともに、前の座席から不可解な誘い文句が聞こえたが、ディーゼルエンジンのとどろきに掻き消される。車は加速して走り去った。

ひどい暑さだ。駅までの距離が残り半分になったころ、ルーンはヒスパニックの男の屋台で紙カップ入りのかき氷を買った。男がシロップの瓶を指さすと、ルーンは首を横に振り、当惑顔の相手に微笑みかけて、氷を顔にこすりつけ、それからTシャツのなかへもひとつかみ落とした。おもしろそうにながめていた店主は、思案の面持ちでルーンを見送った。新手の商売でも考えているのかもしれない。

とんでもなく暑い。

くそ暑い。

氷は地下鉄の駅に着く前に融け、水滴は電車が着く前に蒸発した。

A線の車両が街の下をミッドタウンへ向かって走っていく。頭上のどこかに、まだ煙の立ちのぼる〈ヴェルヴェット・ヴィーナス劇場〉の焼け跡があるはずだ。ルーンは窓の外を一心に見つめた。地下鉄のトンネルには、だれか住んでいるのだろうか。もしかしたら、使われなくなった部分におおぜいのホームレスが住みついて、仲間や家族とともに暮らしているのかもしれない。彼らもまた、ドキュメンタリーのいい題材になりそうだ。タイトルは〝地下に生きる〟。

そのつながりで、ルーンは映画の〝売り〟について考えはじめた。

——爆破事件が主題でありながら爆破事件が主題でないもの。

そのとき、ひらめいた。ひとりの人物に焦点を絞ろう。爆破事件の影響をもろに受けた人物に。好みの映画を思いだしてみる——どの作品も、社会問題や抽象的な概念を伝えるのではなく、人間を主題にしていた。だれかの身に起こったことを描く映画だ。でも、だれを選べばいい？　爆破で負傷した常連客？　だめだ、だれも協力してくれるはずがない。ポルノ映画館で災難に遭ったことを平然と認める男がいるものか。じゃあ、館主や作品の作り手は？　〝低俗〟ということばが頭に浮かんだ。ひとつ確実なのは、観客を主役に感情移入させる必要があることだ。マフィアの半端者やら、だれであれああいう映画の作り手が主役では、あまり共感を得られそうもない。

——爆破事件が主題でありながら……

地下を疾走する車両に揺られながら、ドキュメンタリーの構想を思い描くにつれ、ルーンの胸は高鳴った。この手の映画で一気に名をあげるのは無理だけど、ある程度——ええと、なんて言ったっけ——そう、〝声望〟が高まるはずだ。これまでに投げだした仕事のリストは長かった。事務員、ウェイトレス、販売員、清掃人、ショーウインドウのディスプレイ係……。ビジネスは自分の得意分野じゃない。一度、大金を手にしたことがあり、そのとき付きあっていたリチャードが安全な投資のプランをいくつも考えてくれた。商売をはじめるとか、株を買うとか。けれども、その書類をはさんだファイルを、セントラル・パークのメリーゴーラウンドにうっかり置き忘れてしまった。結局、それはたいした問題にはならなかった。金のほとんどを新しい住まいにつぎこんだからだ。

実務っぽいことって苦手なの。ルーンはリチャードにそう言った。得意なことは、昔からずっと変わらない――おとぎ話や映画など、作り事のたぐいだ。小さいころからさんざん母に言い聞かされてきたけれど（〝よほどしっかりしていないと、映画でなんか食べていけないわよ〟）、おとぎ話よりは映画のほうが、成功する可能性がずっと高そうに思えた。

自分は映画を作るために生まれてきた、とルーンは心に決めていた。この映画――大人のための本格的な映画（まともな映画の原点であるドキュメンタリー）――は、ここ一、二時間のうちにすべてを蹴散らし、地下鉄がトンネルへ突入するときに感じる風圧のように、一気にルーンを包みこんだ。何がなんでも、このドキュメンタリーをものにしてみせる。

ルーンは窓の外を見た。地下にどんな集団が棲息しているとしても、その紹介はあと数年待ってもらうとしよう。

列車が地下の住民を轢《ひ》こうが、ネズミやごみを轢こうが、あるいは何も轢くまいが、いまはこんどの映画のことしか頭になかった。

——爆破事件が主題でないもの……

〈ベルヴェディア映像編集室〉のオフィスは、エアコンが止まっていた。

「勘弁してよ」ルーンはつぶやいた。

スチュが《グルメ》誌から顔をあげないまま手を振った。

「ここ、信じられない。死んじゃうんじゃないの?」

ルーンは窓辺へ歩み寄り、油ぎった網入りガラスの窓を開こうとした。古くなってペンキが固着し、隙間に詰めたパテが蛆虫のようにぼろぼろになっているせいで、びくともしない。ハドソン川の緑の水面を見ながら、窓と格闘した。筋肉が震える。大きくうめき声をあげた。自分の出番だと察したスチュは、すわったまま窓のほうを見て、それから押しだすように腰をあげた。スチュは若くて大柄だが、パン生地をこねたり、銅のボウルで卵白を泡立てたりして鍛えた筋肉しか持ちあわせていない。三分もすると、息を切らせて敗北を認めた。

「窓をあけたって、外の熱風が吹きこむだけだよ」ふたたび腰をおろす。レシピをメモしかけて、ふと眉を寄せた。「何かとりにきたのかい。〈L&R〉に渡すものは何もなかったはずだけど」

「ちがうの、ちょっと訊きたいことがあって。個人的な話なんだけど」

「というと？」

「うちのほかにどんな得意先があるのか、とか」

「それが個人的な話なのか？　うーん、そうだな、ほとんどが広告代理店かインディペンデント系の制作会社だよ。たまにテレビ局や大きなスタジオからも依頼が来るけど——」

「インディペンデント系って？」

「ドキュメンタリーや低予算の特集を作ってる小さな会社だ。〈L＆R〉みたいな……なんだよ、にやついちゃって。何かぼくにはわからないことを企んでる顔だな。図星だろ。いったいどうしたんだ」

「成人映画を扱ったことはある？」

スチュは肩をすくめた。「ポルノか。もちろんあるよ。ずいぶんやってる。もっとむずかしいことを訊かれるのかと思った」

「一社でいいから担当者の名前を教えてもらえない？」

「どうしたものかな。それってビジネス上の倫理にかかわる質問だから、クライアントの信用が——」

「スチュ、いま話題にしてる会社は、世界じゅうのほとんどでたぶん違法になるだろう映画を作ってるのよ。なのに、ビジネス上の倫理なんて気にするわけ？」

スチュはまた肩をすくめた。「ぼくが教えたと明かさないなら、〈レイム・ダック・プロダクション〉へ行ってみるといい。大手だよ。そっちのオフィスからほんの二ブロックぐらいだしな」

「〈L&R〉から？」

「ああ。十九丁目通り沿いで、五番街の近くだ」

大型の卓上カードファイルが回転し、午後の図書館のにおいが漂った。スチュが所番地を書き写す。

「業界で有名な女優は所属してる？」

「業界って、どの？」

「成人映画よ」

「なんでぼくに訊くんだ。知らないよ」

「編集でクレジットを入れるとき、名前を見るでしょ。いちばん見かけるのはだれ？」

スチュは一瞬考えた。「まあ、有名かどうかは知らないけど、〈レイム・ダック〉の作品では、かならず名前を見る女優がいるな。シェリー・ロウという」

その名前には覚えがあった。

「細面で金髪の？」

「たぶんね。顔はよく見てないんだ」

ルーンは顔をしかめた。「スケベ野郎」

「知ってる女優なのかい」

「タイムズ・スクエアで爆破事件があって、ポルノ映画館が……その話は聞いてる？」

「いや」

「きょう、ほんの二、三時間前のことよ。事件のときかかってた映画に、その人が出てたと思う」

おあつらえ向きだ。

ルーンは所番地のメモをビニール製のヒョウ柄のショルダーバッグにしまった。

スチュは椅子の背にもたれた。

「ねえ」ルーンは言った。

「なんだい」

「どうしてこんなことを訊いたか、知りたくないの？」

スチュは片手をあげた。「いいんだよ。知らずにいたほうがいいこともある」雑誌を開いて言った。「タルト・オ・マロンを作ったことはあるかい」

2

好対照のふたり。

ルーンは〈レイム・ダック・プロダクション〉のロビーになっている広いロフトで椅子に腰かけ、ふたりの若い女が受付のほうへ歩いてくるのを見ていた。天井でファンがゆっくりと回転し、エアコンの冷風を行き渡らせている。

前を歩く女の足どりは、歩き方の学位でも取得したかのようだ。爪先が正面を向き、背筋はぴんと伸び、腰も揺れていない。蜂蜜色の金髪は後ろで束ねられ、虹色の組み紐で結んである。白いジャンプスーツを着ているが、ブーツではなくサンダルを履き、細い茶色の革ベルトをしているせいで、野暮ったくは見えない。

じっくり観察しても、ポスターで見たのと同じ女なのかどうか、はっきりしなかった。ポルノ映画館の正面に掲げられていたあの写真では、きれいに化粧をしていたけれど、目の前にいる女は顔色が冴えない。ひどく疲れているように見える。

もうひとりのほうが歳は若そうだ。小柄で顔につやがあり、衣服の縫い目がはちきれそうな体つきをしている。大きくてつんと張った――まちがいなく偽物の――バストに、広い肩。黒のタンクトップが腰まわりのくびれを強調し、ミニスカートの下から細い脚が伸びている。かわいらしいが、趣味の悪さはどうしようもない。スパイクヒールの靴、逆毛を立ててラメをスプレーした髪、パープルブラウンのアイシャドウ。顔のメイクはそこそこの効果を発揮し、スラヴ系特有の大きな鼻の印象を最小限に抑えている。

もっとましになるはずなのに、とルーンは思った。母親がちゃんとしたものを着せてやりさえすれば。

ふたりはルーンの前で立ちどまった。背の低いほうが微笑む。背の高い、金髪のほうが言った。「あなたが記者のかた？　ええと、どこだったかしら、《月刊エロチック・フィルム》の？」首を左右に振る。「業界誌の人はひとり残らず知ってるつもりだったんだけど。あなた、新人さん？」

ルーンは嘘のつづきを口にしかけた。けれども、急に気が変わってこう言った。

「ほんとは記者じゃないの」

相手の顔にかすかな笑みが浮かんだ。「あら」

「受付の人に嘘をついたのよ。通してもらうために。あなたがシェリー・ロウ？」

一瞬、顔がこわばる。それから興味深げに微笑んで、その女は言った。「そうよ。

本名じゃないけど」

握手は力強く、男がするように自信に満ちていた。

もうひとりの女が言った。「あたしはニコール。本名よ。でも苗字はちがう。ドルレアン《D'Orleans》っていうの」フランス風の発音だった。「スペルはニューオーリンズの〝オーリンズ〟と同じ」

ルーンは慎重にその手を握り返した。ニコールの爪は紫色で、一インチはあるだろう。

「ルーンよ」

「おもしろい名前ね」シェリーが言った。「本名？」

ルーンは肩をすくめた。「あなたと同じよ」

「この仕事では芸名を使う人が多いの。たまに、だれのことだかわからなくなるときもある。それより、嘘をついたわけを教えて」

「ほんとのことを言ったら、追い返されると思ったから」

「どうして追い返されるの？　あなた、右翼のあぶない人？　そんなふうには見えないけど」

ルーンは言った。「あなたの映画を撮りたいの」

「えっ？」

「爆破事件のことは知ってるでしょ」

「ああ、あれはひどかった」ニコールがそう言って、大げさに身震いしてみせた。

「みんなが知ってる」シェリーが言った。

「あの事件を出発点みたいな感じで使いたいなと思って」

「で、到着点がわたしってわけ？」

ルーンはその問いについて考え、ちがうと答えようかとも思ったが、こう言った。

「そんなところね」

「どうしてわたしなの？」

「ほんとに偶然なんだけど、爆発が起こったとき、あなたの映画が上映されてたから」

ゆっくりとうなずくシェリーに、ルーンはいつの間にか見入っていた。爆発や犠牲者の話になると、ニコールはつやつやした幅広の顔をゆがめ、目を閉じたまま手で胸に十字を描いていたが、シェリーは柱にもたれ、腕組みをしてただじっと聞いていた。

ルーンは混乱してきた。シェリーに見つめられると、自分が幼稚で浅はかに思えてくる。甘やかされた子供みたいに。

ニコールがポケットからシュガーレスガムのパックを取りだし、包み紙を剝がして一枚口に入れた。ルーンは言った。「とにかく、そういう作品を撮りたいの」

シェリーが言った。「成人映画のビジネスのこと、少しは知ってるのかしら」

「前にレンタルビデオ屋で働いてたことがあるんだけど、そのときのボスが、いちばん利ざやが稼げるのは成人映画だって言ってた」

ルーンは〝ビジネス〟っぽいことば——利ざや——を思いついたことに満足していた。エロ映画に関するコメントとしては上出来だ。

「お金は大事よ」シェリーは言った。瞳がまっすぐ光を放っている。淡い青のレーザー光線。いまは強烈だが、光度は自在に変えられるらしい。シェリーは神経にかすかな信号を送ることで、瞳に何かを探らせるか、怒りをたぎらせるか、悪意を含ませるかを即座に選べるのだろう。とはいえ、いたずらっぽく輝くことはあるまいし、何も語らないときも多いはずだ。映画の冒頭はシェリーの瞳のクローズアップにしたい、とルーンは思った。

シェリーはだまってニコールを見た。ニコールは一心にガムを嚙んでいる。

「あなたたちは、ええと、いっしょにやったりするの？」ルーンはそう訊いて顔を真っ赤にした。

シェリーとニコールは目を見あわせ、それから笑い声をあげた。

「いえ、つまり……」

「いっしょに映画に出るか、ってことでしょ」ニコールが助け船を出す。

「ときどきね」シェリーが答えた。

「あたしたち、ルームメイトでもあるの」ニコールが言った。

ルーンは鉄の柱とブリキの天井に目を向けた。「おもしろい造りね、このスタジオって」

「昔はシャツウエストの工場だったのよ」

「へえ。シャツウエストって？」ニコールが訊いた。

「女物のブラウスのこと」シェリーは天井から目を離さずに言った。

長身だが、目の覚めるような美人ではない。シェリーの存在感は、そのたたずまいによるものだ。それに、この瞳！ 頬骨は低い。むらのない肌は、夏の日の曇り空を思わせるほど青白い。〝どうしてこの仕事をはじめることになったかって？ 十二歳のときにレイプされたの。叔父に犯されたのよ。わたし、ヘロインなしじゃいられない――ぜんぜんそう見えないでしょ？ ずっと前、ミシガンの季節労働者たちにさらわれたことがあって……〟

ニコールが煙草に火をつけた。ガムもまだ噛みつづけている。

シェリーはブリキの天井からルーンへ視線を移した。「じゃあ、その映画はドキュメンタリーなのね」

ルーンは言った。「PBSでやってそうなやつよ」

ニコールが言った。「あたしも一度、男から映画を撮りたいって言われたことがある。ドキュメンタリーをね。でも、そいつがほんとは何をしたかったのか、わかるでしょ」

シェリーが尋ねた。「外はまだ暑い？」

「沸騰しそうよ」

ニコールが小声で笑ったが、何を思っているのかルーンにはわからなかった。

シェリーは冷風が吹きつける場所へ歩いていった。振り向いて、ルーンをしげしげと見る。「ずいぶん熱心なのね。才能より熱意が先行してるみたい。ごめんなさい。そんなふうに感じただけよ。で、あなたの映画だけど——少し考えたいの。連絡先を教えて」

「ありがとう。とっても——」

「考えさせて」シェリーは静かに言った。

ルーンはたじろぎ、シェリーの気のない顔をしばらく見ていた。それからヒョウ柄のバッグのなかを探ったが、ロードランナーのイラストつきのボールペンが見つかる前に、シェリーが重そうな漆塗りのモンブランの万年筆を差しだした。ルーンはそれを受けとった。軸の部分があたたかい。ゆっくりと書いたけれど、見られていると思うと落ち着かず、文字の大きさも並びも不ぞろいになった。メモをシェリーに渡しながら言う。「あたしの住んでるところよ。クリストファー通り。突きあたりの、ハドソン川のあたり。来ればわかるわ」いったんことばを切る。「また会える？」

「会えるかもね」シェリーは言った。


「よう、おいらを撮ってくれ、姉ちゃん。ほら、撮れったら」

「おい、おれのものを撮りてえのか？　だったら、広角レンズがなきゃ無理だぞ」

「嘘つけ、要るのは顕微鏡だろ」

「うるせえ、だまってろ」

タイムズ・スクエアの駅で地下鉄からおりると、ルーンは崇拝者たちをものともせず、ビデオカメラを肩にかついでプラットホームを歩いた。小銭をねだる物乞いたちを半ダースほど振り切ったが、ラジカセから流れるテンポの速い音楽に合わせてタンゴの実演をする若い南米人カップルの前では、二十五セント硬貨二枚を箱へ投げ落とした。

時刻は午後八時。シェリーとニコールにはじめて会ってから一週間が過ぎている。シェリーにはあれから二度電話をした。最初はうまくはぐらかされたが、二度目にかけたときはこう訊かれた。「もし引き受けたら、ファイナル・カットのチェックをさせてくれる？」

〈L&R〉で働いているせいもあるが、映画全般に強い関心があるルーンは、ファイナル・カット――映画館で上映される最終編集版――が映画制作における〝聖杯〟だと知っていた。ファイナル・カットの編集権を持つのは、プロデューサーと数人の大物監督だけだ。ハリウッドの歴史に照らしても、出演者がそれを許された例はない。

それでもルーンは言った。「いいわ」

シェリー・ロウを出演させるにはそう答えるしかないと直感したからだ。

「じゃあ、あしたかあさってにはかならず返事をするから」

ルーンはいま、背景画像や状況設定ショット――観客を映画の世界に無理なく引きこみ、どんな街や地域が舞台なのかを伝えるためのロングショット――に使えそうな場所を探していた。

ここは独特の雰囲気に満たされている。悪徳歓楽街の中核タイムズ・スクエア。ニューヨークの風俗産業の心臓部。いよいよはじめての撮影をすると思うと胸が高鳴ったが、さっき〈L&R〉のスタジオを出るときに、ラリーが口にした助言を思いだした。「ほどほどにしとけよ、ルーン。背景画像をつなぎあわせて九十分にまとめるくらい、どんなまぬけにだってできる。肝心なのはストーリーだ。それをぜったい忘れるな。ストーリーだぞ」

ルーンはタイムズ・スクエアや、七番街の交差点や、ブロードウェイや、四十二丁目通りをさまよい、その混雑と喧騒と狂乱に身をまかせた。歩道脇で信号待ちをしながら、足もとのアスファルトに埋まったがらくたの形作るコラージュを見おろす。ストローズ・ビールの瓶の蓋、緑色のガラスのかけら、真鍮の鍵、一セント硬貨二枚。目を細めて全体をながめると、悪魔の顔に見えた。

前方では、広い通りに囲まれたコンクリートの島に白い高層ビルがそびえ、五十フィートの高みにある電光掲示板にきょうのニュースが流れている――〝表明によると、ソ連が要求するのは……〟。

信号が変わったので、最後までは読めなかった。通りを渡ると、ベルトつきの黄色い木綿の服を着た美しい黒人女がマイクに向かって叫んでいた。「天国にはよりよきものがあるのです。アーメン！　肉欲の道をお捨てなさい。アーメン！　宝くじがあたれば百万長者に、いえ、億万長者になって、望みのものが何もかも手にはいるでしょう。けれど、そんなふうにして得たものは、天国で見つかるものとは比べようがありません。アーメン！　罪深きおこないを、肉欲をお捨てなさい……。もしわたくしが今夜、わが家の小さな部屋で息絶えるとしたら、もちろん主を讃えます。その意味するところを知っているからです。まさしく、おのれがあした天国へ召されるということなのですから。アーメン！」

数人が「アーメン」と声を合わせた。大半の人は歩きつづけている。タイムズ・スクエアのはるか北では、にぎやかさが増し、格安チケット店〈TKTS〉のあたりからは、おのぼりさんにもテレビでおなじみの巨大な看板が見える。ばか高いチーズケーキが評判のレストラン〈リンディーズ〉。音楽業界人のたまり場、ブリル・ビルとティンパン・アレーもすぐ近くだ。真新しいオフィス・ビルが建ち並び、封切り映画館も一軒できている。

けれども、ルーンはその界隈へは向かわなかった。興味があるのはタイムズ・スクエアの南側だ。

別名、非武装地帯。

あちこちの店舗やアーケードや劇場に掲げられた標識――〝タイムズ・スクエア再開発プロジェクトを阻止しよう〟――の前を通り過ぎた。それは、地域一帯をきれいにして、オフィスや高級レストランや劇場を呼びこもうという一大プロジェクトだった。地域の浄化。そんなことはだれひとり望んでいなさそうだが、組織立った反対運動がおこなわれている様子はない。それがタイムズ・スクエアのかかえる矛盾だ。ここでは活気と無関心がごちゃ混ぜになっている。せわしさとにぎやかさが充満していても、退廃のきざしは感じとれる。多くの店が廃業に追いこまれる寸前にちがいない。一九四〇年代から営業してきたホットドッグ・スタンドの〈ネディックス〉も近々店じまいをし、跡地にはしゃれた鏡張りの〈マイクズ・ホットドッグ・アンド・ピザ〉ができる予定だ。四十二丁目通りの由緒ある映画館――多くはその昔、風刺喜劇が上演された劇場だった――も、生き残っているのは数軒しかない。しかも上映しているのは、ポルノかカンフーか猟奇ホラーばかりだ。

ルーンは通りの反対側へ顔を向け、大きくて古いアール・デコ風の〈ニュー・アムステルダム劇場〉に目をやった。閉鎖のため周囲に板が打ちつけられ、曲線の美しい時計は三時五分前で止まっている。何年何月何日の時刻だろうか、と思った。視線を路地へ向けると、一瞬何かが動くのが目にはいった。だれかに見られている。赤いジャケットを着て、帽子をかぶっていた気がする。すぐにその姿は消えた。

考えすぎよ。まあ、こういう場所だからしかたがないけど。

それからルーンは小さな店が何十軒も連なる通りを歩いた。売られているのは、金メッキのアクセサリー、電子機器、けばけばしいスーツ、安物のランニングシューズ、身分証明書用の写真、みやげ物、密造の香水、偽のブランド時計。呼びこみの連中がいたるところにいて、まごつく観光客を自分の店へ誘いこんでいる。

「さあさあ、見てっておくんなさい……なんでもあるよ、気に入るよ。さあ、見てっておくんなさい……」

〈アートのびっくり箱〉なる店は、どの窓も黒く塗られ、そのうちのひとつにそっけない案内が掲示されている。〝娯楽の品々——二十一歳未満のかた、入店おことわり〟

ルーンは中をのぞこうとした。娯楽の品々って何よ？

歩きつづけるうちに、体はカメラの重みでかしぎ、顔や首や脇腹を汗が流れ落ちた。

漂うにおいのもとは、ニンニク、油、尿、腐った食べ物、車の排気ガスだ。それに、この人混み……みんなどこから来たのだろう。何千もの人たちの家はどこ？　市内？　郊外？　ここにいるのはなぜ？

ルーンは横へ身をかわし、十代の少年ふたりに道を譲った。Tシャツにゲスのジーンズというでたちのふたりは、腕を振り振り大股で闊歩し、耳障りな声で話していた。「まったく、ボスの野郎、むかつくよな。だけど、おれは言いなりにはならないぜ。おい、聞いてんのか」

「当然だろ、言いなりになんかなってたまるか」

「またあんな真似しやがったら、殴ってやる。ぼこぼこにぶん殴って……」

タイムズ・スクエアの歴史をカメラにおさめているルーンには目もくれずに、ふたりは通り過ぎていった。

ニューヨーク市内のほかのどこともちがう場所。

タイムズ・スクエア……

とはいえ、どんなおとぎの国にも闇の領域は付き物で、今夜ルーンはそうした場所を歩きながら、あまり不安を感じなかった。映画作りのための冒険だからだ。爆破事件が主題でありながら爆破事件が主題でない映画。この気味の悪い場所について弁明する必要もなければ、他人の心配をする必要もないし、自分自身はじゅうぶん気をつけている。

背後で、馬のいななきが響いた。

すてき！　騎士が来てくれた！

背筋を伸ばして馬にまたがったふたりの騎馬警官に、ルーンはカメラを向けた。馬は頭をだらりとさげ、地面に山と重なった粒状の糞を硬いひづめで踏みしめている。

「ねえ、ガウエイン卿（円卓の騎士のひとり）！」ルーンは呼びかけた。ふたりはルーンを見て、相手にする価値なしと判断したらしく、明るい青緑色のヘルメットのひさしの下から、通りに無表情なまなざしを注ぎつづけた。

ルーンが丈の高い栗毛の馬から視線を落とすと、赤いジャケットがふたたび目にはいった。それはさっきよりさらに早く視界から消えた。

この暑さのなか、悪寒が走った。

あれはだれ？

だれでもない。おとぎの国に住む一千万人のひとりにすぎない。ルーンは思いを振り払うと、角を曲がり、〈ヴェルヴェット・ヴィーナス劇場〉のあった場所をめざして八番街を歩いた。

道沿いで、ポルノ劇場とアダルト書店を、合わせて六軒見つけた。ダンサーのいるところもあれば、二十五セント硬貨かクーポン券一枚でポルノ映像を観られる個室を設置しているところもある。ルーンは入り口にカメラを突っこみ、注意書き（〝法令に基づき、各室の定員は一名とさせていただいております。どうぞお楽しみください〟）を撮ったが、クーポン券を売っている大柄な男に追い払われた。

ニュージャージー郊外の自宅へ帰るためにポート・オーソリティーのバスターミナルへ向かう通勤者たちの映像も、まずまずのものが撮れた。ショーウィンドウをのぞきこむ者もいるが、大半は生気のない顔だ。数人のビジネスマンがすばやく向きを変え、なんのためらいもなく劇場にはいっていった。まるで突風に押されでもしたかのように。

そのとき、湿っぽい風が焦げたような臭気を運んできた。においのもとは例の映画館だと、すぐにわかった。ルーンはカメラのスイッチを切り、通りを先へ進んだ。

やはりこわい。またしても考えすぎだ。けれども、あのすさまじい爆発音は、いまもはっきり耳に残っている。足もとの地面が揺れる。遺体を、いや、遺体の一部を目にした記憶がよみがえる。爆発と火事がもたらした惨劇。ルーンは振り返ったが、自分を見ている者はだれもいなかった。

通りを歩きつづけながら考えた。マスコミの扱い方はそつがなかった。〈ニューズ・アット・イレブン〉は十分間を費やしてこの事件を伝え、それがきっかけとなって、《タイム》誌には成人映画の現況に関する記事（〝ハード・コアに過酷《ハード》な時代？〟）、《ヴィレッジ・ヴォイス》誌には、事件が引き起こした憲法修正第一条がらみの論争を採りあげた記事（〝宗教軽視と言論統制〟）が載った。しかし、ラリーの予測どおり、それらはどれも単なる事実報道で、内容は硬かった。爆破事件に関連した人間味のある話はどこも伝えていない。

お願い、シェリー。あなたが鍵なの。あなたが必要……

焼けくずれた映画館のそばまで来ると、ルーンは立ちどまり、黄色い現場保存テープに手をかけた。においは爆発のあった日よりも強い。焦げて水を含んだ座席の悪臭が立ちこめていて、あやうく吐きそうになった。さらに、ほかのにおい――段ボールを思わせる不快な異臭もある。焼死体があったせいにちがいない。ルーンは頭に浮かぶイメージを無理やり払いのけようとした。

通りの向こう側に、もう一軒映画館があった。〝極上のアダルト・エンタテインメント。おしゃれで快適で安全〟というネオンサインが出ている。その文句で客の気を引けるとは思えず、儲かっていないと察せられた。

くずれた映画館のほうへ向きなおり、そこで人影が動くのが見えてはっとした。最初はこう思った――またあいつだ。だれだか知らないけど、タイムズ・スクエアじゅうをずっと尾《つ》けてきたやつ。

顔は……

そこでパニックに襲われた。まわれ右をして逃げだしそうになりつつも、暗がりにいる追跡者に目を凝らした。ジーンズに、濃紺のウィンドブレーカー。胸には〝ＮＹＰＤ〟の白い文字。例のカウボーイだ。ニューヨーク市警爆発物処理班の男。

ルーンは目を閉じ、ゆっくりと息を吐いた。両手の震えを抑えようとつとめる。カウボーイは折りたたみ式の椅子に腰かけて一枚の白い紙を見ていたが、それをたたんでポケットに入れた。右腰に平たい茶色のホルスターが見える。ルーンはカメラを構え、薄闇でもぼやけないよう絞りを開いて、一分ほど撮った。

カウボーイがカメラを見た。どこかへ去れと言うにちがいない。ところが、ただ立ちあがり、映画館の残骸のなかを歩きはじめた。細長い黒の懐中電灯を壁や地面に向けながら、破片を蹴ったり、ときどき腰をかがめて何やら調べたりしている。

重いカメラのファインダーから少しずつ映像が消えていく。急速に闇が濃くなった気がしたが、単にルーンが意識せずにいただけかもしれない。絞りをさらに開いたものの、暗さはほとんど同じだ。ライトのたぐいは持ってきていない。露光不足はどうにもならず、ルーンはスイッチを切り、カメラを肩からおろした。

残骸のなかをもう一度のぞくと、カウボーイはいなかった。

どこへ消えたんだろう。

近くで、駆けだす足音が響いた。

何か重いものが倒れる。

「あの……」

反応がない。

「ねえ、ちょっと」もう一度呼びかけた。

なんの返事もなかった。ルーンは映画館の残骸に向かって叫んだ。「あたしを尾けてた？　ねえ、おまわりさん。だれかが尾けてたんだけど、あなただったの？」

こんどは別の音が——ブーツでコンクリートを踏むような音がした。すぐ近くだ。けれども、正確な位置はわからない。

それから車のエンジンがかかった。ルーンは振り向いた。〝爆発物処理班〟と書かれた青と白のステーション・ワゴンを探したが、どこにも見あたらない。

黒っぽい車が路地から出てきて、八番街を走り抜けていった。

また不安になった。というより、どうしようもなく恐ろしかった。とはいえ、八番街にいる人々を見渡しても、いるのは害のなさそうな通行人ばかりだ。劇場へ向かう客たち。みな自分のことで頭がいっぱいらしい。コーヒーショップやバーの客は、だれもルーンを気に留めていない。観光客の一団が、なぜこんなところに連れてこられたのかと言いたげな顔で通り過ぎていく。貧相な顔をしたヒスパニックの少年が通りかかり、無邪気な誘いをかけてきたが、ルーンが無視すると、じゃあね、と言って歩き去った。通りの向こうでは、つばの広い帽子をかぶり、〈ロード&テイラー〉の紙袋を持った男が、アダルト書店のウィンドウをのぞきこんでいる。

赤いジャケットの男はいない。だれも監視なんかしていない。

考えすぎだ、とルーンは思った。ただの神経過敏よ。

それでも、カメラの電源を切り、テープをヒョウ柄のバッグにしまって、地下鉄の駅へ向かった。背景画像の撮影は、今夜はもうじゅうぶんだ。

〈ヴェルヴェット・ヴィーナス劇場〉の残骸から通りを隔てた反対側の路地で、ひとりのホームレスの男が大型ごみ容器のそばにすわりこみ、安ワインをラッパ飲みしていた。路地に男がはいってきたので、ちらりと見やった。

やれやれ、ここで小便をする気だな、とホームレスは思った。こいつらはいつも、そうだ。仲間とビールを飲み、ペンシルヴェニア駅まではもたないからと、おれの路地へやってきて小便をしていく。もし自分の居間にホームレスがはいってきて用を足したら、こいつはどう思うのか。

だが、その男はジッパーをさげなかった。路地の入り口で立ちどまり、八番街のほうをじっと見て、深刻な顔で何かを探している。

ここで何をしているのか。なぜ古くさいつば広の帽子をかぶっているのか。不思議に思いながら、ホームレスはワインをもうひと口飲み、ボトルを下に置いた。ガラスが小さな音を立てた。

男がさっと振り向いた。

「二十五セント硬貨、あるか？」

「おどかすなよ。だれもいないと思ってたのに」

「二十五セント硬貨、あるか？」

男はポケットを探った。「ああ。酒代の足しにするのか？」

「たぶんな」ホームレスは言った。たまに地下鉄の駅で物乞いをするときは、「目の見えないわたくしにお恵みを、お恵みを……電車代は要らない。酒代を」と言う。すると、笑わせた見返りに、少しよけいに恵んでもらえる。

「そうか、正直なのはいいことだ。ほら」男は硬貨を差しだした。

ホームレスが受けとろうとしたとたん、相手の左手に手首を強くつかまれた。

「やめろよ！」

けれども、男はやめなかった。ホームレスは首にかすかな痛みを感じた。それからもう一度、こんどは首の反対側に。男が手を放したので、喉もとにふれてみると、両脇の皮膚が裂けてべろりと垂れていた。そして、男の手のなかでレザーナイフの刃がたたまれるのが見えた。

ホームレスは叫んで助けを呼ぼうとした。だがふたつの傷口から血が噴きだし、目の前が暗くなっていく。立ちあがろうとしたが、敷石の上にぼったり倒れた。最後に見たのは、男が〈ロード＆テイラー〉の紙袋から赤いウィンドブレーカーを引きだして着ているところだった。それから男は、通勤電車に乗り遅れまいといった風情で、すばやく路地を出ていった。

3

　翌朝、ルーンはベッド――いや、作りつけの寝台――に横たわって、川の流れに耳を澄ませていた。戸口でノックの音が響いた。

　ジーンズと赤い絹のキモノをさっと身につけ、入り口へ向かう。ドアをあけると、シェリー・ロウの背中が目にはいった。卵色に塗られた小さなタラップに立ち、足もとに打ち寄せる波をじっと見ている。シェリーは振り向いて、かぶりを振った。ルーンは見慣れた反応にうなずいた。

「ハウスボートだなんて。あなた、こんなとこに住んでたのね」

「前は地下室が浸水しちゃって、なんて軽口をたたいた。でも、ネタがかぎられてるのよね。ハウスボートのジョークなんて多くないから」

「船酔いしないの？」

「ハドソン川はホーン岬とはちがうのよ」ルーンは一歩さがってシェリーをせまい通路に招き入れた。かなたにある北埠頭の建物の屋上で、鮮やかな色がひらめいた。

赤。何か心に引っかかる。しかし、はっきりとは思いだせなかった。

シェリーが先に中へ進んだ。

「案内してよ」

一九五〇年代半ばの、水に浮かぶ郊外の一軒家といった趣がある。一階には居間とキッチンとバス。せまい階段をあがると、小さな部屋がふたつ。操舵室と寝室だ。外には居住スペースを囲むデッキと手すりがある。

モーター・オイルとバラのポプリの香りが混在している。

室内で、ルーンは最近手に入れた品を見せた。透明なアクリル樹脂に色とりどりのプラスチックの小片が散ったペーパーウエイトが半ダース。「アンティークに凝ってるの。これは一九五五年の作品よ。あたり年だって、母がよく言ってる」

シェリーはお愛想程度にうなずき、部屋のほかの部分を見まわした。愛想のよさを問われるものがまだたくさんある。ターコイズ・ブルーの壁、絵つきの花瓶（絵柄はプードルを連れたペダルプッシャーパンツ姿の女）、溶岩ランプ、インゲン豆の形をしたプラスチックのテーブル、クレンザーの空き箱で作ったランプシェード、ハンモックのようなすわり心地の錬鉄と黒いキャンバス地でできた椅子、モトローラの古い箱型テレビ。

ほかにもある。おとぎ話の登場人物の人形いろいろ、ぬいぐるみ、棚いっぱいに並んだ古い本。

シェリーは、表紙のひび割れたぼろぼろのグリム童話の本を一冊引き抜き、ぱらぱらとめくったのち、棚へもどした。

ルーンは横目でシェリーの様子を見ていた。あることに気がついて、思わず笑う。

「変なことってあるものね。あなたの絵も持ってるのよ」

「わたしの？」

「まあ、それに近いものかな。いま見せる」

ルーンは本棚からほこりにまみれた本を取りだし、中を開いた。オウィディウスの『転身譜』だ。

「古代ローマの人が書いたんだけど」

「古代ローマ？ ジュリアス・シーザーの時代？」

「ええ。ほら、この絵を見て」

シェリーはページいっぱいに描かれたカラーの絵に目を向けた。美しい女が竪琴を弾く男に導かれ、暗い洞窟から出てくる図だ。キャプションには〝オルフェウスとエウリュディケ〟とある。

「ね、これがあなた。エウリュディケ。そっくりでしょ」

シェリーは首を左右に振ってから、目を細めて絵を見た。そして笑った。「たしかにそうね。おもしろい」背表紙を見る。「これ、ローマ神話なの？」

ルーンはうなずいた。「悲しいお話よ。エウリュディケは死んで、冥界へ行ってしまうの。それで、オルフェウスが——エウリュディケの夫で、音楽家なんだけど——救いだしに行くわけ。ロマンチックじゃない？」

「待って。その話、知ってる。オペラで観たの。何かまずいことが起こるんじゃなかったかしら」

「そう、オルフェウスは冥界の王から変な条件を出されるのよ。エウリュディケを冥界から連れ帰るのは許すが、途中でけっして妻の姿を振り返ってはならない、とね。もうだいたいわかったでしょ？　結局オルフェウスは振り返って、すべて台なしにしたの。エウリュディケは冥界へ逆もどり。神話やおとぎ話はハッピーエンドばかりだと思われてるけど、全部がそうじゃないのよね」

シェリーはしばしその絵を見つめた。「わたしも古い本を集めてるの」

「どんな種類の？」官能小説か何かだろう、とルーンは思った。

ところが、シェリーの答えはこうだった。「戯曲がほとんどね。高校のころ、演劇部の部長だったの。わたし、舞台女優《テスピアン》だったのよ」そう言って笑う。「業界の——ポルノ業界のことね——人間にこの話をすると、〝なんだそりゃ、レズビアンの言いぞこない？〟なんて言われるわ」シェリーはかぶりを振った。「ひどく教養レベルの低い業界なの」

ルーンは紫外線ランプを灯した。ポスターに描かれた月を周回する船の図柄が、光を浴びて立体的に浮かびあがった。ポスターは紫とオレンジの絞り染めの壁掛けの横に貼られている。「あたしは時代に縛られずに生きてる。でも、あなただって型にはめられるのはいやよね？　見かけどおりの人間にはならない。それがあたしの信条よ」

「ぜひ貫いてね」シェリーは操舵室へあがって、汽笛のコードを引っ張っていた。音は出ていない。「このボート、動かせるの？」

「ううん、これは走らない。あっ、そうか、ボートは女性扱いしなくちゃ。彼女は走らない」

「走る？」

「まあ、〝進む〟でもいいけどね。モーターはついてるんだけど、動かないのよ。以前、ボーイフレンドとハドソン川沿いをドライブしてて、これ――じゃなくて彼女――がベア・マウンテンの近くにつないであるのを見つけたの。売りに出されてた。ちょっと乗ってみたいって持ち主に頼んだら、モーターが動かないって言われたんで、別の船に引っ張ってもらったの。ずいぶん値切ったうえに、フォーマイカのダイニングテーブル・セットまでそのままつけてもらうとなると、もう買うしかなかった」

「ここにつないでおくのにお金を払ってるの？」

「そうよ。相手は港湾委員会。船の行き来はいまじゃあんまりないけど、それでもまだあそこが埠頭を管理してるから。けっこうな額よ。ここにずっといるわけにはいかないだろうけど、いまのところはだいじょうぶ」

「あぶなくはない？」

ルーンは見晴らし窓のひとつを指さした。「そこの埠頭がまだ使われてる関係で、この一帯は封鎖されてるの。それに、警備員とも仲よくしてるから、あの人たちが目を光らせてくれる。クリスマス・プレゼントもしっかりあげてるしね。自分の家を持つって、すごくいい気分よ。おまけに、芝刈りの必要もないんだから」

シェリーはまたおざなりの笑みを浮かべた。「あなたって、とても……情熱的ね。こうしてほんとうにマンハッタンでハウスボートに住んでるなんて。すごいわ」

ルーンは目を輝かせた。「こっちへ来て。ほんとうにすごいものを見せてあげる」

灰色に塗られたせまいデッキに出る。手すりにつかまり、油で濁った川面に片足をひたした。

「泳ぐつもり？」シェリーが疑わしげに尋ねた。

ルーンは目を閉じた。「あたしがいまふれてるのは、ガラパゴス諸島やヴェネチアや東京やハワイやエジプトに打ち寄せる波と同じ水なのよ。すてきね。それに——これはまだ解明できてないんだけど——コロンブスが率いたニーニャ号やピンタ号やサンタ・マリア号とか、ナポレオンの戦艦なんかにかかったのとも同じ水かもしれない。マリー・アントワネットの首をはねたあと、ギロチンの刃についた血を洗い流したのとも同じ水かも……ただの想像だから、よくわからないけどね。水って、寿命とかあるのかな？　理科の授業で習った気もする。ただ循環しつづけるものだって自分では思う」

シェリーは言った。「なかなかの想像力ね」

「前にもそう言われたことがある」ルーンははずみをつけてデッキにおりた。「コーヒーを飲む？　何か食べる？」

「コーヒーだけいただくわ」

ふたりは操舵室で腰をおろした。ルーンがトーストにピーナッツバターを塗るあいだ、シェリーはブラックコーヒーを飲んでいた。体で稼いでいるときは有名人かもしれないが、きょうのシェリーはコネチカット州のただの主婦にしか見えない。ブーツにジーンズ、白のブラウスとライトブルーの薄手のセーターという装い。両手を首の後ろで組んでいる。

「ここだってすぐにわかった？」ルーンは訊いた。

「むずかしくはなかった。先に電話しようと思ったけど、番号を教えてもらわなかったから」

「電話はないの。前につけようと思って電話局の人を呼んだら、来るなり笑って帰っちゃった」

一瞬の間のあとで、シェリーが言った。「映画のこと、ずっと考えてたの。ファイナル・カットの条件を呑んでもらったけど、それでもなかなか乗れなくて。でも、ちょっとしたことがあって、気が変わったわ」

「爆破事件のせい？」

「そうじゃない。仕事で世話になってきた人と大げんかしたのよ。くわしい話はしたくないけど、それがきっかけで気持ちの整理がついたの。この仕事にどれだけ嫌気がさしているか、実感したってわけ。長くつづけすぎたのね。そろそろ潮時。だから、まともな作品に出演して、色気だけのばか女じゃないって世間に認めてもらえたら、もっとましな仕事が来るようになるかもしれないと思ったの」

「あたし、しっかりやるわ。約束する」

「あなたには感じるものがあった」淡い青のレーザー光線がシェリーの瞳から放たれた。「わたしのほんとうの姿を伝えられるのは、あなたしかいない気がするの。いつからはじめる？」

ルーンは言った。「いまはどう？　きょうは仕事が休みだから」

シェリーは首を横に振った。「これから用があるの。でも、夕方はどう？　そうね、五時ごろとか。二時間ぐらい撮れると思う。そのあと、夜は出版社のパーティーがある。ヌード雑誌を出しているほとんどの出版社はたいてい、成人映画やビデオにも興味を持ってるの。業界の人がおおぜい来るわよ。その人たちと話をするのもいいかも」

「すごい！　で、どこで撮りたい？」

シェリーは室内を見まわした。「ここはどう？　ここなら、とてもくつろげるから」

「すてきなインタビューになりそう」

シェリーは微笑んだ。「本音を話せるかもね」

シェリーが帰ったあと、ルーンは窓辺にいた。穏やかな川面の向こうにある埠頭の建物の屋上に、赤いものがまたちらりと見えた。

その色をどこで見たのか思いだした。

タイムズ・スクエアで見かけた——あるいは見かけた気がした——尾行者の着ていたジャケットかウインドブレーカーの色だ。

ルーンは寝室へ行って着替えた。

五分たっても、赤い色はまだそこにある。さらに五分後、ルーンは兵士のように身を低くして、埠頭へ向かって走っていた。首には、フットボールの審判が使うクロムメッキの大きなホイッスルがかかっている。これがあれば、百二十デシベルの音が楽に出て、災難を引き起こそうとしている相手を威嚇できる。

襲撃者が臆病な場合にはそれで事足りる。そうではない場合に備えて、別のものも携えていた。小さなまるいスプレー缶。中には軍用催涙ガスCS－38が百十三グラム。脚に感じるその重みが心地よい。

ルーンは幹線道路沿いを急いで進んだ。川の水が放つ饐《す》えたにおいが、雲――いまや空一面を覆っている――の運んできた湿気に溶けこんでいく。風がすっかりやんでいる。あちこちで教会の鐘が鳴る。正午だ。

ルーンは身をよじって鉄条網の切れ目をくぐり抜け、埠頭へ向かってゆっくり歩いた。建物は三階建てで、正面は風雨にさらされてあちらこちら塗装が剝げ、地の板が見えている。ダークブルーに塗られた壁は旧式の列車を連想させた。上のほうに、旧式の列車を思わせる紺色のペンキで海運会社の名前が記されていて、その一部がかろうじて読みとれた。〝アメリカ〟の文字。そして、かすれた青い星印も見える――気がする。

高さ十二フィートの木の引き戸は威圧感があったが、溝からはずれていたので、ルーンは苦もなく隙間をすり抜けて暗がりへ忍び入った。

ネズミが出そうな気味の悪い場所だ。かつては、大手の海運会社がこの埠頭からヨーロッパ行きの船を出していた。その後は貨物船用に使われていたが、やがてブルックリンとニュージャージーの埠頭が業務のほとんどを引き継いだ。いまでは、単なる過去の遺物と言っていいだろう。フットボール場の半分はあろうかという大型遊覧船が現れて、ルーンがスタジオへ行っているあいだ、ハウスボートの隣に停まっていた日もあったが、この埠頭に客船が入港したのはそれ一度きりだった。

川にボートを停めて以来、ルーンは二、三度この埠頭へ来たことがある。ぶらつきながら、十九世紀の豪華客船の様子を頭に描いてみたものだ。川底に沈んだまま見つかっていない密輸品(特に金塊)があるのではないかとも考えた。ハドソン川のそう遠くないあたりを海賊船が行き来していたのは知っている。だから、金塊の詰まった箱が見つからないことに驚きはしなかった。自分が川から引きあげたものと言えば、空の段ボール箱や、材木や、錆びついた機械の断片ぐらいだった。

宝探しに見切りをつけたあとは、たまに友達と建物の屋上へピクニックに来て、雲の巨人たちが街の上空で遊び、やがてブルックリンやクイーンズのほうへ消えていくのをながめたものだ。ただひとりになりたくて、カモメに餌をやりにきたこともある。

水際からいちばん遠い一角には、迷路のように部屋が連なっている。以前はオフィスや荷おろし作業場として使われていたが、いまは板でふさがれていた。大工がずさんな仕事をしたおかげで、外の光がいくらかはいってくる。そこには屋上へ至る壊れかけた階段がある。

ルーンがいま忍びこんだのはそんな一角だった。建物の奥をそろそろと進み、ゆっくり階段のほうへ向かう。階段ののぼり口の床が抜けていた。直径三フィートのいびつな穴の底は真っ暗だ。波の音が聞こえる。いやなにおいが鼻を突く。ルーンは足もとの闇に目を凝らし、注意深く穴をよけて通った。

耳をそばだてて階段をあがったが、聞こえるのは遠くの往来の音と、杭にあたる水の音と、嵐を予感させる風の音だけだった。のぼりきったところで、立ちどまった。ポケットから催涙ガスの白い缶を取りだし、ドアを押しあける。

屋上に人影はなかった。

ルーンは外に出て、朽ちかけた防水用のタール紙と砂利に沿って、目の前の枡目をひとつひとつ確認しながら慎重に歩いた。端まで行くと、建物の正面側の、例の人物が見えた気がする場所までもどった。

立ちどまり、足もとを見る。

そうか、やっぱり幻覚じゃなかった。ルーンはタール紙についた足跡を見つめた。大きい——男物の靴のサイズだ。スニーカーやランニングシューズではなく、底の平らなビジネス用の革靴らしい。けれども、足跡のほかには何もなかった。煙草の吸い殻も、捨てられた瓶もない。謎めいたメッセージも見あたらない。

そうこうしているうち、雨粒が落ちはじめたので、急いで屋内へもどった。ほの暗い階段を一段ずつ足先で探りながら、ゆっくりとおりていく。

物音がした。

二階に着いたところでルーンは足を止めた。ドアのない入り口から、使われていない暗いオフィスへと進んだ。催涙スプレーの缶をしっかりと握る。明るいところにいたせいで瞳孔が縮んでしまい、光をよく取りこめなくて何も見えない。

けれども、音は聞こえる。ルーンは凍りついた。

あいつだ！

部屋のなかにだれかいる。

はっきりと動きを読めたわけではなかった——板が割れる音も、ささやき声も、足が床をこする音もしない。それを伝えてくれたのは、においだったような気がする。

それとも、第六感だろうか。

ふたたびメッセージが伝わった。待って、うわあ、大男よ。しかも、すぐそばにいる。

ルーンは動かなかった。もうひとつの人影も動かなかったが、歯のあいだから息の漏れる音が二度響いた。ルーンは暗闇に慣れてきた目で相手を探し、スプレー缶をゆっくり持ちあげた。

両手が震えはじめる。

そんな、ひとりじゃなくてふたりだなんて。

それに、幽霊みたい。

ふたつの青白い人影。人間の姿をしているが、おぼろげではっきりとは見えない。どちらもルーンをじっと見ている。ひとりは太くて白っぽい棍棒をつかんでいる。

ルーンは催涙スプレーの缶をふたりに向けた。「銃を持ってるのよ」

「くそっ」男の声がした。

もうひとりも、男の声で言った。「財布を持ってけ。ふたりぶんくれてやる」

さらに目が慣れてきた。幽霊は三十代半ばの、頭をクルーカットにした裸の男ふたりへと変わっていく。棍棒の正体に気づいて、ルーンは笑いだした。いまはずいぶん小さくなっている。

「ごめんなさい」ルーンは言った。

「強盗じゃないのか」

「悪かったわ」

ふたりは憤然としている。「あのな、死ぬほど驚いたんだぞ。念のために言っておくけど、この部屋は予約済みだ」

ルーンは尋ねた。「いつからここにいるの？」

「どうやら長居しすぎたらしいな」

「一時間かそこらはいた？」

怒りが大いなる安堵に変わったらしい。ひとりが相棒を顎で示して言った。「すごいやつだけど、そんなにはもたないさ」

もうひとりが真顔で言う。「四十五分くらいじゃないか」

「そんなところだな」

ルーンは訊いた。「屋上からだれかがおりてくる音を聞かなかった？」

「ああ、聞いたよ。十五分くらい前だ。そのあとで、あんたがあがっていって、おりてきた。きょうはまるでグランド・セントラル駅だ」

「そいつを見た？」

「おれたち、取りこみ中だったから……」

ルーンは言った。「お願い。大事なことなの」

「遊び相手を探し歩いてるように思ったけど、どうだかな。あんたも気をつけたほう

らない。
たしかに。人気《ひとけ》のない埠頭で事に及んでいても、どんなごろつきに出くわすかわか
がいいぞ」
「だから、こっちは静かにしてたんだ」
「見た目はどんな感じだったの？」
「中肉中背だな。それぐらいしかわからない」仲間に顔を向ける。「おまえはどう
だ？　……まあ、おれたちにはわからないな」
ルーンは言った。「着てるものは見た？　ジャケットだった？」
「赤いウィンドブレーカーだ。それに、流行遅れの帽子。ズボンは黒っぽかったと思
う」
「ぴっちりしてたよ」もうひとりが言った。
「おまえ、そういうとこだけよく見てるな」
ルーンは言った。「あの、どうもありがとう」
立ち去り際に、ふたりがささやきあうのが聞こえた。もうそんな気分になれない、
とかなんとか。「でも、試してみないか」
ルーンは一階へとおりはじめた。
激しかった動悸が静まっていく。

思わず笑ってしまった。〝この部屋は予約済み〟だなんて。どうしてもっとロマンチックなところで――

男が背後から襲ってきた。

ルーンが階段をおりきって、穴の脇に注意深く足をおろしかけたそのとき、ポニーテールがつかまれ、後ろへ強く引っ張られた。手袋をはめた手に握られたカッターナイフが、喉もとに迫ってくる。ルーンは男の手首をつかみ、短い爪を思いきり食いこませた。相手の狙いがそれ、つかの間互いにカッターナイフをつかんで奪いあった。自分が階段の手すりを離せば倒れるのはわかっていたが、催涙スプレーを取りだすにはそれしか方法がない。スプレーはポケットの奥にある。

ルーンは手を離し、襲撃者のほうへ倒れながら催涙スプレーをつかむなり、やみくもにノズルを押した。相手とのあいだに細かな霧がひろがり、ふたりとも目をやられた。ルーンが痛みに悲鳴をあげると同時に、男は両手で顔を覆って身をひるがえした。

それでも男はあきらめず、ルーンは後ろへ引っ張られた。目をつぶったまま手を伸ばしても空《くう》をつかむばかりで、何がなんだかわからない。背中から床に倒れた勢いで、肺から呼気が一気に押しだされる。体をねじって腹這いになり、それから片膝を突いて、どうにか男から逃れようとした。男はすばやく身をかがめ、ルーンの首に手をかけた。たいして屈強ではないが、脇腹に不意打ちを食らってやけを起こしている。ルーンは胸を蹴られ、また激しく息を吐きだした。体をまるめて懸命にあえぐ。男がカッターナイフを手探りする姿がぼんやり見えた。古い木材と海水とモーター・オイルと腐敗物のにおいがする。口のなかが塩辛いのは、涙のせいかもしれないし、血のせいかもしれない。

どうしようもなく目が痛い。アルコールがしみているかのようだ。

ルーンも武器を探しはじめた。手のひらで床をたたいて、催涙スプレーの缶を探りあてようとした。

男はカッターナイフをあきらめ、そばの床へ目をやった。そしてルーンの襟をつかんで、ハドソン川へ通じるいびつな黒い穴へと引きずっていった。ルーンはひどい耳鳴りを感じた。頭を、そして肩を、穴のなかに押しこまれた。さらにベルトをつかまれ、体が下降しはじめた。

4

ルーンはブーツを履いた足を蹴りあげ、男の股間を直撃しかけたが、狙いははずれた。男はほんのわずかに打撃を受けて腹立たしげにうめき、こぶしをルーンの背中に打ちつけた。

ルーンは小さく悲鳴をあげた。涙が流れる。生ぐさい悪臭が水から立ちのぼり、息ができない。

男は床板を蹴って穴をひろげようとした。板の破片が闇へ落ちていく。男はルーンをどんどん深く押し入れた。

下は真っ暗だ。

ルーンは階段手すりの柱に片手をかけ、強く握った。とはいえ、そんなものはささやかな抵抗でしかない。男はルーンの手を蹴り、簡単にやすやすと手すりからはずした。

泳ごう……でも、水面の光が見えるだろうか。川底から浮上できなかったら？　地下百フィートまで通じるパイプのほかに何もなかったら？

男は両膝を突き、片手でルーンの髪を引き寄せると、反対の手で穴のへりにしっかりつかまって、ルーンをほうりこもうとした。

「おーい……あっ、大変だ！」

声が響いた。

男は凍りついた。

「何事だよ」別の声が上の階から聞こえた。例のふたりが逢い引きをすませたか断念したかして、やかましい音の正体を探りにきたのだろう。

男は手を離し、階段を見あげた。ルーンが体をよじって逃れようとすると、驚いて飛びすさる。ルーンは転がりながら階段の下から抜けだした。男がふたたび両手を構えて向きなおったとき、目に映ったのはルーンの姿ではなく、シュッと音を立てる小さなノズルだった。

吹きだした催涙ガスが男の鼻に命中した。

さあ、吸って。吸いなさい！

男は息を呑んで目を押さえ、荒々しくこぶしを繰りだした。ルーンはもう一度噴射した。男はもつれる足で横をすり抜けながら、ルーンを床の穴めがけて突き飛ばしたのち、倉庫へ駆けこんでいった。

足音がしだいに小さくなり、やがて聞こえなくなった。

ルーンは穴のへりから這いあがると、床にくずおれて動けなくなった。目をきつく閉じて、激しい痛みに耐えた。喉と鼻が猛烈に熱い。木の床に顔をつけ、油のにおいを嗅ぎながらも呼吸を整えるうちに、ひんやりした新鮮な空気をまた感じられるようになった。

「こりゃひどいな」ひとりが言った。ふたりとも、もう服を着ている。「だいじょうぶか。あいつ、何者なんだ」

ふたりはルーンが立つのに手を貸した。

「顔を見た？」ルーンは訊いた。

「いや、上着しか見えなかった」

「赤だったよ」もうひとりが言った。「さっき言ったとおりだ。あ、それからあの帽子」

「警察に電話しなきゃだめだぞ……ん？　なんだ、このにおいは。強烈だな」

「催涙ガスよ」

一瞬の間があった。「あんた、何者だ？」

ルーンはゆっくり立ちあがり、ふたりに礼を言った。それから、ふらつく足どりで倉庫を通り抜け、外へ出た。

公衆電話のもとにたどり着き、警察を呼びだした。警官ふたりがすぐに駆けつけた。けれども案の定、警察にできることはあまりなかった。ルーンは襲撃者の人相をろくに覚えていなかった。おそらく白人男性で、中肉中背。髪の色も、目の色も、顔の特徴もわからない。赤いウィンドブレーカーを着ていた。そう、〈赤い影〉――ダフネ・デュ・モーリアの小説を基にした恐怖映画――に出てきたようなやつだ。警官たちのうつろな顔つきから察するに、ふたりともその映画も原作も知らないらしい。

警官たちは調べてみると言ったが、ニューヨーク市では所持を禁じられている催涙ガスCS－38をルーンが持っていたことについては、よい顔をしなかった。

「襲われる理由に何か心あたりは？」

いま制作中の映画や、焼けたポルノ映画館や、〈イエスの剣〉に関係があるかもしれない。ルーンはそう話したが、相手の表情は、その事件の捜査はすでに打ち切られたも同然だと告げていた。ふたりは手帳を閉じ、ときどきパトカーを巡回させると言った。

ルーンは念のため、この事件の捜査に何人が割りあてられるのかと訊いたが、警官たちはあきれ顔で視線を返し、とんだ災難でしたねと言った。

そして催涙スプレーを没収した。

シャワーでさっぱりし、擦り傷にオキシドールをつけ、流しの下から新しい催涙スプレーの缶を探しだしてから、ルーンは〈L&Rプロダクション〉に出勤した。

「おい、だれだよ、おまえ」ルーンの顔をまじまじと見ながらボブが尋ねた。

怪我をしたのは制作中の映画のせいかもしれない、などと言う気はなかった。もし街角で機関銃に狙われたのなら、〈L&R〉のベータカムも無事ではすまないからだ。

「男にけんかを売られたのよ。こてんぱんにのしてやったけどね」

「なるほど」ボブはいぶかしげに言った。

「ねえ、仕事が終わったら、またカメラを借りたいの。あと、照明も」

ボブは説教でもする口調で言った。「ルーン、こいつがなんだかわかってるのか?」まるで金髪女の尻か何かのように、大きなビデオカメラをなでている。

「ラリーが使っていいって言ったのよ。前にも使ったことがあるし」

「ちょっとはボスを立てろよ。さあ、言ってごらん。これはなんだ?」

「ベータカムのビデオカメラよ、ボブ。ソニー製。アンペックス社のデッキもついてる。あたしは五十回くらい使ったことがある」

「これがいくらするか知ってるか」

「あなたがあたしにくれる一生ぶんの給料よりも高いわね、きっと」

「ふん。四万七千ドルだ」ボブは劇的な効果を狙ってことばを切った。

「ラリーが最初に貸してくれたときにそう言ってたわ。あたしが使ったからって値打ちはさがらないでしょ」

「なくしたり、壊したり、真空管を燃やしたりしたら弁償してもらうからな」

「気をつけるわ、ボブ」

「四万七千ドルで何が買えるか、わかってるのか」ボブは諭すように言った。「それだけあったら、グアテマラへ移住して、残りの人生を王さまみたいに過ごせるんだぞ」

「気をつけるってば」ルーンは、ラリーとボブが来週提出することになっている、テレビCM入札用の絵コンテに番号を振りはじめた。

「残りの人生を王さまみたいに過ごせる」ボブは聞こえよがしに言いながら、スタジオへ引っこんだ。

ルーンはハウスボートのデッキにソニーのビデオカメラを据え、その隣に四百ワットのスタンドライトを置いた。銀色の粘着テープを大きなロールから何枚かちぎりとり、それらを使って、ライトの黒い金属の遮光板にピンク色のゼラチンフィルターを固定した。こうすると、シェリーの顔に柔らかな光があたる。

〝撮影を知りたかったら、照明を知ることだ〟と、ラリーから言われたことがある。

そして、シェリーの後ろに小型の補助ライトを置いた。

被写体の頭上を彩ることになるのは、フレアや残像の心配がない街の明かりだ。

ファインダーをのぞきながら、ルーンは思った。何もかもすごくいい感じ。

さらに思う。これなら自分が撮影慣れしているように見える。シェリーにはなんとしても好印象を与えたかった。

絵コンテを封筒に詰めながらも、シェリーへの質問を考えていた。それらは黄色いメモ帳に書きとめてある。ところが、ライトをつけ、テープをまわしはじめたいま、ルーンはためらっていた。用意した質問は、高校時代に受けたジャーナリズムの授業を思いださせた。

――ええと、この仕事をはじめたのはいつですか？

――ええと、アダルトもの以外で好きな映画はなんですか？

――大学へは行きましたか？　専攻は？

けれども、シェリーに質問は必要なかった。ルーンはずっと頭に描いていたオープニング・ショット――例の鋭敏な青い瞳の超クローズアップ――を撮り、それからカメラを引いた。シェリーが微笑み、話しはじめる。その低くて耳に心地よい声や、自信のうかがえる落ち着き払った居住まいは、ＰＢＳのトーク番組で見かける意欲満々の女性上院議員や株式仲買人を思わせる。

最初の一時間ほど、シェリーはポルノ業界の実情を淡々と語った。成人映画はゆるやかな死に直面している。七〇年代に一部で評されたような小粋で斬新な印象はもはやない。いかがわしさに興奮する時代は終わった。右寄りの宗派や保守主義者による抗議運動が激しくなっている。だが、シェリーに言わせると、業界にとって好ましい要素も存在する。エイズはそのひとつだと言っていい。〝観て楽しむセックスこそいちばん安全なセックス〟だからだ。それに、近ごろは浮気をする者が少なくなった。火遊びは減り、家でさまざまな試みに興じるカップルが増えた。けばけばしい歓楽街の悪臭漂う映画館へ出向く必要はなく、自宅の寝室でパートナーといっしょに、アクロバットまがいのセックスを鑑賞すればいい。

ポルノを観る方法も変わった。「新たなファンの獲得にいちばん貢献しているのはビデオよ」と、シェリーは語る。ポルノはビデオという媒体にぴったりだと感じているという。「十五年前、大手プロダクションのポルノが全盛だったころは、一本の映画の予算が百万ドルになることもあったの」当時は特殊効果やセットや衣装に趣向が凝らされ、俳優は九十ページに及ぶ台本を暗記していた。撮影は三十五ミリフィルムを使ったテクニカラー方式。古典的名作〈グリーンドア〉のスタッフは、本気でオスカーを狙っていた。

いまでは、数十の小さな会社が〝手作業〟で制作しているに等しい。撮影にはビデオが使われ、フィルムの出番はない。五千ドルと、コカインを入手するつてと、協力を惜しまない友人が六人そろえば、だれもがプロデューサーになれる。ジョン・ホームズやアネット・ヘヴンやセカやジョージナ・スペルヴィンのようなスーパースターは、近ごろほとんどいない。シェリー・ロウは知名度でだれにも引けをとらない（そこでカメラを鋭く一瞥する。「出演作が五百本あるのよ。あえて言うけど」）。とはいえ、名が売れていると言っても、通用するのはニューヨークとカリフォルニアぐらいのものだ。シェリー・ロウも中西部では、ビデオショップのカーテンで仕切られた片隅でレンタルビデオのカバーを飾る顔ぶれのひとりにすぎない。七〇年代半ばにこの仕事をしていたら、全国の劇場で公開初日の舞台挨拶をしていただろうが、近年そんな機会はない。

作り方もお手軽だ。三人のスタッフが、二日間ロフトを賃借りするか、だれかのアパートメントに居すわり、カメラや照明や音響の準備をして、六回から十回の性交場面と合計二十分ほどのつなぎ場面を撮る。台本は十ページ程度で、おおまかなあらすじだけが書かれている。台詞は即興で作る。撮影後の編集では、ふたつのバージョンが作られる。ハード・コア版は映画館や通信販売、ビデオボックスやビデオショップ向け。ソフトコア版はケーブルテレビやホテルの室内サービス向け。映画館はもはや成人映画の最大の販路ではない。その多くが閉館したか、あるいはビデオ映写装置を入れて、結局そのあとで閉館した。とはいえ、人々はアダルトビデオを借り、家へ持ち帰って観る。年間四千本もの成人向けビデオが生産され、一大市場を形作っている。

「大量生産。いまの時代、ポルノはフォルクスワーゲンと同じなのよ」

「あなたの話も聞かせて。個人的なことを」ルーンは言った。「この世界にはいったのには、やむを得ない事情があったの？　誘拐されたとか、十歳のときにいたずらされたとか」

シェリーは笑った。「まさか。やりたかったのよ。それとも、無理強いされたわけじゃないとでも言うのかしら。芝居がしたくてたまらなかったんだけど、まともな仕事はもらえなくてね。家賃を払うなんてとても無理。ありつけた仕事はポルノだけだったわ。そのうちに、芝居ができるだけじゃなくて大金も稼げるんだって気づいた。だから割り切ったの。演技に関しても、セックスに関しても。じゃなきゃ自分を見失いかねないから」

「食い物にされたりしなかった？」

シェリーはまた笑い、首を左右に振った。カメラをまっすぐ見据える。「ポルノ業界はそういうところだって、昔から思われてるのね。売られてきた貧しい農場の娘じやないんだから、そんなことはないのよ。一般映画の世界では男性が優位だけど、ポルノの世界では逆なの。実生活でのセックスに似てるわね。主導権を握っているのは女。わたしたちは男がほしがるものを持っていて、男は喜んでそれにお金を払う。女は男よりたくさん稼げる。できること、できないことははっきり言う。女性上位ってわけ。最後のは冗談よ」

驚きもあらわにルーンは訊いた。「じゃあ、仕事が気に入ってるの？」

一瞬の沈黙のあと、ベータカムのつややかな高級レンズに、ふたたび真摯なまなざしが悠々と注がれた。「そうとも言いきれない。ひとつ難点があるの。この業界には欠如してるのよ……美意識ってものが。ポルノはエロチックな映画なんて呼ばれてるけど、エロチックな要素なんかまったくない。エロチシズムというのは、肉体だけじゃなく情緒にも訴えかけるものよ。やってるところのクローズアップなんて、エロチックでもなんでもないわ。けさも言ったと思うけど、この業界の教養レベルってほんとうに低いのよ」

「なのに、どうしてつづけてるの？」

「いまはふつうの舞台もやってるわ。たまにだけど。収入はいちばん多かった年で四千ドル。ポルノのほうの収入は、去年が十一万二千ドルよ。生きていくにはお金がかかる。楽に稼げる道は確保しておかないとね」

シェリーが肩を一インチ落としたのを見て、ルーンはあることに気づいた。話しはじめたときの強気でしなやかなシェリー、事実と数字で武装したシェリー、声にニュースキャスター並みの気骨が感じられるシェリーと、いま話している女は同じ人間ではない。ここにいるのは別人だ。もろくて、繊細で、思慮深い。

シェリーは背筋を伸ばして脚を組んだ。腕時計に視線を落とす。「ねえ、疲れたわ。今夜はこれくらいにしましょうよ」

「そうね」

照明を切ると、熱くなった本体がちりちりと音を立てて冷めていった。ルーンはすぐに、ふたりを包む夜の冷気に気づいた。

「どうだった？」ルーンは訊いた。「すごくよかったと思うんだけど」

シェリーは言った。「あなたって、とても話しやすい人ね」

「用意した質問はまだひとつもしてないの」ルーンはあぐらをかいてすわり、両膝を蝶の翅《はね》のように上下させた。「知りたいことはたくさんある……それに、あなた自身の話をまだほとんど聞いてないし。あなた、ほんとに話し上手ね」

「まだ興味があるなら、パーティーに連れていってあげるわよ」

「もちろんある」

シェリーは尋ねた。「電話を使ってもいい？」

「ごめんなさい。覚えてる？　あたし、〝ミス・連絡不能〟なの」

「船舶用無線があなたには必要ね。じゃあ、ちょっとスタジオに寄っていってもいいかしら。あした撮影の予定がはいってるかどうか、たしかめなきゃいけなくて」シェリーはＪＶＣの小型ビデオカメラに目を留めた。「それを持っていったら？　パーティーの映像も撮れるでしょ」

「いいわね」ルーンは小型カメラをバッグに入れた。「迷惑がられないかな」

シェリーは、あきれて首を振るときと同じ顔で苦笑した。「あなたはスターの連れだってこと、忘れてない？」

〈レイム・ダック・プロダクション〉の防音スタジオは、ルーンの職場から三ブロックしか離れていなかった。

どちらもチェルシーにあるけれど、この地区はブロックごとに様子ががらりと変わる――〈Ｌ＆Ｒ〉のはいっているビルがむやみに高い料理を出す気どったレストランの隣にあるのに対し、〈レイム・ダック〉のほうは、韓国の輸入業者や倉庫やコーヒーショップがひしめく暗くてごみごみした一角にひっそりと建っている。通りを歩いていくと、ニンニクや酸化した油のにおいがした。アスファルトに点々と埋まった丸石がぎらついている。使い古された車や配達用のバンが、翌日もニューヨークの路上で酷使されるのを待ち受けている。

ルーンとシェリーは建物のロビーへ進んだ。床には何百回となくおざなりにモップをかけた跡がある。シェリーは言った。「すぐおりてくるわ。日程表をチェックするだけだから。ビルの外観を撮るには暗すぎるかしら」ビデオカメラを顎で示す。

ルーンはやってみると答えた。

警備員が言った。「あっ、ミス・ロウ、伝言をお預かりしています。至急電話がほしいと」

シェリーはピンク色の伝言メモを受けとり、目を走らせた。そしてルーンに言った。「すぐもどるわね」

ルーンは外の歩道をぶらついた。ビデオカメラを構えたが、光量不足を示すランプが光っているのが見える。カメラをバッグにしまった。ニンニクのにおいに空腹感を掻き立てられ、ポルノ業界のパーティーではどんな料理が出るのかと考えた。料理を気にするなんて平凡ね。どう思う？　シェリーもほかのみんなといっしょ。きっと――

「ねえ、ルーン！」シェリーの声が通りに響いた。

ルーンは建物を見あげたが、暗くてどの窓から叫んでいるのかわからない。やがて三階の窓辺にシェリーのシルエットが見えた。ルーンは叫び返した。「何？」

「あした十一時に撮影があるの。見たい？」

「そうね」とっさにそう答えたが、即座に、実は撮影現場など見たくないことに気づいた。「かまわないの？」

「話を通しておくわ。いま電話する。すぐにおりていくから」シェリーは奥へ消えた。

奇妙きわまりない体験になりそうだ。セットはどんな感じなのだろう。スタッフは退屈そうな顔をしているのか。撮影現場が乱交パーティーの場に早変わりするのか。男優がシェリーに誘いをかけることもあるかもしれない——もっとも、女優がみなシェリーのようなすらりとした金髪美人なら、そんな心配はあるまい。一糸まとわぬ男女がそのへんをうろうろ——

その炎の玉は、まるで形のくずれた太陽だった。まぶしさのあまり、反射的に両腕で目をかばったおかげで、ルーンは道路に降り注ぐコンクリートやガラスや木材の破片を顔に浴びずにすんだ。耳を聾する爆音につづいて、全身にこぶしを打ちつけられるような震動を感じた。

ルーンは絶叫した——響き渡る轟音への恐怖と、道路脇の古びたシボレーのバンにたたきつけられた痛みで。

立ちのぼる煙、そして炎……

しばらくのあいだ、ルーンは排水溝に横たわっていた。頭はコンクリートの縁石に押しつけられ、顔は油っぽい水たまりに浸かっている。耳鳴りがあまりにひどいので、スチームパイプでも破裂したのだろうかと思った。

いったい何があったの？　飛行機の墜落？

ゆっくりと体を起こす。耳にふれてみた。綿のような手ざわりは、灰が詰まっているせいだ。耳もとで指を鳴らしたが、音は聞こえなかった。指の音だけではない。十フィート先で急停止した大型消防車がけたたましく鳴らしているはずのサイレン音すら、感じなかった。

ルーンは立ちあがり、バンにもたれて体を支えた。めまいがする。おさまるのを待ったがよくならず、もしかしたら脳震盪を起こしているのかと考えた。

それに、目もおかしくなったのだろうか。同時にふたつのものがはっきり見える――近くのものと、遠くのものが。

近くに見えたのは、まわりに金色のふちどりのある薄い紙で、繊細な文字が記されていた。それは優雅に舞いおりてきて、ルーンの頬をかすめ、不安定な空気の流れに乗ってどこかへ消えた。

もうひとつ、黒い煙の柱にさえぎられていてさえ、はっきり見えたのは、目の前の建物の三階部分にあいた穴だった。先刻までシェリーがいたオフィスが、空洞と化している。あそこからルーンに向かって叫んだのが、最期のことばになったのだろうか。

5

みな、顔つきが石のようだ。

ニューヨーク市警のパトカーのあけ放たれた後部座席に腰かけ、脚を外へ投げだした姿勢で、ルーンは涙をぬぐった。五フィート向こうに立つふたりの男に見られているのはわかったが、視線を返さなかった。

火は消えていた。化学薬品の強い臭気があたりに充満し、煙が油っぽい霧のように薄く立ちこめている。

ルーンの顔と両肘の傷は、救急隊員たちによって処置がすまされていた。使われたのは絆創膏だった。もっと大げさな手当てをするものと思ったのに、隊員はただ皮膚をこすり、肌色の薄片を手荒く貼りつけただけで、上の階へあがっていった。足どりは速くない。行く手には、その手腕をふるうべき相手がひとりもいないからだ。

ルーンはぼろぼろになったティッシュの塊を最後にもう一度目に押しあててから、顔をあげてダークスーツ姿の男ふたりを見た。「彼女、死んだんでしょ？」

「大声を出さなくていい」刑事のひとりが言った。

ルーンには自分の声が聞こえなかった。まだ耳が麻痺している。落ち着いて話そうとつとめながら、質問を繰り返した。

それは意外な質問だったらしい。ひとりは、かすかな笑みにも見える表情を浮かべた。何か口にしたが、聞きとれない。ルーンはもう一度言ってくれと頼んだ。刑事は言った。「半端じゃなく死んでるよ」

刑事たちと話すのは骨が折れた。ところどころ耳にはいるけれど、あとの部分は聞こえない。何を訊かれているのか、相手の目を見なければわからなかった。

「何があったの？」ルーンは言った。

どちらも答えない。ひとりがぞんざいに尋ねた。「名前は？」

ルーンは名乗った。

「芸名はいい。スクリーンで使ってる名前じゃなくて、本名を教えてくれ」冷ややかな視線が注がれる。

「ルーンは本名よ。待って……あたしをシェリーの仕事仲間だと思ってる？」

「仕事？　あれが仕事だって？　おふくろさんはなんと呼ぶ？」

怒りで顔が火照った。「あたしはポルノ女優じゃない」

もうひとりが薄笑いを浮かべた。「ああ、そのくらいは見当がつくさ」そう言って、視線をルーンの体に這わせる。「で、なんの仕事をしてるんだ。コーヒーを調達する？　メイク係？　撮影前に男優たちのナニを奮い立たせてやる係か？」

ルーンは立ちあがった。「あのね――」

「すわってろ」刑事は手振りでルーンを車内にもどした。「あんたらみたいなやつと話をするよりましな時間の使い方はいくらでもある」もうひとりの刑事は穏やかそうだが、相棒の熱弁を止めようとはしない。「あんたらは、ああいういかがわしい商売を勝手にやって、性病だのなんだのを助長している。それもけっこうだ、ここは自由の国だからな。ただ、おれがあんたに同情して、爆死した友達へのお悔やみを言うなんて思うなよ。さあ、早いとこ質問を終えて引きあげたいんだ。何を見たのか教えてくれ」手帳が出てきた。

ルーンはまた泣きだしていた。ぼろぼろ涙をこぼし、鼻をすすりながら、起こったことを話した。これから向かう予定だったパーティーのこと、シェリーが電話の伝言を受けとっていたこと、自分は下で待っていたこと。

「シェリーが窓のところにいるのが見えたの。それから部屋が爆発した」ルーンは目を閉じた。爆発の光景がスローモーションでよみがえる。ふたたび目をあけたが、鮮明な映像は脳裏から消えなかった。「それはもう……すごい音がしたわ」

メモをとっていた刑事――意地の悪いほう――がうなずき、手帳を上着のポケットに滑りこませた。「ほかにだれも見なかったのか」

「ええ」

刑事はわざとらしい思案顔で相棒を見た。「上へ連れていって、死体を見せたらどうかな。身元を確認できるだろう」

「そうだな。爆発のせいで検死局は大忙しだ。ずいぶん助かるだろうよ。行こう、ミス・ポルノ、あんた、胃は丈夫だろ?」刑事はルーンの腕をつかみ、車から引っ張りだした。

もうひとりはにやついていた。「皮膚の半分は吹っ飛んで、残りは黒焦げだぞ」そう言ってルーンを建物の入り口へ押しやった。

刑事たちの背後で声がした。「やあ、どうかしたのか」

カウボーイが歩道に立ち、野球帽のつばに沿ってこぶしをゆっくり動かしている。ルーンを一瞥してから、また刑事たちを見た。

ひとりがルーンを顎で示した。「目撃者だ。いまちょうど――」

ルーンは刑事の手を振りほどき、カウボーイへ歩み寄った。「あたしを上へ連れていって、シェリーの死体を見せようとしてるのよ」

カウボーイの眉間に皺が寄った。「なんだって?」

刑事のひとりが肩をすくめ、薄笑いを浮かべた。

カウボーイが言った。「遺体は十分前に運びだされて、検死局へ搬送されたじゃないか。あんたらも見てたよな」

刑事たちはにやりとした。「ちょっとからかってただけだよ、サム」

カウボーイはうなずいている。腹を立てているふうではないが、笑みを返しもしなかった。「そっちの用はもうすんだのか」

「まあな」

「この娘《こ》と少し話をしてもいいか」

「どうぞお好きに」刑事はルーンのほうを向いた。「あとで供述書にサインをしてもらいたい。連絡先を教えてくれないか」

ルーンは〈Ｌ＆Ｒプロダクション〉の電話番号を告げた。

覆面パトカーに乗りこみながら、刑事のひとりが言った。「これを教訓にするといいぞ、お嬢さん。まともな人生を送ることだ」

「あたしは――」ルーンは反論しかけたが、ドアが勢いよく閉まり、車は走り去った。

カウボーイはルーンの顔をじっと見ている。「それほどひどくないな」

「それ、どういう意味？」

「傷の話だ。きみは運がよかった。爆発が一階で起こってたら、助からなかったかもしれない」

ルーンはくすぶる穴を見つめていた。焼け焦げた電線や鉛管から、消防士が用意した金属のケージ入りの小型ライトがいくつかぶらさがっている。

「犠牲者の名前は？」カウボーイが訊いた。

「シェリー・ロウ。芸名だけどね。成人映画の人気女優だったの」

「上にあったのはスタジオなのか」

「〈レイム・ダック・プロダクション〉よ」

カウボーイはうなずき、建物の壁にあいた穴を見あげた。「またポルノがらみの爆破事件か」

「あのふたり」ルーンは刑事たちが去っていった方向を顎で示した。「あたしもあそこで働いてると思ってたの」

「ショック療法だよ。ドラッグ所持の若者にも同じ手を使う。売春婦や飲酒運転のドライバーにも。屈辱を味わわせれば、乱れた生活を悔い改めて、学校へもどったり、酒をやめて教会へかよいはじめると考えてね。おれも〝ポータブル〟のころはやってた」

「何のころ？」

「警邏《けいら》巡査だったころだ」

ルーンは建物に一、二歩近づき、壁の穴を見つめた。「あたしはシェリーの仕事仲間じゃない。彼女のドキュメンタリーを撮ってるの。あの手の映画の仕事はしてないわ」

「どこかで見た顔だな」

「この前の、映画館の爆発現場にも居あわせたの。そのときに会ってる。それからゆうべも」

「カメラを持った人間がいたのには気づいてた。きみだとはわからなかったよ」

「声をかけたのに、答えてくれなかった」

「聞こえなかったんだ」カウボーイは答え、自分の耳にふれた。「ちょっと耳が遠くてね。爆弾処理の仕事を何年かやってるから」

「ルーンよ」手を差しだした。

カウボーイの指は細身だが、たこで厚くなっていた。「サム・ヒーリーだ」

青と白のパトカー数台が引きあげはじめ、ヒーリーは手ぶりでルーンを歩道へさがらせた。ルーンは警官のほとんどが去ったことに気づいた。六台の消防車が残っているだけだ。ほかには、爆発物処理班の青と白のステーション・ワゴン。

ヒーリーは両手を腰にあて、砕けた壁を見ていた。その場を行きつもどりつしている。

「なぜみんないなくなったの？」

ヒーリーは壁の煉瓦を見つめた。「閃光は見たかい」

「閃光？　ええ」

「どんな色だった？」

「覚えてない。たぶん赤かオレンジよ」

「化学薬品の刺激は？　催涙ガスみたいな」

「すごいにおいだったけど、刺激は感じなかったと思う」

「だれかが窓へ何かを投げこんだようなことは？」

「手榴弾とか？」

「なんでもいい」

「何もなかったわ。シェリーが窓から大声であたしに質問した。それから電話をかけにいった。爆発したのはその一分後。いや、もっと短かったかも」

「電話？」

「折り返し電話をくれって伝言があったの。相手の名前はたぶん警備の人が知ってる。でも、きっとほかの刑事さんがもう聞きだしてるはずよ」

ヒーリーは顔をしかめている。小声で言った。「警備員は、家へ帰してやったんだ。何も知らなかったし、伝言のこともまったく口にしていない。少なくとも、ほかの刑事たちは聞いていないと言ってる。ちょっとここで待っててもらえるかい」

ヒーリーは長い脚でステーション・ワゴンへもどっていった。無線で数分話したのち、レシーバーをダッシュボードにもどすのが見えた。若い警官がやってきて、ビニールの袋を手渡した。

ヒーリーが帰ってくると、ルーンは言った。「第二の天使？」

驚嘆の笑い声があがる。

「先週、あなたの後ろからのぞき見したの」

ヒーリーはうなずいた。それから少し思案し、袋をルーンに見せた。


第二の天使がラッパを吹いた。すると、火の燃えさかる大きな山が海へ投げ入れられた。海の三分の一が血に変わり……


また〈イエスの剣〉からのメッセージだ。ヒーリーは袋をアタッシェケースにしまった。

ルーンは言った。「さっきも訊いたんだけど——みんなはどこにいるの？　警察の人で残ってるのって、あなたくらいでしょ」

「ああ、お達しがあってね」ヒーリーはまた壁の穴を見た。

「お達し?」

ヒーリーはまだ煙の出ているビルを顎で示した。「たとえば、あそこで命を落としたのが警察関係者だったとする。子供や尼さんや妊婦でもいい。それなら、いまも警官とFBI捜査官が百人は残ってるだろう」まるで生命誕生の仕組みを子供に説明しながら、うまく伝わっているかどうかを探る親のようなまなざしで、ルーンを見た。伝わったと思えなかったらしく、ヒーリーはつづけた。「ああいう手合いに――ポルノ業界の人間にかかずらって時間を無駄にするな、というお達しが出たんだよ。わかったか?」

「そんなのおかしいわ」ルーンの目が鋭く光った。「映画館にいた人たちはどうなの? あの人たちのこともどうでもいいわけ?」

「どうでもよくはない。ただ、あまり力を注げないだけだ。〈ヴェルヴェット・ヴィーナス劇場〉にいた客のことを知りたいのか? 犠牲者の何人かは、もちろん、ただの観客だったよ。でも、麻薬がらみの指名手配者がふたりいたんだ。ひとりは仮釈放中に逃亡した重罪人で、もうひとりは刃渡り十インチの肉切り包丁を持っていた」

「もし尼さんが近くを歩いてるか、そこの歩道に立ってるときに爆発してたら、シェリー・ロウみたいに死んでたかもしれないのよ」

「そのとおり。だから、捜査をやめるとは言っていない。無駄に人手を使わないだけさ」

　ルーンは手首にはめた銀のブレスレットをまわした。「シェリーが架空の人間だったみたいな言い方をするのね。生身の人間で、実際に殺されたのに」

「架空だなんて思っていない」

「もしシェリーがあの仕事をやめようとしてたって知ったら、ちがったふうに考えるのかしら」

「ルーン――」

「人を殺すのは犯罪。シェリー・ロウを殺すのは街の浄化。そんなの、あんまりよ」

　消防局の調査官がふたりのそばへやってきた。黒と黄色の消防服を着ているせいか、体が並はずれて大きく見える。「補強を終えるまでは、だれも上にあげられないんだよ、サム」

「現場検証をしなきゃならない」

「あすまで待ってもらわないと」

「今夜じゅうに終わらせたいんだ」

　ルーンは向きを変えて歩きだした。「そうよ、この人、五分かそこらで手がかりを見つけたいんですって」

「ルーン」

「……それから尼さんの警護にもどるの」

背後でヒーリーが叫んだ。「おい、待て」命令口調だ。

ルーンは歩きつづけた。

「頼むよ」

速度を落とした。

「訊きたいことがある」

足を止めて振り向いたとたん、消防車の回転灯のせいで、あふれる涙がヒーリーに見えてしまうのに気づいた。その場で片手をあげた。怒りを含んだ声で言う。「わかった。でも、きょうはだめ。いまはおことわりよ。やらなきゃいけないことがあって、いまを逃すと気がくじけそうだから。さっきの刑事さんたちが電話番号を知ってるわ」

ヒーリーが何か叫んだ気もするが、よくわからない。いまのルーンは、ヒーリーよりもずっと耳が遠かった。そして、これから訪ねる先でのことで頭がいっぱいだ。どんなふうに自分の役目を果たせばいいのか、まるで見当もつかなかった。

けれども、ニコール・ドルレアンはすでに知らせを聞いていた。

ルーンは西五十七丁目通りにある高層アパートメントの一室の戸口に立ち、悲しみの重さに憔悴してドアの側柱に寄りかかる女を見つめていた。泣き腫らした顔をしている。涙を拭くときに化粧も剝げたようだが、すべてではない。そのせいで顔が対称を欠いていた。

ニコールは姿勢を正し、柱から身を起こして言った。「ごめんね。どうぞはいって」

室内はひんやりとして暗かった。革や香水、それにニコールの飲んでいたウォッカのかすかなにおいが漂っている。ルーンは、壁のあちこちに飾られた、現代絵画もどきの演劇のポスターをながめた。額入りのサインもいくつかある。ひとつは〝ジョージ・バーナード・ショー〟と書いてある気がする。ほかはほとんど判読できなかった。

ふたりは広い一室へ進んだ。黒い革張りの家具が多いが、ポルノ女優の住まいとして想像されがちな変態趣味のインテリアではなかった。どちらかと言えば、裕福な形成外科医の住まいに近い。巨大なガラスのコーヒーテーブルは、厚さが三インチはありそうだ。カーペットは白で、ブーツで踏むと長い毛脚に爪先がめりこむ。ぎっしり詰まった本棚を見て、けさシェリーに何冊か自分の本を見せたのを思いだし、ルーンは泣きたくなった。それでもどうにかこらえたのは、ニコールがルーンの手前、必死に取り乱すまいとしているように見えたからだ。

ここには即席の追悼会場ができあがっている。ティッシュペーパーの箱。ストリチナヤ・ウォッカとグラス。コカインのはいった小瓶。部屋の一角を占めるソファーにニコールは腰をおろした。

「あなたの名前、忘れちゃった。ルビーだっけ?」

「ルーンよ」

「まだ信じられないの。あいつら、人間の屑ね。信心深いつもりなんだろうけど、あんなのまともなクリスチャンのすることじゃない。最低よ」

「だれから聞いたの?」ルーンは尋ねた。

「プロデューサーのひとりが警察からの電話を受けて、会社のみんなに連絡したの……ああ、神さま」

ニコールは大ぶりの鼻を静かにかんで、言った。「飲み物は? 何がいい?」

「要らない。あなたに知らせにきただけだから。電話をしようと思ったんだけど、なんだかそれじゃいけない気がして──あなたたち、仲がよかったみたいだし」

ニコールはまた涙を流していたが、しゃくりあげるほどではなく、声はしっかりしていた。「爆発があったとき、シェリーといっしょにいたのよね?」ルーンが飲み物をことわったのを聞いていなかったのか、それとも無視することにしたのか、半分溶けかかった小さな氷の山にウォッカを注いでいる。

「あたしは外で待ってたの。パーティーへ出かけるところだったのよ」

「ああ、成人映画俳優協会《AAAF》のパーティーね」

その記憶が引き金となり、また新たな涙が流れた。ニコールはウォッカのグラスを差しだした。ルーンはもう帰りたかったが、ニコールが濡れた瞳で懇願するように見つめるので、空気をたっぷり含んだ革張りのクッションにそっと腰かけ、出されたグラスを手にとった。

「ああ、ルーン……シェリーはいい仲間だったの。信じられない。けさ、ここにいたのに。パーティーのことで冗談を言いあってた――ふたりとも、ほんとは行きたくなくてね。それからシェリーが朝食を作ってくれた」

なんと言えばいいの？　ルーンは考えた。〝だいじょうぶよ〟とか？　もちろん、そんなはずがない。〝時がすべての傷を癒してくれるわ〟とか？　だめだめ、問題外。一生ふさがらない傷だってある。遠い昔、〈シェイカー・ハイツ葬儀場〉に安置された父の姿を思いだした。死は人生の景観をすっかり変えてしまう。永遠に。

ルーンは透明な苦い酒を口にした。

「卑怯だと思わない？」少したってから、ニコールが言った。「シェリーはあたしとはちがった。そう、あたしはこの仕事に向いてるの。胸が大きいから男に受けるし、濡れ場もうまいと思う。この仕事が好きなのよ。いいお金にもなるしね。ファンレターをくれる人だっている。何百人も。でもシェリーはこの世界がきらいだった。いつも、ほら、重荷でも背負ってる感じがした。もしチャンスに恵まれたら、きっとほかのことをしてたはずよ。あの宗教狂いの連中……シェリーを選ぶなんて、まちがってる」

ニコールはしばし本棚に目を向けた。「一度、ブルース歌手でもある売春婦の映画をふたりで観にいったことがあるの。惨めな人生で、孤独な主人公……あれはわたしよ、ってシェリーは言ってた。自分の人生もあんなふうにむなしいって。その映画を二回観たんだけど、あたしたち、二回とも泣いちゃって」

いまも泣いている。

ルーンはウォッカのグラスをテーブルに置き、ニコールの肩に腕をまわした。不思議な組みあわせね、あたしたち。ルーンはそう思った。しかし、姉妹のような関係を持ちだされるほど悲しいものはない。

さらに一時間話しつづけたころ、ルーンの頭が痛みだし、顔の傷がうずきはじめた。そろそろ帰ると告げた。ニコールは泣き上戸で、なおも数分おきに涙を流していたが、数分おきにうとうとしてもいた。それでもルーンをしっかりと抱きしめ、〈L&R〉の電話番号を書いたメモを受けとった。

ルーンは、磨きあげられた大理石のロビーへおりるエレベーターを待った。

シェリーを失ってこれほどつらいときに、本人の真の姿——生活のために就いていた仕事はどうあれ、ほんとうはどれほど思慮深く、どれほど高い目標を持っていたか——を世間に伝える映画など作れそうになかった。

けれども、そのときルーンは思った。なぜだめなの？

なぜ映画が作れないの？

ぜったいに作れる。

そこで、ニコールから聞いたブルース歌手の話を思いだし、急に映画のタイトルがひらめいた。しばらく考えたのち、心は決まった。ブルース……成人映画《ブルームービー》。そう、これよ。〈あるブルームービー・スターの墓碑銘〉。

エレベーターが到着した。ルーンは乗りこむと、階数ボタンを取り囲む冷たい真鍮のプレートに顔をつけ、一階までの短い旅に出た。

6

堂々としていれば、止められることはない。中に入れてもらえる。人生を左右するのは態度だ、とルーンは知っていた。

ルーンは青いウィンドブレーカーを着ていた。背中には白い〝NY〟の文字がある。けさ、アクリル絵の具を使ってステンシルで刷ったものだ。ソニーのベータカムを肩に掛けたまま、〈レイム・ダック・プロダクション〉のロビーに立つ制服警官の前を通った。心ここにあらずという顔で会釈をする。落ち着いて、公務員のようにそっけなく、通してもらうのが当然という風情で。

警官はルーンを止めた。

「あんた、だれだ」〈ビーバーちゃん〉に出てきた——ええと、なんて名前だっけ——エディー・ハスケルに似ている。

「撮影班です」

エディーは、ルーンの黒いストレッチ・パンツとハイカットのスニーカーへ目を向けた。

「そんな班は聞いたことがないな。どこの分署だい」

「州警察よ」ルーンは答えた。「さ、もういいでしょ。きょうはあと五件もCSをまわるんだから」

「CSって？」エディーは動かない。

「犯行現場《クライム・シーン》」

「CSねえ」エディーはうなずいている。「バッジは？」

ルーンはバッグに手を入れ、IDホルダーを取りだして手早く開いた。片面には金色に輝くバッジが、反対側には無愛想な顔写真入りの身分証がある。名前の欄には〝サージャント・ランドルフ〟と記されている（一時間前にタイムズ・スクエアの商店街でルーンにそのホルダーを売った男は、こう言っていた——〝あんた、サージャントなんて名前なのか。まるで巡査部長《サージェント》だな。おれの年代も、子供に妙ちきりんな名前をつけたもんだ。サンシャインとか、ムーンビームとか〟）。

エディーはIDホルダーを一瞥し、肩をすくめた。「階段を使ってくれ。エレベーターが壊れてるんでな」

ルーンは三階までのぼった。またしてもあの焼け焦げたにおいに襲われ、吐き気を催した。オフィスだった場所へ足を踏み入れる。重いカメラを持ちあげ、撮影をはじめた。現場のありさまは予想とちがい、煤に覆われたり椅子が散乱したりガラスが割れたりといった、映画でよく見る光景はどこにもなかった。

跡形もなく破壊されている。

どんな家具が置いてあったにしろ、すべて吹き飛ばされ、木材や金属やプラスチックの破片と化している。かろうじて原形をとどめているのは、巨大なこぶしでめった打ちにされたかのようなファイル・キャビネットだけだ。天井は吸音タイルが失われてワイヤーが垂れさがり、床は紙やごみ屑やさまざまな破片に覆われた黒い海を思わせる。壁には、ペンキが焦げてできた薄い気泡が見える。黒焦げの布や紙の山から、いまも熱気が立ちのぼっている。

ルーンはカメラを水平に振って、全景を撮影した。

——ここでシェリーの人生は幕を閉じた。こんなふうに終わった。炎に包まれ——

背後から声がした。「どう思う?」

カメラをおろし、スイッチを切る。

振り向くと、サム・ヒーリーが別の入り口にたたずんでデリの青いカップ入りのコーヒーを飲んでいるのが見えた。いまの質問が気に入った。〝いったいここで何をしてる〟と訊いてくるのが当然だろうが、それよりもずっといい。

ルーンは言った。「まるで冥界みたい。そう、地下の世界ね」

「地獄だよ」

「ええ」

ヒーリーはロビーのほうを顎で示した。「どうやって下を突破したんだ」

「説得したの」

ヒーリーはルーンのそばまで来ると、ゆっくりと後ろを向かせ、背中の文字を見た。「かっこいいな。なんのつもりなんだ。バスの運転手のふりでもしてるのか」

「ビデオを撮ってるだけよ」

「ああ、例のドキュメンタリーか」

ルーンはヒーリーの足もとにある小型のアタッシェケースを見た。「ここで何してるの？　深入りするなってお達しがあったのよね。まさか覚えてないとか？」

「おれはただの一兵卒だからな。証拠を集めてる。それを地方検事がどう扱うかは知ったことじゃない」

ルーンはアタッシェケースのそばに並ぶビニール袋の山を見た。「どんな証拠を――」

別の声が割りこんできた。「あの、あの女です」

巡査エディーだ。

ああいう調子で〝あの女〟や〝あの娘《こ》〟と呼ばれたことは何度もある。口にするのはたいてい、教師や両親や上司だった。

ルーンとヒーリーは顔をあげた。エディーはずんぐりとした男を連れている。見覚えのある顔だ。思いだした――最初の爆破事件のあった映画館で見た男だ。あの茶色のスーツ。

「サム」スーツ男はヒーリーにうなずき、それからルーンに向かって言った。「ベグリー刑事です。州警察のかただと聞きました。もう一度身分証を見せていただけますか」

ルーンは顔をしかめた。「そんなこと言ってない。州警察の依頼で撮影に来たって言ったのよ。ニュース用に」

エディーは首を横に振った。「わたしはバッジを見ました」

「お嬢さん、偽造バッジを持つのが犯罪だということはご存じかな」

「悪用する人間が持った場合だけでしょ」

ヒーリーが言った。「アーティー、この娘《こ》はおれの連れだ。心配ない」

「そこらじゅうで偽バッジを振りかざされちゃまずいだろう」ベグリーはルーンに向きなおった。「バッグをあけなさい。さもないと、署まで同行してもらう」

「あたしはただ……」

エディーがヒョウ柄のバッグを取りあげ、ベグリーに手渡した。ベグリーはがちゃがちゃ音を立ててがらくたを掻きまわした。一、二分探ったのち、不審そうに中身を床の上にあけた。バッジはない。

ルーンはすべてのポケットを裏返してみせた。からっぽだ。

ベグリーの視線に気づいて、エディーが言った。「見たんです。この目でたしかに」

ヒーリーが言った。「おれが目を離さないでおくよ、アーティー」

ベグリーは不満げにうめいて、バッグをエディーに渡し、あけた中身をもどせと命じた。

「バッジを持ってたんですよ」エディーは言い張った。

ベグリーはヒーリーに言った。「歯型から身元がわかった。ロウって女でまちがいない。ほかに負傷者はなし。それと、ゆうべ電話のことを訊いてたな」

ヒーリーはうなずいた。

「警備員はだれからの伝言だったかを覚えていない。いま電話会社が通話記録から発信者を割りだしてるところだ。ほかに何かわかったら、すぐに知らせる」

「助かるよ」

ベグリーは出ていった。エディーはバッグの中身をもどし終えた。ルーンを冷たく一瞥して、エディーも立ち去った。

ルーンが振り向くと、ヒーリーは身分証を見ていた。「巡査部長《サージェント》が〝サージャント〟になってる」

手を伸ばしたが、ヒーリーが高く持ちあげてかわした。

「ベグリーの言うとおりだ。こんなことをするとつかまるぞ。軽犯罪だ。しかも警官に生意気な口をきくと、刑期は最長になる」

「あたしのバッグからすったのね」

ヒーリーは合成皮革のIDホルダーを自分のポケットに入れた。「爆発物処理班の人間は手先が器用なのさ」そう言って、コーヒーを飲みほした。

ルーンはベグリーが去ったほうへ顎を向けた。「電話のことや何かを調べるように頼んだの？　あなた、ただの下っ端じゃなさそうね」

ヒーリーは無関心そうに肩をすくめた。「カメラをオフにしておくなら、集めた証拠を見せてやるよ」

「わかった」

ふたりはコンクリートの床にあいた穴のそばへ行った。近づくにつれ、ルーンの足どりは重くなった。穴のふちから白と灰色の亀裂がいくつも走っている。吸音タイル張りの天井は、爆風を受けたせいで半球状に醜く盛りあがっている。目の前の、外壁があったところには、例の大穴がある。

ヒーリーは床の穴を指さした。「大きさは計測済みだ。それで爆発の規模がわかる」綿のはいった小さなガラス容器を掲げてみせる。「この綿には、現場の空気中の化学残留物がしみこんでる。こいつを二番街の近くにある警察学校の研究室へ送るんだよ。そうすれば、どんな種類の爆発だったのかが判明する」

ルーンは手が汗ばみ、胃が締めつけられるのを感じた。電話をかけに行く前、シェリーはこのあたりに立っていた。死の瞬間、シェリーはこのあたりにいた。おそらくちょうどこの位置に。脚の力が抜けていく。ルーンはゆっくりとあとずさった。

ヒーリーはつづけた。「でも、これは混合爆薬四番《コンポジション・フォー》にちがいない。ふつうはC－4と呼ばれる」

「ベイルートで話題のやつね」

「テロリストのあいだじゃ一番人気さ。軍用爆薬だから、一般の火薬取扱店では買えない。薄汚れた白いパテみたいな形状で、ちょっと油っぽい。成形はとても簡単だ」

「時計か何かに仕掛けたりするの？」

ヒーリーはアタッシェケースのそばへ行き、ビニール袋のひとつを手にとった。中には焼け焦げた金属や導線の小片がはいっている。

「がらくたね」

「だが、重要ながらくただ。これで爆弾がどんなふうに作動したのか、犠牲者がどんなふうに死んだのかが正確にわかる。これは犠牲者が使った電話機の残骸だ。あそこらへんの木の机に置いてあったらしい」ヒーリーは床の穴のそばの一点を示した。

「台湾製の新型電話機だった。そこが肝心な点でね。欧米の古い機種だと、本体内部がほとんど部品でふさがってるんだが、新しい機種だと、空きスペースがたくさんある。となると、C-4を半ポンドほど仕込める」

「たいした量じゃないのね」

ヒーリーは意味ありげに微笑んだ。「うん、そう――C-4の成分の約九十一パーセントを占めるRDXは、おそらく核以外では最も強力な爆薬だ。トリニトロアミン系だよ」

ルーンはうなずいたが、何がなんだかさっぱりわからなかった。

「それにセバケイトとイソブチレンと、そう、モーター・オイルを少し混ぜる――安定性を高めるためさ。くしゃみに反応したりしないようにね。ごく少量でもすさまじい大爆発が起こるんだ。爆轟速度は秒速二万七千フィートになる。ダイナマイトはたったの秒速四千フィートだ」

「まだ研究室へ送ってないのに、どうしてC-4だってわかるの?」

「ここにはいった瞬間にぴんときた。においがしたからな。C-4かチェコ製のセムテックスのどっちかだった。それに、ポリ袋の切れ端を見つけたんだ――陸軍のコード番号がはいってたよ。それで確信した。完全には炸裂しなかったところを見ると、古いC－4だ」

「どんな仕掛けで爆発したの？」

ヒーリーは焼けた金属とプラスチックの破片を袋の上から押したり揺すったりしながら、ぼんやりとながめている。

「C－4が、電池と無線受信器のはいった小さな箱の雷管のまわりに埋めこんであった。配線は通話切断用のスイッチにも連動していて、だれかが受話器をあげるまで作動しないようになっていた。無線式の起爆装置にはそういう小細工が必要なんだ。警察や消防やCB無線の通信士がたまたま同じ周波数を使って、爆発に至る危険がつねにあるからね。あるいは、殺したくない人物が室内にいる場合もある」

ルーンは言った。「じゃあ、シェリーが受話器をあげて、その番号にかけたら、だれだか知らないけど電話の向こうにいたやつが――その、何？　――携帯用の無線機を使って爆発させたってわけね」

「そんなところだな」ヒーリーは窓の外を見つめている。

「その電話番号をあなたのお友達が見つけようとしてる」

「情熱に欠けるようだがね」

「うん、あたしもそんな気がした。ねえ、通りの角に公衆電話が並んでるでしょ」ルーンは言って、窓の外を顎で示した。「そいつ、近くにいたんじゃない？　シェリーが来たところが見えるように」

「刑事の素質があるな」

「それより映画監督の素質がほしいけど」

「実はけさ、きみの班のやつに電話をしたんだ」

「あたしの班？」

ヒーリーはルーンのウィンドブレーカーに目をやった。「C・S《クライム・シーン》。犯行現場捜査班だよ。この建物がよく見える場所にあるすべての電話から指紋を採取することになった」

やっぱりただの一兵卒なんかじゃない。ただの技術屋ともちがう。本物の刑事みたいな口ぶりだ。

ルーンは言った。「つまり、だれかがあたしたちを尾けてたってことね……。実はシェリーとあたしを見張ってるやつがいたの。あたしの家の近くで。たしかめに行ったら、襲われちゃった」

ヒーリーは眉をひそめ、ルーンの顔を見た。「警察には届けたのか」

「ええ。でも、人相はよく見てないの」

「なら、見たものは？」

「幅広のつばのある帽子——なめし革みたいな色のやつ。中肉中背で、赤いジャケットを着てた。たぶん前にも見たのよ。あたしがあなたを見かけたあの晩、映画館の近くで。最初の爆破事件から一週間後だった」

「若かったか、老けてたか」

「さあ」

「赤いジャケットか……」ヒーリーは手帳に何かを書きこんだ。

ルーンは金属片をビニール袋の上から指でつついた。「ちょっと妙だと思うことがあるんだけど」

ヒーリーはルーンを見た。「こういうやり方をするのは、だれか特定の人物を殺したいときだ。そう言いたいのか」

「ええ、そう。まさにそう思ったのよ」

ヒーリーはうなずいた。「モサドやＰＬＯやプロの殺し屋の手口だ。プエルトリコ民族解放軍《FALN》や〈イエスの剣〉の場合は、ただ声明を出して、オフィスの前に時限爆弾を置く。あるいは映画館のなかに」

「今回の爆弾は、映画館で使われたのとちがってるの？」

「少しだけね。今回のは遠隔操作型で、前回のは時限作動型だ。それに、使われた爆薬もちがう。今回はＣ－４、前回はＣ－３。威力はほぼ同じだが、Ｃ－３の場合、爆発後に有毒ガスが発生するから、被害の規模は大きくなる」

「変じゃない？　二種類のちがった爆薬を使うなんて」

「そうとも言えないな。この国では、強力な爆薬を入手するのがむずかしい。ダイナマイトなら簡単に手にはいるが——そう、南部の州ならホームセンターで買える——前も言ったとおり、C－3やC－4は純然たる軍用爆薬なんだよ。民間人が買うのは違法だ。ブラックマーケットでしか手にはいらない。だから爆破犯は調達できるものを使うしかない。連続爆破犯の多くが、毎回ちがう爆薬を使う。共通してるのは標的とメッセージだ。現場証人から話を聞けばもっとくわしく——」

「なんの現場証人？」

「最初の爆破事件で負傷した男だ。あの劇場で映画を観ていた」

ルーンは言った。「その人、なんて名前だったっけ？」

「だったも何も、名前は言ってない。現場証人の名前は明かせないさ。そもそも、こんな話をするのだってまずい」

「だったらなぜ話してるの？」

ヒーリーは壁の穴から外を見た。通りでは車がのろのろ動いている。盛んにクラクションが鳴り、ドライバーたちが不満の声をあげて苛立ちのしぐさをする。歩行者はみな急いでいるが、五、六人が足を止め、ビルにあいた穴をぽかんと見あげている。

一瞬視線をもどしたヒーリーの探るようなまなざしに、ルーンは気まずさを覚えた。

「犯人がここでしたことは」ヒーリーは床の穴へ顎を向けた。「実に巧妙だよ。本物のプロの手口だ。おれがきみの立場なら、映画のテーマを変えることを考えるね。あの〈イエスの剣〉が潜伏してるかぎりは」

ルーンはうつむいて、カメラのプラスチックの操作ボタンを指でもてあそんでいた。「ぜったい撮りたいの」

「おれは爆弾処理の仕事を十五年やってる。爆弾についてひとつ言えるのは、銃とはちがうってことだ。人を殺すとき、相手を見なくてすむ。近くにいる必要がない。無関係な人々を傷つけてもなんとも思わない。無関係な人々を傷つけるのも、メッセージの一部だからだ」

「シェリーにこの映画を撮るって約束したの。だから撮るわ。何があってもやめない」

ヒーリーは肩をすくめた。「おれはただ、きみが自分の恋人か何かだったら、そうしてもらいたいって言ってるだけだよ」

ルーンは言った。「IDホルダーを返してもらえる?」

「だめだ。証拠は責任を持って隠滅しておく」

「五十ドルもしたのよ」

「五十ドル？」偽バッジひとつが？」ヒーリーは笑った。「きみは法律を破っただけじゃなく、その前にぼったくられてもいたわけか。さあ、帰ったほうがいいぞ。そして、いま言ったことを考えるんだ」

「モサドとか爆弾とかC－4のことを？」

「ちがう種類の映画を撮ることをだ」


やってくれたわね。

その夜、仕事からもどってハウスボートの入り口に立ったルーンの目に、室内の惨状が飛びこんだ。抽斗《ひきだし》がひとつ残らずあいている。賊の仕事はかなり荒っぽい。衣服を手あたりしだいにほうりだし、ノート類を開き、ドレッサーやキッチンの抽斗を掻きまわし、フトンをめくりあげる、という具合だ。衣類、紙、本、テープ、食料、台所用品、ぬいぐるみ……あらゆるものがあらゆるところに散らばっている。

やってくれたわね。

ルーンは入り口のそばのクローゼットから新しい催涙スプレーの缶を取りだし、ボートをひとめぐりした。

賊はもういなかった。

物が散乱するなかへ足を踏み入れ、いくつか拾いあげる——靴下二、三足と、グリム童話の本。がっくりと肩を落とし、手にしたものをまた床にもどした。すべきことが山ほどあって、どれひとつとして今夜じゅうに終わりそうにない。

「最悪」

ルーンは倒れた椅子を起こして、そこに腰かけた。胸がむかつく。だれかが手をふれたんだ、あの靴下にも、本にも、下着にも、もしかしたら歯磨き粉にも……。全部捨てよう、と思った。すべてを蹂躙《じゅうりん》されたような感覚に、身の毛がよだつ。

狙いはなんなの？

自分には宝物がある。歴代のコインのなかで最高にセンスがよく、きっと値打ちが出るにちがいない、インディアン・ヘッド柄の五セント白銅貨五十八枚。コーンフレークの空き箱に束ねて詰めこんである約三百ドルの現金。古い本のうちの何冊かにも、それなりの値がつくはずだ。それからビデオデッキ。

そこではたと思いだした。ああ、ソニーのベータカム。

〈L&R〉のカメラ！

もう信じられない、あれは四万七千ドルもするのに。どうしよう、ラリーに訴えられてしまう。

――グアテマラへ移住して、残りの人生を王さまみたいに過ごせるんだぞ。

まずい。

ところが、使い古されたベータカムは、置いた場所にそのまま残っていた。

ルーンは十分間すわって気を静めてから、片づけをはじめた。一時間後にはかなり秩序が回復された。賊はたいして器用ではなかったらしい。入り口の鍵をあけるために、ニュージャージー側を望む小窓のひとつに石を投げつけて、ガラスを割っていた。ルーンはガラスの破片を掃き集め、窓枠にベニヤ板を打ちつけて、割れた部分を覆った。

また警官を呼ぼうかとも思ったけれど、呼んだところで何をしてくれるのか。どうせ無駄よ。尼さんや市長の弟や有名人の警護で忙しいんだから。

片づけを終えたとき、もう一度ベータカムに目をやった。

カメラの録音デッキ部分の蓋があいていて、シェリーを撮ったテープがなくなっている。

赤いジャケットの男のしわざだ。

一瞬パニックに襲われたが、それから寝室へ駆けこんで、自分の作った複製テープを見つけた。念のため再生してみる。シェリーの顔をひと目見て、テープを取りだす。それを食品保存用のビニール袋に入れて、現金のはいったコーンフレークの箱に滑りこませた。

ドアと窓に鍵をかけ、外の明かりを消した。それからグレープナッツ・シリアルを入れたボウルを持って、ベッドに腰かけた。催涙ガスの缶を枕の山の下へ押しこみ、またその上にもたれる。天井を見つめながらシリアルを食べた。

窓の外で、タグボートが深い音色の警笛を鳴らした。そちらへ目をやると、埠頭が視界にはいった。襲われたこと、赤いウィンドブレーカーの男のことを思いだした。恐ろしい爆発と、顔のまわりで渦巻く衝撃波を思いだした。死を待ち受ける部屋の奥へと消えた、シェリーの金髪を思いだした。

ルーンは食欲をなくし、シリアルのボウルを脇へ置いた。ベッドから出てキッチンへ向かう。電話帳を繰って、大学の項を開いた。そして、そのページを読みはじめた。

困ったのは、質問に答えてくれた相手が、話をさんざん脱線させたあげくにだまりこんでしまうことだった。まるで、ひとこと発するたびに、考えるべきことがつぎつぎ意識にのぼってくるかのように。

「教授？」ルーンは先を促した。

「ああ、そうだった」そして二、三分話しつづける。やがてまた、話が本筋からそれる。

7

その研究室は、二千冊はあろうかという本で埋めつくされていた。窓からは中庭の芝生の一角と、その向こうに低く不規則にひろがるハーレムの町並みが見渡せる。学生たちがゆっくりと芝生を横切っていく。みな落ち着いた目をしていて、勤勉そうだ。V・C・V・ミラー教授は、きしみを立てる木の椅子にもたれてすわっていた。

カメラを前にしても少しも緊張していない。「前にもテレビに出たことがあってな」ルーンが電話をかけたとき、教授はそう言っていた。「〈シックスティ・ミニッツ〉という番組でインタビューを受けたのだよ」専門は比較宗教学で、カルト教団をテーマにした論文を発表している。ルーンが最近の爆破事件を題材にドキュメンタリー映画を撮っていると話すと、教授は言った。「話ができて光栄だな。わたしの研究は絶対的なものとされているのだよ」ルーンのほうこそ光栄に思うべきだと言いたげな口調だった。

ミラー教授は六十代で、髪は白くまばらだった。カメラに対してつねに斜めに構えていたが、目だけはまっすぐレンズを凝視している——とはいえそれも、だんだんと声が小さくなり、窓の外を見つめて何やら考え事をしだすまでのことだった。煙草の灰がふけのように点々と散った、古ぼけた茶色のスーツを着ている。歯は象牙の仏像並みに黄ばみ、煙草をはさんだ人差し指と親指も同じ色だ。もっとも、カメラがまわっているあいだ、その手は煙草を一度も口へ運ばなかった。

いつの間にか、ひとり語りはハイチの話にまで及んでおり、ルーンはヴードゥー教や西アフリカのダオメーの宗教について数々の知識を授かりつつあった。

「ゾンビを知っているかね」

「ええ、映画で見ました」ルーンは言った。「だれかがカリブの島へ行って、歩く死人に嚙まれるんですよね。体を虫が這いまわってる不気味なやつらに。ああ、やだ。

それで、噛まれた人がもどってきて、友達全員を襲って——」

「わたしが言っているのは本物のゾンビのことだ」ルーンの指がカメラのトリガーから離れた。

「そういうものが存在するのだよ。ハイチの文化では、歩く死人はただの伝説ではない。研究によると、ホーンガンとマンボが——司祭と巫女のことだが——相手の心肺機能を抑制する処置をすることで、死に近い状態を作りだしていたらしい。死亡したかに見えた人々は、実際には仮死状態にあった」

ラリーのことば——〝インタビューをする側がつねに主導権を握るんだ。それを忘れるな〟——が思いだされ、ルーンは言った。「〈イエスの剣〉の話にもどりましょうよ」

「そう、そう、そうだ。例のポルノがらみの爆破事件を起こした連中の話だな」

「あの組織について、どんなことを知ってますか」

「わからないな、まったく」

「そうなんですか?」ルーンは書棚のほうへ視線をさまよわせた。〝絶対的なもの〟じゃなかったの?

「ああ。聞いたこともない」

「でも、ほとんどのカルト教団をご存じだってお話だったのに」

「そうだ。しかし、わたしが知らないからといって、存在しないことにはなるまい。この国には何千というカルト教団がある。〈イエスの剣〉というのは、聖書の朗読をしたり、天罰について議論したり——そしてもちろん、いまだに納税の際に教会向けの十分の一税を経費に計上するような、会員百人ばかりの集団かもしれない」

教授は床に落ちる寸前の灰を、机の上のまるい陶器の灰皿に落とした。

「〈イエスの剣〉が実在したとします。彼らについて何かお考えは？」

「うん、そうだな……」声が小さくなった。また窓に目を向けている。

「教授？」

「何が？」

「失礼。あれは驚くべきことだ」

「殺人だ。暴力だよ」

「なぜですか」

「アメリカでは、宗教を容認する精神が受け継がれてきた。われわれはそれをこの上なく誇りに思っている。たしかにわれわれは相手が黒人だという理由で拷問したり、コミュニストだという理由で迫害したり、貧乏だ、あるいはアイルランド人やイタリア人だという理由で相手を蔑んだりする。だが宗教を理由にするだろうか？　答えはノーだ。そうした偏見は、ヨーロッパにはびこったとしても、アメリカには根づかない。なぜだかわかるかね。この国では、宗教のことなどだれも気にかけないからだ」

「でも、人民寺院のジム・ジョーンズは？　あの人もアメリカ人でした」

「自分の信仰を守るために、人は殺人を犯すことがある。この〈イエスの剣〉は——そんな団体が存在するとしたらの話だが——まちがいなく、軍歴があり、銃器や狩猟を愛好する保守主義者の集まりだ。中絶医もその標的になりうる。だが、それは命を救うためだ。純粋に倫理観念を育てるための殺人……そう、それを実行している例は、イスラム教の分派や未開地の宗教に見られる。しかし、アメリカや、キリスト教の団体においてはそんなことは起こっていない。キリスト教徒は十字軍を歴史にとどめたが、評価はまったく芳しくなかった。われわれは経験から学んだのだよ」

「〈イエスの剣〉が実在するかどうかをたしかめるには、どうすればいいと思いますか」

「それを教えられるのはわたしくらいだと思うが、残念ながらあまり役に立てそうもない。これはテレビで放送されるのかね」

「映画館で上映される可能性はあります」

煙草の灰の芋虫が、着古して光ったズボンに落ち、教授はそれを手で払って、足もとに点在する砕けた灰色の死骸に加えた。「わたしは終身在職権を持っているが、それでも臨時収入があると助かるよ。さて、まだテープが残っているなら、スー族の太陽踊りの話でも聞かせよう」

オーストラリア人ならではの最高に陽気な口調で、ラリーが言う。「よし、おまえを引きあげてやることにした」

ルーンはタングステン・ライトの電源コードを抜いていた。託児所を主題にしたドキュメンタリーのインタビュー収録が終わったところだ。疲れ果てていた。ゆうべは、カルト教団関連の本を熟読したり――〈イエスの剣〉については結局何もわからなかった――ほとんど役に立たないミラー教授のインタビュー・テープを観なおしたりして、朝の三時まで起きていた。作業の手を止め、あくびを嚙み殺す。そしてボスの顔を見た。

こっちはラリーだっけ。

たまに、二日酔いだったり疲れていたり朝が早かったりすると、ふたりを見分けにくいことがある。たしか、ボブのほうが少し背が低く、口ひげをきれいに整え、ベージュや茶系の服をよく着ている。ラリーのほうは、ニューヨーク州にいるかぎり、黒以外はぜったいに身につけない。

「引きあげてやる？」

「もう少しいろんなことをまかせてもいいころだと思ってさ」

興奮で胃が飛びだしそうになった。「昇進ね！　カメラマンになれる？」

「それに近い仕事だ」

「〝近い〟って、どれくらい？」

「おれたちが考えてたのは事務主任だ」

ルーンはコードを巻きとりはじめた。ひと呼吸置いてから言う。「前に、事務主任の下で働いたことがあるの。髪の毛を小さくまとめて、メタルチェーンのついた眼鏡をかけてて、犬の小さな刺繡模様がついたブラウスを着た女よ。あたしは三時間ほどでクビになったわ。そういう事務主任になれって？」

「大事な仕事なんだよ」

「キャシーをクビにするもんだから、あたしを秘書にしたいんでしょ。そんなのひどすぎるわ、ラリー」

「ルーン……」

「二度と言わないで」

ラリーは満面の笑みを浮かべた。その顔を自分で見たら赤面するにちがいない。

「たしかにキャシーは辞める。それはほんとうだ」

「ラリー、あたしは映画を作りたいの。タイプ打ちはできない。ファイリングもできない。事務主任になんかなるのはいや」

「いまより週三十ドル昇給してやる」

「キャシーをクビにしたらいくら浮くわけ？」

「クビになんかしない。本人がよりよい状態をめざしてるんだ」

「失業保険？」

「はいはい。じゃあ、こうしよう。週四十ドルあげてやるから、そのぶん書類仕事を少しずつ処理してくれればいい。気が向いたときに。ファイルを積んだままにしたければ、それも自由だ」

「ラリー……」

「実はな、入札に勝って、でかいＣＭの仕事がとれたんだ。ほら、前から狙ってた〈ハウス・オ・レザー〉って会社だよ。おまえにも手伝ってもらわなきゃならない。おまえは最初の制作助手になるんだ。撮影も少しはさせてやるよ」

「ＣＭ？　そんなろくでもない仕事はしちゃだめよ、ラリー。ドキュメンタリーはどうするの？　あれこそ真っ当な仕事よ」

「真っ当な仕事もやるさ。だけどな、その会社は基本報酬二十万ドルに、歩合で十五パーセントを上乗せするって言うんだ。頼むよ……ちょっとでいいから手を貸してくれ」

ルーンはしばし間を置いて、しおらしい顔をつくろった。「ラリー、あたしはいま、ドキュメンタリーを撮ってるところなのよ。爆破事件が主題でありながら——爆破事件が主題でないものを」

「ああ、わかってる」ラリーの口がかすかにゆがんだ。

「完成したら、知りあいの番組編成担当者にでも話をしてもらえない？　口添えをしてほしいの」

「ルーン、テープをＰＢＳに送れば、ほいほい放送してくれるとでも思ってるのか？そんな簡単に事が運ぶと？」

「まあそうね」

「まずおれに観せてくれ。いいものが撮れてたら、そいつに協力できるかもしれない」

「そいつじゃなくて、あたしに、でしょ」

「そうさ。おまえに、って言ったつもりだった」

「配給会社も紹介してくれる？」

「ああ、たぶん」

「わかった、それでいいわ。お望みどおり、事務主任になってあげる」

ラリーはルーンを抱きしめた。「よし、よろしく頼む」

ルーンはコード類を巻き終えた。均等に、しかもきつすぎないように巻けたかどうかを確認する。〈L&R〉で教わって、よかったと思うことのひとつが、機材のこうした扱い方だった。

ラリーが訊いた。「で、その映画の売りは何にしたんだ？　殺された女の生涯か？」

「そうするつもりだったんだけど、考えなおしたの」

「で、どうするんだ」

「殺人犯捜しを売りにするつもりよ」


ルーンはニコール・ドルレアンの部屋でソファーに腰かけていた。派手な革の座面に体が深く沈み、足は床から浮いている。

「胎児になった気分ね。こういうのをセラピストに売ればいいのに。ここにすわってると、子宮にもどった感じがする」

きょうのニコールは、みごとな胸の谷間を六インチはのぞかせた襟ぐりの深い紫のミニドレスに、ラメ入りの紫のストッキング、白のハイヒールという装いだった。前のめりになって歩く姿があぶなっかしい。髪につけた大きな黒いリボンで、かろうじて哀悼の意を表している。ニコールは、〈レイム・ダック〉の面々が手配したシェリーの略式の葬儀に参列してきたばかりだった。「あんなにおおぜいが一度に泣くのを見たのははじめて。シェリーはみんなに好かれてたのね」

そう言ってまた涙ぐんだが、今回はそこでぐっとこらえ、泣きじゃくるまでには至らなかった。ルーンは居間を歩きまわるその姿をながめていた。まるで取りつかれたように、ニコールはシェリーの持ち物をまとめはじめている。とはいえ、シェリーには近親者がいないので、それらの荷物の行き先は決まっていない。中途半端に中身の詰まった段ボール箱がいくつも寝室に置いてあった。

目の粗いカーテン越しに差しこむ陽光が、カーペットにまばゆい光の模様を描いている。ルーンはまぶしさに目を細めながら、ニコールが箱を並べ、蓋をし終えるのを待った。とうとうニコールはため息をつき、ソファーに腰をおろした。

そこでルーンは話を切りだした。「シェリーは殺されたんだと思う」

ニコールは一瞬、ぼんやりとルーンを見た。「ああ、そう、〈キリストの剣〉にね」

「〈イエスの剣〉よ」

「なんでもいいわ」

「どっちにせよ、でっちあげなんだけど」ルーンは言った。「そんな団体、実在しないのよ」

「だけど、天使がこの世のすべてを破壊するとかいう声明が残ってたんでしょう？」

「それは煙幕よ」

「でも、《ニューズウィーク》に書いてあったの。嘘だとは思えない」

ルーンはテーブルの中央の器に目をやった。空腹を覚え、器に盛られたリンゴは熟れすぎているだろうかと考えた。柔らかくなったリンゴはきらいだ。けれども、ひと口でもかじったら、器にもどすわけにはいかない。ルーンは言った。「本で調べても、どこにも載ってなかった。それに、考えてみて——だれかを殺したいとするでしょ。それをテロリストのしわざに見せかけるって、すごくうまい偽装だと思う」

「けど、なぜだれかがシェリーを殺したがるわけ？」

「それを突きとめたいの。そういう映画にしたい。シェリーを殺した犯人を見つけるのよ」

ニコールは尋ねた。「警察はどう考えてるの？」

「別にどうとも。まず第一に、シェリーが死んだこと自体に関心がないのよ。警察って……その、あなたの業界の人たちのことを気にかけないらしいの。第二に、あたしは自分の考えを警察に話してないし、今後そうするつもりもない。もし話して、それがほんとうだったら、みんなに知られちゃうから。だれにも横どりされたくないの。あたしだけが暴こうとしてる……」

「殺人を？」

「考えを聞かせて、ニコール。シェリーの死を望んでた人って、だれかいた？」

スプレーで逆毛を立て、銀ラメを散らしてグリーティングカードばりに飾られたニコールの頭のなかで、歯車がまわっているのをルーンは感じた。

ニコールは首を横に振った。

「付きあってる人はいたの？」

「真剣な相手はいなかった。つまりね、この世界にいるとどうしても——なんて言うんだっけ——縁遠くなっちゃうのよ。堅気の人みたいに、パーティーで彼氏を見つけるなんて無理。遅かれ早かれ、どんな仕事をしてるのかって訊かれるから。最近はエイズとかB型肝炎とかいろいろあるから、あぶなそうな女の子は真っ先に候補からはずされるの。だから結局、業界の人とばかり付きあうようになるわけ。いろんな人とデートして、もしかしたら、そのうちのひとりと同棲して、そのまま結婚するかもしれない。でも、シェリーはそういうことはしなかった。最近よく会ってる人はひとりいたけどね。アンディー……なんとかって名前。変わった苗字だったけど、思いだせない。ここに来たことはなかった。ごく軽い付きあいだったみたい」

「その人のフルネーム、わからない？」

ニコールはキッチンへ行き、壁に掛かったカレンダーを見た。鉛筆で記されたメモを指でたどっていき、シェリーの書きこんだ文字を悲しそうになぞる。

「アンディー・ルウェリン《Llewellyn》。苗字の綴りにLが四つ。だから変わってるって思ったの」

ルーンはその名を書きとめたのち、カレンダーのメモにざっと目を通した。ある書きこみを指さす。「これはだれ？」〝A・タッカー〟という名前が、数ヵ月前から水曜日の欄にほぼ毎週記入されていた。「医者？」

ニコールは赤くなった鼻をペーパータオルでかんだ。「芝居の先生よ」

「芝居の先生？」

「あたしたちがやってる映画は、家賃を払うお金にはなる。でも、シェリーは何より舞台を愛してたのよ。高尚な趣味とも言えるわね。オーディションを受ける。ちょっとした役を演じる。だけど大きな役はもらえなかった。シェリーがどうやって生計を立ててるかわかったとたん、連絡はこちらからしますから、って言われておしまい。ねえ、ちょっと来て」ニコールはルーンをふたたび居間へといざない、本棚の前に連れていった。ルーンは首を横に傾けて、いくつかのタイトルを読んだ。どれも演劇に関する本だ。バリ島の演劇、スタニスラフスキー、シェイクスピア、方言、作劇術、演劇史。ニコールの手がそのうちの一冊に伸びた。毒々しい真っ赤な爪で背表紙をたたく。「シェリーが幸せでいられたのは、こういう時間だけだった。稽古をしてるときか、演劇の本を読んでるとき」

「そうね」ルーンは返事をしながら、シェリーのことばを思いだしていた。「何度か役をもらえたことがあるって言ってた。それで少しお金をもらったって」棚から一冊、本を抜きとる。アントナン・アルトーという人の著書だった。『演劇とその分身』。ページの隅が折れ、かなりくたびれている。あちこちにアンダーラインが引かれている。ある章のタイトルには星印がつけてあった。〝残酷の演劇〟という小見出しの横だ。

「シェリーはときどき休みをとって、国じゅうの小劇団の夏公演に参加してた。そういう地方の劇場はたいてい、新鋭脚本家の作品を出し物にしてるらしいの。どれもこれも小むずかしいのよ。あたしも台本をちらっと読んでみたんだけどね。〝それからふたりは服を脱ぎ、ファックする〟なんてのならよくわかる」ニコールは笑った。「けど、シェリーが夢中だったこの手のやつは、あたしにはさっぱりだった」

ルーンは本を棚にもどした。タッカーの名前を、アンディー・ルウェリンの下に書き加える。

「あたしの映画に出ることにしたのは、仕事関係の人とひと悶着あったからだってシェリーが言ってたの。心あたりはある？」

ニコールはためらった。「ううん」

ルーンは〈淫らな従姉妹〉でニコールの演技を観ていた。映画に劣らず、いまの演技もお粗末だった。

「お願いよ、ニコール」

「でもね、そのことであんまり騒ぎ立てられると――」

「そんなことしないって」

「あたしはただ、だれもトラブルに巻きこみたくないだけ」

「教えて。だれなの」

「会社の持ち主よ」

「〈レイム・ダック〉の？」

「そう。ダニー・トラウブ。でも、あのふたりは年じゅうぶつかってた。シェリーがうちで仕事をはじめたときからずっとよ。もう二年ぐらいになる」

「どんなことでぶつかるの？」

「何もかもよ。ダニーって最低のボスだから」

手帳に書きこむ。「わかった。ほかには？」

「仕事関係ではいないわ」

「それ以外ならいるのね？」

「そうね、ひとり……トミー・セイヴォーンっていう男。シェリーの別れた相手よ」

「夫だったってこと？」

「恋人よ。カリフォルニアで二、三年いっしょに暮らしてたの」

「その男はまだカリフォルニアに？」

「うん、そう。二週間ほど前からニューヨークに来てるけどね。でも、爆破事件と関係ないのはたしかよ。あんなに感じのいい人、会ったことないもの。見た目はジョン・デンヴァーみたい」

「ふたりに何があったのかしら。別れたのはシェリーの仕事のせい？」

「シェリーはトミーのことをあまり話してくれなかった。トミーも昔はポルノ映画を作ってたらしいわ。ドラッグにも溺れてた。まあ、めずらしくはないけどね。でも、そのあと、心を入れ替えたの。業界から足を洗って、ベティ・フォード・クリニックだったか、一流のところで、依存症の十二段階治療か何かを受けたんだって。それからは、真っ当なビデオを作りはじめた――エクササイズ・ビデオみたいなやつね。トミーがくそまじめになったことを、シェリーは怒ってたんだと思う。裏切られたように感じたのね。この業界を離れろって、トミーにさんざんせっつかれたみたいだけど、シェリーは受け入れなかった。それでとうとう彼のもとを去ったの。どうしてトミーのもとへもどらなかったのか、あたしにはわからない。すてきな男なのに。お金だってずいぶん稼いでるし」

「で、ふたりは争ってた？」

「ううん、近ごろはそんなことない。あんまり連絡もとってなかったみたいよ。でも、前はよくけんかしてた。たまに電話で話してるのが聞こえたの。トミーはよりをもどしたがってたけど、シェリーはことわりつづけてた。ありがちなやりとりよ――昔の男との。ほら、あなたも何百回も経験があるでしょ」

リチャードにふられて以来、ルーンは恋愛とは無縁の生活を送っている――リチャードと付きあう前だって、わびしいものだった――が、女同士の共感を装ってうなずいた。「何百回、何千回とね」

「でも、それは何ヵ月も前の話」ニコールはつづけた。「トミーがシェリーを傷つけたりするはずはない。何度か会ったことがあるけど、ほんとにいい人なんだから。それに、ふたりはいまも仲がよかったのよ。いっしょにいるところを見ればわかる――あんなふうにシェリーを見つめる人が、指一本あげるわけがない」

「とにかく、その人がいまどこに泊まってるのか教えてもらえる？」

記憶のなかのサム・ヒーリーの声がよみがえる――〝おれは爆弾処理の仕事を十五年やってる。爆弾についてひとつ言えるのは、銃とはちがうってことだ。人を殺すとき、相手を見なくてすむ。近くにいる必要がない〟。

8

そのホテルからは、グラマシー・パーク——レキシントン街の端にある、錬鉄の柵で囲まれた小ぎれいな会員制公園——が見渡せた。ロビーは赤と金の二色で占められ、壁紙はユリの花模様だ。木造部分は何十層もの塗料に覆われ、カーペットは鼻を突く甘いにおいを放っている。ふたつのエレベーターの一方は故障中で、永遠に壊れたままなのではないかという気がした。

エレベーターが一階におりてくるのを待つあいだ、ロビーは静まり返っていた。ファンデーションで肌をなめらかに整えた、緑と金のドレス姿の五十代の女が、つややかな長い睫毛の下からルーンをながめている。不潔な茶色い髪の中年のミュージシャンが、古びたオヴェーションのギターケースに片足を載せて、《ニューヨーク・ポスト》紙を読んでいる。

トミー・セイヴォーンの部屋は十四階にあったが、実は十三階だとルーンは気づいた。一九三〇年代や四〇年代に建てられたホテルでは、十三階という表示がないのがふつうだ。なかなか気のきいた習慣だと思う。そうした迷信を信じるのは、想像力の豊かな人が多い。そして想像力がなさすぎることは、ルーンの聖典では大きな罪だった。

ルーンは目当てのドアを見つけ、ノックをした。

ドアチェーンと掛け金がはずれる音がして、重いドアが開いた。出てきたのは日焼けした魅力的な男で、そう、たしかにジョン・デンヴァーにほんの少し似ていた。観光牧場のカウボーイのほうがもっと近い。表情は暗く沈んでいた。ブルージーンズにワークシャツという恰好で、クルーソックスを片方履き、もう片方を手にぶらさげている。髪はくしゃくしゃで金色だ。体はやせている。

「やあ、何か用かな」

「あなたがトミー・セイヴォーン？」

男はうなずいた。

「あたし、ルーン。シェリーの知りあいだったの。あなたがこの街に来てるってニコールから聞いたから、ちょっと立ち寄ってお悔やみを言いたくて」

その先は何を言えばいいのか自分でもわからなかったが、案じる必要はなかった。トミーはうなずき、ルーンを室内へ招き入れた。

部屋はせまく、壁紙はオフホワイトでカーペットは金色だ。生ぬるい臭気が漂っている――なんのにおいだろうか。古くなった食べ物？　年季のはいった漆喰？　おそらく、戦前に建てられたホテルが退廃していくにおいなのだろう。とはいえ、トミーの焚いているお香――サンダルウッドの香り――に、いくらか救われた。ふたつのテーブルランプがサーモンピンクの光を放っている。トミーは料理の本を読んでいたらしい。十冊以上あるうちの一冊で、残りは茶色い合板の机に載っている。

「掛けてくれ。何か飲むかい」トミーはあたりを見まわした。「アルコールはない。炭酸水だけだ。あとはミネラルウォーター。そう、ババゴーナシュが少しあるんだった」

「何、それ？　ササフラスみたいなもの？　朝鮮人参コーラなら一度飲んだことがあるけど。まずいのなんのって」

「茄子のディップだよ。ぼくの特製の」トミーは、茶色と緑のどろどろした物体がはいったプラスチック容器を掲げた。

ルーンはかぶりを振った。「食事したばかりなの。でも、ありがとう。どうぞおかまいなく」

トミーはベッドに腰かけ、ルーンは両端の裂けた模造革張りの椅子にどさりとすわった。そのはずみで、裂け目から薄汚れた白い詰め物がはみだす。

「シェリーの恋人だったのよね？」

トミーはうなずきながら、かすかに目を細めた。「シェリーとは一年以上前に別れたんだ。でも、その後もいい友達だった。ぼくはいまでも、昔ふたりで暮らしてたカリフォルニアに住んでる。ニューヨークへは、仕事で来てるんだよ」

「カリフォルニア」ルーンは想像をめぐらせた。「あたしは行ったことがないな。いつか行きたいと思ってる。ヤシの木陰にすわって、一日じゅう映画スターを見物するの」

「ぼくは北部の出身なんだ。モンテレーって町。サンフランシスコから百マイルくらい南にある。スターが出没する場所とは言えないな。クリント・イーストウッドは例外だけど」

「すごくすてきな例外ね」

トミーは大きな足に靴下をかぶせ、ていねいに引っ張りあげている。足さえもが日に焼け、よく手入れされて見えた。ルーンはじっくり観察した。すごい！　足の爪にマニキュアをしている。クローゼットにはカウボーイ・ブーツと、カウボーイ・ハットがいくつか見えた。

トミーはため息をついた。「信じられないんだ。シェリーが死んだなんて信じられない」力なくベッドの下へ手を伸ばし、黒のローファーを片方取りだす。足を入れる。もう片方を見つける。それを手にぶらさげたまま訊いた。「彼女とはどう知りあったんだい」

「シェリーの映画を撮ってたの」

「映画?」

「ドキュメンタリーよ」

「そんな話はしてなかったな」

「シェリーが死んだ日に撮りはじめたばかりだったの。爆発のとき、あたしもいっしょにいたのよ」

トミーはルーンの顔をしげしげと見た。「それで擦り傷だらけになったのかい」

「あたしは外にいたの。たいした傷じゃないわ」

「ぼくたちはもう付きあっていなかったけど、よく話はしてた。考えてたことがあったんだが……いまとなってはどうにもならない。もう二度と……」

「知りあったのはいつ?」

「五、六年前だ。ぼくは以前……」トミーは目をそらした。「以前、シェリーと同じ仕事をしてたんだ。ああいう映画のね」

「俳優だったの?」

トミーは弱々しく笑った。「俳優ができるほどの体じゃないよ」ふたたび笑い、赤い顔をますます赤くする。「体格の話だよ、持ち物の話じゃなくて」

ルーンは微笑んだ。トミーはつづけた。「そう、カメラマン兼監督だった。編集をしたこともある。二年間ＵＣＬＡの映画学科にかよったんだけど、性に合わなくてね。カメラの扱い方はもとから知ってた。あんな鈍い連中ばかりの授業に出る必要はなかったんだ。だから、いくらか借金をして、中古の十六ミリカメラを買って、自分の制作会社を起こした。次代のジョージ・ルーカスやスピルバーグになるつもりでね。だけど、会社は軌道に乗らなかった。三ヵ月ほどで倒産さ。そんなとき、知りあいの男が電話をくれて、成人映画を撮ってみないかって言うんだ。ぼくはこう思った、おい、いい女の体を拝めるうえに、報酬までもらえるんだ、やるしかないだろ、ってね。自分でちょっとした役をやれるかもしれないとも思ったよ。撮ろうってやつはみんなそう考えるけど、結局うまくいかないんだ。それでも、実働二時間で百ドルの現金を手にしたんで、これを仕事にしようと決めた」

「シェリーとはどんなふうに出会ったの？」

「ぼくはサンフランシスコへ移って、自分の映画を撮りはじめた。シェリーはノース・ビーチにある劇場にオーディションを受けにきてた――まともな劇場だよ。実は、バーで声をかけたのがきっかけなんだ。それで付きあうようになった。ぼくがどんな仕事をしてるか話したら、たいていの女の子は離れていく。ところがシェリーは興味を持った。何か惹かれるものがあったんだろうな。力についての話に……。はじめは乗り気じゃなかったけど、演劇のほうも行き詰まってたようだから、ぼくの映画に出てくれって口説き落としたんだ」

あるいは、シェリーがそう思わせたとか？　ルーンは心のなかで問いかけた。いったい恋人のことをどのくらい知ってたの？　シェリーを口説き落とすなんてことができるとは、とても思えなかった。

「シェリーの映画を一本観たんだけど」ルーンは言った。「びっくりしたわ。演技がうまくて」

「うまい？　そんなもんじゃない。迫真の演技だよ。まぎれもない本物だった。十八歳のチアリーダーを演じたときは、チアリーダー以外の何者でもない。三十五歳のキャリアウーマンを演じたときは、だれの目にもそのものに見えた」

「ええ、でもああいう映画で、お客がそんなことを気にする？」

「いい質問だ。気にしないだろうな。でもシェリーは気にしてた。そして、それ以外はどうでもよかった。そのことで何度も派手にやりあったよ。シェリーはリハーサルをしたいと言い張った。ぼくたちは一日に一本の映画を撮ってたんだぞ。台詞なんかない。二、三ページの簡単な筋書きがあるだけだ。なぜリハーサルをやらなきゃならない？　それに、シェリーは照明のあて方にもこだわった。おかげでずいぶん損したよ。予算はオーバーする、納品日には間に合わない……でもシェリーは正しかったと思う――ある種の芸術感覚においてはね。出演作の何本かは恐ろしく出来がよかった。そしてほかのどんな映画よりも格段にエロチックだったんだ。

シェリーの持論はこうだった。観客が求めるものを――たとえ観客自身が気づいていなくても――察知し、それを与えるのが芸術家の役目だ。〝自分のためじゃなく、観客のための映画を作らなきゃだめよ〟とさんざん言ってたよ」

「あなたはもうその手の仕事をしてないの？」

「してない。少し前は粋な連中がポルノを作ってた。地に足のついた、頭のいい連中だ。やってて楽しかったよ。でもいまは、ドラッグがあまりにもはびこってる。仲間が薬のやりすぎやエイズで死にはじめてね。だから自分に、そろそろ潮時だって言い聞かせたんだ。シェリーにも抜けてもらいたかったんだけど……」またかすかな笑みを浮かべる。「ぼくの新しい会社で働く姿はとうとう見られなかった」

「なんの会社なの？」

「健康食品の案内ビデオを作ってる」トミーはババゴーナシュを顎で示した。「〝インフォマーシャル〟って聞いたことあるかい？」

「ないわ」

「三十分の放送枠を買って――たいていはケーブルテレビだな――情報番組みたいなものを流すんだ。番組で紹介した商品の通販もする。楽しい仕事だよ」

「ポルノに比べればたいしたことないけど、なんの仕事をしてるのか堂々と言えるようになったね」声が弱まる。トミーは立ちあがって窓へ歩み寄り、汚れたオレンジ色のカーテンを脇へ寄せた。「シェリーも」とつぶやく。「あの仕事をやめてれば、いまも生きてただろう。でも、ぼくの言うことは聞かなかった。ものすごく頑固だったんだ」

ルーンは突然、シェリーの激しく燃える青い瞳を思いだした。

トミーは唇を震わせていた。日焼けした太い指を顔に近づける。何か言いかけたが声にならず、うなだれて、しばらくのあいだ無言で泣いた。ルーンは目をそむけた。

ようやく落ち着きを取りもどし、トミーはかぶりを振った。

ルーンは言った。「シェリーってすごい人ね。たくさんの人が彼女の死を惜しんでる。出会ったばかりのあたしでさえ、そうなんだから」

健康で朗らかな大男が悲しみに暮れる姿を見ているのはつらかった。

けれども、少なくともこれで、ふたつの疑問のうちのひとつは解決された。トミー・セイヴォーンはおそらくシェリーを殺した犯人ではない。それほど演技が達者だとは思えない。

そこで、ふたつ目の疑問を口にした。「シェリーに危害を加えたがってた人をだれ

「繁盛してるの？」

か知らない？」

トミーは顔をあげ、いぶかしげな表情をした。「あれは例の宗教団体が……」

「〈イエスの剣〉が実在しないとしたら」

「きみはそう思うのかい」

「わからない。いいから考えてみて」

ばかばかしい質問だと思っているのか、だれかがシェリーを傷つけるなんてとんでもないと思っているのか、トミーは最初は首を左右に振っていた。けれども、ふと動きを止めた。「いや、波風を立てたくはないんだけど……いることはいる。会社のボスだ」

「ダニー・トラウブ？」

「なぜ知ってるんだ」

「聞いてくれ、これは本心から言うんだが、おれはシェリー・ロウを愛していた。芸術家としても、人間としても」

ダニー・トラウブは小柄でやせ型ながら、腱の目立つ筋肉質の体つきをしていた。顔はまるく、頭頂部を茶色のきつい縮れ毛が飾っている。口もとを囲む両頰のラインは括弧を思わせた。ゆったりした黒のスラックスに、手旗信号みたいな柄のスウェットシャツを合わせている。貴金属類は厚みのあるゴールドだ。二本のネックチェーン、ブレスレット、サファイアの指輪、そしてロレックス・オイスター・パーペチュアル。

あの時計はうちの両親が最初に買った家より高いにちがいない、とルーンは思った。

トラウブは近くで人の群れが見物でもしているかのように、しきりにあたりを見まわしている。わざとらしい笑みを顔に張りつけ、大げさな身振りを連発しつつ、驚いたように眉をあげる。〝クラスの道化役〟ということばがルーンの頭に浮かんだ。

ふたりがいるのは、グリニッジヴィレッジにあるトラウブのタウンハウスだ。二世帯用住宅で、淡い色の木材とオフホワイトの壁で囲まれ、小木と植物がふんだんに植えられている。「ジャングルみたい」ここに到着するなり、ルーンはそうつぶやいたものだ。トラウブは、ルーンのベータカムとバッテリーパックを玄関ホールに置かせ、家のなかを順に案内した。インドネシアの豊饒の神々や彫刻のコレクションを見せた。ルーンが気に入ったものがひとつあった。謎めいた笑みを浮かべた、四フィートもの高さのあるウサギの置物だ。「わあ、すてき」ルーンはそう言いながら、ウサギに近づいていった。

「おや、この娘はバイセクシュアルかと思いきや、お好みはウサギらしいな」トラウブは後ろを振り返り、目に見えぬ観客に向けて言った。

ふたりは、しみを思わせる絵画、ガラスと金属の彫刻、巨大な石の鍋、インドのかご、真鍮の仏像、さらに植物（使い古された温室のにおいがする）のなかを通り過ぎた。二階へあがると、ある部屋のドアが半分あいていた。前を通るとき、トラウブはすばやくドアを閉めたが、ベッドに横たわる何本もの手脚をルーンの視界からさえぎるには間に合わなかった。少なくとも三本の腕が見えたので、ふたりの金髪女がいたにちがいない。

奥の部屋は、緑がかったブロンズの噴水を囲む中庭に面していた。その部屋で、ルーンはシェリー・ロウの映画を作っていることを話した。

それを聞いたトラウブは横を見て――どこにでもついてくる観衆に顔を向けて――嘘偽りなくシェリーを愛していたという台詞を口にしたのだった。

そのあいだこそトラウブはじっとしていたが、長くはつづかなかった。シェリーの話をしながら、はじけるように立ちあがり、エネルギーを発散し、立ったまま体を揺すり、腕を縦横に振りまわす。ふたたび椅子にすわりこんでも、絶えず姿勢を変え、ほとんど水平になるまでふんぞり返ったかと思うと、肘掛けの上まで脚を蹴りあげた。

「おれは――思いついたとおりのことばで言うと――〝ぶちのめされた〟よ。つまり、そう、あんなことがあって心底まいっちまったんだ。シェリーは最高の仕事仲間だった。意見の不一致がなかったとは言わない――お互いに我が強かったからな。だけど、おれたちはチームだったんだ。ひとつ例をあげよう、そのほうがいいに決まってるからな。たとえば、近ごろはビデオカメラでじかに撮るのがいちばん安くつくし、効率もいい」

「アンペックス・デッキ搭載のベータカムやイケガミで、一インチテープをまわすのね」

トラウブはにやりと笑い、観客に向かってルーンを指し示した。「このお嬢ちゃんは切れ者じゃないかって？ そのとおりだよ、紳士淑女のみなさん」そしてルーンに注意をもどす。「とにかく、シェリーは三十五ミリのフィルムで撮れと言い張った。おれはこう言ったよ。とんでもない、予算は一本まるまるで一万ドルなんだ。フィルムと現像費だけに八千ドルもかけられるかよ――現像所でかなり値切ってもそれだけかかる。そうなると編集もまともにできない、と……まあ、ようやく、三十五ミリフィルムは使わないってことでシェリーも折れた。ところがこんどは、十六ミリを使えと言いだした。そう来られると、言いくるめるのもなかなか……とにかく、そういうのがいい例だな。前向きな議論とやらだ。そうは言っても、おれたちは相手を認めあってた」

「どっちが勝ったの？　フィルムの一件では」

「勝つのはいつもおれだ。いや、まあ、たいていはな。二、三本は十六ミリで撮ったよ。ＡＡＡＦの映画賞を獲得したのは、もちろんそのうちの一作だ」トラウブは炉棚にあるオスカー風の像を示した。

「プロデューサーって、正確には何をするの？」

「おいおい、このお嬢ちゃんはまるでＣＢＳニュースのマイク・ウォーレスだぞ――質問、質問、また質問……いいとも、この業界のプロデューサーの仕事だな？　女優の味見だ。冗談、冗談。どのプロデューサーもやることは決まってるさ。映画の資金を用意し、出演者とスタッフを雇い、編集会社と契約を結ぶ。実務的な仕事だよ。おれの場合、何本かは監督もしたけどな。そっちも得意なんだ」

「カメラの前でシェリーの話をしてもらえる？」

笑みが一瞬消えかけたが、すぐにもどった。「撮るのか？　おれを？　どうかな」

「じゃなきゃ、だれかほかの人を推薦してくれてもいい。とりあえず、業界のトップクラスの人から話を聞きたいの。成功してる人から。だから、心あたりがあれば……」

あまりに見え透いている気がしたが、トラウブは貪欲に餌に食いついた。

「どうだい、聞いたか？　この娘はおれの格づけに迷ってる……おれはとてつもなく成功してるのにな。いまこの瞬間も、三十フィートと離れてないところにフェラーリを停めてある。おれの車庫に。ニューヨークに。おれだけの車庫にだ」

「すごい」

「〝すごい〟だとさ。そう、すごい。おれはタウンハウスも持ってるし、その気になれば、毎晩マンハッタンのどんな高級レストランでも食事ができる。キリントンにも別荘がある――共有してるんじゃなく、おれの持ち家だ。スキーは好きか？　好きじゃない？　教えてやれるのに」

「〈レイム・ダック〉もあなたのもの？」

「経営権を持ってる。ほかにも何人かがかかわってるが」

「マフィア？」ルーンは訊いた。

トラウブの顔には笑みが浮かんだままだ。ゆっくりと言う。「そんな言い方はしないほうがいいぞ。サイレント・パートナーとでも呼んでおく」

「その人たちが爆破事件に関係してると思う？」

また作り笑いが浮かぶ。「その件で何度か電話がかかってきた。いくつか質問されたよ。川向こうの連中は……とでも言おうか……だれひとり関係していない。信頼できる情報だ」

〝川向こう〟とは、ブルックリンかニュージャージーにある組織犯罪の根城のことだろう、とルーンは解釈した。

「さて、はじめよう。おれの全人生について話してやる。この業界には八年か九年いる。カメラマンからスタートして、求められれば役者もやった。テープを観たいか？」

「いえ、それは遠慮――」

「ひとつ持って帰るといい」

金髪の女が――おそらくゆうべのお楽しみの相手だろう――おぼつかない足どりで鼻をすすりながら現れた。へそのあたりまでジッパーをおろした、赤いシルクのジャンプスーツ姿だ。トラウブはまるでウェイターに合図を送るように片手をあげた。女はためらい、それから長い髪の毛を手で梳きながら――後ろの部分が乱れていたせいだ――歩いてきた。ルーンはそのプラチナ・ゴールドの髪を見つめた。神も自然も、あんな色合いは出せないはずだ。

トラウブが尋ねた。「お嬢ちゃんは何がいい？　コークか？　もちろんコーラのことじゃない」食卓用の塩入れを持ちあげる。ルーンは首を横に振った。

観客への語りかけ――「この娘は清教徒なんだ。こりゃまいった」トラウブはルーンに視線をもどす。「スコッチは？」

ルーンは顔をしかめた。「粉石鹼みたいな味がするんだもの」

った。

「おい、シングルモルトの二十一年ものなんだぞ」

「古い粉石鹸も新しい粉石鹸もいっしょよ」

「じゃあ、好きな酒を言ってくれ。バーボンか？　ビールか？」

ルーンは女の金髪を見ていた。「マティーニ」それが最初に頭に浮かんだ酒の名だった。

トラウブが言った。「マティーニをふたつだ。早くしろ」

金髪女は小さい鼻に皺を寄せた。「あたしはウェイトレスじゃない」

「たしかにな」トラウブは、どうやら観客に加わったらしいルーンに向けて言った。「こいつはウェイトレスにはほど遠いさ。ウェイトレスっていうのは、気がきいて、てきぱきしてて、昼まで寝てたりしない」視線を金髪女にもどす。「おまえは、だらしないあばずれってところだ」

金髪女は顔をこわばらせた。「ちょっと――」

トラウブは怒鳴りつけた。「いいから飲み物を持ってこい」

ルーンはたじろいだ。「かまわないのよ。あたしは別に――」

トラウブの顔によそよそしい笑みが浮かび、深い皺が刻まれた。「あんたはお客だからな。気にしなくていい」

金髪女は顔をゆがめて弱々しく不満を表しつつ、ぎこちない足どりでキッチンへ向かった。何やらつぶやいたが、ルーンには聞きとれなかった。

トラウブの顔から笑みが消えた。「何か言ったか？」

けれども、女はもういなかった。

トラウブはルーンに向きなおった。「晩めしをごちそうし、プレゼントを買い与え、家へ連れてきてやる。それでもあのざまだ」

ルーンは冷ややかに言った。「いまどき、エミリー・ポーストのエチケット本なんかだれも読まないのよ」

トラウブはろくに聞いていなかった。「あの飛行家か？　飛行機で世界一周をしようとした女（アメリア・エアハート）だろ？　おれは一度、飛行機の映画を作ったことがある。タイトルは〈ラブ・プレイン〉。〈ラブ・ボート〉の焼きなおしみたいなものさ——あのドラマが大好きだったよ。観たことはあるか？　ない？　ボーイング７３７を一日借りきってな。えらく金がかかって、撮影もひと苦労だったよ。三月にその格納庫に集まったスタッフ全員が青くなってな。飛行機ってものがどんなに小さいか、三、四組の男女を座席にすわらせてみるまでわからなかった。超広角レンズの話だよ。そう、魚眼レンズみたいな写り方になる。それがうまくいかなくてな。男たちがみんな、長さ一インチ、太さ三インチのペニスをぶらさげてるように見えちまって」

金髪女がもどってきた。ルーンはトラウブに言った。「あたしの映画のことだけど、協力してもらえない？　お願い。シェリーのことを何分か話してくれるだけでいいの」

トラウブは躊躇している。金髪女が飲み物を手渡し、蓋のあいていないオリーブの瓶詰を分厚いガラスのコーヒーテーブルに置いた。トラウブの顔がゆがむ。金髪女はトラウブのほうを向くと、いまにも泣きだしそうな顔で言った。「あかなかったのよ！」

トラウブの表情が和らいだ。目をくるりとまわす。「おい、ハニー、こっちへ来いよ。抱きしめてくれ。さあ」

女はためらったが、身をかがめた。トラウブは女の頬にキスをした。

「あれ、ある？」女は哀れっぽい声を出す。

「くださいと言え」

「いいでしょ、ダニー」

「ください、だろ」トラウブは促した。

女は言った。「ください」

トラウブはズボンのポケットを探り、塩入れを取りだした。コカインが詰まっているのだろう、とルーンは思った。女は容器を受けとり、むっつりと部屋を出ていった。

結局ひとこともお声がかからなかったルーンは、トラウブに訊いた。「女優さん？」

「そんなところだ。本人はモデルになりたがってるけどな。この街のほかのみんなと同じだ。何本か映画に出ることになってる。そのあとは結婚して、別れて、どん底に落ちて、また結婚して――なんて人生を送り、十年後にはニュージャージーに引っこんで、AT&Tかチバガイギーで働いてるだろうよ」

ルーンはトラウブの視線が自分に注がれているのを感じた。最初のボーイフレンドだった十歳の男の子に、ブラウスの背中へ大きなカタツムリを入れられたときのことを思いだした。トラウブは言う。「お嬢ちゃんにはどこか……なんて言うか、初々しさを感じるよ。一日じゅういろんな女を見てるが――金髪美人だの、絶品の赤毛女だの、びっくりするような、背が高い……」

背が高くて、それから？

「……巨乳女をな。だけど、そう、あんたはちがってる」

ルーンはため息をついた。

「まじめに言ってるんだぞ。いっしょにアトランティック・シティへ行かないか？いかした連中に会いに」

「やめとくわ」

「おれには特別な才能もあるぞ。ベッドでのな」

「そうでしょうね」

「ご機嫌になれる薬も山ほど持ってる」

「気持ちだけいただいとく」

トラウブは腕時計を見た。「そうか、わかった。ダニーおじさんが力を貸してやろう。おれを撮りたいんだったな。好きにしろ。だけど急いでくれ。いろいろと忙しいんだ」

十分でルーンは機材をセットした。カメラに新しいテープを入れる。トラウブは椅子にふんぞり返り、指を鳴らしてにこやかに笑った。すっかりくつろいでいる様子だ。

「何をしゃべればいい?」

「思いついたことをなんでも。シェリーのことを話して」

トラウブは左右へ目を泳がせてから、カメラをのぞきこみ、悲しげに微笑んだ。

「まずお話ししておきたいのは、これは偽りない本心ですが、シェリー・ロウを亡くしたことで、わたくしは完全に打ちのめされたということです」微笑が消え、目がうつろになる。「その死によって、わたくしは看板女優を失っただけではありません。最愛の友のひとりを失ったのです」

どこからともなく——ルーンには見当もつかなかったが——ダニー・トラウブは涙らしきものを搾りだしていた。

9

豊かな白い髪と冷たい目を持つ、無愛想な六十代の男がルーンを見おろしている。

「さて、自分には役者の素質があると思うか？」男はつっけんどんに尋ねた。

ルーンがことばを発するのも待たず、男はドアを半分あけたまま、背を向けて室内へもどった。オフィスのドアは、まだら模様の大きなガラスがはめこまれた昔ながらのものだ。看板には金色の文字で〝アーサー・タッカー　演技・発声指導〟と書かれている。

ルーンは戸口に足を踏み入れたが、そこで足を止めた。追い払われたのか招き入れられたのかがわからなかったからだ。タッカーが机の前に腰をおろしたのを見て、ルーンは前へ歩きだして背後のドアを閉めた。タッカーは黒っぽいズボンを穿き、シャツもネクタイも白といういでたちだ。正装用の革靴はかなり履き古されている。細身の体形のせいか、実際より若く見える。脚は細く、顔は彫りが深くてハンサムだ。白くなった太い眉毛。そして、射貫くような緑の瞳……見つめられたら、視線をそらさずにいるのはむずかしい。もしタッカーが性格俳優なら、大統領や王の役を演じるだろう。あるいは神の役か。

「役者の素質があるのかないのか、自分じゃわかりません」ルーンはそう言って、タッカーの机に歩み寄った。「だからここに来たんです」

ブロードウェイと四十七丁目通りの角にあるそのオフィスは、演劇博物館そのものだった。どの壁も、安物の額にはいった男女の俳優の写真で埋めつくされている。そのうちの何人かは、ルーンも映画で観たことや名前を聞いたことがある——が、正真正銘の有名人はひとりもいなかった。主演男優の親友や、息抜きの場面で三、四回登場する変わり者の老女を演じるたぐいの役者ばかりだ。広告やディナーショーによく出演している。

壁にはほかにも、小道具や、いまはなき有名劇場の防火幕の切れ端がはいった額や、ポスターパネルに貼られた《ステージビル》誌の表紙などが並んでいる。本が何百冊とある。いくつかのタイトルには見覚えがあった。シェリーの本棚で見かけたものと同じだからだ。アルトーの名前を見て、ふたたびあのことばがよみがえった。

〝残酷の演劇〟。胸に痛みが走った。

タッカーが入念な儀式によってパイプに火をつけると、一瞬ののち、桜の木の香りがする煙の雲が部屋に満ちた。

椅子を手で示したのは、すわれ、の意味だ。一方の眉をあげたのは、話をつづけろ、の意味だろう。

「あたし、有名な女優になりたいんです」

「ニューヨークの人間の半数がそう思っている。残りの半分は有名な男優になりたがっている。どこで演技を学んだのかね」

「シェイカー・ハイツ」

「どこだって？」

「オハイオ州です。クリーヴランドの郊外にあります」

「そのあたりに演劇学校やスタジオはないと思うが」

「中等学校《ミドルスクール》ですよ。感謝祭で野外劇をしました」

タッカーはルーンを見つめたまま、話のつづきを待っている。

ユーモアを解さない人だ、とルーンは思った。「冗談です」

「そうか」

「雪の結晶の役をやったこともあります。高校のときは、〈南太平洋〉の背景を描きました……それも冗談です。でも、あたし、とにかくお芝居がしたくて」

「わたしは演技の教師にすぎない」タッカーは言った。「それだけの存在だ。能力を伸ばすことはできるが、与えることはできない。芝居を学びたいなら、まず演劇学校を出て、それからまた来てくれ。力になれるかもしれない。だがきょうのところは……」手ぶりでドアを示す。

「でも、あなたはこの街でいちばんの先生だって、友達が言ってました」

「わたしの生徒と知りあいなのか」

「シェリー・ロウです」ルーンは言って、バッグのなかでＪＶＣの小型ビデオカメラのボタンを押した。レンズは上を向き、タッカーをとらえている。角度がせまくなるのはわかっていたが、それでもじゅうぶん見えるだろう。少し黒いふちどりがあるのも悪くないと思った。

タッカーは窓の外を見やった。近くの建設現場で、杭打ち機がマンハッタンを支える岩盤に鉄柱を打ちこんでいる。ルーンがその轟音を七回数えたところで、タッカーは口を開いた。「事件のことは聞いている」赤みがかった顔で、太く白い眉の下からルーンを見つめた。この眉毛はブラシで整えているのだろうか。大統領よりも魔法使いのほうがずっと似あう、とルーンは思った。『指輪物語』のガンダルフか、アーサー王伝説のマーリンか。

ルーンは言った。「ほかのことはどうあれ、シェリーはいい女優でした」

長い沈黙のあと、タッカーが言った。「シェリー・ロウはだれよりも優秀な生徒だった」気まじめな笑みがかすかに漂う。「そして、あばずれでもあった」

ルーンはタッカーの声の残忍さにとまどった。

タッカーはつづけた。「死んだのはそのせいだ。自分を売り物にしていたから」

「あなたのところへは、だいぶ前からかよってたんですか」

タッカーはしぶしぶ質問に答えた。シェリーは二年間、自分のもとで学んでいた。それ以外には正式な訓練は受けていなかったが、それは、イェールやノースウェスタンやUCLAなどの大学からプロの俳優が輩出している昨今では、非常にめずらしいことだったという。シェリーはすばらしい記憶力を持っていた。カメレオンさながら、登場人物の魂が乗り移ったかのように変身した。方言や訛りを操る才能もあった。「ロンドン北東部出身の女バーテンダーになったかと思えば、コッツウォルズの教師になることもできたよ。メリル・ストリープ並みだった」

タッカーはこの賞賛のことばを、苦々しい目つきで口にした。

「映画の仕事のことはいつ知ったんですか」

タッカーの声がふたたび冷酷さを帯びた。「一ヵ月前だ。本人はひとこともそんなことを言わずにいたから、わたしは仰天したよ」あざけるように笑う。「皮肉なのは、堅気の仕事のオーディションとなると、仕事を選んでいたことだ。CMやミュージカル喜劇はやらなかった。ディナーショーにも出なかった。ハリウッドへも行こうとしなかった。本格的な舞台劇しか受けつけなかったんだ。わたしは言ったものだよ。〝シェリー、なぜそんなに意地を張るんだ。その気になればフルタイムで女優としてやっていけるのに〟とね。シェリーは、お金のために身を売るつもりはないと言って拒んだ……そう言いながら、ずっと出ていたんだ、あんな……映画に」タッカーは目を閉じて、不快な気分を振り払おうとするように大きな頭を左右に動かした。「あれはひと月前だ。行きつけのビデオショップで、だれかがテープを返却していた。わたしはそれを横目で見た。カバーにシェリーの顔が出ていた。しかも、シェリー・ロウという名前で！　舞台とちがう名前を使う気さえなかったとは！　それを知ったとき、どれほど裏切られた気がしたか、説明のしようもない。裏切りということばでしか表せない。シェリーがつぎにレッスンを受けに来たとき、われわれは激しく口論した。出ていけ、もう二度と顔を見たくない、とわたしは言ったんだ」

　タッカーは体の向きを変え、ふたたび窓の外を見た。「どの世代にも、非凡の才を持った人材がいる。シェリーもそのひとりだったかもしれない。ほかの生徒たちもみな――」ルーンの背後に教え子たちがすわっているかのように、タッカーは手をひろげて部屋じゅうを示した。「才能があるし、それを伸ばす手助けができると思うとうれしい。だが、みなシェリーとは比べ物にならなかった。シェリーが演じると、どんな役も本物らしく見えた」

　トミー・セイヴォーンも同じように言っていたのを、ルーンは思いだした。

「舞台にいるのはシェリー・ロウではなく、劇中の人物だった。テネシー・ウィリアムズ、アーサー・ミラー、ギリシアの古典劇、イヨネスコ、イプセン……そう、もう少しでマイケル・シュミットの新作で主役をつとめるところだった」タッカーは指と指のあいだをわずかに開いた。

ルーンは眉を寄せた。「あの大物プロデューサー？　いろんな新聞で採りあげられてる？」

タッカーはうなずいた。「シェリーはEPIに行って――」

「EPIって？」

「公正主役選考面接《エクイティ・プリンシパル・インタビュー》。オーディションのようなものだ。シェリーはシュミット本人に二回会っている」

「でも役はもらえなかったんですか」

「ああ、そうだと思う。われわれが口論する少し前のことだ。そのあとは連絡をとっていない」タッカーはパイプの柄で下の前歯をなぞった。ルーンを見ずに言う。「わたし自身の役者としてのキャリアはもう限界に近い。わたしの才能は後進を教え導くためにある。シェリーを育てることで、真の逸材を世に残そうと思っていた。演劇界にそれだけの貢献を果たすことができたのに……」

タッカーは向かいの壁に掛かった写真の一枚を見つめている。どの写真だろう、とルーンは思った。

「裏切りだ」タッカーは苦々しげにつぶやいた。そして視線をルーンに向ける。濃く茂った眉の陰になったその暗い目に、ルーンはすべて見透かされたように感じた。

「ずいぶん若く見えるが、きみもああいう映画に出ているのか？　シェリーが出ていたようなものに」

「いいえ」ルーンは言った。何かこの年ごろの娘がしそうな仕事をでっちあげようとしたが、タッカーの瞳が放つ不思議な波動——シェリーの青いレーザー光線が緑に変わったもの——に気圧《けお》され、ただ小声で否定のことばを繰り返した。

タッカーは長々とルーンの顔をながめた。「きみは女優に向いていない。ぶしつけな言い方ですまないが、ほかの仕事を探したほうがいいな」

「あたしはただ——」

だがタッカーは手を振っている。「お情けで頼みを聞き入れる気はない。では、仕事にもどらせてもらうよ」

タッカーは台本を手もとに引き寄せた。

探索の対象は多くない。

ルーンは机に向かっていた。キャシーが使っていた、官給品みたいな灰色の古びた事務机――ルーンはそれを、かつての十分の一ほどしか威力を発揮しないエアコンのひび割れた前面パネルの真横まで移動してあった。見ていたマンハッタン地区の電話帳を閉じる。

A・ルウェリンという名前はふたつしか載っていないが、どちらもアンディーではなかった。これで探索対象は、市内のほかの地区と、ウエストチェスターやニュージャージーやコネチカットの住人を合わせた二千万人にまで絞られたわけだ。

シェリーの最後のボーイフレンドからは、しばらく話を聞けそうもない。

ラリーがオフィスにはいってきて、ルーンに目を向けた。「よう、何やってんだ」

「ちょっと調べ物」

「調べ物？」

「大事なことなの」

「調べ物はちょっとあとまわしにしてくれないか。こっちも大事な用なんだ」

「手紙のタイプ打ち？」

「ああ、そう、言わないでおくつもりだったが、このあいだのあれはなんだ？　とてもじゃないけど上出来とは言えなかったぞ」

「あたしはタイピストじゃないって言ったでしょ」

「一通の手紙のなかで、同じ人名が三通りに綴ってあった」

「あのインド人？　変わった名前だったのよね。だから――」

「だけど、ファーストネームはジェイムズで、おまえがまちがえてたのはそっちのほうだ」

「こんどから気をつけるわ……もうつぎのが待ってるの？」

「まだだ。しかし、例のCMの仕事のクライアントが待ってる。隣の部屋で。見積もり書はもうできたか」

「タイプはした」

「けど、できてないのか」

ルーンは辛抱強く言った。「じきにできるわ」

「だから、できてないんだろ？」

「でも、打ち終わってる」

「ルーン、相手はもう来てるんだ。いま、ここに。きょうコンセプトについて話しあう。その前に見積もり書を出すことになってた」

「ごめんなさい。できたら持ってく」

ラリーはため息を漏らした。「わかった、いまから連中と顔あわせといこう。もし何か訊かれたら、きょうのミーティングがはじまるまで見積もり書の作成を控えたと言うさ。意図的にな」

「ラリー、ＣＭの仕事なんかしないでよ。だって――」

「そうだ、ボーイフレンドから電話があったぞ」

「へえ、だれから？」

「ヒーリーとか言ってたな。電話がほしいそうだ」

「サムが電話を？　大変。すぐにかけ――」

「あとにしろ」

「でも――」

ラリーはあけたドアを手で押さえて、脅し混じりの微笑をたたえた。「さあ、お先にどうぞ」

名前を聞いたが、ルーンはすぐに忘れてしまった。

感心したような顔のラリーの話が、延々とつづいている。「……全米第二の規模を誇る財布と札入れのメーカーであります」

ルーンは言った。「それはすごい」

その会社の経営者で、覚えられない名前の男――ルーンはひそかにミスター・財布《ウォレット》と呼ぶことにした――は、歳は五十ぐらい、まるまると太って目つきが鋭かった。サッカー地のスーツに身を包み、大量の汗をかきながら腕組みをして立っている。かたわらでは、二十代後半の締まりなく太った女がやはり腕組みをし、照明機材やカメラや台車を落ち着きなく見まわしている。社員であり、男の娘でもある。そのうえ、どうやらCMに出演するらしい。

それを聞いたルーンが天井を見あげて目玉をぐるりとまわしたのを、ラリーは見なかったふりをした。

馬面で、おかっぱの髪を内巻きにしたもうひとりの若い女が、癇に障る声でルーンに言った。「わたしはメアリー・ジェーン・コリンズ。〈ハウス・オ・レザー〉社の広報担当責任者です。撮影を指揮します」

「ルーンです」

メアリー・ジェーンは模造宝石のブレスレットをじゃらじゃら鳴らして、骨張った手を差しだした。ルーンはその手を軽く握った。

男の娘が言った。「ちょっと緊張してるの。ナレーションはやったことがあるけど、顔が写るのははじめてだから」

ミスター・ウォレット。「だいじょうぶだよ、ベイビー。心配しなくて——」メアリー・ジェーンを見る。「どれだけの人がこの子の姿を観ることになるのかね」

「テレビなどで流れれば、約五千万人の視聴者に観てもらえるはずです」

ミスター・ウォレットがつづける。「五千万人が見守るわけだな、おまえの動揺……じゃなくて、動作のすべてを」そう言って笑った。

「パパったら」娘はゆがんだ口で微笑んだ。

メアリー・ジェーンはいくつかの書類に目を通した。ラリーに向かって言う。「見積もりは？　修正後のをまだ見ていないわ」

ラリーに顔を向けられて、ルーンは言った。「ほとんどできています」

ラリーが唇を動かした。ほとんど？

メアリー・ジェーンが黒髪をひらりとなびかせてルーンを見おろした。「ほとんど？」

「タイプライターの調子が悪くて」

「あら」メアリー・ジェーンは驚いたように笑った。「いいわ、わかりました。そういうことなら……見積もり書は事前に出していただいたと仮定します。この場で検討するのが筋ですから。タイミングとしてはきょうでも遅いくらいです」

「あと二、三時間ください。キーを接着剤でくっつけましたから」

ラリーが言った。「ルーン、すぐに取りかかったらどうかな」

ルーンは言った。「いまから制作の方向性を話しあうんでしょう？」

「まあ」メアリー・ジェーンはまたルーンを見おろしながら言った。「あなたが制作に携わっているとは思いもしなかったわ」

「あたしは――」

「具体的には何をしているの？」

ラリーが言った。「ルーンは制作アシスタントです」

メアリー・ジェーンはルーンを上から下まで観察し、「まあ」と声をあげて、小学四年生を受け持つ教師のように微笑んだ。

ミスター・ウォレットは二十フィート向こうへ目を向け、ジャクソン・ポロックのパステル画のような巨大なまだらの背景幕を見つめている。「話は変わるが、あれを撮影に使えるだろうか。メアリー・ジェーン、きみはどう思う？」

メアリー・ジェーンは背景幕へ視線をやり、ゆっくりと言った。「いいかもしれませんね。それについては追い追い考えましょう」そこで机に向きなおり、書類鞄をあけた。「全日程の最終期限表を作成しました」紙をルーンに手渡そうとする。「大急ぎでコピーをとってきてくださる？」

ラリーがそれをつかみ、ルーンに突きつけた。「ええ、もちろん」ラリーににらまれて、ルーンは紙を受けとった。

「すぐにもどります。ウサギみたいに駆けていきますから」

「ねえパパ、メイクさんはつけてもらえるのかしら。自分でお化粧しなくてもいいのよね」

ルーンは退出してオフィスへ向かった。ラリーがついてくる。

「たしかもう打ち終わってるって言ったよな」

「あの安物のタイプライター、〝e〟のキーがとれちゃってね。いちばんよく使う字なのに」

「だったら新しいタイプライターを買ってこい。だが、例の見積もり書は三十分以内にほしい」

「お客の言いなりなのね」

「おまえの講釈を聞いてる暇はないんだ、ルーン。おまえはおれの部下なんだぞ。さっさとコピーをとって見積もり書も出してくれ」

「あの人たちに好き勝手をさせるつもりなのね。あなたのプライドが心配なのよ、ラリー。ほかにだれもそんなふうに気づかってくれないでしょ」

「家賃を払わなきゃならないんだよ。ビジネスのルールその一。金を稼げ。先立つものがなきゃ、やりたいこともできない」

「うっとうしい連中よ」

「たしかにな」

「社長はくさいし」

「くさくないさ」

「だれかがくさいのよ。それにあの女の人、メアリー・ジェーンも〝ウザオタ〟だし」

「ウザオタってなんだよ」

「あの女みたいなやつのことよ。だって――」

ドアがあいてメアリー・ジェーンの笑顔がのぞき、視線がルーンに留まった。「昼食の手配はあなたがしてくれるの？」

ルーンは微笑んだ。「まかせてください」

「早めのほうがいいんじゃないかしら……サラダのことを考えていたの。あ、そうそう、コピーは？」

ルーンは微笑んで深々とお辞儀した。「まもなくできます」


翌日の十一時半、サム・ヒーリーが〈L&R〉の前で拾ってくれ、ふたりはその車で北へ向かった。

「ふつうのステーション・ワゴンなのね」ルーンは車内を見まわして、少しだけがっかりした。

ヒーリーが言った。「だけど、少なくとも青と白だ」それに、車の側面には大きく白い文字で〝爆発物処理班〟と書かれている。檻がひとつあり、いまはからっぽだが、爆発物を嗅ぎつける犬のためのものだという。「きみが期待してたのって……」

「わからない。ハイテク機器かな、映画に出てくるみたいな」

「現実はハリウッドよりずっと遅れてるんだよ」

「そうね」

ふたりはマンハッタンを出て、ブロンクスのロッドマンズ・ネックにある市警の爆発物処理施設へ行った。

「わあ、なんなの、ここ。異様な雰囲気ね」

ひとことで言えば、廃品のない廃品置き場だった。鋭い突起のある螺旋状のワイヤーを上に取りつけた鉄条網がめぐらされ、そこに設けられた入り口を通るとき、床板を踏むルーンの足が上下にはずんだ。

左手には警察の射撃訓練場がある。銃の短い発射音が聞こえた。右手にはいくつもの赤い小屋がある。「回収した爆発物をあそこに保管しておくんだ」ヒーリーが説明した。

「回収？」

「爆弾は解体しないことのほうが多いんだ。ここへ運んできて、爆破させる」

ルーンは後部座席のカメラとバッテリーパックを手にとった。そのとき、緑色のジャンプスーツが置いてあるのに気づいた。持ちあげてみると、かなり重い。ヘルメットには、おそらく通風管なのだろう、緑色の管がついていて、頭頂部から出て後ろに垂れている。エイリアンの頭にそっくりだ。

「うわ、あれは何？」

「防護スーツだ。耐火性のある生地にケブラー繊維のパッドが内蔵されてる」

「爆弾の処理をするときにこれを着るの？」

「おれたちは爆弾とは呼ばないんだ」

「そうなの？」

「ＩＥＤと呼ぶ。即製爆破装置だ。おれのいる部署はまるで軍隊だよ。やたらとアルファベットの略語を使う」

ふたりはニューヨーク市の経済状態が垣間見える軽量ブロック造りの低層の建物にはいった。一台きりでフル稼動中のエアコンが部屋の隅でうなりをあげている。ヒーリーは二、三人の制服警官に会釈をした。手にはジッパーつきの青い袋を持っている。

ルーンは壁の貼り紙を見た。〝ダイナマイトを煮沸する際のルール〟。

ほかにも多くの注意書きがあり、どれも例外なく手順が箇条書きにされている。事務的な文面に寒気を覚えた。

――爆発後、意識があった場合は、分断された身体の部位の回収を試みること。

嘘でしょ……

ヒーリーはルーンが読んでいるものに気づき、身の毛もよだつ記述から注意をそらそうとしてか、こう訊いた。「そうだ、爆発物処理の基本について聞きたいかな」

ルーンは応急止血帯の項から目を離して言った。「そうね」

「爆発物処理時の目標はふたつだけだ。第一に、人的被害の回避。可能なかぎり、遠隔操作で解体あるいは無力化をおこなう。第二に、建造物損壊の回避。不審物の調査と、領事館や空港や堕胎クリニックの徹底探査がおれたちの仕事の大半を占める。そんなところだな」

「あなたが言うと、なんだかそれが日課みたいに聞こえる」

「ほとんどがそうだよ。もっとも、ふつうじゃない仕事もする。たとえば、二、三週間前――ある少年がブルックリンの陸海軍払いさげ用品店で迫撃砲の弾を買って、家へ持ち帰った。そしてその弾を使って、弟と裏庭でキャッチボールをしていた。模型同然だと思ったんだろう――威力はなくなってると。だが、その子たちの父親がヴェトナム帰還兵で、様子が変だと気づいた。それで地元の警察署へ持っていったら、まだ爆発の危険があるとわかった」

「あらあら」

「で、その処理にあたったわけだ……。それから、おれたちはしじゅう誤報を受ける。消防署と同じさ。だけど、ときには本物もある。怪しいスーツケースとか、ダイナマイトの包みとか、パイプ爆弾なんかが見つかって、出動要請が来るわけだ」

「で、だれかがゆっくり近づいていって、導線を切るの？」

ヒーリーは言った。「第一の目標はなんだった？」

ルーンはにやりとした。「だれの尻も吹っ飛ばすな」

「自分のも含めてね。まずおれたちは、現場から人を退去させて、凍結ゾーンを作る」

「凍結ゾーン？」

「おれたちはそう呼んでる。幅千ヤードくらいかな。それから、ゾーン内のどこかに装甲トラックを置くか砂袋を積んで、その後ろを司令所にする。ビデオカメラとX線装置と聴診器を装備した遠隔操作ロボットがあるから、それを送りこんで爆発物を調べる」

「チクタクって音がするかどうか？」

「ああ。そのとおりさ」ヒーリーはうなずいた。「バッテリーで動くデジタル・タイマー式の起爆装置を使ってると思ってるんだろ――それも映画のなかの話だ。おれたちが扱う爆弾の九十パーセントはほんとうに原始的な、手作りのものなんだよ。パイプ爆弾、黒色火薬か無煙火薬、ダイナマイト、導管に詰めたマッチの頭。それらのほとんどに使われるのが、安物雑貨店にあるような昔ながらの目覚まし時計だ。二枚の金属片がふれあうと回路が完成し、雷管が破裂する。鐘とその舌がてっぺんについたぜんまい式の目覚まし時計はまさにうってつけだろう？ だから、おれたちは目で見て耳で聞く。それがほんとうにＩＥＤで、まったく危険なく処理できそうなら、その場で解体する。もし配線が混み入っていたり、すぐにも爆発すると判断できたような場合は、密閉型運搬車へ入れる」ヒーリーは小屋のそばの広い地面を顎で示した。

「そしてここまで運んできて、自分たちで爆破させるんだ」

ふたりは外を歩いた。百ヤード離れた地面に深い穴が三つ掘ってあり、そのひとつのなかに若者ふたりがいる。濃いオリーブ色の四角い箱のまわりに、ビニールの物干し綱のようなものを巻きつけている。

ルーンはあたりを見まわした。「ここはまるで暗黒の世界ね」

ヒーリーは顔をしかめた。そして尋ねた。「エリオット・ネスが立ち向かったような？」

「ううん、冥界みたいって言いたかったの。ほら、地獄よ」

「ああ、なるほど——この前も爆破現場のことをそんなふうに見立ててたな」ヒーリーは穴のなかの男たちにふたたび目を向けた。そしてルーンに言う。「爆発物について理解しておくべきことがひとつある。効率よく破壊するために、爆発物はある一定の条件下でのみ炸裂するように作られる。ちょっと虫の居所が悪いぐらいですぐ爆発するように作ったんじゃ、実用性がないだろ？　ほとんどの爆発物は燃やすことで破壊できる。爆発はせず、ただ燃えるんだよ。だから、爆発させるためには雷管が要る。起爆を担う重要な部分だ。二度目の爆破事件で敵が使ったC-4を覚えてるかい？　雷管が最低でも半インチ厚のC-4爆薬に埋まっていないと、爆発は起こらないんだ」

ヒーリーの口調には熱意が感じられた。人生でひとつ、自分がほんとうに長《た》けたことを見つけて、それを仕事にできたらどんなにいいだろうとルーンは思った。

「それをおれたちは探す」ヒーリーはつづけた。「雷管は爆弾の急所なんだよ。ほとんどの雷管は電力で発火する。だから、そう、おれたちは導線を切るしかない。複雑にしたいやつは、時限起爆装置とロッカースイッチを併用する。その場合は、たとえ時限装置を解除されても、ロッカースイッチが動きを感知すれば爆発する。一部の連中が使うのが分流器だ――要は回路に取りつける検流計で、導線を切られた場合でも、電流値がゼロになれば爆発するんだよ。いままで見たなかでいちばん手のこんだ爆弾は、圧力スイッチを使ったものだ。装置はすべて、圧縮空気を充填した金属の密閉容器におさまっていた。おれたちは容器に小さな穴をあけて、硝酸分子の有無を調べた――空港でやるのと同じ方法だよ。予想どおり、中身は大量の爆薬だった。圧力スイッチも組みこまれてた。もし容器をあけたら、中の空気が逃げて爆発するという仕掛けだ」

「で、それをどうしたの？」

「ここへ運んできて、単に爆発させるつもりだったんだが、直前になって、部品の指紋を調べたいと本部からお達しがあった。だからおれたちは、高圧酸素室へこれを持っていって、中と外の空気圧を同じにしたあと、容器をあけて無事に解体した。セムテックスが二ポンドもはいってたよ。まわりには鉄の弾がぎっしり詰まってた。榴散弾のように。完全に対人用だった。最悪の爆弾だよ」

「その部屋にロボットを入れたの？」

「いや、ちがう。実はおれが分解したんだ」

「あなたが？」

ヒーリーは肩をすくめて、穴のほうを顎で示した。そこでは先刻のふたりが箱に綱を巻く作業を終え、コンクリートと砂袋の防壁へ退避しようとしていた。

「軍用爆薬の爆破演習をしてるんだ。あれはＭ１１８ブロック型破壊用爆薬。およそ二ポンドのＣ－４が使われている。橋や建物や木を爆破するためのものだ。いまはそれに導爆線を巻きつけて、遠隔操作で爆破しようとしている」

スピーカーから声が流れた。「第一坑、発火注意！　発火注意！」

「あれはどういう意味？」ルーンは訊いた。

「かつて炭坑労働者がダイナマイトの導火線に点火するときに叫んだ文句だ。いまは、爆破業務に携わる人間が、まもなく爆発するという意味で使ってる」

突然、巨大なオレンジ色の閃光が空を満たした。煙が立ちのぼる。一瞬ののち、雷鳴のような轟音がふたりの耳を襲った。

「このへんのボート乗りはおれたちをきらってる」ヒーリーは説明した。「市には窓ガラスが割れたという苦情が殺到してるらしい」

ルーンは笑った。

ヒーリーはルーンを見た。「どうした？」

「変な人だと思って。あたしをわざわざここへ連れてきて、ＩＥＤの講義をしてくれるなんて」

「そういうわけじゃない」ヒーリーは考えながら言った。

「じゃあ、なぜ誘ってくれたの？」

ヒーリーは一瞬目をそらし、咳払いをした。もともと血色のいい顔が、さらに赤らんでいるように見える。アタッシェケースをあけ、ダイエット・コーラ二缶、デリで買ったサンドイッチふたつ、コーンチップスひと袋を取りだした。「デートのつもりなんだ」

10

見た目はカウボーイだろうが、無口ではない。

サム・ヒーリー刑事は三十八歳。爆発物処理班にいる同僚刑事のほぼ半数は、かつて軍で爆破任務に携わっていたが、ヒーリーのたどったルートはちがう。まずはポータブル――徒歩の警邏巡査――になり、そのあとＲＭＰ業務に就いた。

「〝車両による長距離巡視《リモート・モーター・パトロール》〟の略だ。パトカーでまわることだよ」

「例によって略語ね」

ヒーリーは微笑んだ。「きみといま話してるのはＭＯＳだ」

「苔《モス》？」

「〝公僕の一員《メンバー・オブ・サービス》〟さ」

それから数年して、ヒーリーは〝特別機動隊〟、すなわちニューヨークのＳＷＡＴチームへ移った。その後、爆発物処理班に配属された。アラバマ州ハンツヴィルにあるＦＢＩの危険物保安訓練校で、一ヵ月間の研修を受けたあとのことだ。大学時代の専攻は電気工学で、ジョン・ジェイ・カレッジで刑事司法制度も学んだ。

　自宅にある実験室のことや、子供のころに発明した数々の品のこと、《サイエンティフィック・アメリカン》誌を二十年間購読しつづけていることなどを、ヒーリーは熱をこめて話した。以前、ある高性能爆薬向けの中和剤の化学的製法を編みだしたことがあるが、特許取得を目前にして、大手の軍事企業に出し抜かれたという。

　銃は射撃訓練場以外で撃ったことがなく、犯罪者を逮捕したのは四回だけだ。つねに持ち歩いているブルックリンの銃器店の名刺の裏には、ミランダ警告の条文が書かれている。いざ逮捕という段になったら、思いだせないのがわかっているからだ。制式拳銃を携行していなかったために大目玉を食らったことが何度もある。

　私生活のことになると冷静な口ぶりになったけれど、話したがっているのはルーンにもわかった。八ヵ月前に妻が家を出ていったが、息子の仮の親権は向こうにあるという。「争いたいけどその気になれなかったよ。そんなことにアダムを巻きこむのはごめんだった。だいいち、どこの裁判官がおれに十歳の子供の親権を認めてくれる？　こっちは昼も夜も爆発物を扱ってるんだ」

「奥さんが出ていった理由はそれ？」

　ヒーリーは敷地の向こうを指さした。雑音混じりの同じ警告がまた聞こえた。ふたたび巨大な閃光が走り、つづいて煙が五十フィートの高さまであがる。衝撃波が夏の突風のようにルーンの顔にあたった。見守っていた警官たちは指を口もとへ持っていき、指笛を鳴らす。ルーンは飛びあがって喝采した。

「ニトロアミン、地面に穴をあける爆薬」煙を観察しながらヒーリーが言った。

「すごい威力ね！」

ヒーリーはうなずいてルーンを見た。視線が合うと、目をそらせた。

「この仕事のせいかって？」

ルーンは自分がした質問を忘れていた。そして思いだした。「それで奥さんが出ていったの？」

「わからない。おれが家から離れてたからだと思う。気持ちの面でね。おれはクイーンズで、地下に実験室のある家に住んでいる。ある晩、地下で作業に没頭してたところに、女房がおりてきて、夕食の用意ができたと言った。おれはそれを無視して実験について話し、〝なあ、わが家に帰り着いたような気分だよ〟と言った。すると女房は答えた。〝あなたのわが家はこの地下室だものね〟と」

ルーンは言った。「あんまり自分を責めないで。原因は両方にあるものよ」

ヒーリーはうなずいた。

「まだ奥さんを愛してるのね」

「とんでもない」即座に答える。

「ふうん」

「嘘じゃないさ」

風の音があたりを包む。ヒーリーは沈黙に陥り、自分の殻に閉じこもった。

これも妻の不満のひとつだったのかもしれない。心の奥を見透かせない男だというところが。

しばらくしてヒーリーは言った。「突然、ほんとうになんの前ぶれもなく、女房がもうがまんできないと言いだしたんだ。おれが大きな悩みの種でしかない、自分を理解してくれない、そばにいてくれたことがない、と。おれはうろたえたよ。そしてある意味で、事態をよけいに悪くした——彼女に詰め寄って、こんなに愛してる、おれが悪かった、どんなことでもする、と繰り返したんだ。でも、彼女はそんなことを言われても苦しいだけだと言った。こっちは気が変になりかけたよ」

「愛しあってたなら、よくあることね」

ヒーリーはつづけた。「たとえば、シェリルは出ていくときテレビを持っていったんだが、おれはつぎの日、かわりのテレビを手に入れることしか考えられなかった。《コンシューマー・リポーツ》誌を買ってきて、いろんな機種のテレビの比較記事にくまなく目を通したよ。出まわってるなかで最高のテレビを、なんとしても買おうと思った。そういう強迫観念にとらわれてたんだ。結局〈セーブマート〉へ行って——

ああ、信じられないんだが——千百ドル出してテレビを買ったよ」

「それはまちがいなく最高級のテレビね」

「ああ、でも、おれはテレビを観ないんだ。テレビなんかきらいだ。なのに、そういうばかなことをする。ずいぶん落ちこんだよ。そんなある日、パイプ爆弾に関する通報を受けた。あれはすごく危険なんだ。たいていの場合、すごく不安定な火薬が詰めてあるからね。その爆弾の重さはおよそ三十ポンド。ダウンタウンの大手銀行の正面側に仕掛けられてた。階段の吹き抜け部分にだ。そこへはロボットを入れられないから、おれが防護スーツを着て調べにいった。とりあえずロボットの待機してるところまで持ちだして、そこから密閉型運搬車まで運ばせるという段どりだ。でも、そのとき思った。別に死んだってかまわないじゃないかって。だから、自分で解体することにした。

おれはパイプをふさいである蓋をひねってあけようとした。すると火薬が少し雷管にふれて、摩擦で爆発が起こった」

「まあ、サム……」

「中身は無煙火薬じゃなくて、黒色火薬だった。黒色火薬はいまある爆薬のなかでいちばん威力が弱い。そしてそのほとんどが、水に濡れると効力を失う。だから尻もちをついて、手のひらに火ぶくれを作っただけですんだ。けど、おれは自分に言い聞かせた。〝ヒーリー、いいかげんにばかな真似をやめろ〟とね。おかげで、女房のことをきれいさっぱり忘れられた。そしていまに至る」

「吹っ切れたってわけ」

「そうだ」

少し間を置いて、ルーンは言った。「結婚って、すごくおかしなものよね。健全なことなのかどうか、あたしにはわからない。母はいつも結婚しろってうるさいの。候補者のリストまで持ってるのよ。好青年。友人の息子たち。宗教は不問。ユダヤ人だろうが、白人のプロテスタントだろうが、母は気にしないの。まあ、職業でランクづけみたいなものがあって、そう、医者がいちばん――でも、あたしが裕福な家庭におさまって子供を授かるんなら、なんだっていいのよ。あ、それに、幸せになれば、ね。母はあたしの幸せを心から願ってる。リッチで幸せな母親になることを。あたしは想像力豊かなほうだけど、そればっかりは思い描けないのよね――結婚してる自分なんて」

ヒーリーは言った。「結婚したとき、シェリルはほんとうに若かったよ。二十二だ。おれは二十六だった。そろそろ身を固める歳だとふたりとも思ったんだ。時代は変わるもんだな」

沈黙。そしてルーンは、互いに私的な部分に踏みこみすぎたとヒーリーが感じているのを悟った。ヒーリーは、もうやめようと言いたげに肩をすくめたのち、顔見知りの制服警官に気づき、ブロンクスで見つかった未使用の手榴弾はどうなったかと尋ねた。

「警部のオフィスに置いてあります。椅子の上に」

「警部の椅子にか？」

「トリニトロトルエン《TNT》は除去してありますから」

ヒーリーが向きなおると、ルーンは沈黙を埋めようとして尋ねた。「例の現場証人とはもう話したの？」

ヒーリーはコーラをほとんど飲み終えていたが、サンドイッチには半分しか手をつけていなかった。「なんの現場証人だ？」

「最初の爆破事件で怪我をした人よ。ほら、第一の天使の」

風が起こり、火の出ている穴から煙が流れてきた。

「ああ、話した」

「へえ。その人、役に立った？」

ヒーリーは両手の親指を分厚いベルトに引っかけた。そうしていると、ますますカウボーイのように見える。

「その人がなんて言ったかを教えてくれる気はない？」

「ないね」

「どうして？」

「きみに関係のないことだ」

「証言を記録してファイルしただけなんでしょ。それで終わりなの？」

「いや、終わりじゃない」ヒーリーはしばらく黙考した。やがて口を開く。「あの証人はあまり役に立たなかった」

「じゃあ、手がかりはないのね」

「あるさ」

「だけど、だれもそれを追ってないんでしょ」ルーンは皮肉っぽく言った。「お達しのせいで。上からの」

「おれが追ってる」

「何を？」ルーンは早口で訊いた。「教えて！」たぶん、こんな娘をデートに誘ったのはまずかったのではないかと思われているだろう。

「爆破当夜に、犯人があの会社を呼びだすのに使った電話の指紋がないかと調べた」

「それで――」

「指紋は出なかった。それと、爆薬の入手元も探ってる。ポリ袋の切れ端のことは言ったよな。あれをもとに軍の備品記録をたどれると思う」

「けど、そんなことしたらクビにならない？　本部からのお達しのせいで」

「捜査本部の責任者も分署の担当者も、おれの電話番号を知ってる。止めたければ、いつでも電話できるさ」

ルーンは片手をヒーリーの肩に載せた。体が熱くなるのがわかる。立場をあやうくしてまで、シェリーを殺した犯人を探してくれていることに感激したせいもある。だが、そのせいだけではない何かがあった。

けれども、いまは探偵の役割に集中した。「ねえ、サム、あたしが手伝うってのはどう？」

「何を手伝うんだ」

「犯人捜しを」

「だめだ」

「ねえ、あたしたち、チームになれるのに！」

「ルーン」

「あなたにはできないことがあたしにはできる。だって、あなたは合法的な捜査しかできないでしょ」

「ルーン、これは遊びじゃないんだ」

「遊びだなんて思ってないわよ。あなたはホシをあげたいんでしょ」そのことばを強めて言うことで、犯罪や犯罪者には慣れっこだとさりげなく伝えた。そして言い添える。「あたしは映画を作りたいの」口もとを引きしめる。「それは遊びじゃないわ」

サムはルーンの目に例の炎を見てとった。ほかには何も言わなかった。

しばらくして、ルーンは頼んだ。「ひとつ教えて」

「なんだ」

「答えてくれるって約束してよ」

「だめだ」

「お願い」

「内容しだいだ」

「指紋はどうだったの？」

「さっきも言ったろう。指紋は出なかったって」

「電話じゃなくて、紙切れのほうよ。〈イエスの剣〉からの、天使のことが書いてあったやつ」

ヒーリーは考えをめぐらせた。「だれが書いたにせよ、手袋をしてた」

「紙の出どころは？」

「ひとつだけ答えるって言ったろ」

「内容しだいだって言ったのよ。ふたつ以上答えないなんて決めてない」

「決めるのはおれだ。質問には答えた。だからきみは映画作りに専念して、捜査には首を突っこまないと約束してくれ」

ルーンは目にかかった前髪を払い、それから手を突きだした。「わかった。ただし、独占的に情報を流してくれるなら、だけど」

「いいだろう」ヒーリーの大きくたくましい手がルーンの手を包んだ。そのまま離そうとしない。つかの間、聞こえるのは風の音だけになった。ルーンは、ヒーリーがキスをしたそうなのに気づき、それに応える姿勢をとった――どうともとれる構えで。だが、その瞬間は過ぎ、ヒーリーはルーンの手を離した。ふたりはしばらく見つめあった。それからヒーリーは穴のほうへ体を向けた。

「ついておいで。その気があるなら、手榴弾を投げさせてやる」

「ほんと？」ルーンは興奮して訊いた。

「演習その一ってところだ」

ルーンは言った。「いいわよ。着実にやってくから」

巨大な舞台裏の出入り口から目にはいったのは、劇場ではなく建築現場だった。のこぎりで挽いた木材の香りと、ペンキとニスの鼻を突くにおいが混じりあっている。ずいぶん前に終演したブロードウェイの芝居の題名入りTシャツを着たたくましい男たちが、木材をかついでせわしなく動きまわっている。古びたほこりっぽい舞台の上には、何本ものケーブルが這わせてある。がんがん打ちおろされる金槌の響き、電動のこや溝切りやドリルの甲高いうなり。ルーンは舞台の袖まで歩いていった。アーサー・タッカーに話したとおり、高校時代の劇で背景を描いた経験はある。それに、野外劇に出たことも何度かある。けれども、本物の劇場の舞台裏にはいったことは一度もない。だから、幕の後ろがどのくらい広いのかを知らなかった。

そして、そこがどれほど見苦しく、傷んでいて、くたびれた場所であるかも。

巨大な洞窟、冥界の大きな穴。ルーンはだれにも気づかれずに舞台の正面へと進んだ。客席の最前列に三人の人間が腰かけて、台本へ身を乗りだしている。男がふたりと女がひとりだ。議論は白熱している。意見が合わないらしい。

ルーンは割ってはいった。「あの、すみません……マイケル・シュミットさんですか」

四十五歳くらいの男が顔をあげ、最初にまず、フレームの下半分にレンズのはいった読書用眼鏡をはずした。

「そうだが」

ほかのふたり——ワークシャツを着た太り肉《ふとりじし》の男と、貪るように煙草を吸う不機嫌そうな女は、顔をあげなかった。モルグで遺体を確認しているかのように、台本を見つめている。

ルーンは言った。「ここに来ればお目にかかれるって、オフィスのかたに教わったんです」

「なんだって？　注意してやらなくてはな」シュミットは小柄で引きしまった体をしていて、壮健そうだった。上腕の筋肉が、ぴったりした半袖シャツの袖口に締めつけられている。筋骨たくましい体つきだが、顔は不健康そうに見えた。目は赤くうるんでいる。何かのアレルギーかもしれない。

ひょっとして、催涙ガスを浴びたのか……

ルーンはシュミットの近くの座席を見まわして、赤いウインドブレーカーや帽子がないかを探した。何も見あたらない。

それに、たとえ埠頭で襲ってきた張本人だとしても、ルーンを覚えているそぶりは見せなかった。とはいえ、シュミットは演劇という詐術の作り手であるわけだが……

「なんの用だね」シュミットはそっけなく言った。

ルーンは言った。「サインしてもらえますか」

シュミットは目をしばたたいた。「いったいどうやって警備をくぐり抜けたんだ」

「すんなりはいれましたよ。お願いです、前からあなたのサインがほしかったんです」

シュミットはため息をついた。

「お願いします」

シュミットはほかのふたりを見たが、どちらもなお台本に視線を落とし、小声で話しあっていた。シュミットは立ちあがった。足を引きずっていて、舞台正面の薄汚れた合板の階段をのぼるとき、しばし顔をしかめた。

ルーンは手を差しだした。シュミットは表情ひとつ変えずにルーンを一瞥して、横を通り過ぎた。コーヒーメーカーのそばへ行き、大きなカップに自分でコーヒーを注ぐ。そしてもどってきて、脚本家だかなんだか、言い争うふたりにまた目をやり、それから言った。「いいとも」

「ああ、うれしい。ありがとうございます」ルーンは一枚の紙とクレヨンを手渡した。

「だれ宛にする？」

「母に」

シュミットは判読できない文字をさっと書いて、紙をよこした。ルーンはそれを受けとり、顔をあげて視線を返した。シュミットは鼻をすすり、麻のハンカチで鼻をかんでから質問した。「ほかに何か用は？」腰をひねった体勢で立ったまま、ルーンを見つめて返事を待っている。

「ええ」ルーンはサインの紙をしまった。「あたし、嘘をつきました」

「そんなことだろうと思ったよ」

「いえ、サインはほんとうにほしかったんです。だけど、二、三お訊きしたいことがあって」

「わたしは配役を担当していない。履歴書を送って――」

「女優になりたいわけじゃありません」

シュミットは瞬きをしたのち、笑った。「ほう、だとしたらきみは、ニューヨークじゅうの二十五歳以下の女性のなかで、女優になりたがらない唯一の人間だ」

「あなたのオーディションを受けた女優についての映画を作ってるんです。シェリー・ロウ」

シュミットの目が、驚いたリスのようにひくついた気がした。やはり、シェリーのことを覚えていたのか。

シュミットは言った。「そんな名前に心あたりはないな」

「あるはずです。聞いた話では、今回の舞台のある役を彼女に与えかけていたそうですから」

シュミットは驚いた顔で笑った。「なんだって？　いや、記憶にないが」

「主役を演じるはずだったんです」

「この舞台の主役を狙っている女優は何百人といる。われわれは最終的にひとりを選んだ。それはミズ・ロウとやらではない。さて、悪いがもう――」

「シェリーは殺されました」

シュミットに動揺の色がうかがえた。舞台装置をながめまわしつつ言う。「それは気の毒に」

そう思っていないのがルーンにはわかった。無言で相手に目を凝らした。

シュミットは言った。「きみは彼女の伝記映画を作っているのか」

「そのたぐいですね。これが本人の写真です」ルーンはニコールからもらったシェリーの宣伝用写真を手渡した。シュミットは、退屈した交通課の警官が免許証を確認するように淡々とながめ、それから返した。「思いだせない。なぜうちのオーディションを受けたと思うのかね」

「そう聞いたからです」

「なるほど」シュミットは言って、ふたたび微笑んだ。「業界のゴシップだな。信用できたためしがない」

「なら、正確な事実を教えてください。ほんとうにシェリーを覚えてないんですか」

「わかってもらえないようだな。まず第一に、配役を考えるのはわたしの仕事ではないんだ。キャスティングの責任者がいて――」

「その人はなんていう――」

「――もういっしょに仕事をしていないし、住所もわからない。第二に、マイケル・シュミットの面接やオーディションを受けたと言っている連中のほとんどは、単にエージェントが顔写真と履歴書のコピーを送りつけたか、あるいは十秒ですむ選考のために列に並んだにすぎない。そのミズ・ロウだが、ほんとうにうちのオーディションを受けたんだろうか。どうも疑わしいな。一度でもわたし自身が審査したのか？　故人に礼を欠きたくはないが……きみの友人がもう少しで役をもらえそうだったと言っていたとしたら――」シュミットは両の手のひらを上に向けた。「それは嘘だ」

近くでけたたましい音がした。裏方のひとりが誤って材木の山を崩したらしい。その男のほうを向いたシュミットの顔は、怒りにゆがんでいた。「何をやってる」

「すみません、ミスター・シュミット。ぼくは――」

「予定より作業が遅れているのは、おまえのようなうすのろが仕事を理解していないせいだ。もう一度へまをしたら、お払い箱にするぞ」

「謝ってるじゃないですか」でっぷりしたその若者は言った。「事故だったんですよ」

シュミットはルーンに向きなおった。「どいつもこいつもとんだまぬけだ……つぎにわたしと話したいときは、事務所に電話をしてくれ。予約をとるんだ。ただし――」向きを変え、階段のほうへ歩きだした。「つぎの機会がないことを切に願っているがね」

ルーンはしばらくそれを目で追った。マイケル・シュミットにとって、ルーンはもう存在しなくなったも同然らしい。ルーンは舞台裏に忍びこんで足を止め、さっきの若い裏方が床に散乱した材木を腹立たしげに積みなおすのを見守った。

思いきりあくびをしたせいで、ルーンの顎はしびれ、目からはたくさん涙が出た。

午後十時。ルーンは〈L&R〉のスタジオで、ムビオラ――旧式の平台型映像編集機――の前に腰かけて、〈ハウス・オ・レザー〉のCMの一場面を巻きもどしていた。ラリーはしみだらけの背景幕を背に、撮りなおしを繰り返す垢抜けない娘の映像を約一時間ぶん撮っていた。ルーンはボブのメモに従って、その長ったらしい映像を短く編集しているところだ。

だれかを都合のいい雑用係に仕立てるのが得意にちがいないメアリー・ジェーンは、手書きのメモと、見積もりを列記した長いリストを残して帰っていった。署名とともに、こう書き添えてある――〝八時半を目標にお願いします。あすは重要な日だということをお忘れなく。張りきっていきましょう。チャオ！　M・J・C〟。

ドアがあいた。ボブがはいってきて、まっすぐ灰色のムビオラへ歩み寄り、画面を見つめた。しばらくしてからルーンに声をかけた。「どんな具合だ」

「あしたの朝までにはできあがるわ」ボブはルーンの手をハンドルから払いのけ、自分でそれをまわしつつ小さな画面を観察している。ルーンはボブの十八金のブレスレットを見て言った。「たかがCMなのに、あなたが自分でラッシュの確認をするとはね」

「この仕事は少しばかり——なんというか——気を入れてやらないとな。予算だのなんだのがあるから」

「クライアントとの食事はどうだった？」

「社長は退屈なじじいだし、娘は……くそっ。あの女、とんでもないところに足を載せてきやがった、わかるだろ、おれの腿にだよ。ふたりきりで飲もうと誘ってきたわけだ。おれはひどく疲れてるからと言いわけをして、あのばか女から逃げださなきゃならなかった。そう言えば、あのメアリー・くそったれ・ジェーンだが——ありゃ、おまえの天敵だな」ボブはハンドルをまわした。顔をしかめる。「フェード・アウトまでの時間をあと二秒長くしろ。あの父親は娘をダイアナ妃か何かだと思ってる」

「彼女の出てる場面はもう編集済みよ」

「じゃあ、やりなおせ」

「あなたが豪勢な食事をしてるあいだ、ここでおなかをすかせてるあたしのことを考えた？」

「ああ、みやげを持ってきたよ」

ボブは油のしみがついた紙袋を手渡した。

「へえ」

ルーンは袋をあけた。白鳥をかたどったアルミホイルの包みがはいっている。

「わあ、テイクアウトしてくれたのね」

「まあな」

ルーンは白鳥の背中を開いた。中身をじっと見る。

「これ、残り物でしょ、ボブ。外は白鳥だけど、中身は犬の餌よ」

「気に入るものがあるかと思ってな」

ルーンは中身を鉛筆でつついた。「サヤインゲンとポテト。これしか残らなかったわけね。ほかに何が出たの？」

「さあ。ステーキだったかな」ボブは伸びをし、ほんの一瞬、柄にもなく無邪気なかわいい少年みたいな顔をして、ドアの外へ出た。「あすは八時半からだ。社長はクロワッサンが好きらしいから、来る途中で買ってきてくれ」

ドアが閉まった。

冷えたポテト入りのホイルをまるめて捨てようとしたところで、ルーンはおなかが鳴るのを感じた。思わず手が止まる。

「まったくもう」

ルーンはホイルを開いてから、窓の外を見てボブが帰ったのをたしかめると、ムビオラの隣にあるソニーのビデオ編集機に自分のテープをセットした。その映像を見ながら、二本の鉛筆を箸代わりに使ってポテトとサヤインゲンを食べた。

ダニー・トラウブの映像からわかるのは、愚かでうぬぼれの強い好色野郎だということだけだった。マイケル・シュミットの映像——隠しカメラで撮ったもの——からわかるのは、りこうで不正直なうぬぼれ屋で、好色であろうとなかろうと、少なくともそれを仕事に持ちこんではいないことだった。

シェリー・ロウの名を耳にしてシュミットの瞳が揺らいだ場面をもう一度再生した。ほんのかすかな動きだ。何を考えていたのか。何を思いだしていたのか。

ルーンは判断できなかった。ラリーが言っていたとおりだ——〝カメラは嘘をつかない。だからと言って、真実をすべて教えてくれるともかぎらない〟。

そう、シュミットのテープからはほとんど何もわからない。だが、アーサー・タッカーのテープは……そうではなかった。

ひとつ目の発見。シェリーの演技指導教師は、ルーンと話していた数分のあいだ、さりげなく机の上の何かを隠していた。書類の山か、原稿か。巧妙な動きだったので、ルーンは現場ではまったく気づかなかった。何を見られたくなかったのだろう。テープを巻きもどして、その場面を静止させたけれど、まったくわからなかった。

だがそのとき、タッカーの背後の壁に掛かった額が目にはいった。いくつかの勲章が飾ってある。通信販売で買える、〝産業革命の偉大なる瞬間〟というようなつまらない記念メダルではなく、造幣局製造のものだ。金の十字架を含むほかの記念品と同様、本物の軍人向け勲章に見えた。

目を細めてそれらを観察するうち、大好きな映画のひとつを思いだした。一九五〇年代にメトロポリタン・スタジオで作られた白黒映画だ。〈ファイティング・レンジャーズ〉。第二次大戦を題材にした映画だった。主要登場人物のひとり――オーディー・マーフィーかだれかが演じた中西部出身の善良な若者――は戦闘に恐れをいだき、勇気を振り絞る自信を持てなかった。しかし最後には、敵陣にある橋に単身忍び寄り、その橋を木っ端微塵に吹き飛ばして、敵の援軍の進撃を食いとめた。

映画のラストシーンで、死んでいく主人公の肩についていた小さな三日月形の記章――〝レンジャー部隊〟とだけ記されたもの――をルーンは思いだした。アーサー・タッカーが額に飾っていたなかにも、それにそっくりな記章があった。タッカーもレンジャー部隊員だったのか。

もうひとつ思いだしたのは、もう少し前の場面で、どうやって橋に爆弾を仕掛ければいいかわかるか、とほかの兵士が主人公に尋ねる場面だった。

主人公はこう答えた。「もちろんです、軍曹。レンジャー部隊員は全員、爆破の方法を心得ています。訓練中に教わりますから」

11

アーサー・タッカーは老いを感じていた。

タイムズ・スクエアのほこりっぽいオフィスで腰をおろし、欠けたカップに注いだ水に、黄ばんだ白のコイルヒーターを沈める。湯がふつふつと音を立てる。沸騰するとヒーターを取り除き、すでに二度使って干からびたリプトンのティーバッグをひたす。カーテン越しに差しこむ陽光が、長年かけて焼きついた波状の筋に溶けこんでいる。外では、建築現場の騒音がまるで戦場のようにとどろいている。

老いを感じる。

舞台に立つ若い弟子の姿を見るときは、老いなど少しも感じない。自分はまだ二十五歳で、〈ハムレット〉のローゼンクランツや〈ロミオとジュリエット〉のベンヴォーリオや〈ヘンリー四世〉の若きハル王子の黴《かび》くさい衣装を身にまとい、舞台の脇で登場の合図を待っていると半ば信じることができる。

だが、きょうはちがう。八番街を走る地下鉄を五十丁目通りでおり、ゆっくりと蛇行しつつオフィスへ歩いてくるあいだに、何かが引き金となって、この老けこんだ気分に襲われた。劇場のひさしをながめる。いまでは劇場の多くが高層ビルの一階にある。往年の〈ヘレン・ヘイズ〉や〈マーティン・ベック〉や〈マジェスティック〉のように、独立して建っているものは少ない。その事実が物語っているのは、劇場がオフィス・ビルの一部に成りさがったということだろう。昔懐かしいひさし――点状のライトに彩られた、大きく張りだした台形のひさし――を思いだすとき、頭に浮かぶのはたいていミュージカル・コメディーのロゴだ。なぜそういうもの（あまり好みではなく、めったに観なかったジャンル）のほうが、傑作だと考えるミラーやオニールやイプセンやストリンドベリやマメットらの芝居を宣伝したものより楽に思い描けるのだろう。

年老いつつあるせいにちがいない、とタッカーは断じた。

弟子たちのことを思う。みなどうしているだろう。十数人がブロードウェイ、あるいはオフ・ブロードウェイの舞台に立っている。六、七人はテレビのコメディー・ドラマや体験番組に出演している。ハリウッドにいるのは二十人余りだ。

そして何百人という生徒たちが、会計や法律関係、大工や広告マンや配管工などの職へ流れていった。

そこそこの力はあったが、体制に受け入れられるほどの力はなかった、何百人という生徒たち。スターを生みだす体制はいまいましいピラミッド型で、頂点に立つ余地はわずかしかない。

タッカーは紅茶を少しずつ飲みながら、自分の人生は失敗だったのだろうかと考えた。

そして、いま……シェリー・ロウの件がある。はたしてこれが――

耳障りな電話のベルが鳴り響いた。受話器をとって言う。「もしもし」

分速一マイルの速さで息もつかずにまくし立てる若い女の声がした。小切手？　郵便物に何か手ちがいがあったらしい。女はこのビルの一階を借りていて、タッカー宛の小切手が自分のオフィスにまちがって届いているという。タッカーは、小切手が送られてくるなどとは思ってもいなかった。ほとんどの生徒はレッスンのあとに現金で支払う。チェース・マンハッタン銀行のATMでおろしてきた、なけなしの真新しい二十ドル札を直接手渡す。

「たぶん小切手だと思うんですけど。いまわたしひとりしかいないから、持ってあがれないんです。今晩帰るとき、うちのオフィスのドアの外に置いておきましょうか」

そんなことをしたら、五分で消え失せるにちがいない。

「とりにいきますよ。どのオフィスですか」

「一〇三号室です。すぐに出なかったら、電話中だと思ってください」女は言った。

「長くはお待たせしませんから」

タッカーは、肘あての革がすり切れて、サテンの裏地が破れたツイードのジャケットをはおった。帽子は省いた。暗い廊下に出て、ドアに鍵をかける。大きな黒いボタンを押してエレベーターを呼び、着くまで三分待った。そして中へ乗りこみ、一階までの退屈な旅に出た。

ルーンは歯科用のピックを試していた。

薬局でそれを買ったのだが、蛍光色のスニーカーと恐竜プリントのミニスカートという恰好の人間がなぜ口腔衛生器具に興味を持つのかと、店員が特に不審がっている様子はなかった。そのあとルーンはハウスボートにもどった。室内のいくつかのドアの鍵で練習して、かなり早くあけられるようになった。ドアノブ・シリンダーとメデコ社製の錠が取りつけてある玄関のドアは制覇できなかったが、それはただ根気が足りなかったからだ。とにかく、仕組みは同じだと確信できた。

ところが、同じではなかった。

汗をかき、恐怖心を募らせながら、ルーンはアーサー・タッカーのオフィスのドアと五分間格闘していた。何も起こらない。ピックを鍵穴に差しこむ、ひねる、まわす、カチリと錠がはずれる音がする――それだけできればじゅうぶんなのに。

けれども、何も起こらなかった。ドアはしっかりロックされたままだ。ルーンはドアから身を引いた。時間がない。予想では、あと三、四分でタッカーがもどってくる。

廊下を見渡す。この階にはほかにふたつの店子《たなこ》がはいっているだけだ。英語と韓国語の看板を掲げた弁護士事務所と、貿易会社。どちらのドアの下からも、光は漏れていない。

「ああ、もう」

ルーンは肘でガラスを強く突いた。大きな三角形の破片が室内に落ちる。手を伸ばしてラッチをまわした。

四分……あと四分しかない。

だが結局、時間はあまり必要がなかった。

というのも、ルーンの探しているもの――タッカーが必死に隠そうとしていた書類の山――は机の真ん中にあったからだ。ただの書類の山ではない。それは脚本だった。タイトルは〈届けられた花束〉。余白には、タッカーが書き入れたと思われる追加、削除、ト書きのメモがある。数は少ないが、ところどころに短いコメントも記されている。しかし、ひとつの変更は度が過ぎる、とルーンは思った。芝居の内容ではなく、表紙に加えられた変更だ。タッカーは〝作　シェリー・ロウ〟という部分を×

印で消し、自分の名前を書いていた。著作権者の行も同じく変更され、シェリーのかわりにタッカーの名前が記されている。

表紙にはもうひとつ別の書きこみがある。〝シカゴ、ヘイマーケット劇場——関心を示す〟。

シェリーが死んでまだ数日なのに、とルーンは憤慨しつつ考えた。こいつはもう彼女の台本をせしめてだれかに売ったんだわ。

持ちだそう、とルーンは自分に告げた。証拠になるから。

だが、それではタッカーに感づかれるだろう。ルーンは机の後ろを見た。脇机の上に、同じようにゆるく綴じられた脚本がほかにも何冊か積んである。ルーンはその山をくまなく調べたすえ、シェリーの名前を消してタッカーの名前が書きこんであるものをもう一冊見つけた。

それをヒョウ柄のバッグにほうりこんで、オフィスを出た。背後の、廊下の向こうでカチリという音が大きく響いた。

計算外だった。タッカーは一階のドアの前で、予想したほど長くは待たなかったらしい。あるいは、その会社がひと月前に移転したことを、だれかから告げられたのかもしれない。いずれにせよ、ルーンが階段にたどり着くと同時に、エレベーターの扉があいた。足音が響き、それが止まり、タッカーが割れたガラスを見て「しまった」とつぶやく声が聞こえた。ルーンはそっと防火ドアを通り抜け、階段を一段飛ばしで、途中から二段飛ばしで駆けおりて、一階にたどり着いた。

外へ出ると、通りで警官をひとり見かけた。最初はすぐに駆けだそうと思った。けれども、相手が警察を呼ぶはずがないと気づいた。アーサー・タッカーは、よくて盗人、悪くすると殺人者なのだから。

その照明は、四方から照りつけるまばゆい陽光そのものだった。

三十フィート離れたところで、ルーンはてらてら光る柱の陰にたたずみ、ライトが放つ熱を感じながら、ふたつのことに思いをめぐらせていた。照明係はいったい何を思って、あまりに大きい八百ワットのレッドヘッド・ランプを四台もこのセットに使うことにしたのだろう。

それが最初に浮かんだ疑問だった。ふたつ目はニコール・ドルレアンのことだ。ピンクのサテンのシーツの上で、長身でやせた黒髪の男と全裸でからみあい、長く完璧な脚で相手の腰を力いっぱい締めつけながら、どんなことを考えているのだろう。

「そうよベイビー、そこそこ、ああーん、すごくいいわ、すてき、それをちょうだい、ああ、もっと、もっと……」

そんなことばを叫ぶのに飽きると、こんどはひたすらあえぎ、切ない声を出す。ニコールの上の男はほとんどうなり声をあげているだけだ。

汗だくになりつつ、ふたりはしばしば体位を変えた——正常位は時代遅れらしい。いくつかの体位は斬新だが、見ているだけで疲れそうだった。ニコールと相手の男優は精力旺盛のようで何よりだ。

信じられない、とルーンは思った。自分だったら、どれだけお金をもらっても、脚をあんなに高くあげられない……

性行為の音が、〈レイム・ダック〉のスタジオの暗い隅々にまで響き渡る。

Tシャツ姿のカメラマンがふたりににじり寄る。まるでビデオカメラのレンズが、トリプルセックスの三人目のメンバーであるかのように。残りのスタッフは退屈そうに照明スタンドや三脚にもたれ、コーヒーを飲んでいる。マットレスを照らす熱い光の外側では、ダニー・トラウブ——きょうは監督をつとめている——がカメラマンにもどかしげに合図し、指示を出していた。「射精シーンを逃したら、どうなるかわかってるな」

「逃しやしませんよ」

「きのうはシャロンの脚が邪魔になってたぞ。何も見えなかったじゃないか」

「逃しませんって」カメラマンは答え、さらに近くへ寄った。

ルーンはふたたび思いにふけった。ニコールは何を考えているのだろう。ふたりはもう三十分もああしている。ニコールは高ぶっているように見える。でも、あれは演技だろうか。ほんとうに集中して――

そのとき、異変が起こった。

男優がピストン運動をやめて、立ちあがった。放心し、目をとろんとさせ、息が荒い。ニコールは男の股間を見て、事情を悟った。身をかがめ、口で回復を試みる。なかなかの技巧だが、男は反応しない。やがて突然、男はライトの外へ出ていった。ニコールは姿勢を崩し、アシスタントの若い女が差しだしたバスローブを受けとった。タオルを探していた男優は、一枚見つけて腰に巻きつけた。

「もうだめだ」男優は吐き捨てるように言った。手のひらを上に向け、肩をすくめながら。

トラウブはため息をつき、それから大声で指示を出した。照明が消える。カメラの電源が切られる。撮影助手と照明係がセットから離れた。

「今週三度目だぞ、ジョニー」トラウブはつぶやいた。

男優はキャメルを深々と吸っている。「ここは暑すぎる。エアコンはどうなってるんだよ」

「エアコンだと？」トラウブの頭が想像上の二階客席へ向けられた。「こいつは――

何か？——摂氏零度じゃないと勃《た》たないのか？」ジョニーは床へ視線を向けているが、目の焦点は六インチ下に合っていた。「疲れてるんだ」

「おまえの硬い一物に千ドル払ってるんだぞ。この映画は一週間前に完成してるはずだったのに」

「じゃあ、こいつ以外を撮れよ。挿入シーンは前のを使ってくれ」

「ジョニー」トラウブは六歳の子供を諭す口調で言った。「みんな、おまえのその立派なものが見たいから、小銭を貯めてビデオを借りるんだ。その竿がどんな魔術を生みだすかを見たくてな。わかるな？」

「疲れてるんだって」

「ヤクのせいさ。コカインでそいつが萎えるのは知ってるだろ。弁護士とか医者とかミュージシャンなら、もしかするとパイロットでも、コカインのやり過ぎで仕事をしくじったりはしない。でも、ポルノ男優が手を出すのはばかげてる」

「二、三時間でいいから待ってくれ」

「だめだ、おまえはクビだ。出ていけ」

ニコールはこのやりとりをベッドの脇で見ていた。ふたりのほうへ歩み寄る。「ダニー……」

トラウブはニコールを無視した。

ジョニーは何やらぶつくさ言って、セットの隅へ向かった。革のショルダーバッグから青いガラスの小瓶を取りだす。トラウブがそこへ迫り、ジョニーの手からそれを払った。小瓶は壁にあたり、回転しながら床に落ちた。

「くそっ、ダニー、なんだって――」

トラウブはジョニーを壁に荒々しく押しつけた。意地の悪い笑みを浮かべてあたりを見まわす。「こいつはさっきのを冗談だと思ってるのか？　ああ、そうだ！　冗談だと思ってる……これ以上おまえの面倒は見きれん」

「勝手に言ってろ」

「ほざくな！」その叫びは耳障りで甲高く、狂気じみていた。現場にいる全員に聞こえたにちがいない。それでもだれひとり、予定表や請求書や台本から顔をあげなかった。あるいは、コーヒーや紅茶に視線を落として、一心に掻き混ぜている。

ジョニーは身を振りほどいた。ベッドに腰かけ、ぼんやりと自分の服へ目をやる。

ニコールが床に落ちたコカインの小瓶のそばへ行き、拾いあげてためらいがちにジョニーに差しだした。トラウブがすかさず歩み寄り、ニコールの手からそれを取りあげた。

「ばか。おれがいま言ったことを聞いてなかったのか」

「あたしはただ──」

トラウブはジョニーを振り返った。「今週のぶんは前払いしてある。半分返してもらおう」

ニコールが言った。「ダニー、ほっといてあげてよ。お願い」

トラウブはニコールを見た。嫌味っぽく言う。「いっぱしの女優なら勃たせ方ぐらい心得てるはずだ。この役立たずが」

ニコールは明らかにトラウブをこわがっていた。ことばを呑みこみ、トラウブの小さな鋭い目から視線をそらして言う。「ジョニーをクビにしないで、ダニー。お願い。だって、仕事に困ってるんだから」

トラウブはたちまち、猿のように陰険な笑みを浮かべた。「仕事に困ってる不能のポルノスターだと？　笑わせるな」

「いまは調子が悪いだけよ」

トラウブはジョニーに言った。「金はもうどうでもいい。とっとと失せろ」

ジョニーはぷいと背を向け、セットから出ていった。

「人でなし」ニコールがつぶやいた。

トラウブはすばやく振り向いて、逆毛を立てたニコールの髪をつかんだ。頭を自分のほうに強く引き寄せる。「そんな口を……二度と……きくな」

ニコールが泣き声で言った。「ごめんなさい、ごめんなさい……」

怒りがトラウブのもとを去った。髪をつかんだ手がゆるむ。だが、そこで周囲を見まわした。Ｔシャツを着た太っちょのアシスタントがぎこちなく体を揺すり、ふたりのほうへ歩きはじめた。トラウブは一瞬待ってから、ニコールの髪を放した。

ニコールは頭に手を持っていき、頭皮をさすった。トラウブはいつもの作り笑いを浮かべ、その頬を軽くたたいた。平手打ちされるかと、ニコールが身をすくめる。トラウブは声をあげて笑い、コカインの小瓶をニコールの胸の谷間に滑りこませた。

「さあ、わかったら――」

ニコールは髪をひるがえして歩き去った。

その背中に、トラウブの声が響く。「――いい子にしてろよ」

「靴かな」ニコールが言った。「靴のことを考えてるときが多いわね」

「靴？　足に履く靴？」

「そう。もちろん。ただの靴よ」

ルーンとニコールは〈レイム・ダック〉の更衣室のひとつにいた。更衣室とは名ばかりで、ネズミにかじられたひびだらけの石膏板でスタジオの一角を仕切っただけの空間だ。そこは四階で、爆発のあった階のひとつ上だった。ニコールに言わせると、会社は移転しないことになったが、シェリーがすぐ下で死んだことを思えば、その判断は無神経もいいところだという。「ダニーの話じゃ、家主と持ちつ持たれつの契約をしてるらしいの。どういう意味かは知らないけど」

ルーンはトラウブの騒動のあと、更衣室へこっそり忍びこんでいた。そこにカメラをセットして、ニコールのアップが撮れるようにズームを調節してある。ルーンは〈ネットワーク〉のフェイ・ダナウェイよろしく、声を低くして訊いた。「現場でカメラがまわって、男優とからんでるとき、どんなことを考えてる？」

「男優ひとりと？」

「別に、何人とでもいいけど」

「ダニーは男ふたりとやるシーンをよく撮るのよ」

ルーンは言った。「わかった、じゃあ、男優ふたりとからんでるとして」

ニコールは質問を理解したしるしにうなずき、靴のことを話しはじめた。

「フェラガモの靴のことをよく考えるわ。きょうだって、ジョニーがああなる前は、すてきな靴を思い描いてた。サイドにきれいなリボンをあしらった、華奢でかわいいデザインのを」ニコールは光沢のある銀色のジャンプスーツを着て、幅広の白いベルトを締めていた。サイドに金属の鋲のついたカウボーイ・ブーツを履き、髪は逆毛を高く立ててある。トラウブに引っ張られたあたりの頭皮がかすかに赤くなっていることにルーンは気づいた。「靴には目がないの。六十足くらい持ってるかな。見てると落ち着くのよね。どういうわけか」

「六十足？」ルーンは小さく驚きの声をあげた。

「これもシェリーとあたしのちがいのひとつね。あたしは稼いだぶんだけ使っちゃうけど、シェリーは投資信託とか株とか、そういうものに注ぎこんでた。でも、あたし、おしゃれが大好きなんだもの。しかたないでしょ」

「あなたの映画を何本か観たの。ほんとうに夢中になって、のめりこんでるように見えた。あれはただの演技なの？」

ニコールは肩をすくめた。「女だもの。ふりをする訓練ならずいぶん積んできたわ」

「靴のこと以外にも何か考えてるはずよ」

「そうね、技術的なことも気にしてる。いい角度におさまってるかとか、カメラのほうを向いてるかとか、腋の下は剃ってあったかとか、同じことばかり繰り返してないかとか」

「台詞はだれが書くの？」

ニコールは落ち着かなげにカメラを見た。咳払いをする。「だいたいは自分たちで考えるわね。簡単だと思うでしょ？　カメラを見てしゃべるだけなんだから。でも、そんなふうにはいかない。あがっちゃうのね。言うべきことはわかってるのよ、台詞やなんかは。だけど、どんなふうに言うかってところが、あたしにはむずかしくて」

「別に変じゃなかった。何本か観たけど」

「そう？」ニコールは紫とベージュの化粧をした顔をルーンに向けた。「どれを観たの？」

「〈バックで一気に〉と〈セックス・ウォーズ〉、ああ、それと〈淫らな従姉妹〉」

「ずいぶん前の作品よ、〈淫らな従姉妹〉は。もう古典の部類ね。《ハスラー》誌に名前が載ったのよ。おかげでいい思いをさせてもらった。あの映画は一週間かけてリハーサルしたの。シェリーの提案で」

ルーンは更衣室の外へ目をやり、廊下にだれもいないのをたしかめた。

「シェリーは芝居の脚本を書いてた？」

「脚本？　そう。シェリーのもうひとつの趣味だったから。書いたものを送っては、ことわりの手紙といっしょに送り返されてた」

「上演が決まったものはあった？」

「ううん、ないと思う。でも、何ヵ月か前に書いた作品はすごく出来がよかったみたい。どこかの劇場が興味を持ってたって」

シカゴのヘイマーケット劇場にちがいない。タッカーのオフィスにあった脚本のメモが脳裏によみがえり、ルーンはそう思った。

「〈届けられた花束〉？」

「そう、それだと思う。たしかそんなタイトルだった」

「どんな内容か知ってる？」

「ううん」

ルーンは言った。「ところで、ダニー・トラウブにインタビューしたの。シェリーのことを話したんだけど」

「ふうん」

「シェリーを心から愛してたって言ってたわ。ふたりはチームだったたって」

「ダニーがそう言ったの？」

「ええ」

「嘘つぱちよ」ニコールは言った。

「あたしもそうじゃないかと思った」

「シェリーのことなんか、気にも留めてなかった。というか、自分以外のだれにも興味がないの。あいつ、シェリーを――それこそ毎日のように――誘惑してたんだけど、その話はした？」

「聞いてない。教えて」

ニコールはカメラを見た。「それを止めてくれるなら」

ルーンはスイッチを切った。

「ダニーはいつも……」

「しつこく迫ってた？」

ニコールは、誘惑することとしつこく迫ることのあいだに決定的な境界線があるかのように、肩をすくめた。「つけまわしたりはしてなかった。でも、ご執心だったの。シェリーはダニーのことをちんけなカエルだと思ってた。大きらいだった。ダニーときたら、撮影現場をわが物顔で歩きまわっては、だれかれかまわずやっつけるんだから。皮肉を言ったり、ばかにしたりして。わかるでしょ？本人が目の前にいるのに、その人の悪口をまわりに言い散らすのよ。それでも、ダニーは雇い主だから——しかも、けっこういいお金を払ってくれるから——みんながまんしてた」

「でも、シェリーはちがったのね」

「そう。シェリーはちがってた。ダニーのことなんか鼻で笑ってたもの。二週間ほど前、ダニーが現場で監督に命令してたとき、シェリーはあいつを〝唐変木〟って呼んだの。どういう意味なのかよく知らないんだけど——そんなことば、聞いたことある？とにかく、そう呼んで、現場から出ていったの。ダニーは怒ったのなんのって。血管なんかみんな浮き出ちゃって。心臓発作を起こすんじゃないかと思った」

「さっき揉めてたのを見たわ」

「あたしとダニーが？　あれを見てたの？　あんなの揉めてるうちにはいらない」ニコールはブラシを手にとって、髪の毛を梳かしはじめた。それは大変な作業だ――スプレーでしっかり固まっていたから。「ジョニーはいい人なのよ。いまはあまり調子がよくないだけ。酒浸りで、コカインもやりすぎてるからね。そろそろ引退するべきなのはほんとね。七〇年代には、ほんとうにスターだったのよ。ほら、ずいぶん大きいほうだから」

ルーンは言った。「見たわ」

「だけど、ダニーの言うとおりね。ジョニーはもうだめ。〈レイム・ダック〉しか働く場所がないのよ。ほかはどこも雇ってくれない。さすがのダニーも見かぎるしかなかったってわけ。だって、男優に求められるのはひとつだけでしょ――あれを勃たせること」ニコールは肩をすくめた。「職務説明書に書いてあってもいいくらいよね」

ルーンは間を置いた。どこかで水がしたたり落ちている。外では、オートバイが甲高いエンジン音をとどろかせて走っていく。ルーンは身を乗りだし、小声で訊いた。「シェリーを殺した犯人だと思う？」

「ダニーが？」ニコールは笑って、首を横に振りかけた。だが、動きを止めた。顔から笑みが消え、手はバッグのなかを探っている。「一服する？」青い小瓶が出てきた。「ジョニーはいつも上物を持ってるの」

ルーンはかぶりを振った。

ニコールはコカインを鼻から吸いこんだ。しばらくして言った。「なぜダニーがそんなことをするの？」

ルーンは石膏の壁板を見ていた。四隅の角度が不ぞろいで、釘が曲がり、切断面はぎざぎざだ。しばらくして訊いた。「あたしが何を不思議だと思ってるか、わかる？」

「なんなの？」

「さっきあたしがああ言ったとき――ダニーがシェリーを殺したんじゃないかって切りだしたとき――あなたがあまり驚いたように見えなかったこと」

ニコールは一考した。「ダニーが好きじゃないからよ。ほんとにいやな男だし、考えてるのは女とコカインと車のことだけ。まあ、あたしだって着るものとコカインのことしか考えてないけどね。だから、あまりえらそうなことは言えない」目がすばやく動いた。何かを迷っている。

「つづけて」ルーンは声を落としたままで言った。「もしかして、何か言いたいことがあるんじゃない？」

ニコールは腕時計に目をやって、それから身を乗りだした。香水とコールドクリームとリステリンのにおいがする。「だれにも言わないでほしいんだけど、見せたいものがあるの」

ニコールは立ちあがり、ドア代わりの反ったパネルを押しあけた。ふたりは砂ぼこりでざらつく廊下に出て、業務用エレベーターまで歩いた。「地下へ行くの」ニコールはそう言って、アコーディオン式の扉を閉めた。一階のボタンを押す。

ひどく汚い廊下に出ると、ふたりは暗闇へつづく階段の上のドアまで歩いた。

ルーンは言った。「秘密の穴へおりていく感じね、地下牢みたいな」

ニコールが冷ややかに笑った。「まさにそういう場所よ」

暗闇を数秒凝視してから、ニコールは階段をおりはじめた。「下にはだれもいないはずよ。そう思いたい」

長い階段だった。ふたりはまるまる一分、いまにも壊れそうな木の手すりだけを頼りにおりつづけた。明かりは、ふたつの電球が放つ薄暗い光だけだったが、それらをはめてあるのは、もっと明るい電球を使うべき巨大な網かご型の電灯だ。階段の床は朽ちかけて柔らかくなっている。

階段の下の通路から、石と雑に固めた粗いコンクリートでできた暗くて天井の低いトンネルにはいった。油の浮いた水が床のところどころにたまっている。鉄筋がコンクリートのあちこちから飛びだしている。だれかが何年も前に、鉄筋のまわりを――

おそらくは警告のつもりで――血のように赤いペンキで塗ったらしい。隅にはクモの巣が張り、翅《はね》の生えた昆虫の死骸がたくさん落ちていた。ルーンは何度も咳をした。燃料油と黴のにおいが充満しているせいだ。

ふたりはトンネルをさらに奥へ進んだ。

「ここ、前はボイラー室か物置だったのよ」ニコールはそう言って、戸口に足を踏み入れ、電灯のスイッチをつけた。頭上の蛍光灯が点滅し、一気に明るくなる。ふたりはまぶしさに目を細めた。そこは幅二十フィート、奥行き二十フィートの正方形の部屋だった。壁はトンネルと同様、雑に固めた粗いコンクリートと石でできている。先に輪のついた鎖が天井から垂れている。汚れた革張りの跳馬台が隅に置かれ、壁の一面を覆う木製のラックに物が雑然と詰めこんである。

「ジムなの？」ルーンは訊いた。木とクロム鋼でできた体操用ぶらんこへ歩み寄る。

「いつも運動しなきゃって思うんだけど、なかなかやる気が出なくて。要するにエクササイズって、目的が要ると思うの――自分を痛い目に遭わせたいだれかから逃げるとか」

「ここはトレーニング・ルームじゃないのよ、ルーン」ニコールが静かに言った。

「ちがうの？」

ニコールは背の高い古びたスチールのロッカーへ近寄り、扉をあけた。中から細長い鞭を取りだす。学校の先生が使う指示棒にそっくりだ。

「映画ではSMの真似事をすることがあるの。こぶ結びを作った紐でできた九尾の猫鞭とか、気泡ゴムで覆って強化した乗馬鞭なんかを使ってね。革のブラとガーターと黒いストッキングを身につけた女が、男にハイヒールを舐めさせるのを見ながら抜く男たちもいるのよ。でも、あんなのはみんな子供だましね。ほんとうにSMにのめりこんでる人なら、そんなビデオは突き返して、金返せって言うはずよ。ほんとうのSMでは、こういうものを使うの」

ニコールは細い鞭を跳馬台に打ちつけた。それは空を切り、銃声のような音を立てて跳ね返った。ルーンは目をしばたたいた。

「ヒッコリーの木でできてるの」ニコールは言った。「見た目は悪くないけど、打たれるとミミズ腫れができる。皮膚を傷つける。これで何度もたたけば、人を殺すことだってできるのよ。実際に起こったって話を聞いたことがある」

「ダニーにこういう趣味があるって言いたいの？」

「一度ここにおりてきたとき、ダニーがその手の映画を撮ってるのを見たの。個人で売りさばいてるのよ。〈レイム・ダック〉が正規に作ってる映画じゃ飽き足りなくなったのね。こういうものがないと勃たないってこと」

「ダニーはどんなことをしてた？」

「ぞっとしたわ。女の子を鞭で打って、針を使って——もちろん、滅菌処理やなんかはされてるけど、それでも最低よね。そのうち、女の子がやめてって頼みはじめたの。でも、それを聞いたダニーはよけいに興奮しただけだった。なんかもう、すっかり正気を失ってた。殺すつもりなのかと思った。その子が気絶しちゃったもんだから、アシスタントふたりがダニーを引き離して、女の子を病院へ運びこんだの。その子は警察へ出向こうとしてたけど、ダニーがお金を積んでやめさせたんだって」

ニコールは部屋を見まわした。「だから、ダニーがシェリーを殺したかどうかと訊かれても、あたしにはわからない。でも、人を傷つけるのが好きだってことは言えるわね」

ルーンは両端に鋭いワニロクリップのついた細い鎖を手にとった。クリップには血がこびりついていた。それをもとの場所に置く。

ニコールが明かりを消し、ふたりは通路を歩いて階段までもどった。

ルーンが物音を耳にしたのはそのときだった。

ささやき声で訊く。「ねえ、あれは何？」

ニコールは階段の二段目で足を止めた。「何って？」

「あっちのほうで音がしたのよ。ほかにもああいう部屋があるの？」

「二、三部屋ある。奥にね。でも、暗かったでしょ？　明かりは見えなかった」

ふたりはしばらく待った。

「気のせいよ」ニコールが階段を途中までのぼったとき、ルーンはまだ下のほうにいた。そのときまた、同じ音がした。

ちがう、とルーンは思った。聞こえる音は二種類だ。ひとつは、さっき聞いたのと似た音。ヒッコリーの鞭が革張りの台に振りおろされる、不気味なシュッという音だった。

もうひとつは、パイプから漏れる空気か、蒸気か、遠くを走る車の音にすぎないかもしれない。

あるいは――ルーンにはそう聞こえたのだが――男の抑えた笑い声かもしれない。

12

そのじょうろは水が漏れるが、ほかの点ではなかなかのアイディアだとルーンは思った。

ダニー・トラウブのタウンハウスの呼び鈴を鳴らすと、さほど意外ではないが、シルクのテディを着たブルネットの美女が戸口に現れた。女の胸はずいぶん高く張りだしており、下を歩いて通れそうなほどだ。

アマゾンから来たナイスバディのお姉さん……主よ、われらを助けたまえ。

ルーンはその横を通り過ぎた。女は目をぱちくりさせて脇へよけた。

「きのう、うかがえなくてすみません。山ほどのヒャクナゲを、ミッドタウンのトランプ・ビルにあるオフィスへ届けなくちゃいけなくて、人手が足りなかったんです」

「シャクナゲのこと？」

ルーンはうなずいた。「そ、そうです」

用心しなくちゃ。ちょっと教養のあるナイスバディのお姉さんだ。

「気をつけて」女が言った。「じょうろから水が漏れてるわよ。木を傷めるのはいやでしょう？」

「わかりました」ルーンは仕事に取りかかった。トラウブの植物に水をやり、はさみで枝先を整える。はさみ類は慎重にポケットに詰めてきた。着ている緑色のジャケットには、古着屋で買ったときは〝MOBIL〟というロゴがついていたが、それをはずし、かわりにアメリカ林野局の記章を縫いつけてある。

〈レイム・ダック〉に電話をしたところ、トラウブはこれから何時間か撮影現場にいるので連絡がつかない、とスタジオの受付係が言っていた。唯一心配だったのは、この前マティーニを出してくれた女と鉢あわせをしないかということだ。

そう、ここへ来るのは賭だった。でも、人生には賭が付き物でしょ？

けれども、トラウブのきょうのゲストは、このブルネットのバスケットボール選手だけらしい。

その女は特にいぶかしんではいないようだ。というより、ルーンのしていることに興味津々だった。仕事ぶりをつぶさに観察している。その〝仕事〟は――ルーンの知るかぎり――手をふれた植物すべてを枯らしかねない。ガーデニングのことなどまるっきり知らないのだから。

「全部覚えるのに時間がかかった？　植物の育て方を」アマゾン女が訊いた。

「たいしたことはないけど」

「あら、そう」女はそう言って、ルーンがセントポーリアの根を切り離すのを見ていた。

ルーンは言った。「適度な水やりは必要だけど、やりすぎちゃだめ。適度な日光も必要よ。でも――」

「あてすぎちゃだめなのね」

「そう」

女はうなずいて、褐色に染まったつややかな髪の下のどこかにその知識を保存した。

「葉を刈りすぎるのもぜったいにだめ。それに、かならず適切な種類のはさみを使うこと。これがものすごく大事なの。よく切れるやつをね」

またうなずく。女の脳内コンピューターが忙しく動いている。

「あなた、その仕事で食べてるの？」

ルーンは言った。「知ったら驚くでしょうね」

「身につけるのは大変？」

「ある程度の才能は必要だけど、一生懸命やれば……」

「わたしは女優なの」アマゾンはそう言って、コカインをひと吸いし、テレビの前にすわってメロドラマを観はじめた。

十分後、ルーンはトラウブの植木の半数を壊滅させ、二階の書斎へ向かった。

書斎は無人だった。廊下で左右を見渡して、だれも見ていないのをたしかめる。室内にはいって、ドアを閉めた。ファイル・キャビネットはなかったが、大きな机があり、それには鍵がかかっていなかった。

机のなかを探って見つけたのは、請求書、悪趣味な小物を扱う店のカタログ、電池のはいっていないバイブレーター、ドイツのSM専門誌数十冊、吸いさしのマリファナと吸引用パイプの部品、マッチ、ペン、カジノのチップなどだ。役に立ちそうなものは何もない——

「マティーニのおかわりはどう？」冷ややかな声が響いた。

ルーンは凍りつき、それからゆっくりと振り向いた。この前ルーンとトラウブにマティーニを出したあの金髪女——鉢あわせしたくなかった相手——が部屋の入り口に立っていた。

そう、ここへ来るのは賭だった……

「あの——」

金髪女はむっつりとルーンの前を通り過ぎ、別の抽斗をあけた。しわくちゃの十ドル札や二十ドル札が、おそらく千ドルぶんはあるだろう。「ご自由にどうぞ」女は背を向けて書斎から出ていった。

ルーンは抽斗を閉めた。「待って、ちょっと話したいの」

金髪女は歩きつづけている。廊下でルーンが追いつくと、口を開いた。「あたしはクリスタル。あんたは……」

「ルーンよ」

「あんた、映画の仕事がしたいの？　それとも、あたしのボーイフレンドのお金を盗みたいだけ？」

「あの人、ほんとうにあなたのボーイフレンドなの？」

返事がなかった。

クリスタルは屋上へ案内した。外に出ると、バスローブを脱ぎ、ビキニのトップをはずして、分厚いピンクのタオルを敷いたリクライニングチェアーにゆったりと腰かけた。アロエの日焼け止めローションを胸と腕と脚にすりこんだのち、椅子の背にもたれて目を閉じた。

ルーンはあたりを見まわした。「すてきなところね」

灰色のサンデッキのどこがすてきなのかと言いたげに、クリスタルは肩をすくめた。「ちがうよ」そう言って、暗い青のサングラスをかけた。ルーンに顔を向ける。

「ボーイフレンドじゃない、ってこと」それからしばらくだまっていたが、やがて口を開いた。「たまに、ああいう大きなクルーズ船が川をくだってくるのが見えるよね。行き先はどこかって考えることがある。クルーズ旅行をしたことは？」

「一度、ニューヨークのまわりをクルーズしたことがあるわ。サークル・ライン号でね。海賊になったつもりだった」

「海賊。バイキング帽をかぶった？」

「うん」

「訊いたのは本物の旅行のこと」

「それはないわね」

「あたしもない。いつか行ってみたいけど」

ルーンは言った。「あなた、すごくスタイルがいいのね」

「ありがとう」クリスタルは、だれにもそう指摘されたことがないかのように礼を言った。「一服どう？」

「要らない」

クリスタルの顔が太陽のほうへ気怠《けだる》げに向いた。腕は椅子の端にゆったりと置かれている。呼吸さえ鈍くなっているようだ。「カリブ海の島に住みたいと思う。一度、セント・バーツ島へ行ったことがあってね。パラダイス島にあるクラブメッドのバカンス村にも何度か行った。そこである男と出会ったんだ。その人は既婚者で、奥さんとは別居してたんだけど、ニューヨークへ帰ったら縒《よ》りをもどしちゃった。ずるいよね、子供もいたのに、そんな話はひとこともしてくれなかったんだもの。街で彼を見かけたことがある。でも、映画みたいにはいかない」

「そうね」

「あたしはストリップ・ダンサーとしてやっていけた——映画に出る必要はなかった。だけど問題は、ダンスだと……せまいところに立って、男たちに見られて、ほら、その連中が何をしてるかわかるよね。むかつくほどいやだってわけじゃないけど、もっと……なんていうか……」しばらくことばを探していたが、見つからなかったようだ。結局あきらめた。ローションをさらに塗り重ねる。「二階で何を探してたのよ」

「シェリー・ロウとは知りあいだった？」

顔はこちらを向いたが、青銅色に反射するサングラスの奥の目がどこを見ているのか、ルーンにはわからなかった。見えるのは、魚眼レンズに映ったような、まったく同じ自分の姿ふたつだけだ。クリスタルが言った。「一度か二度、会ったことがある。いっしょに仕事をしたことはないな」

「シェリーとダニーはうまくいってた？」

クリスタルはゆっくりと腹這いになった。「仲が悪かったわけじゃないけど、円満でもなかった。ダニーはほら、ろくでなしだから。あの男とうまくいく人なんていない。あんた、私立探偵か何か？」

「ここだけの話にしてくれる？」

「もちろん」あまりにももの憂げにそう返されたので、ルーンはそのことばを信じた。

「シェリー・ロウの映画を作ってるの。本物の女優だったでしょ」

「あたしたちはみんな本物の女優だよ」クリスタルは、そんなふうに答えるのに慣れているのか、すかさず言った。とはいえ、身構えたり腹を立てたりしている口調ではなかった。

「女優としてのシェリーを描いた映画を作りたいの。彼女は幸せじゃなかった。この仕事が好きじゃなかったから」

「どの仕事？」

「成人映画の仕事よ」

クリスタルは驚いたようだった。「好きじゃなかった？　どうして？　彼女ならなんでもほしいままだったろうに。あたしは週に二度の仕事で年五万ドル稼ぐ。でも、シェリーはその倍は稼げた。ただ……」

「ただ？」

「いまはみんな、こわがってる。エイズなんかをね。あたしだってしょっちゅう検査を受けてる。みんなも同じだよ。それでもぜったいというわけには……そう、ジョン・ホームズはエイズで死んだものね。一万人の女とやったって、本人が言ってた」

クリスタルはふたたび仰向けになり、サングラスをした顔を熱く照る太陽のほうへ傾けた。

やがてつづけた。「うまい女優だった。シェリーのことだよ。あたしたちはたくさんのファンレターをもらう。中には変なのもあるけど――自分の下着を送ってくる男とか――でもほとんどは、ただ愛してるとか、きみのことを考えてるとか、きみの映画のビデオは全部借りたとかって内容ね。デートに誘われたこともたくさんある。ダニーの話だと、シェリーは映画を観た男たちから、会いにきてくれと言って飛行機のチケットや小切手をもらうことがよくあったんだって。看板女優のひとりだった」

ルーンはサークル・ライン社の日中定期便が軽快な音を立ててハドソン川を航行していくのを見ていた。「ねえ、あれがあたしの海賊船よ。あなたもいつか乗るといいわ」

クリスタルは船にちらりと目をやった。「ダニーは仕事の話はあまりしてくれない。あたしがたいして、ほら、頭がよくないと思ってるから」サングラスを持ちあげる。「これでも大学を出てるのに」

「そうなの？」

「コミュニティ・カレッジだけど。歯科技工士になるつもりだった。でも、あたしはいまの生活を手に入れた……ほしいものは何だってもらえる」

ルーンは言った。「内緒にしておいてもらえるかしら、あたしが……」

クリスタルはサングラスをはずし、首を横に振った。「何を探してたのか、まだ話してくれてないな」

ずっと青いレンズに阻まれて目を見ることができなかったのに、ルーンは不思議とこの相手は信用できると感じていた。「ダニーはシェリーに危害を加えたりできたと思う？」

「殺せたか、ってこと？」

ルーンはためらった。「そういうことね」

クリスタルは、それまでの受け答えに劣らずもの憂げに言った。「わからない。もし知ってたとしても、ダニーの立場を悪くすることは話さないけど。そんなことをしたら、どんな目に遭わされるか、わかるよね」

クリスタルは何かを知っている。

クリスタルはまた日焼け止めを塗りはじめ、長い時間が過ぎた。やがてチューブを下に落とした。「あんたは見当ちがいの場所を探してたんだよ」

「どういう意味？」

「あいつはばかじゃない」

「トラウブのこと？」

「ええ。大事なものは机にしまったりしない。たとえば、重要な書類なんか入れておかない」

「なぜあたしが書類に興味を持ってると？」

「ドラッグの隠し場所にしまってあるんだよ。キッチンの流し台の下に、金庫があってね。あたしは解錠番号を知らないって、ダニーは思ってる。でも、見つけたんだよ。番号の組みあわせを知りたい？」

「どんな組みあわせ？」

「右に四十。左に二十九。また逆まわしで三十四。インチをつけると、ダニーの考える完璧な女のスリーサイズになる。しょっちゅうそう言うからね。完璧な女はそうだって」

「金庫の中身は？」ルーンは訊いた。

「これから背中を焼かなくちゃ。そのあとひと眠りする。じゃあね」

「ありがとう」ルーンは言った。だがクリスタルは返事をしなかった。

ルーンは階下へと急ぎ、金庫を見つけた。解錠番号は正しかった。中には一オンスのコカインの袋が数十個。クラックもあった。だが、それはあまりルーンの興味を引かなかった——トラウブの好きなものはすでによく知っていたからだ。

　興味を引いたのは、保険証書だった。

〈ニューヨーク傷害・損害保険〉の薄いバインダー。ルーンは中を開いてみた。〝倍額保障〟とか〝受取人〟とか〝指定被保険者〟とか〝主契約者〟といった見慣れない用語がたくさん並んでいる。用語の意味はわからなかった。けれども、その保険がシェリーにかけられたもので、彼女の死によってダニー・トラウブがさらに五十万ドル裕福になると理解するのに、さほど時間はかからなかった。


　ルーンはサム・ヒーリーに電話をかけ、会ってくれと頼んだ。タッカーとトラウブの件を報告するつもりだった。ところが、サムと顔を合わせるより前に、〈L&R〉にいるルーンのもとへ一本の電話がかかってきた。そんなわけで、ルーンはいま、西四十六丁目通り——劇場街の中心にあるレストラン通り——のコーヒーショップにいた。

「おれは落ちこぼれ軍団の一員だ」その男は言った。「マイケル・シュミットに裏切られたり、クビにされたり、扱《こ》きおろされたりした演劇関係者たちのことだよ。なぜあんなやつのことを映画にしたがるのか、おれにはわからない。業界にはまともな人間もおおぜいいるのにさ」

「シュミットの映画ってわけじゃないの」

「ならいいが」フランクリン・ベッカーは自分のコーヒーにもう一杯砂糖を入れて掻き混ぜた。かつてマイケル・シュミットのもとで配役担当責任者をつとめていた男だ。ルーンは劇場でシュミットと話したあと、材木の山を崩して怒鳴られていた裏方に声をかけた。気の毒なその男にコーヒーをおごり、シュミットの噂を喜んで聞かせてくれそうな人物数人の名前を巧みに聞きだしたのだった。折り返し電話をくれた最初の人物がこのベッカーだった。

ルーンは説明した。「シェリー・ロウの映画なのよ」

「あの爆破事件で死んだ女優か。あの女とシュミットのつながりを知ってるんだな？」

「ええ」

ベッカーを見ているとなんとなくサム・ヒーリーを思いだした。背が高く、髪は薄くなりつつある。ただ、感情を表に出さない刑事とちがい、ベッカーはめまぐるしく表情を変えた。過去に妻を迎えたことはなく、男を恋人にしてきたんだろうという印象も受けた。

「どんな話を聞かせてくれるの？　シェリーとシュミットについて」

ベッカーは笑った。「とっておきの話を聞かせてやる。あの女のしたことには……度肝を抜かれたよ。おれは二十年近くブロードウェイでキャスティングをやってるが、あんなのは見たことがない。

　おれたちは何度もEPIをした……マイケルはオーディションより面接を重視していたんだ。おかしなやつだよ。あいつと話したんなら、そうとうな偏屈者なのはわかったろう。ふつう、プロデューサーは雇い人——つまり、役者のことまでは注意がまわらない。そういうことは演出家にまかせるんだ。おもな役者陣がいい評価を得て、客がたくさんはいってればそれでよしとする。ところが、マイケルはちがった。あいつは全員に目を光らせるんだ。演出家、主役、端役、調整係、音楽監督、すべてにだ」

　ルーンには話の行き先が見えなかったが、そのままベッカーのペースで話をつづけさせた。

「だから配役を決めるときになると、マイケルはおれの肩越しに小さな目を光らせつづけた。おれたちは履歴書を読み、ビデオテープを見て、俳優の事務所と話をした」ベッカーは首を横に振る。「みんな、ありきたりの面接を終えた——が、シェリーだけはちがった。そこが度肝を抜かれたところなんだ。

　どういうわけか、シェリーは新しい芝居の脚本を持っていた。どこで手に入れたかはわからない。マイケルは脚本を金塊のように扱っていたから、一部だって出まわるはずがないんだ。なのに、シェリーはそれを手に入れて、主役の台詞を覚えていた。そして面接のときが来た。シェリーはマイケルのオフィスへはいってきて、ひとことも発せず、ただうろうろ歩きはじめた。何をやってるんだ？　おれにはわからなかった。マイケルにもな。

だが、やがておれは気づいた。オーディションを重ねるあいだにいやというほど脚本に目を通してたからな。シェリーは重要な場面のひとつを演じてたんだ。第三幕のはじめから、ト書きに従って。それからその場面の台詞の最初の一行を口にして、おれを見た——一拍ぶんを抜かした指揮者をプリマドンナが見るように。だからおれは、台詞のきっかけを与えてやったんだ。マイケルの逆鱗にふれるとは思ったけどな。あいつは、思ってもみない斬新なことを人がやるのが気に入らないんだよ。でも、一分後にはあいつも感心してた。なんと、われを忘れてたよ。おれも同じだ。シェリーの演技はみごとだった。おれたちは、お決まりのことばをかけた。よかったよ、ご苦労さん、こちらから連絡する、とね。例によってマイケルは、自分の受けた印象を態度に表さなかった。だが、シェリーは目を輝かせていた。自分がほかの応募者を吹き飛ばしたのを知っていたからだ。

シェリーが帰ったあと、おれたちはもう一度履歴書を読んだ。妙なことに、正式な訓練を受けたふしがない。オフ・ブロードウェイの名の通った上演作品や、ＬＯＲＴ──地域劇団連盟のことだ。地方劇場の夏公演、ブルックリン音楽アカデミーでの小公演、地元のレパートリー劇団。ほんとうはそれほどうまくないか、評判がおれたちの耳に届いていなかったか、そのどちらかだった。何かがにおった」

ルーンは言った。「だから調べたのね」

「そうだ。マイケルはシェリーがどんな映画に出ているかを探りあてた。それがシェリーの運の尽きだった」

「シュミットはお色気映画に偏見を持ってるの？」

「ああ、そうだ。やつはとても信心深い」

「嘘でしょ」ルーンは笑った。

「嘘じゃない。ポルノの好ききらいは、それぞれの道徳観によるからな。やつはひどく腹を立てたよ。シェリーがその役にぴったりだったからな。それでも、シェリーを使おうとはしなかった。事実を知ったとき、やつはずいぶん、そう、大声で怒鳴ったよ」

「それにしても、シュミットのあの態度……あのかわいそうな裏方さん、あたしにあなたの名前を教えてくれた人だけど……シュミットを殺すんじゃないかと思った」

「ああ、だけど、マイケルの口からは下品なことばが出なかったろう？」

「覚えてない」

「教会での活動にも熱心だ。公演の前には欠かさず祈りを捧げてる」

ルーンは言った。「でも、それがどうしたの？　聖書にだって子作りのことがたくさん載ってるのに」

「なあ、ブロードウェイの女優には、シェリー・ロウが映画のなかで寝たのと同じだけの男と――あるいは女と――寝たやつもいる。けど、マイケルは教会の信徒役員なんだ。新聞ネタにでもなったらどうする？　――そう、《ニューヨーク・ポスト》なんかは喜んで書き立てそうだ――マイケル・シュミットがポルノの女王を主役の座に、なんてな」ベッカーの目が光る。「あの野郎の顔をつぶしたがってる、おれみたいな連中が飛びつきそうなネタでもあった……そう考えたら、やつが避けようとしたのもわかるだろ」

「シェリーは傷ついたでしょうね」

ベッカーは肩をすくめた。「いい大人で、ああいう映画に出る道を自分で選んだんだ。だれに強制されたわけでもない。でも、シェリーはだまって引きさがりはしなかった。あのあとの戦いは見ものだったよ」

「何があったの？」

「おれが電話をかけて、悪いニュースを伝えたあと――そうしてやる責任があると思ったんだ——シェリーはマイケルに会う約束を取りつけた。そのころにはもう、ほかの女優に役を振りあてていたんだが、おれはふと思った。シェリーはマイケルを、遠まわしに言えば魅了して、あの役を手にしようとしてるんじゃないかってな」

「シェリーはそんなことをしないわ」

ベッカーは一方の眉をあげてルーンを見た。

「役をもらうためにそんなことはしない」ルーンは言った。「そういう人じゃなかった。なぜかは説明できないけど、それははっきりわかるの。シェリーには踏み越えない線がいくつかあったのよ」

「とにかく、そんな考えが浮かんだんだ。実際に起こったのはそういうことじゃなかったが……」ベッカーの声が小さくなった。「この話はしないほうがいいかもしれない」

ルーンはベッカーを横目で見た。「ただの噂話ってことにしましょうよ。あたし、噂話が大好き」

「ひどい罵りあいだよ。ほんとうに悪意に満ちていた」

「どんなことが聞こえたの？」

「よく聞こえなかった。ロバート・フロストの詩を読んだことは？」

ルーンは考えた。「どこかへ行こうとしたときに、馬が雪のなかで立ち往生するやつ？」

ベッカーは言った。「ああ、ふつうはそれぐらいしか知らないさ……そう、フロストは〝感覚の音〟ということばを作りだした。はっきり聞きとれなくても、ことばを理解しうる方法のことだ。たとえば、閉ざされたドア越しにだよ。おれはふたりの会話を、まぎれもなく感覚で理解したんだ。マイケルがあれほど激昂しているのを聞くのははじめてだった。あれほど怯えた声を聞くのもな」

「怯えた？」

「そうだ。シェリーとの話を終えて出てくると、部屋じゅうを歩きまわったよ。何分かたって、ようやく落ち着いた。それからおれに新しい主演女優のことを尋ね、もう契約書は交わしたのかと訊くから、おれは交わしたと答えた。たとえ本意でないにせよ、シェリーにもう一度役をまわそうかと考えているのがわかったよ」

「あなたは何があったと思う？」

「シェリーには興味深い一面があった」ベッカーは言った。「シェリーはみごとに宿題をこなしたんだ――たとえば、事前に脚本を手に入れていたことがそうだ。おれたちは希望に燃えた若者にしじゅう会う。連中はチェーホフやイプセンやマメットがもう古いことを知っている。でも、演劇業界への現実的な足がかりはつかめない。だからプロデューサーを神だと思っている。シェリーの場合は、創造的であると同時に、実社会にしっかり足をつけてもいた。策略家だったんだ。最初のEPIに備えて、シェリーはマイケルについて知っておくべきことをすべて探りだしていた。仕事上のことだけではなく、私生活のこともだ」ベッカーは意味ありげな笑顔を向け、ルーンが反応しないと渋い顔をした。「ぴんとこないのか？」

「うん、よくわからない」

「恐喝だよ」

「恐喝？　シェリーがシュミットを恐喝したって？」

「だれもたしかなところは知らないんだが、マイケルには噂がある。数年前、あいつはコロラドだかネヴァダだかのちっぽけな町を旅行中に逮捕されたらしい。高校生の少年を引っかけたとか――相手は十七歳だったって話だ」

「へえ」

「そうなんだよ。さらに言うと、そのころマイケルが上演権のために二十万ドルを払ったという噂があった。ミュージカルでもないただの芝居にそんな金を出すやつはいない。それは帳簿操作だったはずだ――相手方を買収して留置場から出るために、その金を使ったんだとおれは思う」

「教会の信徒役員だったんじゃないの？」

「これはやつが真理を悟る前の話だ」

「シェリーがその噂を嗅ぎつけたと思ってるのね」

「言ったとおり、宿題をこなしたのさ」

「あなたはシュミットにクビにされた。少しは偏見を持ってるわよね」

ベッカーは笑った。「おれは王女メディアの強さを評価してる。では、メディアがわが子を殺したことも許せるのかどうか。ニューヨークの演劇界に貢献した点では、おれはマイケルを評価してる。個人的には、鼻持ちならない野郎だと思う。あとはあんたが自分で判断してくれ」

「あとひとつだけ質問させて。彼にヴェトナムの経験は？　ほかでもいいけど、軍隊にいたことはある？」

「マイケルが？」ベッカーはまた笑った。「だとしたら楽しい光景だろうな。おれの知るかぎり、軍隊では上官の命令に従わなきゃならない。そんなことは、おれたちの知る愛すべきマイケル・シュミットにはあまり似つかわしくないだろう？」

13

金色の日差しを浴びて目を細め、インディアンやバッファローやはぐれた獣を探して、ヤマヨモギの茂る峡谷を見渡す。腰には愛用の四五口径拳銃が……

ルーンは指でかたどった即席のファインダーでサム・ヒーリーの姿をとらえた。手を振ると、のんびりした足どりで近づいてくる。

申し分のない被写体になりそうだ。

きょうのヒーリーはふだんとどこかちがっていた。それも、ふたつの点で。第一に、もう悲しげな顔をしていない。

第二に、これまで見せたことのない静かな強靭さを発散している。

ルーンはヒーリーの背後に目をやり、様変わりのわけを知った。たまたまそばを歩いているだけに見えたその十歳くらいの少年は、まちがいなく息子のアダムだ。ヒーリーの顔に表れていたのは、保護者としての威厳と自覚だった。

サムは抱擁とキスをしかけてやめ、ただうなずいた。「来てくれてありがとう、おれのために。いや、おれたちか」

「そうね」ルーンは答え、なぜ息子を連れてくることをだまっていたのかと考えた。言ったらこちらが現れないと思ったのかもしれない。

ヒーリーに紹介され、ルーンは少年と握手をした。「はじめまして、アダム」

少年はだまったまま、値踏みするようにルーンを見た。「おい、なんとか言ったらどうだ」ヒーリーが促す。

少年は肩をすくめた。「パパの女友達、どんどん若くなってくね」

ルーンが笑い、ヒーリーも少し顔を赤らめつつ笑った。こなれたジョークがすぐ出てきたところを見ると、少年は前にもそれを使ったらしい。

三人はロウアー・マンハッタンの歩道を歩きはじめた。

「U2は好き?」ブロードウェイを進んで連邦ビルの前を過ぎたころ、アダムがルーンに尋ねた。「最高にいかしてるよね」

「あのギター、大好きよ!　ジャカ、ジャカ、ジャカ……」

「うん、いいね」

「でも、あたしが夢中なのはちょっと懐かしめの音楽ね。デヴィッド・ボウイとか、アダム・アント、セックス・ピストルズ、トーキング・ヘッズ」

「デヴィッド・バーンはマジに天才だよ。歳を食っててもさ」

「ポリスはいまでもしょっちゅう聴いてる」ルーンは言った。「あれを聴いて育ったようなものよ」

アダムはうなずいた。「名前は知ってる。ママがよく聴いてたな。スティングはまだ現役だね」

ヒーリーが言った。「じゃあ……クロスビー・スティルス&ナッシュは？」

ルーンとアダムはぽかんとヒーリーを見つめた。

「ジミ・ヘンドリックスは？　ジェファーソン・エアプレインは？」

さらに「ドアーズは？」と食いさがって冷たい視線を浴びたところで、ヒーリーはあわてて言った。「さてと、昼めしにしようか」

ルーンとヒーリーは華やかなウールワース・ビルの向かいに腰をおろしていた。ホットドッグ二個とユーフー・チョコレートソーダでエネルギーを補給したアダムは、リスや、影法師や、風に舞う紙切れを追いかけている。

「サム」ルーンは切りだした。「何人か容疑者がいて、そのなかに犯人がいるのは確実だけど、ひとりに絞りきれないとするわね」

「爆破事件で？」

「どんな犯罪でもいいの。平《ひら》の〝ムーバブル〟が捜査にあたってるとして」

「警邏巡査《ポータブル》だ。でも、容疑者を洗いだすのは刑事の役目だぞ」

「わかった、じゃあ三人の容疑者に目をつけてる刑事だとして。ホシの正体を見きわめたいとき何をする？」

「ホシ、ね。きみは生まれながらのデカだと思ってたよ」

ルーンはスラヴ系の強いアクセントで言った。「〈刑事コジャック〉の再放送で仕込んだのさ」そこで真顔にもどる。「ねえ、サムったら。どうなのよ」

「逮捕するには強力な根拠が必要だ」

「どういうもの？」

「そいつが罪を犯した可能性をきわめて高くするものさ。目撃者とか、アリバイの矛盾とか、容疑者と犯罪を結びつける現場の物的証拠とか、指紋とか、遺伝標識とか……それに、自白はいつだって有効だ」

「どうやって自白させるの？」

「容疑者を取調室に入れ、カメラをまわして質問する。その時点で逮捕はしない。弁護士が現れてひとこともしゃべるなと入れ知恵するのが落ちだからな。いつでも帰っていい立場に置き、それでいて……帰らないように仕向ける」

「うまく自白させたことはある？」

「もちろん。それもゲームの一部さ。けど、なぜきみがそんなに警察の仕事に興味津々なのかを言う気がないなら、これ以上は教えない」

「わかったわ、容疑者が三人いるの」

「なんの容疑者？」

「シェリー・ロウの殺害事件」

「三人？　つまり、〈イエスの剣〉のメンバーを三人知ってるのか？　なぜベグリーや殺人課の人間に話さないんだ」

「ああ、〈イエスの剣〉は関係ないのよ。あれは隠れ蓑《みの》。だれかが宗教がらみの事件に見せかけようとしてるけど、実際はちがう」

「だが――」

つぎの質問が飛んできたら、しどろもどろの答えかまったくの嘘を返すしかないので、ルーンはすかさず先をつづけた。「あのね、シェリーはただのポルノ女優じゃなかったの。アーサー・タッカーという男から演技指導を受けてた。興味深いでしょう？」そこでヒーリーの顔を見て、声をひそめる。「どうかした？」

「ルーン、こんなことはやめるんだ」

「インタビューをしてまわっただけよ。映画のためにね。そうしたらいくつかおもしろいことがわかったの」ルーンは沈黙し、ウールワース・ビルの上層階に並ぶ顔形のガーゴイルを見あげた。ヒーリーとはじめてけんかをすることになるのだろうか。まずい兆候だ――デートの相手と真剣なキスも交わさないうちにけんかになるなんて。

ヒーリーは二十フィート向こうでみすぼらしい鳩を追いまわすアダムに目をやり、大きな手をためらいがちにルーンの膝に載せた。

ルーンはガーゴイルを見つめた。それらの顔に刻まれた笑みが、邪悪なものではない気がする。何か大切な前ぶれにも思えるけれど、どんな意味かはわからなかった。

ヒーリーはしばし口を閉ざしていた。やがて舌打ちをする。「まあいい。おもしろいことか。つづきを話してくれ」

「シェリーは舞台女優でもあって、脚本も書いてたの。ポルノに出演してるのが指導教師のアーサー・タッカーにばれて、ひと悶着あったみたい。そう、そのタッカーだけど、戦時中にレンジャー部隊にいたのよ。だから爆弾の知識もある」

「しかし動機がないと――」

「ひとつあるわ。タッカーはシェリーが書いた脚本を盗んだの。横どりして、自分が書いたことにしたのよ。仕事に行き詰まってたそうだから、シェリーを殺して脚本を盗んだとしてもおかしくない」

「ずいぶん鮮やかな推論だな。ほかの容疑者は？」

「マイケル・シュミット」

ヒーリーは眉を寄せた。「聞き覚えがあるぞ。何者だ」

「ブロードウェイのプロデューサー。有名人よ」

「あのシュミットか?」

「そう。シェリーのことなんか覚えてないって言ってたけど、大嘘よ。シュミットはある役をシェリーに決めかけてたらしいの。なのにポルノに出てることがわかると、あっさりやめた。シェリーはシュミットを恐喝してその役をもらおうとしてたのよ」

「だからって人殺しをする理由には――」

「シュミットは教会の信徒役員なの。築きあげたすべてをシェリーにぶち壊されかねなかった。おまけに、ひどく鼻持ちならない男よ」

「鼻持ちならないということは、ニューヨーク州の刑法にはふれない。残りの容疑者は?」

「同じくいけ好かないやつよ。ダニー・トラウブ。シェリーの所属してた〈レイム・ダック・プロダクション〉の共同経営者よ」

「すると、建物にかけてあった保険のことを聞きつけたのか?」

「ちがう。シェリーにかけてあった保険よ」

これはヒーリーの注意を引いた。「つづけて」

「仕事仲間のだれかと険悪な仲だって、シェリーが言ってたのよ。たぶんトラウブのことだと思う。しじゅう言い寄られてたけど、相手にしなかったそうだから。トラウブはどっぷりSMに浸かってるって噂よ。女を打ちのめすのが快感みたい。で、あたしがあの男の家に忍びこんだら――」

ヒーリーは両手に顔を埋めた。「ルーン、だめだ、だめだ。そんなことをしちゃいけない」

「だいじょうぶ。トラウブのガールフレンドのひとりがかまわないって言ったもの。金庫まで調べさせてくれた」

ヒーリーはため息を漏らした。「何も盗んではいないよな」そう言ってルーンを見る。「盗んでないって言ってくれ」

「何よ、あたしが泥棒に見える？」ルーンは言った。「とにかく、シェリーにかけてあった保険の証書が見つかったの。受取金が五十万ドル近かったわ」

「殺人は適用外になってなかったか？」

「なってない。そのガールフレンドが写しをとってくれたの」

「容疑者が三人。きみを襲ったのはそのどれかだと考えられないだろうか」

「三人とも体格はほとんど同じよ。そう言えば、シュミットは目が真っ赤だった。催涙ガスに最近やられたみたいに」

「催涙ガス？ なんの関係があるんだ」

「ウィンドブレーカーの男にね」ルーンはおずおずと言った。「催涙スプレーをちょっとお見舞いしてやったの」

「ちょっとお見舞いした？」

「自己防衛よ」弱々しい声で弁解する。

だがヒーリーは、ニューヨーク市内で違法な武器を携帯することについて説教を垂れたりはしなかった。ただ肩をすくめた。「どうかな。催涙ガスによる炎症は十二時間かそこらで治まるはずだ。ほかのふたりは？」

「みんな体格は似たり寄ったりなんだって。マッチョでもないし」

「きみを見てぎょっとしたやつはいなかったか。つまり、殺そうとした相手と対面したら、少しは顔に出るだろうから」

「そんな様子はなかった」ルーンは答え、少し表情を曇らせた。

「もちろん、りこうなやつなら腕っぷしの強いのを雇うだろうけど」

「殺し屋？」

ヒーリーは上《うわ》の空でうなずいている。「それはありうる……強力な根拠にはまだほど遠いが……」そこで笑いだし、白昼夢から覚めたように頭を振った。「なあ、こんなことは全部忘れるんだ」困ったように片手をあげる——もう一方の手はルーンの膝に載せたままだ。「おれは殺人課の刑事ですらない……これ以上は知りたくないよ」

「爆弾のことだけでも教えて。ふたつ目の事件の」

「だめだ」

「出どころを調べてたわよね」

「ああ、調べてる」

「それで?」

「まだ結果は出てないが、判明したら報告書を書いて提出する。おれの仕事はそこまでだ」

ルーンはけんか腰で言った。「あ、あたしの仕事は終わりじゃない」

「ルーン」ヒーリーは提案した。「じゃあ、こうしよう。殺人課にいるやつらに言って調べさせるよ――なんて名前だっけ――その演技指導教師のことを。爆弾の知識があるのはそいつだけのようだし」

「ほんと? だったら、捕まえるときにはかならずあたしを呼んでね。逮捕の瞬間を撮りたいから」

「そんな約束はできないことぐらい、わかるだろう」

「でも、やってみて。お願い!」ルーンはタッカーの名前をマスタードのしみた紙ナプキンに書きつけ、ヒーリーに渡した。「ほかのふたりはいいの?」

「おれの意見が聞きたいのか? 保険がらみの野郎はなんて言ったっけ、トラウブか。動機があからさますぎるな。それから、マイケル・シュミット? あれほどの有名人が、ちょっとした恐喝ごときで殺人罪に問われる危険を冒すとは思えない」

「でも、グランド・キャニオン並みのエゴの持ち主なのよ」

ヒーリーは紙ナプキンを見つめた。「ひとりずつ片づけていこう。急ぐことはないさ。殺人には出訴期限がないんだから」

「ね、あたしたち、最高のチームになれるって言ったでしょ」

「チームか」やさしい声でヒーリーは言った。そして身を乗りだし、首を軽くかしげた。さっきまでアダムがいた場所に目を走らせたが、姿が消えている。すばやくルーンに顔を近づける。「きみはとってもかわいい。自分でわかってるかい」

ルーンは意表を突かれた。が、自分のことなどどうでもよかった。ヒーリーがそんなふうに思ってくれたことが、この上なくうれしかった。無意識に目を閉じ、頭をわずかに反らせて、唇を待ち受ける。手を握られた瞬間、ヒーリーが少し震えているのに気づいた。

「だめだよ、そんなことしちゃ」いつの間にか忍び寄ってベンチにのぼってきたアダムの声に、ふたりは一驚した。「一生の心の傷になるだろ」

ヒーリーはさっと身を引いた。

少年はにんまり笑って、ルーンを鳩の追いかけっこに誘った。ルーンはヒーリーの膝をぎゅっと握ると、広場へ駆けだした。

「求人の窓口はどこ？」

〈レイム・ダック・プロダクション〉の四階にいた受付嬢は、目をあげてルーンの風貌を一瞥すると、ペーパーバックのホラー小説に注意をもどした。「秘書なら間に合ってるわ」

「映画に出たいの」

「うちでどういう映画を作ってるかは知ってるでしょう？」

「〈バニー・ブルーのエロチックな冒険〉が軍事教練ビデオだとは思ってないけど」

ルーンはさっき、きょう二本目の電話をかけ、ダニー・トラウブが自宅で女優の卵たちをもてなしていること――内容はどうあれ――を知った。保険証書の件をこっそり教えてくれた女によると、数時間はこもりきりのはずだという。

〈レイム・ダック〉の受付嬢はペーパーバックにしおりをはさみ、きらびやかな茶系のアイメイクで彩った目をルーンに向けた。

ルーンはサム・ヒーリーとちがって、タッカー以外の容疑者も除外する気になれなかった。だからもっと証拠を探すことにした――ダニー・トラウブとマイケル・シュミットに有利であれ不利であれ、なんらかの証拠を。

受付嬢はことばを継いだ。「要するにね、ここで雇ってもらえるのは、それなりの人ってわけ」

「それなりの？」

「もうちょっと、その……」

「何よ」ルーンは顔をしかめた。受付嬢の視線が胸もとに注がれる。

「もっと……」

「何が言いたいのよ」

「……肉感的な人よ、たとえば」

ルーンは目を見開いた。「合衆国憲法《コンスティテューション》を知らないの？」

ホラー小説はいっとき忘れ去られた。受付嬢はしおりもはさまずに本を閉じた。

「コンスティテューション号のこと？　南北戦争時代の戦艦だっけ？　それがこれとどう関係――」

ルーンはさえぎった。「ドリー・パートンみたいじゃないからって、人を差別しちゃいけないってこと」

「ドリー・パートン？」

「とにかくオーディションを受けさせて。演技がへたでことわられるならいいの。でも、ペチャパイだからってチャンスもくれないのは納得できない。連邦裁判所に訴えてもいいわ」

「連邦?」

ことばが途切れた。受付嬢はペーパーバックのページをぱらぱらもてあそびつつ、考えをめぐらせている。

ルーンは尋ねた。「出願書をもらえる?」

「出願書なんかないのよ。ここの人たちはただ、持ちこまれた出演作《リール》を観るだけ。それがないなら、その場でスタジオにはいって、わかるでしょ、やってみせるのよ。録画したものが気に入られれば、連絡をもらえる。だれかいるかどうか見てくるから」

受付嬢は立ちあがると、張りぼてみたいな尻を振り振り、事務所の奥へ歩いていった。「ここで待ってて」

一分ほどでもどってきた。「そこをまっすぐ行って、右手のふたつ目の部屋よ」どこまで読んだかわからなくなった本に、受付嬢はうんざりと目を落とした。

各部屋はいいかげんに切断された石膏板で四角に仕切られており、それらが更衣室ということらしかった。壁は最近塗装されたようだが、表面はすでにこすれて薄汚い。ポスターやブラインドは、新婚夫婦やニューヨーク大学の学生が最初のアパートメントに買いそろえる、輸入家具のディスカウント店で売っていそうな籐《とう》や竹やプラスチック製の代物だ。カーペットは敷かれていない。

〝右手のふたつ目の部屋〟で待ち構えていたものも、ほぼ想像どおりだった。Tシャツと黒のだぶだぶのズボンを身につけた、太ったひげ面の男だ。

男は目をあげ、興味津々という顔で微笑んだ。猥褻《わいせつ》とも、挑発的とも、友好的とも言いがたい笑みだ。不気味なのは、その笑みの刻まれた顔が、人間に目を向けていると自覚していないように見えるところだった。

「おれはガットマン。ラルフ・ガットマンだ。おまえは？」

「ええと、ドーンよ」

「へえ。フルネームは？」

「ドーン・フェリシダッド」

「いいね。その、あれか、ヒスパニックか何かか？　そんな感じでもないな。ま、なんだっていいさ。仕事がほしいんだろ。言っとくけどおれは手強いぞ。仕事にはきびしいんだ。けど、この業界じゃ最高のプロデューサーだ」

「名前を聞いた覚えがある」

〝右手のふたつ目の部屋〟の目はこう言っていた。もちろん聞いてるだろうよ。

「出身は？」ガットマンは尋ねた。「ニュージャージーだろ？」

「オハイオ」

「オハイオだって？　オハイオ出身のポルノスターはたぶんいないな。気に入った。オハイオか。なあ、ドーンはやめようぜ。アクロンのほうがいい。アクロン・フェリシダッドだ」

「でもあたし――」

「いいか、うちの女の子は日に四百ドル稼ぐんだ。それに、関連会社の割引も受けられる。ロケは年に二ヵ月。前はヨーロッパで撮ってたが、このごろは予算やなんかの都合でフロリダが多い。〈トライアングル・トラップ〉を手がけたのはおれなんだぜ」

「嘘でしょ。あなたの作品なの？」

「ああ、そうさ。金の種馬賞の候補になったんだ。で、仕事がしたいんだったな」そう言ってルーンをながめまわす。「胸はぺったんこだが、顔は悪くないな」

この男、そのうちばらして跡形もなく切り刻んでやる。

「ケツはいい。なんでさっさと豊胸しない？」

「自然のままが好きなの」

ガットマンは肩をすくめた。「それもいいか。ずいぶん若そうだな。十代の姪の役でもいけるだろう。おじさんやおばさんとやるんだ。近親相姦ものにうってつけだよ」

「望むところよ」

「リールは持ってるか？」

「〝リール〟って聞いて頭に浮かぶのは、釣り竿のことぐらいだけど」

「ハハ、竿ときたか」何かのジョークととったらしく、ガットマンは笑った。そして説明する。「おまえの出てる作品のことだよ」

「映画には出たことないわ。でもちょっとしたショーをやってるの。ストリップのたぐいよ。どこか着替える場所はある？」

「着替え？　撮影になると、毎日二十人のスタッフの前で服を脱ぐことになるんだぜ。わざわざ別の場所で着替えたいのか？」

「いえ、最高の自分を見てもらいたいだけ」ルーンはバッグを顎で示した。「衣装を持ってきたの。きっと気に入るわよ。オフィスでもどこでもいいんだけど。五分ですむから」

ガットマンはわずかに興味を引かれたらしい。もう一度ルーンをながめまわすと、腕を振った。「適当な部屋で着替えな。ここで待ってる」

ルーンは廊下をまっすぐ進んだ先でダニー・トラウブのオフィスを見つけた。足を踏み入れ、中からドアを閉める。すばやく室内を見まわす——エース・ホームセンターの施工による羽目板張りの壁、模造黒檀の大型机、たくさんの観葉植物、革張りのソファー。

それにファイル・キャビネットが二本。

ルーンは一本目に取りかかった。

目当ては証拠になる品だ。導線の切れ端。爆弾関連の本。シェリーからの罵りの手紙。大地を破壊する天使のくだりを引用したであろう聖書……。爆破事件とトラウブを結びつけるものならなんでもよかった。

物的証拠。強力な根拠のために必要だとヒーリーが言っていたものだ。

何も見つからなかった。契約書や、取引の記録ばかり。経営者ならだれもがオフィスに保管している書類だ。

ルーンは二本目のキャビネットに移って根気よく探した。さらに多くの契約書や法的書類が詰まっていた。目ぼしいものがないまま、Lの項目に至ったところで、ついに〝シェリー・ロウ〟という見出しのファイルを見つけた。

だが、中身に目を通す時間はなかった。折あしくドアが開いてダニー・トラウブがはいってきた。

トラウブは立ちすくんだ。やがて落ち着きを取りもどした。ドアを閉めたあと、見えない観客ひとりひとりに語りかけるように言った。「ほほう、このお嬢ちゃんは抽斗を漁ってるらしい。何かおもしろいものは見つかったかな」

14

あらゆる脱出口への距離を見定めつつ、ルーンはファイル・キャビネットを閉めた。ここは四階だ。地上まで四十フィート。窓から飛びおりたら死ぬだろうか。可能性はある。

トラウブが頭を振りながら近づいてくる。「ああ、ここはニューヨーク、世界に名だたる犯罪都市……アイオワの連中なんかは、飛行機でこの街の上空を飛ぶときですら財布を握りしめて離さないそうじゃないか。ひどい悪評が立ったものだな、信じられんよ」

「あたしはただ――」

「それで、この場面はどうだ？　若いお嬢さんがファ、ファイルを、い、盗んでいる！　まいったな！　そのマニラホルダーの値段が一枚数セントだと承知のうえだろうか。十万枚盗めば――」

「あたしは――」

「――タッパーウェアをひとそろい買えるわけだ。それとも、自分と仲間にビッグ・マックでもふるまうか。少々ずるをしてひとり占めってことも……」トラウブの笑みが消える。観客はいなくなった。「では訊こう。ここでいったい何をしている」そう言ってそばまで歩み寄ると、ルーンの手からファイルを取りあげた。ホルダーの見出しを一瞥する。

トラウブはわかったふうにうなずき、ファイルをぞんざいにキャビネットへもどした。

相手が向きなおりかけたとき、ルーンは膝を突いてバッグから催涙ガスの缶を引っ張りだした。

しかし、トラウブのほうが機敏だった。スプレー缶をつかんでもぎとり、ルーンをソファーに突き倒した。愉快そうに、じっと缶を見つめる。ルーンは上体を起こした。

「いったいなんのつもりだ？　少女探偵ナンシー・ドルーの戯言《たわごと》なら聞きたくない。こっちは看板女優と事務所のワンフロアを胸くそ悪い爆弾に奪われたんだ。お遊びの気分じゃない」

ルーンはだまっていた。スプレーの噴射口が目の前に迫る。

途方もない痛みを思いだし、思わず縮こまって顔をそむけた。

「返事をしろ」

ルーンはひと息に言った。「シェリー・ロウに保険をかけてるなんて言わなかったじゃない」

トラウブは眉を寄せた。「保険？」

「生命保険よ」

「そうだな。言わなかった。だが、保険のことなんか訊かなかったろう。ちがうか？」

「話してくれて当然だと思うけど。あたしはここの看板女優を扱った映画を作ってるって言ったんだから」

トラウブは催涙ガスの缶にまた目をやり、手で重さを量った。「ほんとうに映画のためにこんなことを尋ねまわってるのか？　それだけか？」そう言ってドアに寄りかかる。青白く筋張った筋肉が盛りあがるのが見えた。その姿は〈オズの魔法使い〉に出てくる飛び猿——悪い魔女よりもはるかにルーンがこわいと感じるキャラクター——を思いださせた。

「あたしがここにいることは警察も知ってるのよ」

トラウブは一笑した。「そりゃ、ノルマンディー上陸作戦の決行日にドイツ軍に向かって〝アイゼンハワーも知ってる〟って虚勢を張るようなもんだな」全身を這いまわる舌のように、視線がまとわりつく。ルーンは両腕で体をかばうように後退しながら、机を見おろして文鎮を探した。紙切りナイフでもいい。

「で、おれがシェリーを殺したと思ってるわけか。保険金をせしめるために爆弾を仕掛けたと」

「そんなことは言ってない」

トラウブは前へ進み出た。幕間《まくあい》は終わった。いま一度観客を見渡す。「このお嬢ちゃんはたいした探偵じゃないかね？　大物だよ。まさにシャーロック・ホームズの小型版だ。やるじゃないか。まったくな。保険金は支払われた。おれは五十万ドルの小切手を手に入れた」

ルーンは返事をしなかった。

トラウブは催涙ガスの缶を下に置いた。そしてルーンを見やり、ポケットから鍵を出して机の向こうへまわった。ルーンはかかとを浮かせて身構えた。きっと銃を使う気だ。強盗とまちがえて撃ったと主張すれば、警察もなすすべはないだろう。

トラウブはルーンをちらりと見た。「位置について……用意……間に合うとは思えないが」

にやりとして黒い拳銃を取りだした。

ルーンが目をまるくするのを見て楽しんでいる。

「ちっちゃな女探偵にこれを進呈しよう」

ルーンは身震いした。引き金が引かれそうになったら前方へ身を投げ、催涙スプレーをつかみとって、あとは運を天にまかせるつもりだった。

そのときトラウブのもう一方の手が、一枚の紙を出してみせた。

ふたりとも一瞬動きを止めた。

「よく知らない相手とはいえ、あらぬ疑いを持たれてはかなわない。さて、この娘はこれを読むか。それとも紙飛行機でも折るか」

ルーンはその紙をひったくって文面に目を走らせた。

親愛なるミスター・トラウブ

真摯なる感謝の念をこめて、四十万ドルの小切手を拝受したことをお知らせいたします。貴殿の寛大なるご寄付は、この恐ろしい難病の治療法研究と、罹患者の負担軽減に大いに貢献することでしょう……

その手紙には、ニューヨーク・エイズ対策連盟の理事の署名が記されていた。

「やだ」

トラウブは銃を抽斗にほうりこんだ。「〝やだ〟はないだろう、〝やだ〟は……。まあ、まだ十万が残るわけだがね。それでも、帳簿外の現金を年間十五万ドルは家に持ち帰ってるおれが、その程度の金のために稼ぎ頭の女優を殺すとは考えにくいんじゃないか。ああ、それと、おれ自身が加入していた損害保険は自己負担額が十万ドルだったから、下のフロアの修繕やらで、結局全部帳消しになったよ」

「疑って悪かったわ」

トラウブは催涙ガスの缶をほうってよこした。「ちっちゃな探偵さんにはそろそろお引きとり願おう。みなさん、盛大な拍手を」


ふたりの刑事から尋問を受けているあいだじゅう、アーサー・タッカーは殺人の容疑者と見なされた衝撃から立ちなおれずにいた。

シェリー・ロウについて尋ねる刑事の口調はていねいだった。さりげなさを装ってはいたが、何かめざすところがありそうに思えた。すでに知られている何かが。なんだろう。タッカーは必死に考えた。自分が無防備な存在に思えた――相手はこちらの心を見透かしているのに、こちらは相手の考えの糸口さえつかめない。

刑事のひとりがタッカーの勲章に目を留めた。「軍の経験がおありなんですね」

「レンジャー部隊にいました」

「破壊工作にも携わられた？」

タッカーは肩をすくめた。「レンジャー隊員ならだれもが爆薬筒や手榴弾の扱い方を知っていますよ。しかし四十年も昔の話です……あなたがたはわたしが爆破事件に関係しているとおっしゃりたいのですか」

「とんでもない。われわれはミズ・ロウの身に起こったことを調べているだけです」

タッカーは当惑しきった面持ちで、〈イエスの剣〉のことを尋ねた。

刑事たちはそれについてもことばを濁した。

だが、単なるはぐらかしとはちがっていた。藁にもすがりたい状況であるはずなのに、あえて深入りするのを避けたのだから。いったいどういうわけで自分が殺人容疑をかけられる羽目になったのかと、タッカーは頭をひねった。自分の名前がシェリーのシステム手帳か壁のカレンダーに記されていたのだろうか。日記をつけていた可能性もあり——自分は教え子全員にそれを勧めていた——そのなかにレッスンでの出来事を書いたのかもしれない。おそらくはあの口論のことを。

だとしたら、ここへ連れてこられたわけもわかる。

しかし、シェリーのことを考えるとついつい意識が散漫になってしまう。タッカーは強固な意志と集中力で刑事たちに注意をもどした。

「刑事さん、シェリーはすばらしい女性でしたよ」タッカーの声には、世を去って間もないすばらしい女性について語るにふさわしい悲哀と畏敬の念がこもっていた。

「犯人を早く捕まえてもらいたい。彼女の経歴はいまでも受け入れかねます——どうやって生計を立てていたかはご存じでしょう——だが、あんな乱暴なことをするなんて」目を閉じ、体を震わせる。「まったく許しがたい。われわれはみな野蛮人に逆もどりだ」

タッカーは名役者だった。けれども、刑事たちは心を動かさなかった。タッカーがひとことも発しないかのように、無表情な目を向けていた。そしてひとりがこう言った。「あなたは脚本もお書きになるんでしたね」

タッカーは一瞬、鼓動が止まったかと思った。「舞台で必要とされることはひととおりやってきました。わたしはもともと――」

「お尋ねしたいのは脚本のことです。脚本を書かれますね？」

「はい」

「そしてミズ・ロウも脚本を書いていた。まちがいないですか」

「おそらく」

「あなたの教え子だった人ですよ。おふたりのあいだで当然話題にのぼったはずでは？」

「ええ、書いていたと思いますよ。われわれは脚本よりも演技のほうにより関心を寄せて――」

「ですが、いましばらく脚本についてお聞かせ願います。ミズ・ロウの手がけた脚本をひとつでもお手もとにお持ちですか」

「いいえ」確固とした口調をどうにか崩さずに、タッカーは答えた。

「ミズ・ロウが殺された夜、どちらにいらっしゃいましたか。午後八時ごろです」

「芝居を観ていました」

「なら、証明してくれる人がいますね」

「千五百人ばかり。何人か名前をあげたほうがいいですか」

「それには及びません」

もうひとりの刑事が言い添えた。「いまのところは」

「このオフィスを調べさせていただいてもかまいませんか」

「おことわりします。それには令状が必要なはずです」

「ご協力いただけないと？」

「こうして協力しています。しかし、オフィスを捜索したいのなら令状をとっていただかないと。単純なことです」

そう聞いても刑事たちはなんの感情も表さなかった。「わかりました。お忙しいところありがとうございました」

ふたりが立ち去ると、タッカーは窓辺に五分間たたずんだ――まちがいなく帰っていったのをたしかめるために。そして机へもどり、震える手で〈届けられた花束〉の脚本を探しだした。使い古したブリーフケースにそれをおさめる。それから、脇机に積んである脚本をひとつひとつ調べ、シェリーの書いたものを選《よ》りだしてブリーフケースにほうりこんだ。

ちょっと待てよ……

一冊なくなっている。もう一度探してみた。やはりない。そこに置いたのはたしかだった。まずい……何が起こったんだ？

タッカーは顔をあげてオフィスの入り口のドアを見つめた。先日、強盗未遂でガラスを割られ、新しいものに替えたばかりだった。あのとき何か盗まれていたとは思ってもみなかった。

タッカーはゆっくりと椅子に身を沈めた。

〈ハウス・オ・レザー〉のＣＭ撮りは骨が折れた。

ラリーはこの一時期だけ食事調達の雑用からルーンを解放し、ある場面ではカメラの操作をまかせてくれた。

撮影は長丁場になった。令嬢が二行の台詞を滞《とどこお》りなく言えるまでに、十八テークを要した。それでもルーンには苦にならなかった。カメラは世にも美しい本格派の精密機械、本物のアリフレックスの三十五ミリで、その細かく精緻な動きを指の下に感じると、この会社で近ごろ積もった鬱憤など忘れてしまう。

ミスター・ウォレット——本名がどうしても覚えられない——は、案外まともな人物だった。食事や飲み物を出すとかならず礼を言ったし、休憩時には最近の映画についていくつかことばを交わした。なかなか趣味がよかった。

しかし、広報担当のメアリー・ジェーンとなると話は別だ。フットボールのラインバッカー並みの肩パッドのはいった、どぎつい青と赤のスーツ姿でセットをうろつきまわる。照明の具合を直したがり、アリフレックスのレンズをのぞきたがる。おまけに、ルーンがカメラのそばを離れると、すかさずコピーとりやタイプ原稿の訂正を頼んできた。そして、しじゅう疑問をさしはさむ（いちばんの口癖は「ちょっと疑問があるんだけど……」で、「……とばかり思っていたのに」がそれに次いだ）。数少ない美点は、ミスター・ウォレットとちがって、ルーンにコーヒーを淹れてと頼まないことだった。思うに、アン・テイラーのスーツに身を包んで変身をとげる前、メアリー・ジェーンは虐げられた秘書だったにちがいない（こき使われることへの反感は消し去りがたいのを、ルーンは知っていた）。

撮影が終わっても、ルーンは遅くまでオフィスに残り、一両日中に撮ることになっている派手なロゴ画像用の小道具をチェックした。ＣＭの概要を考えたのはボブだ。倒れていくドミノ牌をクローズアップのまま追ったのち、カメラが引くと、ドミノで形作られた社名とロゴが現れる。無印の白いドミノ牌をレンタル業者から数千枚調達したのはルーンだった。

ルーンは物音を聞いた。顔をあげると、サム・ヒーリーが入り口に立っていた。

「ねえ、職業上の理由でそこにいるんなら、いますぐあたしがこのビルからずらかるけど」

「勤めてるって話はほんとうだったわけだ」

「勤めるって言い方はすごく大ざっぱね、サム」

サムが中へ来ると、ルーンは大型冷蔵庫をあけてビールを勧めた。

「あとワン・ショット撮れば、このばかげたCMは完成よ。そして、会社はめでたく二十万ドルを受けとる。それが全部儲けになるの」

ヒーリーは口笛を吹いた。「悪くない商売だな。公務員の稼ぎじゃ及びもつかない」

「少なくとも、あなたには威厳があるわ」

ルーンはサムをスタジオへ案内し、ムビオラで〈ハウス・オ・レザー〉の未編集映像を観せてやった。

「なんなら、この令嬢を紹介してあげるけど」

「お気づかいなく。遠慮するよ」

ふたりはオフィスへもどって腰をおろした。

ヒーリーが切りだした。「第六分署の連中がタッカーを事情聴取したそうだ。疑わしいと言ってた。もっとも、刑事ふたりに尋問されたら、たいていの人間は疑わしい態度を見せるものだが」

さらにつづける。「でも、大事なのはここからだ。軍歴を調べたらしい。タッカーに実戦経験はほとんどなく、除隊後はいっさい軍事的なことにかかわっていない。舞台に人生を捧げてきたんだ。犯罪歴はないし、犯罪者と接触していたふしもない。欠かさず教会へかよっている。それに――」

「それでも知識は――」

「おいおい、最後まで聞いてくれ。連中は、無名の書き手による舞台脚本にどれほどの価値があるのかも調べたそうだ。最高でも数千というところらしい。奇跡が起こって、〈キャッツ〉とかそれくらいの大あたりでもしないかぎりね。そんな可能性は百万にひとつだ。数千ドル目当てに殺人を犯すやつなんかいないよ。嘘じゃない」

「でもあの脚本……たしかに名前を書き替えてあった」

「当然だよ。書いた本人が殺されたんだし、自分のものにして小銭を稼ごうと思ったんだろう。シェリーの遺産と言えるかどうかも疑問だ。窃盗罪にはなるだろうが、そんなことをだれが気にする？」ヒーリーはルーンのまわりに山と積まれたドミノ牌の箱のひとつをのぞきこんだ。「それで？」

「それで、って？」

「探偵の真似事からは足を洗うのか」

「きれいさっぱりね」

「そう聞いて心底ほっとしたよ」


「耳寄りな情報があるの」若い女の声が言った。

マイケル・シュミットはオーク材の机の前にすわって、片手で電話の受話器を持ち、反対の手でクラムチャウダーの紙箱にかぶさった蓋をたたいていた。女にはちがいないが、どこか不自然なその声がまた言った。「シェリー・ロウの死とあなたを結びつける情報よ」

シュミットはクラッカーのセロファン包みをなんとはなしに指で押し、中身を粉々にした。「おまえはだれだ」

「きっと興味を持ってくれると思うんだけど」

「名前を名乗れ」

「すぐに会えるわよ。あなたさえよければ」

「何が望みだ。金か？　わたしを恐喝するつもりか？」

「恐喝？　あなたの口からそのことばが聞けるとはね。ええ、そうかもよ。でも直接会いたいの。差し向かいで」

「わたしのオフィスへ来い」

「だめよ。人目の多い場所じゃないと」

「そうか。じゃあどこだ」

「正午にリンカーン・センターで。テーブルが並んでる場所はわかる？」

「外のレストランのことか」

「ええ、そう。そこで会いましょう。ひとりで来て。わかったわね？」

「わたしは――」

電話は切れた。

シュミットはそれからたっぷり一分間、光沢のある黒とグレーの電話機を見つめたまま、受話器を握っていた。腹立たしげにそれを置く。

毒づきたい気分だが、汚いことばを口にしたとたんに悔いることになるのはわかっていた。したたかなやり手の事業家であり、卑語を忌みきらう信心深い人間でもある自分に誇りを持っているからだ。親指でクラッカーをつぶしつづける。

クラムチャウダーを飲みたい気持ちがすっかり失せ、紙箱を屑かごへ投げ入れた。その拍子に蓋があき、ごみ容器にかぶせたビニール袋のなかへ液体が流れ出た。魚と玉ネギのにおいが立ちこめ、ますます神経が苛ついた。

それでもシュミットは微動だにせず、手を組みあわせて、心が静まるまで祈りつづけた。これは人生で得た教訓のひとつだ——世俗の雑事に気をとられているときには、いかなる決断もしないこと。

五分もすると、主の御霊《みたま》のおかげで心が落ち着いた。導きだされた結論は、若い女との電話を終えた直後に頭に浮かんだのとまったく同じものだった。シュミットは受話器をあげ、静かに番号を押した。

15

「カメラは〈L&R〉のを使って。望遠レンズ内蔵だから」

〈ベルヴェディア映像編集室〉のコック兼編集係兼フードスタイリストのスチュが言った。「なんでまたこの男を撮りたいんだ」

「自白を引きだしたいの。うまくはめてやるわ」

「人を隠し撮りするのは違法じゃないのか」

「違法じゃないわ。公共の場にいるときならね。公正の事実ってやつ」

「公知の事実だろ。それもちょっとちがうぞ。著作権法がからむんじゃないか」

「はあ」ルーンは怪訝な顔をした。「ま、なんでもいいけど。とにかく問題ないのはたしかだから、実行する」

「カメラの種類は？」

「ベータカムよ。使ったこと——」

「使い方ならわかる。アンペックス・デッキのやつか」

「そう」ルーンは言った。「リンカーン・センターの屋上から撮って。それだけでいいの。あたしがこの男と話してる映像がほしい」

「まだ理由を教えてもらってないぞ。何を自白させるんだよ」

「テープレコーダーを持っていくから」ルーンは早口に言った。「音声のことは心配しなくていいわ」

「そんなことは心配してない。何を企んでるのか知りたいだけだ」

「信用してよ、スチュ」

「その台詞は好きじゃない」

「冒険はきらい？」

「きらいだね。料理は好き、食べるのも好きさ。金は自分が持ってるなら好きだ。けど、冒険だけはまちがいなく好きじゃない」

「制作協力者としてクレジットに名前を載せてあげる」

「そりゃすごい。名前のあとに囚人番号をつけるのを忘れないでくれ」

「違法行為じゃないってば。それは問題にならないのよ」

「問題はほかにあるわけだ……。ぶちのめされる？　それとも殺される？　そのドキュメンタリーを亡きおれに捧げるつもりか？」

「殺されないったら」

「ぶちのめされないとは言わないんだな」

「ぶちのめされない」

「なんとなく、最後に〝たぶん〟って聞こえた気がするんだけどな。ちがうか？」

「ねえ、ぜったいにぶちのめされたりしないから。約束する。少しは安心した？」

「いや……リンカーン・センターにしたのはなぜだ？」

ルーンはバッテリーパックを肩にかけた。「万が一ぶちのめされても、目撃者がたくさんいるはずだからよ」


ルーンはエイヴリー・フィッシャー・ホールの守衛に身分証をちらりと見せた。守衛は一瞬目を見開いたのち、静かなホールへ通してくれた。

「ちょっと監視させてもらうわ」ルーンは告げた。

「ご苦労さまです」守衛はそう言って持ち場へもどった。「手助けが必要なときは呼びだしてください」

「ありゃ、なんだ」スチュは尋ねた。「守衛にいま見せたのは」

「身分証よ」

「そんなことはわかってる。なんの身分証だ」

「ＦＢＩのよ」

「なんだと？　そんなもの、どうやって手に入れたんだ」

「いわば自作品ね。〈L&R〉のワープロで作って、ラミネートしたの」

「おい――なんてことを教えるんだよ。そんなの知りたくもない。質問しなかったことにしてくれ」

ふたりで階段をのぼっていく。壁には、かつてリンカーン・センターで上演されたオペラや芝居のポスターが何十枚も貼られている。ルーンはそのひとつに目を留めた。「すてき。見て」オッフェンバックの〈地獄のオルフェ〉のポスターだった。スチュは気のない目を向けた。「おれはイージーリスニングのほうが好みだな。どのへんに惹かれるんだよ」

ルーンはしばし沈黙にひたった。泣きだしたい気分だった。「エウリュディケよ。以前知ってたある女性を思いだすの」

ふたりは最上階へのぼり、屋上へ出た。ルーンはカメラをセットした。

「このまま動かさないで。露出が乱れると困るから。凝る必要ないわ。あたしと相手の男に固定しておいて。大部分はツーショットでいいけど、合図を送ったら男の顔をアップにしてもらいたいの。頭を掻くのが合図。どう？　ズームインするにはただ――」

「ベータカムは使い慣れてる」

「よかった。テープは一時間、バッテリーは二時間もつわ。十五分ですむとは思うけど」

「死刑執行の時間といい勝負だな。何か言い残すことは？」

ルーンは心細げに微笑んだ。「はじめての主役だわ」

「うまくやれよ」スチュは言った。


待ち人が現れないことも覚悟していた。たとえ現れたとしても、ずいぶん離れた席にすわり、サイレンサーつきの銃を抜いてこちらの心臓を狙い撃ちしたのち、逃げ去るかもしれない。自分の死体は炎天下でうたた寝しているかに見え、半時間はだれの注意も引かないだろう。古い映画でそんな場面を観たことがある――たしか、ピーター・ローレが出ていた。

しかし、マイケル・シュミットは協力的だった。リンカーン・センター中央の大きな噴水を取り囲む屋外レストランで、真ん中の席にすわっている。

人混みにそわそわと目を走らせていたが、ルーンを見つけると、視線が釘づけになった。千分の一秒後に怒りの表情が浮かんだ。ルーンは足を止め、上着のポケットに手を突っこんでテープレコーダーのスイッチを入れた。その動作を見て、銃を持っていると思ったのか、シュミットは軽くのけぞった。明らかに恐れている。ルーンはテーブルへ進んだ。

「おまえか！」シュミットは小声で言った。「劇場に来たやつだな」

ルーンは腰をおろした。「あなたは嘘をついた。シェリーに役を与えると約束して、それを反故《ほご》にしたことを、隠していたでしょう」

「だから？　なぜおまえに教えなきゃならない？　大事なミーティングのさなかに割りこんできたやつに。わたしの頭はほかの人間のようにはできていなくてね。つまらない俗事に振りまわされる余地はない」

「シェリーとの諍《いさか》いについて全部知ってるのよ」

「諍いの相手などいくらでもいる。わたしは完璧主義者だからな……。何が望みだ。金か？」シュミットの視線はまた人混みをさまよった。なおも鹿のように怯えている。

ルーンは切りだした。「いいから質問に――」

「いくらほしい？　言ってみろ。さあ」

「どうして殺す必要があったの？」ルーンは意地悪く尋ねた。

シュミットは身を乗りだした。「なぜわたしが殺したと思うんだ」

「役をもらうために、シェリーがあなたを恐喝しようとしてたから」

シュミットは腹立たしげにつぶやいた。「で、どうするつもりだ。警察に垂れこむ気か？」

その臆病そうな瞳の動きが、ルーンをどことなく警戒させた。相手が近くのテーブルに目をやるのはこれで二度目だ。その視線の先にはふたりの男がすわっているが、目の前に置かれた上品なサンドイッチにはどちらも手をつけていない。

やばい、殺し屋よ！

シュミットは殺し屋を雇ったのだ。やせたほうが赤いウィンドブレーカーの男だろう。公共の場であろうとなかろうと、連中にはどうでもいいらしい。この場で殺す気だ。あるいは、あとを尾《つ》けてきてどこかの路地で始末するのか。〈ゴッドファーザー〉のマーロン・ブランドを相手にするように、ルーンに向けて撃ちまくるつもりかもしれない。

シュミットは視線を無理やりルーンの顔にもどした。ふたりの男がわずかに体をずらす。

「さあ、いくらほしいか言え」

ああ、どうしよう。ゲームはおしまい。ここを離れなきゃ。

ルーンは立ちあがった。

シュミットはルーンのポケットのテープレコーダーを見やった。目をまるくしている。

ふたりの殺し屋の顔がルーンのほうを向いた。

そのとき——シュミットが椅子を引き、地面に突っ伏して叫んだ。「捕まえろ、捕まえろ！」

食事客らは息を呑み、テーブルを押しのけた。歩道へ逃げる者もいる。

殺し屋がすばやく立ちあがり、金属製の椅子が石の床で跳ねた。ふたりとも銃を手にしている。

叫び声をあげて、客たちが歩道へなだれこむ。飲み物が倒れ、サラダ皿が回転する。レタスやトマトやクロワッサンが地面に飛び散る。

ルーンはコロンバス街までひた走って、北へ折れた。後ろを見る。殺し屋ふたりが迫ってきた。苦しげな様子もない。

あんたたち、まわりは目撃者だらけよ！　いったいどういうつもり？

心臓は悲鳴をあげ、足はうずいている。ルーンは頭を低くして、全力で走りつづけた。

七十二丁目で振り返ると、追っ手の姿はもうなかった。走るのをやめ、空き地を囲む鉄条網にもたれ、指で網目をしっかりつかんで、肺へ空気を吸いこんだ。

バスが停留所にやってくる。ルーンはそちらへ足を踏みだした。

すると、トラックの後ろで待ち構えていた殺し屋が追ってきた。

ルーンは絶叫して地面に転がり、金網の下の隙間を這いくぐった。ふらつきながら立ちあがり、空き地の奥の建物へと突っ走る。学校だ。

閉鎖された校舎。

走って入り口にたどり着いた。

鍵がかかっている。

ルーンは後ろを向いた。また殺し屋たちが迫っている。人目を引かないよう、こんどは悠々と小走りでやってくる。銃を握った手も脇へおろしている。

細長い路地を逃げるほかなかった。大通りへ出る抜け道がきっとあるはずだ。ドアか、窓か、何かが。

ルーンは路地の端まで走った。行きどまりだ。古びた木製の扉があったので、体あたりしてみた。見た目よりずっと頑丈だった。厚いオーク材の板にはね返され、ルーンは地面に倒れた。

もうおしまいだと観念した。殺し屋はいまや堂々と銃を構え、周囲に目を配りながら歩み寄ってくる。

ルーンは膝を突いて起きあがり、煉瓦か石か棒切れがないかと見まわした。何もない。泣きじゃくりながら、前へ倒れた。「いや、いや、いや……」殺し屋がルーンを押さえこむ。うなじに銃口がふれる。

ルーンは声を詰まらせ、頭をかかえこんだ。「やめて……」

そのとき、殺し屋のひとりが言った。「あなたを逮捕する。あなたには沈黙を守る権利がある。あなたには弁護士の立ち会いを求める権利がある。もし沈黙を守る権利を放棄するならば、あなたの供述はあなたに不利な証拠として法廷で使われる可能性がある」


第二十分署は、まるで州立の職業安定所のように見えた。とはいえ、ここには職業安定所ほどの脚本家や俳優は集まっていない。目につくのは、摩耗した透明樹脂パネル、掲示板に留められた無数のタイプ書類、安っぽいリノリウムの床、天井の蛍光灯、うろつきまわる市民たち。

それに警官。図体の大きな警官が山ほどいる。

手錠は想像したよりも重かった。ブレスレットとは比較にならない。膝に両手を置き、一年で監獄から出られるだろうかと考えた。

殺し屋の片割れ、ヤルコフスキー刑事は、六脚並べて固定されたオレンジ色のグラスファイバー製椅子のひとつにルーンをすわらせた。

ルーンのように髪をポニーテールにした、内勤の女性巡査部長が刑事に尋ねた。

「何をしたんですか」

「重窃盗未遂。恐喝、暴行未遂、逃亡、逮捕時の抵抗、不法侵入——」

「ねえ、あたしは暴行なんかしてない！　不法侵入だって、この人から逃げるためにしただけよ。殺し屋だと思ったんだもの」

ヤルコフスキーは無視した。「供述はしない、弁護士も呼ばない。ヒーリーとかいうやつと話したいんだと」

ルーンは訂正した。「ヒーリー刑事よ。警察の人」

「なぜそいつに会いたい？」

「友達だから」

刑事は言った。「なあ、たとえ市長が友達でも、あんたがまずい立場なのは変わらない。マイケル・シュミットを恐喝しようとしたんだからな。一大事だよ。新聞のいいカモにされるぞ」

「いいから、ヒーリーを呼びだしてちょうだい」

刑事は躊躇したのちに言った。「話がすむまで、この娘を留置房に入れとけ」

「留置房に？」巡査部長はルーンを見やり、眉をひそめた。「そんなことはちょっと……」

とまどっているようなその表情を見て、ルーンは言った。「そうよね、刑事さんもそんなことはしたくないでしょ」

ヤルコフスキーは肩をすくめた。「いや、したいよ」

16

ルーンとサム・ヒーリーはセントラル・パークの西側の通りを歩き、犬の散歩を請け負った人々が集う丘の横を通り過ぎた。プードルやレトリーバーや秋田犬や雑種犬が、引き綱にからまりながら土ぼこりを立てて跳ねまわっている。

ヒーリーは無言だ。

ルーンはちらちらとその顔色をうかがっていた。

ヒーリーが進路を変えて公園にはいっていく。ふたりは高さ三十フィートほどの巨大な岩のてっぺんにのぼり、そこに腰をおろした。

「サム？」

「ルーン、へたをすれば起訴されてたと思わ――」

「サム、あたし――」

「たぶん連中は恐喝罪を立証できなかっただろうし、おまけに、そう、刑事だってことを隠していた。ＦＢＩの偽の身分証が見つかったが、きみと関連づけた者はまだいない。だけど、撃たれていてもしかたなかったんだぞ。重罪犯が逃走したんだから。危険と見なされたら、撃たれていたはずだ」

「ごめんなさい」

「ルーン、おれは生活のために物騒な仕事をしてる。けどそれは、危険を軽減する手順や支援体制や諸々《もろもろ》の準備があってのことだ。でもきみは、殺人者や恐喝についてのばかげた思いこみだけで、自分からあぶない目に遭ってる」

ふたりは芝地でおこなわれているソフトボールの試合をしばらくながめた。ひどい暑さで選手はだれている。ボールが外野へ飛ぶと、黄味を帯びた芝から土煙が立ちのぼった。

「シュミットにはコロラドで十代の男の子を引っかけたって噂があるの。シェリーがそれを知って、役ほしさに恐喝してたんだと思ったのよ」

「それだけのことで結論に飛びついたのか？　それとも、起こったことを想像して、自分の考えに合うようにこじつけたのか？」

「あたし……うん、こじつけた」

「やっぱり」

ルーンは言った。「うちにノートが一冊あってね、なんでもかんでもそこに書いておくの。日記みたいなものね。最初のページになんて書いてあるかわかる？」

「〝大人になりたくない〟とか？」

「まあ、それを思いついてたら、そう書いてたかも。でもあたしが書いたのはこうよ。〝嘘でもなんでも、信じつづければ現実になる〟」

快音が響く。ホームランだ。ホームベースから百フィート先の簡易トイレのほうへ飛んでいくボールを、ピッチャーが見送る。

「サム、あたしにとってこんどの映画はすごく大切なの。あたしは大学を出てない。いろいろと職を替えてきたわ。ビデオ・レンタルショップの店員、ショーウィンドウのディスプレイ係、ウェイトレス、露天商。そんなことをいつまでも繰り返したくないのよ」

ヒーリーは笑った。「きみの歳ならあと数年つまずきを経験するのも悪くないと思うな」

「いまの会社でも子供扱いされてる……まあ実際、子供っぽいふるまいをすることもあるけどね。でも要するに、いま以上の仕事はできないと思われてるわけ。シェリーのドキュメンタリーが突破口になる。そんな気がするの」

「シュミットの件にもどるけど、あのやり方は賢明じゃなかったな」

「最後に残った容疑者だったのよ。まちがいないと思ったんだけどな」

「容疑者は警察に助けを求めたり――」

「わかってる。あたしのまちがいだった……ただ、はっきりとは言えないんだけど、なんとなく、その……」

「直感した？」

「そう。シェリーはだれかに殺されたってことを。それがあのまぬけな〈イエスの剣〉のしわざじゃないってことも」

「おれだって直感は信じるさ。でもお互いのために、今回の映画のことはあきらめてくれ。でなければ、命を奪われた女の物語をそのまま映画にすればいい。殺人者を見つけだそうなんて考えは忘れるんだ。少しくらい謎を残したっていいじゃないか。みんな謎が大好きだ」

「あたしの名前がまさに〝謎〟という意味よ。ケルト語でね」

「ほんとうの名前が？」

「ほんとうのことって、そんなに価値があるのかしら。そうじゃなくて、〝ルーン〟の意味がよ」

ヒーリーはうなずいた。あきれているのか、腹を立てているのか、それとも無口なカウボーイにもどっただけなのか、ルーンにはわからなかった。

「きみが爆破事件に出くわすことはもうないと思う」ヒーリーは言った。「プロファイリングによると、犯人は疲れている頃合いらしい。最近じゃ、立てつづけに事件を起こすのは危険が大きすぎるからな。科学捜査もすごく進歩してる。きっと捕まるさ」

ルーンはだまっていた。ヒーリーがつづける。「もう少ししたら当直なんだ。で、思ったんだけど、もしその気があるなら、爆発物処理班のオフィスに来ないか。どんな様子かを見るんだ」

「本気？　もちろん行く。でも、ちょっと片づけなきゃいけない仕事があるの。きょうは例のばかばかしいＣＭ撮りの最終日だから」

ヒーリーはうなずいた。「ひと晩じゅういるよ」そう言って、第六分署への道順を教えた。

ドミノの海。見渡すかぎり、ドミノ牌で埋めつくされている。

「なあ」ラリーが猫なで声で言った。「こいつを倒すのはおまえにやらせてやる」

ルーンはひたすら牌を並べていた。「この撮影のためにあと何人か助手を雇ってくれると思ってたのに」

「おまえひとりでじゅうぶんだよ。おまえならできる」ラリーが紙に描いた配置図に基づいて、ルーンは作業をしていた。認めるのは癪《しゃく》だが、ＣＭはすばらしい出来映えになるだろう。

「何個あるんだ」

「四千三百十二個よ、ラリー。全部数えたの」

「よくやった」

先刻、二時間かかってようやく半分並べたころ、うっかり牌を倒しはじめてしまった。四角い牌の列は、ラスヴェガスのルーレット盤のまわりを行き交うチップのような音を響かせて、つぎつぎと隣をはじいていった。

まったくついてない……

「反対側からはじめるものとばかり思っていたのに」メアリー・ジェーンが追い打ちをかけた。「そうしていれば、やすやすとぶつかったりしなかったはずよ」

「なかなかうまくできてる」ラリーがあわてて言った。

「芸術だとでも？」苛立つルーンはラリーに嚙みついた。配置の記された継ぎ目のない二十フィートのグレーの紙の上に這いつくばって、牌を立てなおす。

「もう倒すなよ」

数時間ののち、ついにルーンはドミノ牌の小隊をすべて整列させ、息をひそめて紙の上から退いた。最初の牌のもとへ這っていき、ラリーにうなずいて合図する。

土木機械そのもののようなクレーンの座席にすわっている変人っぽいひげ面のカメラマンを、ルーンは一瞥した。「テープはまちがいなくはいってるわね。やりなおしはごめんよ」

「ライトをつけろ」ラリーは監督ぶるのが好きだ。照明係がライトのスイッチを入れる。セットはたちまち、オーブンのなかのような白光に満たされた。「カメラをまわせ」

「まわしてます」

そこでラリーはルーンにうなずいた。ルーンの手が最初の牌に伸びる。

ドミノは紙の上を軽快に倒れていき、カメラがカーニバルの乗り物のようにセットの上を走りつづける。ラリーは五日間の仕事で二十万ドルを手にすることに有頂天になって、何やらつぶやいていた。

カタッ。最後の牌が倒れた。

カメラが後退し、遠目のアングルショットで、シルクハットをかぶった牛のロゴ全体を写した。

「カット」ラリーは力強く叫んだ。「ライトはもういい」

照明が消えた。

ルーンは目を閉じ、これから牌をすべて箱に詰めて、六時までにレンタルショップに返さなくてはと考えた。ラリーとボブは延滞料金を払いたがらないだろう。

そのとき、どこか高いところから声がした。「ひとついいかしら……」

声の主は、セットの隅の高い梯子《はしご》の上から一部始終を見ていたメアリー・ジェーンだった。

「なんだね」ミスター・ウォレットが言った。

「ちょっと疑問があるんだけど……ロゴが少し傾いてない？」と言いながら梯子をおりてくる。

ミスター・ウォレットは梯子をのぼり、セットを見渡した。

「たしかにちょっと傾いてるな」

メアリー・ジェーンは言った。「牛の角の高さがちがうわ。左と右で」

ミスター・ウォレットは倒れたドミノ牌を見やった。「ロゴが傾いてちゃ困る」

メアリー・ジェーンは歩いていって配置を修正した。さがってたしかめる。「ほら、こうでなくちゃ。あらかじめ試したものとばかり思っていたのに」

ルーンが瞬時にしてクビにつながることばを口にしかけると、ラリーが腕をきつく握った。「な、ルーン、ちょっとこっちへ来てくれ」

廊下でルーンはラリーと向かいあった。「傾いてる？　傾いてるのはあの女のほうでしょ。油絵と勘ちがいしてるんじゃない？　システィーナ礼拝堂じゃあるまいし。シルクハットをかぶった牛なのよ。傾きもするでしょうよ。いったい何様のつもり

――」

「ルーン――」

「やりなおしたところで、角はいいけど帽子がだめとか言いだすわよ。あの女、ぶちのめして――」

「おまえのドキュメンタリーの配給会社が見つかった」

「――出っ歯を引っこ抜いてやる。それから――」

ラリーは辛抱強く繰り返す。「配給会社だ」

ルーンは一瞬だまった。「いま、なんて？」

「おまえの作品を扱ってもいいという人間を見つけたんだ。フィルム・ノワール風の骨太な作品を探してるらしい。大きな会社じゃないが、公営テレビ局やそこそこのローカル局に配給してる。キー局じゃないけどな。だが知ってのとおり、出来のいい作品は系列グループに買いとられることもある」

「ああ、ラリー」ルーンは抱きついた。「信じられない」

「だろうな。それでだ、いまはスタジオへもどって氷の女神と仲よくしようじゃないか」

ルーンは言った。「あの女は完全に頭が吹っ飛んでる」

「それでも客は客だろ、ルーン。この仕事じゃ、客はいつだって――」ラリーは眉をあげてつづきを促した。

ルーンはドアへ向かった。「答えを聞きたくもない質問はしないで」

ルーンは警察犬が特に気に入った。

ほかのものもかなりおもしろかった。大砲の弾、手榴弾、時限装置につないだダイナマイトの束、銀色の円筒状の雷管——どれも模型だとあとでわかった。けれども、ほんとうに心躍ったのは、三匹のラブラドール・レトリーバーがにおいを嗅ぎつけて寄ってきて、かがんでなでようとするルーンの膝に鼻先をつけたときだった。頭を掻いてやると、はあはあと息を漏らした。

ヒーリーとルーンは、十丁目通りの第六分署の上階にある爆発物処理班本部にいた。見逃しようもない部屋だ。廊下に面したドアに、〝爆発物処理班〟と太字で刷りこまれた、真っ赤な演習用爆弾が吊してあった。

集合室には使い古された机が八つ並んでいた。壁は薄緑色で、床はリノリウム。暗色のセーターを着た女性が、机の前にすわって技術マニュアルを一心に読んでいる。ブルネットの長い髪と穏やかな瞳が美しい。この部署で唯一の女性だった。ほかは全員が男性で、三十代から四十代が多く、白いシャツにネクタイをしていた。みな、細身の拳銃を腰のホルスターにおさめている。何やら読んでいる者、仲間と話す者、椅子にもたれる者、小声で電話をする者。何人かはヒーリーに気づいて手をあげるか、眉を吊りあげた。

ルーンに目を留めた者はいない。

「軍に属さない組織としては世界最大の爆発物処理班だ。警察官が三十二名。ほとんどが刑事で、管理職候補も数人いる」

壁に掛けられた古びた木の掲示板は、警官の顔写真で埋めつくされている。添えられたことばがルーンの目をとらえた。〝ありし日の……〟。

その掲示板は室内でいちばん目立っていた。

ルーンはしゃがんで犬の頭をなでた。

「EDCっていうんだ」ヒーリーが言った。

「変な名前」ルーンは立ちあがった。

「こいつらの正式名称さ。爆発物探知用イヌ科動物《エクスプローシブ・デイテクション・ケイナイン》の略だ」

「また略称ね」

「時間の節約になる」ヒーリーは言った。「〝爆発物探知用イヌ科動物を散歩に連れていくよ〟なんて言ってたら、息が切れるだろ」

「〝犬〟って呼び方も試してみたら」一匹が仰向けにひっくり返る。ルーンは腹を掻いてやった。「爆弾を嗅ぎあてるの？」

「この仕事じゃ、ラブラドールがいちばん鼻がきくんだ。コンピューター制御のニトロ化合物蒸気探知器も使ってたけど、犬のほうが仕事が速い。プラスチック爆弾、ダイナマイト、ＴＮＴ、トベックス、セムテックス、なんでも嗅ぎつけてくれる」

「コンピューターは小便をしないけどな」警官のひとりが言った。

「人前で金玉を舐《な》めたりもな」別の警官が言う。

ヒーリーは小さな机の前に腰をおろした。

刑事のひとりがヒーリーに言った。「中絶手術のネタが抜けてなかったか？」

「抜けてて幸いだよ」ヒーリーはルーンに向きなおった。「コーヒーでも飲むか」

「うん」

ヒーリーはロッカー室へ向かった。三人の同僚がファイバーボードのテーブルで中華料理を食べていた。陶器のマグカップを洗い、コーヒーを注ぐ。

ルーンは掲示板の前に立って、爆破事件現場のカラー写真に見入っていた。巨大なかごのような外観の赤いトラックの写真を指さす。「これは何？」

「パイク＝ラガーディア・トラックだ。いまじゃほとんど使われてない。製造されたのは四〇年代。当時、爆発物処理班を率いていたパイクという男と、市長だったラガーディアにちなんで名づけられた。あそこに網がついてるだろう？　トライボロ橋の建造に使われたケーブルの残りなんだ。ＩＥＤをあのなかに入れて、廃棄場まで運んでたらしい。途中で中身が爆発しても、破片が飛び散るのを網が防いでくれる。それでも、炎上は食いとめられないけどね。いまは密閉型コンテナ運搬車《トータル・コンテインメント・ビークル》を使っている」

ルーンは言った。「略してTCVね」

ヒーリーはうなずいた。

〝デュポン〟と印刷された長さ一フィートほどの太い合成樹脂製チューブを、ルーンは手にとった。管のなかには青いゲルが詰まっている。ぎゅっと握ってみた。笑いがこみあげる。「これ、なんだか卑猥ね、サム」

ヒーリーは一瞥をくれた。「きみが持ってるのは、どでかい岩を砂利の山に変えてしまう量のトベックスだよ」

ルーンは注意深くそれを置いた。

「もし本物ならね……それはただの訓練用さ。ここにあるのは全部そうだ」

「あれも？」ルーンは全長二フィート半はありそうな大砲の弾を指し示した。

「ああ、あれも使えない。ただし、回収したのは一年ぐらい前だ。どういういきさつかと言うと、ある女が九一一に通報してきて、弾があたったというんだ。それで、緊急出動部隊が女のアパートメントへ急行して、中へはいった。女は床に倒れていた。隊員は尋ねた。〝撃った人間はどこです？　銃は？〟女は答えた。〝銃なんかない——ただの弾よ〟指さす先に砲弾があった。〝クローゼットの扉をあけたら、それが落ちてきたの〟ときた。で、爪先をつぶされたんだと。夫が大砲の弾を集めてて——」

叫び声がした。「サム」

ヒーリーは集合室へもどった。金髪をきれいに刈りこんだ、顎の張った重量級の男が班長室から上半身をのぞかせている。男はルーンにちらりと目を向けてから、ヒーリーに視線を移す。「サム、救急隊がたったいま、タイムズ・スクエアのポルノ映画館から非常通信を受けた。不審な箱を見つけて中をあけてみたら、時限装置がひとつと、プラスチック爆薬らしきものが詰まってたらしい。場所は七番街、四十九丁目の近くだ。ルービン、おまえが同行しろ」

もう爆破事件は起こらないって言わなかった？　だが、ルーンが口出しする間もなく、ヒーリーともうひとりの刑事——爆発物処理班よりも、一九五〇年ごろの保険会社のほうが似あいそうな、四十代半ばのやせた男——はロッカー室へ駆けだしていた。ふたりはロッカーをあけてぼろぼろのキャンバス地のバッグを引っ張りだすと、ドアへ突進した。ヒーリーはアタッシェケースをつかんで廊下へ消えた。

「ねえ……」ルーンは呼びかけた。ヒーリーは振り返りもしなかった。

どこへ向かってるの？　そう思いながら、ルーンは大急ぎで深緑色の廊下に出た。階下では、ヒーリーたちが車庫へはいったところだった。青いタートルネックの制服を着た警官が、追わせまいとルーンを引きとめる。やっと外へ出たころには、青と白のバンが回転灯を鞭打つように鳴らして、十一丁目通りを疾走していた。バンは機械的なサイレン音を拡散させ、やがてハドソン街で北へ折れた。

ルーンはその角まで走り、タクシーをつかまえようと手をあげたが、もう手遅れだった。


サム・ヒーリーは手順を完全に心得ていた。記憶力は、生まれ持った才能のひとつだ。表や回路図には一、二度目を通せばじゅうぶんだった――それでしっかり頭にはいる。

それは好都合だった。爆発物処理班の刑事には覚えるべきことが山ほどあるからだ。そもそもこの部署を選ぼうと考えたのも、そうした事情が関係していた気がする。パトロール警官とも救急隊員ともずいぶんちがう。救急隊ではすばやい判断が求められ、必要なのは記憶より機転だ。

ヒーリーは細部まで抜かりなく計画を立てたうえで、順を追って作業するのを好む。じっくり進めることを。

バンは北へ疾走していた。ハドソン街が八番街に変わり、バンは十四丁目を過ぎた。

きょうの手順はこうだ。映画館の千フィート四方を封鎖し、なるだけ多くの人間を避難させる。ロング・アイランドのちっぽけなショッピングモールなら簡単なことでも、人口の密集したマンハッタンでは不可能に等しい。そのあと、鉤爪とテレビカメラの目を備えたロボットを使い、物騒なものに接近させて観察する。そして鉤爪でつかみあげて……

七番街に突如出現した緊急出動車両のショールームの前で、バンはがくんと停止した。班員たちは車から飛びおりた。

……ゆっくりと慎重にそれを運びだす。ロボットのケーブル長は五十フィートしかないため、IEDの破片に劣らぬほどあっけなく、ばらばらになったロボットに命を奪われかねないからだ。それから、スロープ伝いにのぼって、コンテナ運搬車に載せる……

　そして、搬送先のロッドマンズ・ネックでふたたび取りだす羽目にならないよう、その物騒なものがコンテナのなかで炸裂することを祈る。

　加えて、それが無事に炸裂したとしても、並はずれた破壊力や容量のせいで運搬車が巨大な手榴弾と化したりしないことも祈る。

　あとはただ祈るしかない……

　言うまでもなく、それはロボットを使える場合の話だ。その爆発物が月着陸船のような代物だとすると、うまく事は運ばない。

　たとえば、映画館の座席の下にあるような場合。

現場で配置について、爆発物の位置を確認するのがもちろん先決だ。

ヒーリーは相棒のジム・ルービンに目配せして、うなずいた。「おれが直接調べる。防護スーツをとってこよう」

「おれがやってもいいぞ」ルービンは言った。

そして、実際にその気だった。班員はみな心構えができている。「じゃあ、今回はまかせる」とヒーリーが言えば、ルービンが実行しただろう。だが、ヒーリーはそう言わなかった。このゲームはそんなふうに進まない。だれが最初に現場に着いたか、だれが電話を受けたか、だれがいち早く「おれが行く」と言ったかで決まる。つまるところ、だれが行ってもかまわない。今回はヒーリーが名乗りをあげた。なんとなく自分の役目だという気がした。そういうときがたまにある。同様に、「おれが行く」と自分からは言わないこともある。

今夜のヒーリーの決意の強さは、並みの家なら破壊する箱を拾いあげただれにも劣らないものだった。

「サム！」タクシーをおりてルーンが叫んだ。ヒーリーは一瞬だけ目を向け、視線の合ったルーンはことばを失った。ルーンが見ず知らずの男と向きあった気分になっているのを、ヒーリーは知っていた。

ヒーリーはルービンに小声で言った。「あの娘をうんと遠ざけてくれ。必要なら、手錠をかけてもいい。とにかく近づけるな」

「サム……」そう言うルーンのほうへ、ヒーリーはもう一度目を向けた。カメラを地面に置いたのは自分へのメッセージだと思った。この場にいるのは映画のためでも、シェリー・ロウのためでも、ほかのどんな理由でもなく、身を案じているからだと伝えているのだろう。それでもヒーリーは顔をそむけた。

ルービンがロボットをバンから出し、できるだけ迅速に操作しようとつとめるあいだに、ヒーリーはケブラー繊維と鉄板で保護された重い緑色の防護スーツを身につけた。ヘルメットをかぶり、循環ポンプを作動させて中へ空気を送りこむ。

ルービンは劇場のドアのすぐ内側に立ち、事前に黄色いビニールテープの印がつけられた通路沿いにロボットを動かしていた。細いアームの先端にマイクのついたヘッドホンを着用している。厚みのあるゴーグルの下で、目がゆがんで見える。ヒーリーはその横を通り過ぎ、それからロボットを追い越した。ヘルメットの内蔵マイクに向かって言う。「本部、通信状態はどうだ」

「良好だ、サム。ヘルメットをかぶっててよかったな——ひどいにおいだぞ」

ヒーリーは、空になったコカインの小瓶やまるめたティッシュや酒瓶を足でどけながら、劇場のさらに奥へ進んだ。

「応答しろ、サム、応答を」

しかしヒーリーは指を折って数えていた。爆弾があるのは通路Mだと支配人が言っていたはずだ。Mはアルファベットの十五番目じゃなかったか？　ちがうことを祈った。十五は不吉な数字だ。シェリルが出ていったのが三月十五日だから。ジュリアス・シーザーの暗殺が予言されたのもその日じゃなかったか？　ただ一度車で追突事故を起こしたのも十五号線のメリット・パークウェイだった。

J、K、L、M……いいぞ。Mは十三番目だ。それがわかると、なぜか気分が晴れた。

「よし、見つけた」ヒーリーは言った。饐《す》えたにおいを感じ、早くも汗まみれで、息が苦しかった。「厚紙の靴箱だ。蓋があいてる」

安定を求めてひざまずく――防護スーツは非常に重く、転倒すると自力で起きあがれないことがある。箱の上にかがみこみ、無線で報告する。「確認できるのはC－3もしくはC－4爆薬、推定六オンス、時限装置は上向き。時間が正確なら残りは十分強。ロッカースイッチは見あたらない」

ロッカースイッチがあるとややこしくなる。振動を感知すると爆弾を炸裂させる、小さな振り子状のスイッチだ。

ここから見えないからと言って、ないことにはならない。

ヒーリーは鉛筆で箱のなかを探った。

「解体するのか」ルービンが尋ねた。

「いや、時限装置がえらく手がこんでる。迂回路を作ってあるはずだ。何も切断せずに外へ持ちだす」

「さて、はじめるぞ」ヒーリーは手を伸ばした。手袋は鉄板入りだが、鋼鉄の梁をもへし折る量のプラスチック爆薬が相手なのは承知している。その理屈からすると、この手にしてやれることはいくらもない。ともあれ、万一のことがあれば、退職して障害者年金をもらえる身分になるだろう。小切手の裏書きをだれかに頼まざるをえないとしても。

ヒーリーはどこを見るともなく目を細め、箱を地面から持ちあげた。慎重に進めよう——爆薬は鉄ほど重いと考えてしまいがちだが、実際はちがう。全重量が一ポンドを超えることはない。

「ロッカースイッチはついてなさそうだ」ヒーリーはマイクに向かって言った。自分の汗のにおいが鼻を突く。ゆっくりと息をする。「それとも、おれの手が安定してるのか」

「いい調子だ、サム」

時限装置の時計には、爆発まであと七分と表示されている。

ヒーリーは一歩ずつ確実に足を後退させ、後ろ向きで通路へ出た。箱をロボットの腕に載せる。

「ひどい劇場だな」ヒーリーは言った。

「よし、ここからはまかせろ」ルービンが答える。

ヒーリーは素直に従った。両手を脇へ垂らして劇場の後方へ歩いていくと、ルービンが軽く肩をたたいた。

ルービンはロボットを劇場の外へ出し、運搬車のスロープから密閉型コンテナへと導いた。爆発物処理班の同僚が第六分署に隣接する車庫から運んできたそのコンテナは、台に載せた小型の釣り鐘型潜水器のような外観をしている。ルービンはリモコンを注意深く操作して、箱をコンテナにおさめる。ロボットが後退すると、ヒーリーは開いている横側の扉へ進み寄った。ワイヤーを引いて扉をおおかた閉めたのち、すばやく前へ移ってレバーをまわした。コンテナから離れる。

ヒーリーはルービンの助けを借りて防護スーツを脱いだ。

「残り時間は？」ルービンが訊いた。

「あと一分ってところだ」

そのとき、ルーンが警察の非常線をかいくぐってヒーリーに駆け寄った。袖にしがみつく。

ヒーリーは背中の後ろへルーンを押しやった。

「サム、だいじょうぶ？」

「シーッ。静かに」

「あたし――」

「シーーッ」

突如、騒々しい金属音が響いた――布でくるんだ鐘にハンマーをたたきつけるような音だ。コンテナの脇から煙が勢いよく噴きだしはじめた。催涙ガスに似た、つんとする臭気があたりに充満する。

「C－3爆薬だ」ヒーリーは言った。「このにおいはどこにいてもわかる」

「何が起こったの？」

「爆発したんだよ」

「劇場から持ちだしてた箱？　あれが爆発したの？　ああ、サム、あなた、死ぬところだったのよ」

それを聞いたルービンが意味ありげに笑っている。ヒーリー自身もにやつきたいのを必死にこらえていた。

ルーンを見つめて言う。「しばらくここに残る」

「そう、わかった」ヒーリーの血走ったうつろな目つきが、ルーンは気に入らなかった。見ているとこわくなる。

「あす電話するよ」ヒーリーは背を向けて、黒っぽいスーツの男と話しはじめた。

歩道へ引き返す途中、爆発物処理班のステーション・ワゴンの後部ドアがルーンの目に留まった。ヒーリーのアタッシェケースが置いてあった。

なぜそんな気を起こしたのか、よくわからない。たぶん、ヒーリーのまなざしがこわかったから。たぶん、きょう一日、四角いプラスチックの小片を延々と並べ、心のせまい人たちに耐えつづけたから。

たぶん、けっして探求をあきらめないのが単に自分の本能だから——本能の赴くまま、爆弾を追ってこんな危険な建物へ進入したサム・ヒーリーと同じだ。

理由はともかく、ルーンはヒーリーのアタッシェケースをすばやく開いて中身を改めたすえ、小ぶりの手帳を見つけた。ページを繰っていくうち、探していたものが見つかった。ある名前と住所を頭にたたきこんだ。

ヒーリーのほうへ目をやると、警官たちの一団に囲まれていた。だれもルーンのことを気にしていない。全員の注目は、ヒーリーが手に持つ透明なビニール袋に向けられていた。ほどなく、ルーンの芝居がかった低い声が架空の舞台にこだました。「〝第三の天使がラッパを吹いた。すると、松明のように燃える大きな星が天から落ちてきて、川という川の三分の一と、その水源の上に落ちた〟」

17

「まあ、話はするよ。でも、名前は出さないでもらいたい」

その晩、ルーンとそのやせた若者は、ハウスボートの甲板にすわってミケロブ・ライトを飲んでいた。「おふくろはぼくが交通事故に巻きこまれたと思ってるからね。もし事実が知れたら……」

ウォーレン・ハサウェイの名は、サム・ヒーリーの手帳に現場証人として記されていた。最初の爆破事件のとき、〈ヴェルヴェット・ヴィーナス劇場〉に居あわせた人物だ。ルーンはハサウェイに電話をかけて、インタビューを申しこんでいた。

「生まれてはじめてはいったポルノ映画館で爆発を経験したやつは、世界じゅう探してもぼくだけだろうね」そこでルーンの愉快そうな視線に気づく。「ああ、わかった。まあ、はじめてじゃないさ。でも、しょっちゅうは行ってないよ」

ハサウェイは三十代前半で、身長五フィート六インチほどの小柄な男だった。首に包帯を巻き、腕に絆創膏を貼っている。爆破を目撃した直後のルーンと同じく、大声で話した。〈ヴェルヴェット・ヴィーナス〉での爆発のせいで、一時的な難聴に陥っているらしい。「ぼくのことをどうやって知ったんだ」

「あなたに尋問した警察の人を覚えてる？　ヒーリーっていう刑事さん。その人から教わったの」

カメラの準備が整った。ハサウェイは不安そうにそれに目を向けた。「顔は隠してくれるんだろうね。だれにもわからないように」

「もちろんよ。ご心配なく」

ルーンはカメラをまわした。「覚えてることを話して」

「わかった。ぼくは四十七丁目通りの出版社で会計監査の仕事をしてる。会計士兼財務アドバイザーだ。あの日、ぼくは二時間ほどの休みを使って、前に八番街で見かけたデリカテッセンへ行ったんだ。すごくおいしそうなフルーツカップがあったから──ほら、みずみずしくて、スイカがたくさんはいってて──そこですぐ前を見たら、例の映画館があった。で、思ったんだよ。おっ、いいじゃないかってね」ビールをひと口飲む。「で、はいってみた」

「映画館の印象はどうだった？」

「何よりまず、不潔だったね。小便と消毒剤のにおいがした。それと、こわもての男たちがいたな。やつらは……黒ずくめの恰好で、そう、デザートでもながめるみたいな目でぼくを見てた。だから急いで場内へ駆けこんだんだ。客は全員合わせても十人ほどしかいなくて、何人かは眠ってた。ぼくは席にすわった。ひどい映画だったよ。あんなのは映画じゃない、素人の撮ったビデオさ。画像がぼやけてて何も見えやしない。しばらくたって、もう出ようと思った。ぼくは立ちあがった。そのとき、とてつもない閃光と轟音がやってきて、つぎに気がついたらそこは病院で、耳がおかしくなってたんだ」

「映画館にいた時間はどれくらい？」

「全部で？　半時間ぐらいかな」

「中にいた人たちの顔はよく見た？」

「ああ。ひととおり見まわしたんだ。襲われたりしないようにね。いろんなやつらがいた。港湾労働者っぽいのとか。それに服装倒錯者も——男娼ってやつかな」ハサウェイはルーンとカメラの両方から目をそらした。

ルーンはうなずいて同情を示しつつも、なんとなく、ウォーレン・ハサウェイが服装倒錯の男娼について実はくわしいのではないかと感じていた。

「ひょっとして、赤いウィンドブレーカーを着た人を見なかった？」

ハサウェイはしばらく考えた。「そう言えば、赤いジャケットの男がいた気がする。帽子をかぶってた」

「つば広の？」

「そう。妙ちきりんなやつ。動作がちょっとのろかった。年寄りっぽい感じだったよ」

年寄りっぽい？　ルーンは当惑した。「その男は劇場を出ていったの？」

「たぶんね。断言はできないけど」

「何歳ぐらいだったと思う？」

「悪いけど、なんとも言えないな」

「なんでもいいから特徴をあげてくれない？」

ハサウェイはかぶりを振った。「すまない。注意して見たわけじゃないからね。きみは何者なんだ。新聞記者？」

「ある女性のドキュメンタリー映画を作ってるの。第二の爆破事件で殺されたシェリー・ロウっていう人」

モーターボートが通り過ぎるのを、ふたりは見送った。

ハサウェイは尋ねた。「でも、その人は映画館にいたわけじゃないんだろう？」

「ええ、現場はポルノ映画のスタジオだった」

「主義主張のために人がすることって恐ろしいね。政治とか声明に比べて、人の命なんかとるに足りないと思ってるみたいで……」

ことばを濁し、ハサウェイは微笑んで言った。「まじめな話になっちゃったな。まじめすぎるって、おふくろにしょっちゅう言われるんだ。もっと気楽に生きなさいって。母親にそんなこと言われたらどんな気がする？」

「うちの母はぜったい言わないわね」

ハサウェイはカメラを見た。「じゃあ、きみは映画監督をめざしてるんだな」興味深げに目を細める。「映画産業のＲＯＩは平均どのくらいか知ってる？」

「ＲＯＩ？」

「投資収益率さ」

ばかばかしい頭文字を使うことにかけては、会計士は警察官といい勝負かもしれない。「あたしは創造に専念して、お金のことはほかの人にまかせる」

「きみの作ってるような映画はどこへ売りこむんだい」

独立興業チェーンや芸術映画専門館、公営テレビ、まだ新しいが将来性のあるケーブルテレビなどを、ルーンは並べた。

「だとすると、大きな売り上げは望めないな、そういう映画の場合」ハサウェイは考察した。「でも、コストを抑えるのは比較的簡単だろう。間接費がかなり低くなるはずだからね。たとえば、固定資産。きみの場合、事実上そんなものはない。よほど値の張るものでなければ、機材のリース料なんて、たかが知れてるし……うまくやればずいぶん差額を稼げる」ハサウェイは夜空へ目をやり、星々が形作る巨大な貸借対照表をながめた。「もし成功したら、そうとうな額の純利益が見こめるはずだ」

ふたりともビールを飲みきったので、ルーンは立ちあがっておかわりをとりにいった。ついでにカメラを切る。ハサウェイが言った。「あまり役に立てなかったみたいだね」

赤いウィンドブレーカーを着た年寄りっぽい男……

「ううん、すごく助かった」ルーンは答えた。

ビールをかかえてもどる途中、ルーンはハサウェイの視線を感じた。お決まりの質問が来るにちがいない。どういう形をとるかは想像できないが、ニューヨークでひとり暮らしをする女として、ハサウェイがあの質問をしてくることに千ドル賭けてもよかった。

ハサウェイはビールをひと口飲んで尋ねた。「さてと。ピザか何か注文しない？」

お決まりの質問のピザ・バージョン。よく使われるものだ。

「今夜はだいぶ疲れてるから……」

古典的な解答のひとつだ。が、こう言い添えた。「ほんとにへとへとなの。でも、またこんど誘ってくれる？」

ハサウェイははにかんだ笑みを浮かべ、ルーンはそれを悪くないと思った。「わかった。付きあってる人はいる？」

ルーンは少し考えてから言った。「自分でもどうだかわからないの」

ハサウェイは立ちあがり、おそらく母親にしつけられたとおりの紳士的な握手をした。「ドキュメンタリー映画の資金繰りやなんかについて、調べておくよ」何か考えがあるふうに微笑む。「でも、まあ、仮にコケたとしても、税金は大幅に控除してもらえるさ」

「あんまり力になれないかも」つぎの朝、ニコール・ドルレアンがルーンに言った。「赤いウィンドブレーカーかジャケットを着た人よ。人相はわからない。帽子をかぶってる。カウボーイ・ハットみたいなやつをね。スタジオに出入りしてるんじゃないかしら。たぶんシェリーのファンか何か。顔見知りかもしれない」

ニコールは首を横に振った。

「シェリーにはじめてインタビューした直後に、うちの近くでそいつに襲われたの。それから、シェリーが殺された直後にも、〈レイム・ダック〉の外で姿を見かけた。最初の爆破事件の現場証人と話したんだけど、爆発の前にそいつに似た男が映画館を出ていったらしいのよ。年齢はまだなんとも言えない。何か心あたりはない？」

「ごめんなさい。でも――」

玄関の呼び鈴が鳴り、ニコールは戸口へ応対に出た。もどってきたニコールは、シェリーのかつての恋人、トミー・セイヴォーンといっしょだった。

最初にルーンの目に留まったのは、テキサス州をかたどったベルトのバックルだった。

サム・ヒーリーを思いだした。

まだ電話をかけてこない。

だめだめ、いまそんなことを考えてちゃ。

トミーはぼんやりと親指でバックルをこすっていた。留め金はちょうどダラスの位置を指している。

「やあ」トミーは微笑んだ。目を細めているのは、こういう意味だ。ごめん、名前はなんだっけ。

手を差しだし、握手を交わしながら言う。「ルーンよ」

「ああ、そうだった。映画の調子はどう？」

「ちょっとずつだけど、進んでる」

それからトミーはニコールに言った。「きょうはすごくすてきだよ」

一瞬、沈黙が流れた。

お邪魔虫は去れ、か。ルーンは立ちあがった。

「もう行ったほうがいいみたい。仕事に遅れそう」

「いいんだ、いてくれて」トミーは言った。「ちょっと寄っただけなんだから。ニコールに頼み事があってね。でもルーン、きみも興味があるんじゃないかな。仕事する気はない？」

「これ以上かかえこむのはやめとくわ。いまの職場だけでも手いっぱいだから」

「仕事って、どんな？」ニコールがトミーに尋ねた。

「ベジタリアン向けの前菜の作り方を収録するのに、料理人が必要なんだ」

ルーンはかぶりを振った。「頼む相手をまちがえてるわよ、レトルトパックにでもなってるなら別だけど」

「できるかしら」ニコールは言った。「だって、作りながらしゃべらなくちゃいけないんでしょう？」

「撮影中はしゃべらなくていい。料理と言っても、混ぜるだけだよ。ニンニクとアボカドと芽キャベツとピーナッツバターを……まあ、全部いっぺんにじゃないけどね。とにかく、よくできたレシピなんだ。なあ、頼むよ。あっという間にすむから。ぼくの商品の解説コマーシャルを作るんだ」

ニコールは念を押した。「ほんとうに台詞を覚えたりしなくていいのね？」

トミーは言った。「ああ、全編にナレーションをつけるから。まず料理をしてもらって、音声はあとから録る。好きなだけ録りなおしていい」

ニコールはルーンに目を向けた。「ほんとうにやりたくないの？」

トミーが口をはさんだ。「ふたりでやってくれるといいんだが」

「まとめて撮ってしまえるからね」

ニコールは尋ねた。「で、お金はもらえるの？」

「もちろんさ。知りあいだからって、うやむやにはしないよ。クライアントからは一時間百ドルのギャラが出る。準備と撮りなおしの時間を含めて、最長三時間ってところだな」

「この爪はどうしよう？」ニコールは、赤茶色のマニキュアをした長さ一インチの爪を掲げてみせた。

「おいおい」トミーは苦笑いして言った。「ことわる口実を探してるみたいだな」

「やりなさいよ、ニコール」ルーンが促す。

ニコールのつややかな唇に笑みがひろがった。「はじめての脱がない仕事ね……母にどれだけ愚痴をこぼされてきたことか」そう言うと、凶器のような爪をひらめかせて、トミーに片手を突きだした。「乗ったわ」

握手をするふたりは、たったいま百万ドルの契約を交わしたかのようだった。

「あすの夜はどう?」トミーは尋ねた。「それと、あさっては?」

「ええ、だいじょうぶ。夜ならあいてるわ。映画の撮影は昼間だから。あなたのスタジオはどこ?」

「スタジオは借りてない。全部ロケでやるんだ。ここでできると思うよ。いいキッチンじゃないか」ルーンに視線を移す。「なあ、どうしてもだめかい」

「またいつかね」

「しょうがない……じゃあ、また」トミーはニコールに言い、頬にキスをした。そしてルーンに手を振って出ていった。

ルーンは言った。「トミーってハンサムよね。いまは恋人もいないし、料理もできる。最強の条件がそろってる」

だが、ニコールはそっぽを向いている。

ルーンは言った。「どうしたの?」

「なんでもない」

「何よ」

ニコールはためらったのちに言った。「仕事のことよ。トミーのくれた仕事」

「それが?」

「うまくいくといいんだけど。チャンスを台なしにしたくないの」

「うまくやれるって」

「いまの商売から抜けだせるなら、どんなことでもする」

「気に入ってるんだと思ってた」

ニコールはソファーへ歩み寄って、腰をおろした。「ゆうべの〈カレント・イベント〉を観た？　ニュース番組よ。ポルノに抗議して、その手の映画館でピケを張る女性たちを採りあげてたの。ひどいけなしようだったわ。劇場のひさしの上映案内にあたしの名前が出てた。向こうはあたしを名指しでけなしたわけじゃないけど、画面に名前が出てるんだものね。ある人なんか、女性がレイプされたり、子供がいたずらされたりするのは、みんなポルノのせいだと言わんばかりだった。ほかの人は、ポルノのおかげで女性の社会進出は二十年遅れた、とかなんとか……すごくやましい気分になったわ」

だしぬけにニコールは泣きだした。

ルーンはほんの一、二秒思案したあと、ビデオカメラのスイッチに手を伸ばした。レンズをまっすぐニコールに向ける。

あらぬかたへ視線を向けて、ニコールは言った。「悪いことをしてるつもりはない。人を傷つけるのもいや。なのに、あたしの映画を観にきた人たちが劇場で死んでしまった。あたしの映画を観たあとで、娼婦を拾ってエイズに感染する人だっているかもしれない。そう考えると恐ろしくて」
ルーンに向けられた目から、涙がとめどなく流れ落ちる。「それでも、あたしには
ポルノしかないの。セックスならうまくできる。だけど、ほかのことは何ひとつ満足
にできない。いろいろやってみたわ。でもだめなの……自分のただひとつの取り柄を
受け入れられなくなるって、ひどくつらいことよ」
ルーンはニコールの腕にふれて支えてやった。まわりつづけるビデオカメラの視野
を自分の手がかすめないよう、細心の注意を払って。

四十七丁目通りのブロードウェイと八番街とのあいだにある映画館の経営者は、二
十年前にインドのボンベイから移民してきた五十二歳の男だった。
妻子とともにささやかな商売にずっと精を出していた——まず新聞売店、それから
ファストフードの屋台と靴屋をクイーンズで営んだ。つぎにブルックリンで電気店を
開いたが失敗し、蓄えのほとんどを失った。一年後、映画館が売りに出されていると
いう話を知人から聞いた。にわか勉強と、ややこしい交渉と、弁護士や会計士への高
額の支払いを経て、借地権と設備一式、それに弁護士の言う〝無形財産〟——それが
何にあたるのかはさっぱりわからない——を買いとった。
小柄なその男は、タイムズ・スクエアにある八百名収容の映画館〈ピンク・プッシ

ーキャット〉の経営者となった。かつては業界標準の三十五ミリ映写機を二台使っていたが、現在すべての上映をまかなっているのは、ピントが甘いばかりか、俳優たちをぼやけた虹のオーラで包みこんでしまうビデオプロジェクターだ。

料金設定には頭をひねったすえ、昼間は二ドル九十九セント、午後十時以降は四ドル九十九セントという限界額を割りだした。映画館は二十四時間営業で、ホームレスの簡易宿泊所としても機能しており、そうした客は〈セクシー子猫ちゃん〉や〈お色気吸血鬼〉といった淫靡《いんび》な子守唄で目覚めるために、二ドルの割増料金を喜んで差しだすからだ。

ここでは入場券を発行しない。料金を払った常連客は、一セントの釣り銭を受けとることなく回転ゲートをくぐる。そして、一九七八年に現役を退いたソーダ販売機の横を行儀よく通り過ぎて劇場内へと進む。

不法行為の禁止やエイズの危険を訴える看板を掲げていても、商売目的の客は跡を絶たない。交渉はひそかにおこなわれ、女装した男娼や、黒人とヒスパニックが大半を占める娼婦たちは、おざなりのサービスで二十ドルせしめるために、風紀取締班の警官さえ寄りつかない二階席へ客を連れこむのが常だった。

そんないかがわしい状態のわりに、映画館は繁盛していた。出費が最もかさむのは賃借料だった。経営者と妻（そして故郷の並み居る親類から選ばれたアルバイトのいとこ）がかわるがわる窓口の番をして、人件費を浮かせていた。ビデオプロジェクターのおかげで、免許を持つ映写係を雇う必要もなかった。

そして、映画館が担うべき最大の出費をも免れた。著作権法の規定により、上映の回数に応じて著作権使用料を支払うことが義務づけられており、これはポルノも例外ではない。しかし、この経営者は払っていなかった。八番街の成人図書専門店で十四ドル九十五セントのビデオを三本購入し、それらを一週間スクリーンにかけたのち、書店に返す。奇しくもパキスタン人移民である店主は、一本につき五ドルを経営者に返金したのち、そのビデオをまた十四ドル九十五セントで売りだす。

言うまでもなく、これは民事と刑事両面での連邦法違反だが、ＦＢＩも映画会社も、そんなけちな犯罪を追及するはずがない。

自分の映画館で扱っている作品については、特別誇らしくも思わなければ、恥じてもいなかった。何しろ、あの『カーマスートラ』が書かれた国の生まれだ。個人的にもセックスへの抵抗はなく、十二人の子を持つ家庭に育ち、自分たち夫婦も七人の子をもうけていた。商売上の悩みの種と言えば、利ざやが少ないことに尽きる。投資収益率があと五、六パーセントあがってくれるとずいぶん助かるのだが。

この日、経営者は窓口のブースにすわって煙草を一服しながら、クイーンズのアパートメントで妻が作っている夕食のラム・カレーのことを考えていた。劇場内から怒声が聞こえた。何より自分が恐れているもの——常連客だ。クラックを吸ったり、三本目か四本目のフォスターズ・ビールをあけている連中が、ここには山ほどいる。巨漢ぞろいで、勢い余って人の首を折りかねない手合いも多い。警察に助けを求めることもときにはあるが、こんな返事を聞かされるだけだ。刃物か銃を持った人間でもないかぎり、警察は関与を控えたい、と。

言い争いがおさまりそうにないとわかると、経営者はブースの下を探り、空気銃の弾を詰めた長さ一フィートのパイプを取りだした。自家製の棍棒だ。それを持って劇場内へ足を踏み入れた。

スクリーンでは、金髪の女優が、いままで試したことのないやり方で愛してくれと男優にねだっている。相手もまんざらではなさそうだが、正確になんと答えたのかはだれにも聞こえなかった。最前列の争い声がさらにやかましくなったからだ。

「何すんだよ、てめえ。そいつはおれのだ」

「嘘こけ。おれが置いといたんだ」

「冗談じゃねえ！　置いといた、だと？　てめえ、三つも四つも離れた席にいたじゃねえか。見てたんだぜ」

経営者が割ってはいった。「どうぞお静かに。何事です？　すわってもらえないなら、警察を呼びますよ」

両方とも黒人だった。ひとりはホームレスで、泥だらけのぼろ布を何枚もまとっている。もうひとりは配達人の茶色い制服姿だった。靴箱ぐらいの大きさの、紙で包まれた箱をかかえている。ふたりは経営者を見おろし——どちらもかなり上背がある——裁判官に向かうようにそれぞれの言い分を述べはじめた。

ホームレスの男が言った。「そいつがおれの荷物を盗みやがった。そこに置いて、小便しに出たら——」

「だまれ。こいつはなんにも置いてってない。男がはいってきて、十分ばかり映画を観ただけで出てったんだ。座席に箱が残ってた。はっきり見たんだよ。勝手に忘れてったんだから、これはおれのだ。それが法律ってもんだろ」

ホームレスはその箱につかみかかった。

配達人は長い腕を伸ばして箱を遠ざけた。「失せやがれ」

経営者は言った。「持ち主は出ていったんですね？　なら、もどってくるでしょう。こちらで預かります。どんな人でしたか」

配達人は言った。「知るわけねえだろ。白人野郎だよ。おれが見つけたんだぜ。法律で決まってるよな、見つけたやつがもらえるって」

経営者は手を差しだした。「いいえ、だめです。渡しなさい」

ホームレスが言った。「おれが置いたって言ってんだろ。こっちへ——」

三組の腕が箱をつかみ、激しく奪いあう体勢になったその瞬間、箱のなかにあった十四オンスのC－3プラスチック爆薬が炸裂した。時速三千マイル近い爆風が、一瞬にして三人の体を数ポンド足らずの断片に分解した。スクリーンは消し飛び、座席の前四列は木っ端微塵に砕け、床は一マイル先まで伝わるとどろきに揺れた。

爆発の轟音に混じって、銃弾さながらに空《くう》を裂く木片や金属片のうなりが響いた。

そして、あっけないほどすみやかに、静寂がもどった。煙に満たされた暗闇とともに。

館内にはひとつの電球も残っていないが、天井付近に小さな緑色の光が灯り、前後に揺れていた。それは、映写室のあったところから太いワイヤーでぶらさがった大型の黒い箱――ビデオプロジェクター――の表示ランプだった。緑のランプは明滅したのち、黄色のランプに切り替わった。〈後ろから攻めて・パートⅢ〉の上映が終わり、〈ハイスクール・チアリーダーズ〉の上映がはじまる知らせだ。

18

サム・ヒーリー刑事はソファーに寝転がって、これまでの人生で付きあった女たちのことを考えていた。数は多くなかった。

大学時代にいくつかありきたりの恋をした。それから、ある女性と同棲したのち、シェリルと出会った。シェリルとの婚約直前に一度火遊びをした。

結婚後も別の女と遊んだことはあるが、いっしょに何度か酒を飲んだ程度でしかなく、それも、寝室の増築を請け負ってくれた男がよく気のつくすてきな人だと、シェリルからおそらく百回は聞かされたあとのことだ。

とはいえ、シェリルは不貞を働いていたわけではない。それはわかっている。そうしてくれていたらと、心のどこかで望んでいた。それならジョン・ウェインを気どることもできたのに。ドアを蹴破り、女を平手打ちしたそのあとに、互いの胸の内を吐露し、熱烈に愛をたしかめあうという筋書きだ。

いまどきは、そんなふうにはいかない。〈静かなる男〉で、ジョン・ウェインはモーリーン・オハラにふれたとたんに警官を呼ばれ、第二級暴行と第一級脅迫の容疑で逮捕されてしまう。

時代は変わった。

ああ、シェリル……

この十分間まったく観ていなかったことに気づいて、ヒーリーはビデオを切った。こうなったのも、〈淫らな従姉妹〉がとことん陳腐で退屈なせいだ。

ヒーリーは別のリモコン——こちらはテレビ用——を見つけて、野球の試合にチャンネルを合わせた。昼めしにしよう。キッチンにはいって冷蔵庫をあける。三十六本冷やしてあるローリングロック・ビールを一本取りだし、栓を抜く。アーノルド社の全粒粉パンひと切れにスライスチーズ四枚（百二十八枚のうちの四枚）を並べ、一クォート瓶からマヨネーズをすくってかける。その上にもうひと切れパンを載せる。

その朝、食料品の買いだしをすませたばかりだった。

居間へもどる。クイーンズの静かな街並みを窓からながめる。通りを隔てた家々のロールブラインドに人の影が映っている。見ていると気分が滅入った。野球観戦にも集中できない。その日のメッツは、淫らな従姉妹のどちらにも増して始末に負えなかった。

ヒーリーはビデオのカバーをながめ、成人映画はそもそも好きではないと断じた。その手の映画には、他人が夕食にステーキを食べる映像と同じ程度の興味しかそそられない。女優たちのけばけばしいメイクや珍妙なランジェリーも気に食わない。レースの指なし手袋、ガーターベルト、黒い革のブラ、オレンジ色の網タイツ——どれもこれも、とってつけたようで不自然だ。

それに、シリコンの乳房は好みじゃない。

シェリルみたいな女がいい。

ルーンみたいな女がいい。

ふたりは似ていたっけ？　そうでもない。あのふたりのどこにそれほど惹かれるのだろう。

純真なところか、かわいらしさか……（だが、ルーンはどこまで純真なのか。〈淫らな従姉妹〉を貸してくれたのは彼女だ。いったいどういう意図で？）

ただ、好みの問題はどうあれ、ルーンのような娘と掛かりあいになるのはどうかとサム・ヒーリーは思っていた。この前の晩の別れ際に、こちらから電話をすると約束した。が、何十回と受話器を手にしかけて、そのたびに思いとどまった。そのほうがいい気がしたからだ。恋愛感情は抑えろ。それが身のためだ。惹かれるなんてどうかしている。あの奇抜な服装。三本の腕時計。ファーストネームしか名乗らず、それだって芸名みたいな偽物だ。しかも、自分より十五は若い。

ああ、くそっ——また不吉な十五だ。

かかわらないのがいちばんだ。

おまけに、探偵の真似事をして、心底はらはらさせてくれる。善良な市民はしばしば、テレビという架空の世界で垣間見た警察捜査に刺激を受け、刑事になりきろうとする。そのあげくに、自分が命を落とすか、身近な人間を死に追いやることになってしまう。

だったらなぜ、ルーンのことがこんなに気になるのか。なぜ会うのをやめない？

すでに交際相手がいて、遠からず自分の妻でなくなるシェリルを嫉妬させたいから？

ルーンがセクシーだから？

若い女が好きだから？

それとも——

電話が鳴った。

受話器をとる。

「はい？」

「サム」第六分署の作戦管理担当の副班長からだった。

「ブラッド。どうしました？」

「また例のやつだ」

「〈イエスの剣〉？」

「ああ。四十七丁目通りの八番街寄りだ。ついさっき爆破された」まずいぞ。犯行の間隔が短くなっている。前回から一日しかたっていない。「被害の程度は？」

「外では負傷者は出ていないが、中はめちゃくちゃだ」

「同じやり方でいくんですか」

「そうだな。すぐにかかってくれ。派手にな」

ヒーリーは躊躇した。遠まわしに訊く気分ではなかった。「目立たないようにやるのでは？」

一瞬、沈黙が流れた。予期せぬ質問だったらしい。「その……つまり……われわれはいま窮地に陥っている」

「窮地ですか」

「わかるだろう。ホシを挙げなきゃならない。市長のお達しだ」

「なるほど」ヒーリーは言った。「現場証人は？」

苦々しい笑いが返ってきた。「証人のかけらなら残ってる。敵は今回、一ポンド近いプラスチック爆薬を使ったようだ」

サム・ヒーリーは電話を切って、ジーンズ生地のジャケットを身につけた。エレベーターへ向かう途中で、拳銃を忘れたことに気づいた。引き返してとってきたあと、たっぷり三分待たされたのち、エレベーターが到着した。ドアが開くと同時に乗りこむ。腕時計を見る。タイミングは悪くない。ルーンは仕事中だろうから、この爆破のことを聞きつけるのはずいぶんあとになるはずだ。それまでに爆発物の処理と現場の封鎖を終えられるだろう。

犯行現場へ忍びこむガールフレンドに頭を痛めたことなど、いまだかつてなかった。

ルーンは、地下鉄の座席にすわって、男について考えていた。

年嵩の男、若い男。

いちばん最近のボーイフレンドだったリチャードは同年代で、少しだけ年上だった。背が高く、やせていて、ゲイとストレートが混在するニューヨーク・シティではよく見かける、浅黒くて細長いフランス人風の顔をしていた（バーでトイレに立って彼をひとりにすると、その隙に女性バーテンダーが身を乗りだし、嬉々としてタダ酒をふるまっているのを目にすることになる)。

リチャードとは六カ月ほどつづいた。楽しい日々だったけれど、しまいには無理を感じるようになった。ルーンの提案するデートにリチャードが退屈しはじめたのだ。ミッドタウンにあるオフィス・ビルの屋上の、巨大な空調の排気孔のそばでピクニックをするとか、大好きなクイーンズの廃品投棄場でドーベルマンと戯れるとか、街をうろついて有名なギャングの殺しあいのあった場所を探すとか、そういったデートだ。結婚の話もしたが、どちらも真剣に考えていなかった。リチャードは言った。

「つまりさ、ぼくは変わりつつあるんだ。突飛なことにはもう興味が湧かない。でもきみは……」

「ますます突飛になってる?」

「いや、そうじゃない。ますますきみらしくなってるって言うのかな」

ルーンはそれをほめことばと受けとった。けれども、それからしばらくでふたりは別れた。いまも電話で話したり、ビールを飲んだりすることはたまにある。リチャードの幸せを願ってはいるけれど、彼がいま付きあっている背の高い金髪の広告会社主任と結婚することになったら、ブリーカー通りの中古品屋で見た全長四フィートのイグアナのぬいぐるみを贈ろうと決めている。

若い、年嵩……

ううん、ちがう。歳は関係ない。肝心なのは気持ちだ。

十二歳から十八歳のあいだに母から吹きこまれた、ほとんど支離滅裂な性知識のひとつにこういうのがあった――年嵩の男が若い女に求めることはひとつしかない。けれども、ルーンの経験では、男はだれでもそのひとつのことを求めているし、たいがい自分より早く眠くなるのだから、年嵩の男のほうがはるかに安全だ。それに、最悪の場合でも、性的アクロバットに夢中な二十歳《はたち》の恋人にひと晩じゅう寝かせてもらえなかった話をしてやれば、相手の中年男はたぶん及び腰になるだろう。

だからと言って、ヒーリーを及び腰にさせたいわけではない。だって、すごくセクシーだから。早く準備段階を乗り越えて、行動を起こしてほしいと願うばかりだ。〈淫らな従姉妹〉を貸したのは反則だったかもしれない。ヒーリーは紳士的すぎたから、仮面の下をのぞいてみたかった。

でも、電話をくれないセクシーな紳士にはどんな手を使えばいい？

駅に着いたので、ルーンは列車をおりて、急な階段をのぼり、西へ向かって歩きだした。

ヒーリーへの思いにはどこかふつうでない、フロイト的なものがひそんでいるのだろうか。父親と重ねあわせているとか、そういったこと。エディプスなんとかだっけ。

たしかに、ヒーリーは若くない。

たしかに、ヒーリーは刑事だ。

たしかに、母が聞いたら血相を変えて怒るだろう。

それでも……

デリカテッセンで、昼食代わりのチョコレートミルクとオレオクッキーひと箱を買った。そこから半ブロック歩いて消火栓に腰をおろし、曲がるストローで紙パックのミルクを飲んだ。

ヒーリーの奥さんのことを考えた。たぶん問題はそれだ。だから電話をくれないのだろう。

好意は持ってくれている——あら、当然よ——けれど、奥さんのこともまだ愛している。

男について理解に苦しむのはそういうところだ。恋愛をビジネスみたいに考えている。女にうつつを抜かすのは、自制心の足りない愚か者のすることだと決めこんでいる。ヒーリーの奥さん、名前はシェリルだったたっけ？　たいした性悪女だ。夫を生殺しにするなんて。いまだって、慰謝料を搾りとる算段を腕ききの弁護士にまかせ、自分は東洋風のシルクのドレスをまとって男との逢う瀬を楽しんでいるにちがいない。娯楽室の床で情夫と行為に及ぶあいだ、邪魔なアダムを地下室に閉じこめているかも……

まさに毒婦！

そんな女、さっさと見かぎればいいのに。

ストローで最後の一滴までミルクをすったとき、角を曲がってきたステーション・ワゴンがすぐそこを通り過ぎ、速度を落とすのが見えた。そして止まったかと思うと、タイヤをきしらせてバックし、ルーンの前で急停止した。

しばらくアイドリングしたのち、エンジン音がやんだ。サム・ヒーリーがおり立つ。ルーンに目を向けたあと、くすぶる〈ピンク・プッシーキャット〉の正面へ視線を移し、またルーンを見る。ルーンはビデオカメラを持ちあげて、ヒーリーに歩み寄った。

「どうして――」ヒーリーは口を開いた。

ルーンは小さな黒い箱を掲げた。「これを作った人たち、すごいわね。警察無線の受信機。記者はこれでスクープをものにするのよ。あたし聞いたの。非常通信のコードを」

いったんは引っこめたものの、ヒーリーの顔にこらえきれない笑みが浮かんだ。

「こんなところへ来ちゃいけない。でも、そればかり言ってるのも疲れたから、もうやめた」

「自宅でトラブルがあったそうね」

ヒーリーは眉をひそめ、かぶりを振った。「なんのことだ？」

「電話の故障よ。だから連絡できなかったんでしょ」

ヒーリーは少し顔を赤らめたが、まごついた様子はなかった。「すまない。かけるべきだった」

いっさい言いわけをしない。ルーンは気をよくした。「もっと嚙みつこうと思ってた。あたしに会えてうれしいって顔をしてくれなかったら」

「うれしいんだと思うよ」

爆砕された窓口ブースのそばから声がした。「やあ、サム」

ふたりは振り返った。ルーンにとっては幸いなことに、茶色のスーツの刑事ではなかった。制服警官が気怠げに手を振り、大声で言う。「大隊長が、はいってもいいとおっしゃっていますよ。明かりは準備しておきました。もっとも、見るべきものはあまり残っていませんがね」

「あたしもいい？」ルーンは訊いた。

ヒーリーは建物の正面に顔を向けたままだ。

「いいでしょ？」

「中できみに怪我をさせたら、職を失っちまう」

「怪我なんかしない。あたしタフだもの。身軽だし」

ため息をつくかわりに、ヒーリーは唇をわずかにゆがめた。どうとでもとれるふうに首を上下させる。ルーンにはその意味がわかった。〝いいから、だまってはいれ〟。

「撮影はだめだぞ」

「えーっ」

「だめだ」

「はいはい、降参よ」

それから一時間、いっしょに瓦礫《がれき》のなかを探索した。ルーンは数分おきにヒーリーに駆け寄っては、手にした金属や鉄線やねじを見せ、それは椅子の部品だとか、壁や配管の鉄線だとかいう説明を聞いた。

「でも、どれも真っ黒焦げね。あたしてっきり――」

「黒焦げだ」

「ほんと」ルーンは言って、探索にもどった。

ヒーリーの拾い集める〝重要ながらくた〟――ルーンはそう認識している――はどんどん増えつづけ、出口表示の下にビニール袋の山ができた。

「ファスナーだな、これは」

「今回はメモがないけど」ルーンは指摘した。

「MOは一件目と同じだな」

「モードゥス・オペランディ――手口のことね」

「爆薬はC－3。時限起爆装置を使ってる。こういう事件が二件つづくと、シェリー殺害の隠蔽工作だというきみの説も怪しくなってくるな。ひとつの犯罪を隠蔽するのに、何度も爆破を繰り返すやつはいない」

「たしかにそうね。りこうな犯人なら」

ふたりは同時に咳きこんだ。煙が厚く立ちこめている。ヒーリーはルーンを先導して外へ出た。

外気のなかへ踏みだすなり、ルーンは深呼吸をしながら野次馬を見やった。目を引く色が視界をよぎる。

赤。赤いジャケットだ。

「見て！　あいつよ！」

相手の顔はよくわからなかったが、こちらを見ていた気がする。男は向きを変え、四十七丁目通りの東のほうへ消えた。「追いかけるわ！」

「ルーン！」ヒーリーは叫んだが、ルーンは黄色の現場保存テープをくぐり、大惨事をひと目見ようと押し寄せる野次馬の群れを突っ切った。

しかし、人だかりを抜けたころには、男は二ブロック先に達していた。それでも、帽子が目印になった。ブロードウェイを横断しようとしたが、歩行者信号は赤で、渡るのは無茶だった。車と車のあいだをすり抜けようにも、スピードが速すぎて割りこめない。通してくれる車は一台もない。歯痛並みに頭にきた。

赤いウィンドブレーカーの男は立ちどまり、ビルにもたれて休みながら後ろを振り返った。息を切らしているらしい。そして、通りを横切って歩行者の波にまぎれた。歩き方がぎくしゃくしているのにルーンは気づいた——爆弾を仕掛けた男は年寄りっぽかったという、ウォーレン・ハサウェイの話が頭に浮かぶ。

ルーンは息をはずませて、ヒーリーのもとへもどった。「やっぱりあいつだった」

「例のジャケットの？」

ルーンはうなずいた。ヒーリーが疑わしげな面持ちだったので、〈ヴェルヴェット・ヴィーナス劇場〉にその男がいたとハサウェイが請けあったことを話そうかと考えた。だが、そうすると、ヒーリーのアタッシェケースをこっそり物色したのがばれてしまう。そんなことになった場合の言いわけはまだ考えていなかった。

ヒーリーは思案していた。やがて制服警官のひとりに歩み寄り、何やら小声で伝えた。警官はパトカーのほうへ駆けていき、ライトをつけて走り去った。

ヒーリーはルーンに向きなおった。「うちへ帰れ」

「サム」

「帰るんだ」

ルーンは唇を噛みしめ、うるんだ瞳でヒーリーの視線をとらえた――いや、とらえようとした――が、こういう駆け引きはまったく苦手だった。どうにもならない。ヒーリーはこういう場面に慣れているにちがいない。ダニー・トラウブがいつもするように、長いため息をついて、見えない観客に視線を送った。「わかったよ、おいで」そう言ってきびすを返し、映画館のほうへ足早に歩いていく。ルーンは小走りでついていった。

ヒーリーは突然足を止め、振り返った。ニコール・ドルレアン並みの演技力で、高校の演劇部員みたいな台詞を繰りだす。「電話すると言ったのに、おれはかけなかった。だから、いやならことわっていい。でもよかったら、あすの夜――おれは非番なんだけど――いっしょに出かけないか」

こんなところでデートに誘うわけ？　爆破されたポルノ映画館で？

へたな台詞に照れる隙を与えず、ルーンはにこやかに言った。「はーい、とーってもすてきなお誘い、謹んでお受けいたします。くーじではいかがかしら」

ヒーリーが放心のていで見つめる。

ルーンは繰り返した。「九時では？」

「ああ、いいよ。そうしよう」

館内へもどる途中、ヒーリーは笑みをこらえきれずにいた。脚の横にぶらさげたビニールの証拠品袋が軽快にはずんだ。

19

ルーンはその日、〈ハウス・オ・レザー〉の処理済みのCM映像をまとめて、編集用の指示書とともに、大判の白い封筒に詰めた。

〈L&R〉まで迎えにきてくれたサムの車で、粗編集を委ねるプロダクションへ向かった。そして、たとえ業務時間外になっても、なるべく早く〈L&R〉とクライアント宛にテープを届けるよう指示して、封筒を置いてきた。

それからルーンは言った。「さて……仕事はおしまい。パーティーの時間よ。クラブへ行きましょう」ウエストサイド埠頭までの道順を教える。

「どこだって？」ヒーリーがいぶかしげに言った。「何もないところだと思ってたけど」

「じゃあ、きっとびっくりするわよ」

簡単に落ちない男だ、とルーンは感心しているらしい。

その店で二時間ほど耐え忍んだころ、ヒーリーは大声を張りあげた。「ここはどうも落ち着かないな」

「どうして？」ルーンが叫び返した。

そう訊かれると返事に困った。おそらくこの内装のせいだ。溶岩のように壁を覆う真っ黒な発泡ラバー。頭上でまたたく紫の照明。幅六フィートはあるプレキシガラス製のドーム型水槽。

それとも、この音楽のせいか（音響装置が壊れているのかと尋ねてみると、こういう音楽だとルーンは答えた）。

それに、自分の服装も店にそぐわなかった。普段着でいいと言ったルーンは、黄色のタイツと黒のミニスカートを穿き、紫のタンクトップの上に、ヤールスバーグ・チーズみたいな穴だらけの黒いTシャツを重ね着している。

ヒーリーのほうは、ブルージーンズに格子縞のシャツといういでたちだった。黒のブーツだけはほかの客の大半と同じだが、こちらはカウボーイ・ブーツだ。

「どうやら場ちがいみたいだ」ヒーリーは言った。

「その恰好が最新の流行になるかもよ」

それは冗談だが、ヒーリーが周囲から変人扱いされているわけでもないことを、ルーンは見てとっていた。金髪を内巻きにした女がふたり、めかしこんだ顔をヒーリーに向けて、〝いいことしない？〟という熱い視線を送っている。ルーンはヒーリーの腕をとった。「あのふたりの落ちくぼんだ頰、見て。情緒不安定のしるしね」と一笑する。「もう少し踊ろうよ」そう言ってまた、音楽に合わせて体をくねらせた。

「まだ踊るのか」ヒーリーはつぶやき、ルーンの動きを真似た。十分後、こう言った。「ちょっと思いついたんだけど」

「その言い方でわかるわ。楽しんでないのね」

ヒーリーはバーにあった紙ナプキンをどっさりとって、額と頭の汗をぬぐった。

「ここで脱水状態になるやつはいないのか？」

「それも楽しみのうちよ」

「ほんとうにダンスが好きなんだな」

「ダンスは最高！　自由になれるから！　あたしは鳥よ」

「そうか、そんなに好きなら、おれの知ってる店へ行かないか」

「あなた、ここでもうまくやってるのに」ルーンは三本目のアムステル・ビールを半分飲みほし、ふたたび音楽に身をまかせた。

「こういうのでいいんだったら、ぜひそこへ行ってみるべきだな」

「クラブなら一軒残らず知ってる。どこのことを言ってるの？」

「聞いたことがないはずだ。ものすごく客を選ぶ店だから」

「そうなの？　特別なチケットがいるとか？」

「合いことばを言えばいいんだ」

「じゃあ決まり！　行こう」

合いことばは〝ややあ〟だった。入り口にいる女の子が身分証をチェックし、客の手にテキサス州をかたどった小さなスタンプを押しながら、合いことばを返す――〝今夜の調子はどう？〟と。

店内へ通されると、四人編成のスウィング・バンドの演奏が異様に静かに聞こえた。さっきのクラブで耳をつんざく大音響に包まれていたから、そう感じるだけかもしれない。ビニール製のギンガムチェックのクロスをかけた小さなテーブルに、ふたりは落ち着いた。

「ローンスター・ビールをふたつ」ヒーリーが注文した。

ルーンは隣の席の女性客に目をやった。ぴったりした白いセーター、青いデニムのスカート、ストッキングに白いカウボーイ・ブーツという服装だ。

「ものすごく変な感じ」ルーンは言った。

「おなか、すいてるか？」

「ここはレストランも兼ねてるってこと？　ひょっとして、裏の家畜小屋にキープした自分用の牛をとりにいくとか？」

「ここのリブは絶品なんだ」

「ものすごく変」

「さっきの店もよかったよ」ヒーリーは言った。「だけど仕事柄、騒音には敏感でね」と、耳を指さす。ヒーリーの聴力が爆風に冒されていることをルーンは思いだした。

ふたりともビールを飲みほしたが、まだ喉が渇いていたので、ピッチャーを頼んだ。

「ここ、よく来るの？」ルーンは尋ねた。

「前はよく来てた」

「奥さんと？」

ヒーリーは少しためらったのちに言った。「ときどきね。特別な店だったわけじゃない」

「いまでも会うことはある？」

「アダムを迎えにいくとき以外はほとんど会わない」

〝ほとんど〟ということばが引っかかった。

ヒーリーはつづけた。「置いてった本とか、料理の道具なんかをとりにもどったりする。それぐらいだよ……きみは付きあってる相手がいるのか、まだ訊いてなかったな」

ルーンは言った。「いまは決まった人はいない」

「ほんとうに？　そいつはびっくりだ」

「そう？　驚くほどのことじゃないわよ。犬とか宇宙人の話といっしょ」

「そういう例を出してくると思った」

「あたしって男の人におかしな娘だと思われるの。たいていは見向きもされない。近づいてくる人はたいがいセックスが目当てで、すんだらお払い箱よ。つづけたがる人もいなくはないけどね。土曜の夜にコインランドリーで下着を洗濯しながら、二週間前の《ピープル》誌を読んでる人がいるでしょ？　あれがあたし。すすぎのあいだに仕入れたネタで、シェールとかヴァンナ・ホワイトとかトム・クルーズの伝記が書けそう」

「踊ろう」ヒーリーは言った。

ルーンは渋い顔でダンスフロアをながめまわした。

「ツーステップっていうんだ。世の中で最高のダンスだよ」

「要するに」ルーンは言った。「お互いにしがみついたまま踊るの？」

ヒーリーは微笑んだ。「それは斬新な言いまわしだ」

トミー・セイヴォーンはニコール・ドルレアンのアパートメントの呼び鈴を押し、出迎えてくれるのがシェリーではない違和感がどの程度だろうかと考えた。

シェリーとはじめて出会ったときのことを思いだそうと、近ごろはしばしば試みていた。だが無理だった。それもまた妙ではある。記憶力には自信があるし、思いだせない理由が見つからない。シェリーは鮮明な印象を残す人間だった。その独特なふるまいのせいだろう。シェリーにはけっして――どう言えばいいか――不用意なところがなかった。立ち方にも、すわり方にも、話し方にもつねに気を配っていた。

そして、実行すると決めたことにも。

最近の姿は覚えている。パシフィック・グローブのアシロマ・ビーチにたたずむシェリー。ロボス岬で、公園監視員がしじゅう転落への注意を促す断崖に立つシェリー。そういう姿ならはっきり思い描ける。

ベッドでのシェリーも。

それなのに、出会いの場面はどうしても再現できない。

このところさんざん試みているのだが。

ニコールがドアをあけた。

「いらっしゃい」

「やあ」トミーはカウボーイ・ハットを脱ぎ、頬にキスをして抱擁を交わした。押しつけられた豊満な肉体の心地よさに酔う。ニコールは魅力的だ。襟ぐりの浅い淡青色のシルクのドレスを着て、ハイヒールを履き、髪はふわりと後ろへ流してある。メイクは少々派手すぎるが、照明にジェルを塗れば和らげられるだろう。カメラバッグを両手に持ち、室内へ運んだ。

ニコールの耳で揺れるジルコニアのイヤリングが目についた。美しいが、レンズに反射してフレアが生じるかもしれない。あれははずさせよう。

「すてきだ」トミーは言った。

「ありがとう。さあ、はいって。飲み物はどう？」

「いただくよ。ジュースか、ミネラルウォーターを」

「じゃあ、完全にお酒はやめたのね」

「そうさ」

「いいことだわ。あたしはいただいても……」

「ああ、もちろんかまわないよ。どうぞ遠慮なく」

ニコールはオレンジジュースを二杯注いだ。自分のグラスにウォッカをつぎ足す。ボトルを持つ手がかすかに震えている。トミーは笑みを浮かべた。「なんだ、緊張してるのかい」

「ちょっとね。変だと思わない？　セックス・シーンを演じるのはぜんぜん平気なのに、服を着てカメラの前に立つのはどきどきしちゃって」

「だいじょうぶさ」ふたりはグラスを合わせた。「きみの新しいキャリアに」

ニコールはひと口飲んで、グラスを置いた。目が泳いでいる。何か思案しているらしい。やがて意を決したように言った。「トミー、もし今回うまくできたら、またつぎの仕事をもらえるのかしら」

トミーはジュースを半分飲んだ。「当然そのつもりだ」そして言った。「そろそろ準備にかかろう。キッチンを見せてくれるかい」

ニコールは広々したタイル貼りのキッチンへトミーを招き入れた。クロムと白で統一されている。天井の中央から鎖が垂れ、大きなスチール製のラックがぶらさがっている。厚い銅鍋やボウルがいくつもそこに吊してある。

「いい画《え》が撮れそうだな」

「去年改装したの」

トミーはキッチン全体を見まわした。「この鍋を使おう。銅鍋はよく映える」

ふたりはいっしょにカメラと照明の準備をはじめた。

ニコールが尋ねた。「苦労したんでしょう、その、足を洗うのに」

「ポルノ業界からってことかい？　そりゃあ、金銭面ではつらかったね。当座しのぎに、いくつかの映画会社で下働きをやったよ」

「ルーンのやってるような仕事？」

「ルーン？　ああ、あの子か。そう、そんなところだ。で、成り行きでカメラマンの仕事をはじめて、そのあとドキュメンタリーの監督もやった」

「あたしは演技を覚えたいのよ。レッスンを受けようかってずっと考えてる。けど、なんだか大変そうじゃない？　シェリーにはいい先生がついてた。アーサー・タッカー。すごく役立ったそうよ。どうして姿を見せないのかしら。お葬式にも来なかった。電話くらいよこしてもいいのにね」

「その先生が？」

「そう」

「なぜだろうな」トミーは言った。「だれかの死に直面すると、人はまともじゃなくなる。事実を受け入れられなくて」ニコールのほうを向き、表情をうかがう。「ぜひ演技を覚えるといいよ。きみのいるべき場所はカメラの前だ。きみはとても美しい」

一瞬、ふたりの視線がからみあった。銅のボウルがニコールの手のなかで静止している。ニコールは顔をそむけた。

トミーはカメラと照明の調整を終えた。無駄なく手際よく機材を扱う様子を、ニコールはじっと見ていた。調理台にもたれ、底のまるい銅のボウルを何気なく回転させ、眠気を誘うその動きをながめる。

「シェリーはポルノの仕事をけっこう楽しんでたけど、それでもやっぱり、なぜやめてしまわなかったのか不思議よ」

「それはね」ニコールに近づきながら、トミーは言った。「淫売だったからさ。きみと同じように」そして長い鉛管を振りかざし、ニコールの後頭部に打ちおろした。

20

結局ふたりは、ルーンのハウスボートへ行き着くことになった。

まずカントリー・ウェスタンの店を出たあと、ふたりとも汗だくだったので、少し外を歩くことにした。ウェストヴィレッジのあたりで冷たい夜風が吹いてくると、近くでコーヒーを飲もうとヒーリーが提案し、ハドソン通りのカプチーノ・ショップにはいった。そこには山羊の口から水の流れ出る噴水があって、水盤にコインがたくさん沈んでいた。

インディアン・ヘッド柄の五セント玉が一枚交じっていたので、ヒーリーがウェイトレスの注意をそらし、その隙にルーンが数分かけて悠々とそのコインを引き寄せた。

「ふむ」ヒーリーはぼそりと言った。「立派な窃盗罪だな。おまけにおれは共犯だ」

ルーンはコインを拾いあげ、ぬるぬるした水のまとわりついた袖を絞った。「思ったより深かったわ」

そのあと、さらに五、六ブロック歩き、気がつくとルーンのボートからそう遠くないところまで来ていた。

「あと三ブロックでわが家よ」

「どのへん？」

「川の上」

ヒーリーはだれもがするように五秒間ルーンを見つめたのち、だれもがする質問を口にした。「川の上？」

「ハウスボートに住んでるの」

「信じられない。ニューヨークでハウスボートを持ってるやつなんかいないぞ。それはぜひ見なきゃ」

前にもだれかが使った、さりげない口説き文句だ。

それでもかまわなかった。どうせ自分から誘うつもりだったから。

ハウスボートのなかを案内したあと、ルーンは出せそうな飲み物を探した。コーヒーのあとにビールはどうかと思ったし、一、二年前からアルミホイルで蓋をしてあったブランデーが一本だけあるものの、瓶の底に黒っぽいかすがたまっていた。

「残念ね」ルーンは瓶を掲げてみせた。

「バドワイザーでいいよ」

ふたりはデッキに立って、ニュージャージーのあたりをながめた。あれだけ踊ったせいで脚の筋肉がぴくついていて、疲れてもいるはずなのに、力が満ちているように感じた。

何がきっかけになったのかはわからない。星について何か言ったのは覚えている。街の灯のせいでよく見えないと言って、ふたり同時に顔をあげた。そのとき、ヒーリーの顔が空を覆い隠したかと思うと、すぐそばに迫り、唇が重ねられた。ひたむきなキスだった。

少しちくちくするその口ひげを、唇を、そして体を包んでくる腕を、ルーンは感じた。もっと慎重な男だと思っていた。鉄パイプ爆弾を扱うときのように、いつでも跳びのけるような構えを崩さないだろうと。

けれども、まったくの思いちがいだった。ためらいも慎みもなかった。シェリルが去って以来はじめてのキスだろうと想像がついた。自分を求めているのがわかった。ルーンはヒーリーの首にきつく腕を巻きつけた。

そのまま寝室へといざなった。

ベッドの真ん中に巨大なドラゴンのぬいぐるみが鎮座している。

「怪獣か」ヒーリーは言った。

「やさしい怪獣よ」

「こいつの名前は？」

「ペルセポネっていうの。女の子よ」

「失礼した」

ルーンはドラゴンを手にとり、その口を自分の耳に近づけた。

「許しますって。それどころか、あなたが気に入ったみたい」

一瞬、すべてが動きを止め、ふたりはことばを失った。そしてヒーリーはベッドに膝を突いた。

ルーンはその体に腕をまわし、激しくキスしながら、両手でしっかりとすがりついた。ドラゴンはふたりのあいだにまだ居すわっている。そのことでジョークを言おうとした。邪魔者がいるわね、とかなんとか。だが、すばやく唇をふさがれた。

ルーンはぬいぐるみをつかんで床に落とした。


目を覚まし、口をあけ、大きく息を呑み、はっきり意識を取りもどしたそのとき、ニコール・ドルレアンは全裸だった。両腕は頭上に掲げられ、手首は鍋のラックの両端に縛りつけてある。足先はかろうじて床についている。

よかった、とトミーは思った。強く殴りすぎたのではないかと心配していたからだ。

結び目をながめる。血流は妨げないが、どうあがいてもほどくことができない巧みな縛り方だ。

「やめて！　何してるの？」ニコールが叫んだ。

トミーは黒いスキーマスクをつけていた。上半身は裸で、ニコールの足もとに身をかがめ、腕と同じく正確に、注意深く、脇目もふらずに足を結わえた。そして、調理台の下にあるクロムのラックに片方の足首を縛りつける。

「いやあああ！」ニコールがとうとう、長く悲痛な叫び声をあげた。自由なほうの足で蹴りつけたが、トミーは難なく身をかわした。

「どうしてこんなことするの、トミー？　どうして……」

ニコールに向けられたビデオカメラが作動している。照明は強烈で、恐怖のせいばかりでなく、その熱のせいで汗をかいているのが見える。

トミーは辛抱強く、ニコールのもう一方の足に縄を巻いた。しかし苛立たしいことに、縛りつける場所がない。しかたなくキャビネットの蝶番《ちょうつがい》に巻きつけた。「これじゃだめだな」と言いつつ後ろへさがり、カメラを上向きに調整して、見映えの悪い個所が写らないようにした。

「何をする気？」

トミーは腰に両手をあてた。上半身は裸で、ぴったりしたブルージーンズとマスクを身につけたその姿は、まるで中世の死刑執行人だ。

「何が望みなの？」ニコールが金切り声で言った。「こんなことやめて」

その質問で、人の愚かさに気づかされたことは多い。何が望みかって？ そんなことはわかりきってるじゃないか。

トミーは答えた。「映画を撮るんだよ。きみが四六時中やってることと同じさ。ただし、ひとつだけちがいがある。いつものは茶番で、きょうのは本物だ。この映画はきみの魂までさらけだす」

「つまり……」すさまじい恐怖に打ちのめされ、ニコールは消え入りそうな声で言う。「本物の人殺し――スナッフ映画ね？ ああ、そんな……」

トミーはバッグからさらに縄を引っ張りだした。しばし手を休め、ニコールをじっくり観察する。

ニコールは悲鳴をあげる。

トミーはSM用の猿ぐつわ――赤いボールのついた革紐――を取りだし、ニコールの口に強引に押しこんだ。頭の後ろで紐をきつく結ぶ。

「市販の作品はがらくたばかりだ。革の下着やら、フェイスマスクやら、ゴム製の局部サポーターやらを使ったやつさ。むずかしく考えなくていい。ぼくの作品はシンプルだから。そのことはわかってくれないとな。これは一種の儀式なんだ。へたなことをすると、客は金を払わない。ぼくの客は――ちなみに、二万五千ドル頂戴する予定なんだが――結び目にうるさくてね。とっても大切なんだよ、結び目が。赤毛の女しかだめだって客もいた。あれはやっかいだったな。一〇一号線を二日か三日走りまわってね。やっとのことでどこかのコミュニティ・カレッジの女子学生を見つけて、掘っ建て小屋に連れこんで撮影した。なかなかよく撮れたよ。ところがその客は文句をつけてきた。なぜだかわかるかい？　その女は天然の赤毛じゃなかったんだ。下の毛が黒くてね。で、五千ドルまで値切られた。だからってどうすりゃいい？　訴えるのか？」

　トミーは手のこんだ結び目を仕上げたのち、バッグを掻きまわして、革製の柄《え》に十数本の細長い革片がついた鞭を探しあてた。そして瓶入りのウォッカをゆっくりとあおった。時間をたしかめる。客は二時間テープ一本ぶんの料金を支払う。だから二時間もたせるつもりだ。トミーは〝お客さまはつねに正しい〟を信条としていた。

21

サム・ヒーリーとルーンはベッドに横たわり、天井の明かりがハドソン川に照り映えるのをながめていた。

ヒーリーはなかなかいい気分だった。歳を食ってるわりに悪くないだろ、とかなんとか言いたい気がした。とはいえ、こんなときのルールを忘れたわけではない。自分のことを話すべからず、というルールだけは頭にたたきこまれている。

こういう場面では、いや、こういう場面にかぎっては、互いを思いやることが何より大切だ。話題は相手のことか、ふたりのことにするといい……が、そこでまた別のルールを思いだした。何も言わないのが最良の場合もある。

ルーンは体をまるくしてヒーリーに寄り添い、胸毛をくるくる指に巻きつけていた。

「いてっ」ヒーリーは声をあげた。

「ずっと幸せに暮らすのって、可能だと思う？」

「思わない」

返事がなかったので、ヒーリーはつづけた。「周期があると思う。幸せなときと、そうでないときと」

ルーンが言った。「あたしは可能だと思う」タグボートがそばを通過した。ヒーリーはシーツを引きあげた。

「見られてないわ」ルーンはシーツを引きおろして、また胸毛をもてあそんだ。「なぜ爆弾処理をしてるの？」

「得意だからさ」

ルーンは微笑み、頭をヒーリーの胸にこすりつけた。「ほかのことも得意みたいだけど、その方面のプロじゃないことを祈るわ」

おや。彼女のほうがおれのことを話してるぞ。いい展開だ。

「人を選ぶ仕事だよ。爆弾の処理をやりたがる人間はあまり多くない」

「ＩＥＤでしょ」ルーンは訂正した。「そもそも、なぜ刑事になったの？」

「何かして食べていかなきゃならないからな」

ルーンはしばらくベッドを離れ、ビールを二缶持ってもどってきた。氷のような水滴がヒーリーの体に垂れる。「うわっ」

ルーンはキスをした。

ヒーリーは言った。「プレゼントがほしくないか?」

「ハーキマー・クリスタルとかブルー・トパーズが好みよ。ゴールドはいつでも歓迎。シルバーはボリュームのあるのなら」

「情報じゃだめかな」

ルーンは体を起こした。「赤いウィンドブレーカーの容疑者が見つかったの?」

「いや」

「〝天使〟の置き手紙から指紋が見つかった?」

「いや。第二の事件で使われた爆弾についてわかったことがあるんだ」

「それを教えてくれるの?」

「ああ」

「なぜ?」ルーンは微笑みながら尋ねた。

ヒーリーにもわからなかった。だが少なくとも、おれが彼女のことを話す展開にはなる。しかも、喜んでもらえそうだ。

「それは――」

「爆弾の何がわかったの?」

「軍の基地から盗まれたものだった。モンテレーにあるフォート・オードという基地だ。だれのしわざにしろ、まんまと――」

「カリフォルニアの？」ルーンはヒーリーのシーツを剝ぎとって体に巻きつけた。「そうだ」

ルーンは怪訝な顔をした。「モンテレーって、シェリーとトミーが以前暮らしてた町よ」

「だれだって？」

「トミー・セイヴォーン。シェリーの昔の恋人。トミーはいまもそこに住んでる」

ヒーリーはシーツを引っ張った。「だから？」

「まあ、単なる偶然の一致ってこともあるけど」

「爆弾が盗まれたのは一年以上前だ」

「ふうん」ルーンは寝転がった。一瞬の間を置いて言う。「この街に来てるのよ」

「トミーが？」

ルーンはうなずいた。「最初の爆破事件の前からずっといる」

タグボートが警笛を鳴らした。

トランプ社のヘリコプター定期便が、アトランティック・シティからの航路を低く飛んでいる。

ルーンとヒーリーは顔を見あわせた。

埠頭の向かいの公衆電話で応答を待つヒーリーの腕を、ルーンは引っ張った。

「トミーはヴェトナム戦争に行ってたかも。そのくらいの歳だもの。爆弾の扱い方も――」

「シーッ」ヒーリーはルーンを制し、受話器に向かって話しはじめた。「地上回線より、こちら二五五。第六分署の作戦管理担当の副班長へつないでくれ」

「了解、二五五。副班長は現場に出ている。折り返し連絡させるので、そちらの番号を」

「それではまずい。緊急事態だ。いますぐ話したい」

長い間のあとに、空電音が聞こえ、人の声が応答した。「よう、サム。ブラッドだ。いったい何事だ」

「ポルノ映画館爆破事件の容疑者の見当がつきました。CATCH（国防総省の機関で、コンピューターと技術に関する犯罪に対処するハイテク・チーム）と、全国犯罪データベースと、陸軍犯罪捜査コマンドに調査を依頼してください。トーマス、もしくはトミー・セイヴォーンについての情報が必要です。切らずに待ちます」

「スペルは？」

ヒーリーはルーンを見た。「スペルは？」

ルーンは肩をすくめた。

「そっちで考えてください」

二分後、ブラッドが通話にもどった。

「なかなかいい線だよ。トーマス・A・セイヴォーン。上等兵、カリフォルニア州のフォート・オード基地に配属。現住所不明。一年半前に不名誉除隊したが、このときは司法取引によって軍法会議を免れている。訴因は国有財産の窃盗。共同被告人は、窃盗と武器不法所持の二件について軍法会議にかけられ、十一ヵ月服役した。その共犯者はいまもその地域で武器を商っているらしい。FBIも検挙できずにいる」

「おやおや……従軍中の任務は？」

「工兵だ」

「なら、爆発物の知識はありますね」

「そこそこ知ってるだろう」

ヒーリーはルーンを振り返った。「そいつはいまどこに？　心あたりはない？」

「さあ……」そこで思いだした。「ああ、どうしよう、サム——今夜はシェリーの女友達のところに行ってるの。彼女にも何かするつもりかも」ニコールの名前と住所を伝える。

「よし、ブラッド、聞いてください」ヒーリーは言った。「西五十七丁目、百四十五番地に侵入者あり。アパートメントの名前は？」

ヒーリーに訊かれ、ルーンは言った。「覚えてない。本人の苗字はドルレアンよ」

ヒーリーは苗字を伝えた。「対象はおそらく武器を携帯しています。ことによるとプラスチック爆弾も。住人を人質にする可能性もあるでしょう」

「救急隊を出動させよう」

「それからもう一点……おそらく情緒に障害あり」

「それはまた豪華なプレゼントだな、サム。プラスチック爆弾と人質をかかえた情緒障害者か。いつか借りを返してやるよ。了解だ」

「二五五、通信終了」

なんとか言いくるめて自分も連れていってもらおうと、ルーンはあれこれ理屈を用意していた。けれども、案じることはなかった。ヒーリーはこう言った。「ほら、急ごう。第六分署で車を調達する」


西五十七丁目通りはカーニバルさながらのにぎわいだった。ひらめく回転灯、街路に並んだ青と白のパトカーや救急隊のトラック。密閉型コンテナを積んだ爆発物処理班の大型トラックは、ひさしのある玄関のそばに停められていた。

しかし、緊迫した様子はあまりない。

救急隊員がふたり、ヴェトナムでも使ったとおぼしき黒い機関銃を携え、煙草を吸いながら戸口にもたれていた。ふたりともひどく若く見える——ブロンクスの路上で棒切れ野球に興じる少年のようだ。

じゃあ、間に合ったのね。ルーンはそう理解した。迅速に動いてトミーを捕まえたのだろう。これですべて終わった。ニコールの姿を探す。さぞかし驚いただろう。ノックのあとでドアが蹴破られ、警官たちがトミーに銃を突きつけたときには。

殺人者はトミーだった。ニコールはなぜ正体を見誤ったのだろう。トミーはなぜ潔白そのものに見えたのか。赤いウィンドブレーカー。それに、カウボーイ・ハット。そして赤らんだ顔——あれは日焼けなどではなく、催涙ガスのせいだったのか。嫉妬。嫉妬に駆られてシェリーを殺した。

建物に近づくと、ヒーリーはルーンを制した。「ここで待つんだ。きみの来るところじゃない」

「でも——」

ヒーリーは無言で手を振り、ルーンは足を止めた。ヒーリーは建物のなかへ消えた。パトカーの拡声器から流れる無線通信が夜の闇を切り裂いていた。回転灯が周囲に楕円の光をいくつも投じている。

ルーンはカメラのスイッチを入れ、トミーが連行されるところを自然光で撮影するため、レンズの絞りを開いた。

動きがあった。男が数人出てくる。

ルーンは玄関へ向けてカメラを構えた。

だが、手錠をかけられた男の姿はない。ああ、射殺されたんだわ！　血まみれのシーツで覆われ、台車つきの担架に乗せられているのは、トミーの死体だろう。

ルーンは脚がすくむのを感じながらも、ぶれないようにカメラを向けつづけた。横たわった死体を、数人の男が事務的に運びだす。

残酷で、哀れな幕切れ。

そしてシェリー・ロウを殺した男は死んだ。自分が手に掛けた被害者と同じく、暴力によって。その墓碑銘にふさわしい記述が聖書にある——おのれの罪を隠すために宗教的狂信者をでっちあげた人間にふさわしい記述が。剣をとる者はみな、剣で滅びる……

人混みから進み出てきた人影にさえぎられ、ファインダーが黒く陰った。

ルーンは目をカメラから離した。

サム・ヒーリーが静かに言った。「残念だ」

「残念って？」

「間に合わなかった」

ルーンは意味が呑みこめなかった。「自白させられなかったってこと？」

「捕まえられなかった」

「だって――」ルーンは救急車の後部を顎で示した。

「警察が駆けつけたとき、トミーはすでに逃亡していたんだよ、ルーン。あれはニコールの遺体だ」

22

ヒーリーの隣に別の刑事が立っている。薄っぺらなポリエステル地のスーツに身を包み、公務員らしく淡々と落ち着き払っている。やせ型で、にこりともしない。疲労と倦怠でまぶたがたるんでいる。気のない目撃者への聞きこみを何年もつづけたせいだ。どぶや、車のシートや、簡易宿泊所で、死体のかたわらにひざまずくことを何年も繰り返したせいだ。

この上階のありさまを目にしたせいだ。

ルーンは小声で尋ねた。「死んでたの?」

その刑事がヒーリーに向かって答えた。「DCDS」

「何?」ルーンは訊き返した。

ヒーリーが言った。「ディシースト・コンファームド・デッド・アット・シーン——現場にて死亡を確認した」

死亡。

ルーンがその場にいないかのように、刑事はヒーリーに話しつづけた。以前ヒーリーから、この陰鬱な男を紹介された気がする。よく覚えていない。名前を聞いたかもしれないが、記憶にあるのは殺人課の刑事ということだけだ。「拷問のすえに絞殺し、体を切り刻んだらしい。切断されたところもある」男は首を左右に振り、ようやく感情を表した。「まったくとんでもないな、ポルノってやつは……ほかのあらゆる中毒と同じだ。ハイになるためにどんどん過激なものを求めるようになる」

それからルーンのほうを向いた。「知っていることを話してもらえますか」

説明は要領を得なかった。ルーンが懸命に話す内容を、刑事は細い指で安っぽい小ぶりの手帳にすばやく書きつけた。話はたびたび中断し、「あのー」とか「いえ、待って」といったことばがしじゅうはさまった。ニコール・ドルレアンのことなのだから、もっとすらすら話せるはずなのに、どうにも集中できない。

ニコールの映像が目に浮かぶせいだ。

——切断されたところもある……

ルーンは制作中の映画や、シェリーとその所属プロダクションを知ったいきさつについて話した。それから、トミーとシェリーが交際していたことや、シェリーが彼をふってニューヨークへ移ったことや、トミーに爆破の専門知識があって軍から爆弾を盗んでもいること——最後の部分にはヒーリーがくわしい説明を加えた。そして、トミーは自分を捨てたシェリーを恨みに思うあまり、〈イエスの剣〉による爆破テロに見せかけて殺すことを考えついたにちがいないことや、シェリーとニコールが恋人同士だったと勘ぐり、またもや恨みをいだいて、ニコールを儀式めいたやり方で殺したのだろうという推測も付け加えた。

話し終えると、トミーの人相を教えた。

刑事の安物のペンが、インクをにじませながら紙の上で躍った。ルーンのドキュメンタリーにも、ニコールにも、シェリーにも、ふたりが携わっていた映画にも、何ひとつ関心を示さず、なめらかな手つきですべてを書きとめていく。そのあいだ、青白くこわばった細長い顔には、なんの感情も浮かばなかった。ルーンのことばを記し終えると、あたりを見まわした。

刑事は、垂れさがる黒い巻き毛を青いヘアバンドで留めた、ヒスパニックと思われるやせたホームレスに手を振った。

ヒーリーが尋ねた。「ＡＣＵか？」

「野次馬に扮してる。強力な容疑者がいることはまだ知らない。人相を教えて、持ち場にもどらせよう」

刑事はうなずいたあと、ＡＣＵと呼ばれた男に歩み寄り、うつむき加減で話をはじめた。どちらも互いの目を見ていない。

「あの人も警官なの？」男を凝視しつつ、ルーンは尋ねた。

「アンティクライム・ユニットのアンダーカバー——犯罪防止班の覆面捜査官だ。きょうの目印は青色だ——ヘアバンドをしてるだろう？　色で見分けがつくのさ。殺人事件があると、人混みにまぎれこんで、話を盗み聞いたり尋ねまわったりする。けど、もう容疑者の身元がわかってるわけだから、バッジを見せて聞きこみすればいい」

「おい、車が通り抜けるぞ！」叫ぶ声がした。救急隊のバンがゆっくり前進してくる。ヒーリーは脇へよけた。ルーンはビデオカメラを肩にかつぎ、オレンジとブルーの箱形の車が群衆のあいだを縫って、ニコールの死体をモルグへ運んでいく様子をテープにおさめた。

　そして、ヒーリーといっしょに角まで歩いた。ルーンは速達便のポストに寄りかかり、ぎゅっと目をつぶった。

「話をしたのよ、トミーとふたりで。あいだに二フィートしかなかった。いまのあなたとあたしくらいの近さね……あんな人殺しと。でも、ごくふつうの人に見えた」

　ヒーリーはだまったまま、回転灯へ視線をもどした。もうひとりの刑事のように落ち着き払ってはいない。ニコールの死体を見て、ショックを受けたらしい。人間よりも装置や薬品と長くかかわっていられるのは、爆発物処理の仕事の有利な面だとルーンには思えた。

消え入るような声でルーンは言った。「あたしも今夜あそこにいたかもしれないのよ。来るように誘われたから」

「きみが？」

「撮影するって言ってた。真っ当なビデオを。ああ、サム、どうしてトミーはあんなことをしたの？　あたしにはぜんぜんわからない」

「恋人殺しを隠すためだけに一ダースの人間を吹き飛ばしたあげく、あんなふうに人を惨殺する……なぜそんなことができるのか、想像もつかないよ」

「いつごろ逃げたかはわかってるの？」

「死斑は出ていなかった。死後硬直もまだだ。出ていったのはおそらく、こちらが踏みこむ二十分か三十分前ってところだろう」

「じゃあ、まだ街にいるわね」

「どうかな。やつは顔見知りが多いし、気づかれる危険がある。きっと、車を手に入れてどこか小さな空港に乗りつけ、カリフォルニアへの連絡便をつかまえてるよ。ハートフォード、アルバニー、ホワイトプレーンズあたりを経由する便を」

「なら知らせなきゃ。人相書きをまわして――」

「北東部のすべての空港を封鎖するわけにはいかないんだよ、ルーン。いま全市をあげて足どりを追ってるが、たぶんもう市外へ出てるだろう。自宅にもどったところを押さえることになる。住まいはどこだっけ？　モンテレーか？　憲兵隊も捜査に加わる。それに、国有財産を盗み、州をまたいで逃亡したとなれば、ＦＢＩも動きだすだろう」

「ああ、サム」ルーンは頭をヒーリーの胸に押しつけた。

抱きしめられて、ルーンは少し気が楽になった。だが、もっとうれしかったのは、半ダースの同僚の前で、ヒーリーがまわりの目を気にしたり、ただの取り乱した目撃者に接するようなそぶりを見せたりせず、しっかり抱いてくれたことだった。そうしていると恐怖がいくらか相手の体に移っていく気がして、ルーンはそのまま身を預けた。この人ならだいじょうぶ。恐怖を取り除く方法を知っているから。それが仕事だから。

ふたりは歩きだした。

南へ向かって劇場街にはいり、タイムズ・スクエアの冷ややかなネオンが形作る幾何学模様のなかを通り抜けた。ブロードウェイを直進しながら、さまざまな人とすれちがった。狼の一群のような、はみだし者を装った四人の黒人少年。ところどころを筋状に剃り落とした短髪が、粗削りで強烈な印象を与えている。ランニングシューズを履いた勤め人たち。行商人。ナイロン製のランニングウェアを着てニコンを携えた、ドイツか北欧からの観光客らしいカップル。薄い金髪に覆われた頭をしきりに左右させ、〝これがニューヨーク？〟という表情を浮かべている。

全長五十フィートのモデルたちが悩ましく横たわり、酒類やジーンズやビデオデッキを宣伝している大型広告板や、消毒剤のにおいを放つポルノ映画館（たったいま、シェリーかニコールがスクリーンに登場しているかもしれない）の前も通り過ぎた。上映作品を知るすべはなく、ひさしの上映案内には大ヒット作三本立てと出ているだけだった。

「ねえ」歩きだしてからはじめて、ルーンはことばを発した。声がかすれている。「知ってる？　昔は三十四丁目通りが演劇のメッカだったってこと。いろんな芝居や笑劇が集まってて。二十世紀のはじめごろの、ずっと前の話」

「知らなかったな」

「タイムズ・スクエアなんてまだまだひよっこなのよ」

翼とローブをまとった大きな女性の彫像の脇を、ふたりは通り過ぎた。彫像は鳩やホームレスの群れを見おろすようにそびえている。

あれはだれだったっけ？

ギリシアかローマの女神？

ルーンはエウリュディケを、それからシェリーを思い起こした。冥界の囚われ人。だが、夫のオルフェウスも、その竪琴も近くにはない。聞こえるのは、音の悪い大型ラジカセが鳴らす耳障りなラップ・ソングだけだ。

フラットアイアン・ビルまで来ると、ふたりは足を止めた。

ルーンは言った。「帰らなくちゃ」

「連れはほしくない？」

ルーンはためらった。「その必要は――」

「必要かどうかじゃなくて、ほしいかどうかを訊いてるんだ」

ルーンは言った。「あなたの家へ行くの？」

「せまくて散らかってる。けど、くつろげると思う」

「今夜はくつろげる場所にいたい気分よ」

「これからいくつか書類仕事を手伝わなきゃいけない。家で落ちあうのはどうかな。鍵を預けておくよ」ヒーリーは所番地をメモする。ルーンはその紙片と鍵を受けとった。

「ちょっとうちへ寄って荷物をとってくる」

「一時間ぐらいで帰れると思う。だいじょうぶかい」

ルーンは、タフな女性キャスターが言ってのけそうな、ふざけた台詞を返そうと思った。が、ただかぶりを振り、力ない笑顔を向けた。「ううん、だめ」

ヒーリーはすばやく身をかがめてキスをした。「タクシーをつかまえようか」

「歩くわ、そのほうが気が晴れるから」ヒーリーが向きを変えて歩きだす。ルーンは言った。「サム……」

ヒーリーは歩みを止めた。けれども、ルーンは言うべきことばを考えつかなかった。


ハウスボートで、ルーンは撮影済みのテープ——〈あるブルームービー・スターの墓碑銘〉の未編集の全編——を整理して棚に並べたが、ナレーション原稿はバッグに入れた。サムに頼むことがあるからだ。観客になったつもりでナレーションを聞いてもらいたい。

でも、今夜は無理。

朝にしよう。

朝まで待ったほうがいい。

ルーンはバッグをのぞきこみ、脚本に目をやった——アーサー・タッカーのオフィスから盗んできたものだ。手にとってページを繰る。やだ、すっかり忘れてた。タッカーはもう容疑者じゃないんだから、返さなくちゃ。匿名で郵送しよう。テーブルに脚本をほうり投げ、寝室のドレッサーに向かった。スカート、Tシャツ、ブラウス、靴下、下着（ディズニーのキャラクター柄なんてだめよ、つけ心地は悪くてもレースの上下じゃなくちゃ）を鞄に詰める。歯ブラシとメイク道具も入れると、室内の明かりを消してまわった。

ルーンは居室の窓辺で足を止め、街の明かりをながめた。

ニコール……

ニコールとシェリー――より悲惨な死をとげたのはニコールのほうかもしれない、と思った。ニコールのほうが哀れに感じる。利発で才能にも恵まれていた芸術家肌のシェリーには、危険を顧みないところがあった。崖っぷちを歩くことをみずから求め、よりによってトミーを恋人に選んだ。ニコールのほうは危険など求めていなかった。愛らしく、そして――ああいう業界で生きているわりには――純粋だった。爪を彩り、濡れ場を演じ、靴屋の開業や結婚を夢見ていた。ニコールは――

このにおい。

ルーンは不意にそれを感じた。この瞬間まで意識していなかったものの、ハウスボートにもどったときからずっと、そのにおいには気づいていた。なじみ深いと同時に、不安を誘うにおい。嗅いだとたんに思いだす、歯医者特有の甘ったるい薬品のにおいに似ている。

クレンザー？　ちがう。コロン？　かもしれない。香料。

そこから思考が加速し、忌まわしい答えに行き着く。

サンダルウッドのお香！

トミー・セイヴォーンのアパートメントに漂っていたにおいだ。

どうしよう。逃げる？　それとも催涙ガスを持ってくる？

ルーンは身をひるがえし、表のドアをめざした。

ところが、トミーが先にそこにいて、ドアに寄りかかった。掛け金をおろすその顔には笑みが浮かんでいた。

23

ルーンは闘った。

膝、肘、手のひら……思いつくかぎりの護身術を繰りだす。テコンドー黒帯の美男インストラクター目当てに何度も観たビデオで覚えた技だ。

けれども、まるで通用しなかった。

トミーは泥酔していた――ウォーレン・ハサウェイが年嵩と見なしたわけも、〈ピンク・プッシーキャット〉から追いかけたときあれほど息を切らしていたわけも、これでわかった。つかみかかってくるトミーの手から、ルーンはうまく身をかわした。

フロアランプのポールをつかんで強く殴りつけると、トミーの腕の肉がわななないた。それで動きが鈍ったものの、アルコールで無感覚になってもいたので、トミーは一瞬うめいたのち、ポールを力まかせに倒し、前腕でルーンの顔面をたたいた。ルーンは床に倒れた。催涙ガスのスプレーを手で探ったが、トミーがバッグを部屋の隅へほうり投げた。

「あばずれ」トミーはルーンのポニーテールをつかむと、背のまっすぐな椅子まで引きずっていった。そして乱暴にすわらせ、ドアベル用の茶色いワイヤーで両手首と両足首を縛った。

「やめて！」ルーンは叫んだ。ワイヤーが肉に食いこんでひどく痛んだ。

トミーはしゃがんで、ふらふら体を揺らしながらルーンを観察していた。髪が脂っぽい。中国のひび割れ模様の陶器のように、指のあかぎれが赤黒く染まっている。シャツには汗がしみ、ジーンズはニコールのものにちがいない血の痕でどす黒く汚れている。

トミーはいやらしい目でルーンを見た。「あいつはよかったか」

「何を言ってるの？」

「それだけの値打ちはあったのか」

「いったい何の話？」

「シェリーとのセックスだよ。あいつの恋人だったんだろ？　おまえもニコールも」目の焦点が定まっていない。「あいつはニコールと寝てた——映画を観たんだ。どれだけ楽しんでるか、あの顔つきを見ればわかったさ。おまえともそうだったか？　おまえも楽しんだのか？」トミーは目を細め、それから静かに言った。「死に際にも思いだすのか？」

「あなたからシェリーを奪ったりしてない。知りあいってほどじゃなかったんだから。あたしはただ――」

トミーはバッグを開いて、刃渡りの長いナイフを取りだした。木製の柄に黒っぽいしみが見える。もうひとつ何か手にしている。ビデオテープだ。ルーンのテレビとビデオデッキに目を留め、両方の電源を入れたあと、三度試みてようやくテープを挿入した。何かがはじけるような雑音につづいて、ぼやけたモノクロの映像が画面に現れた。

テレビを見つめていたトミーは、急に思いついたように、ぶつぶつと御託を並べはじめた。「ぼくの見方じゃ、ポルノは芸術だ。では芸術とは正確には何か？　創造だ。無から何かを生みだすことだ。それでポルノは何を見せる？　セックスだ。創造の行為だ」ビデオデッキの早送りボタンを探すが、見つからない。ルーンに向きなおって言う。「それがわかったときは、天啓を受けた気がしたよ。聖なる体験だった。セックスについて書いた文章なんか、まやかしだ。でも映画の場合……ごまかしがきかない。創造の行為の一部始終を見守れるんだ。すごいじゃないか」

「ああ、ひどい、やめて」画面を見ていたルーンは泣きだした。

映像が流れる。

ラックに吊されたニコール。

振りおろされる鞭から逃れようと、むなしく体をよじるニコール。

「映像の場合は事情がちがう。作り手は嘘をつけない。ぜったいに。要は、ありのままに描かれる。目の前にあるのは生命の源で……」

猿ぐつわの奥でおそらくは叫びながら、目で命乞いするニコール。

剝げ落ちたメイクで顔じゅうに黒や茶の筋をつけて、泣きつづけるニコール。

ナイフを手に迫るトミーを見て、目をつぶるニコール。

「……信仰そのものでもある。はじめに神は……お創りになった。そう、創造だ。こんなみごとな偶然はないと思わないか？　神と芸術家。ポルノは何もかもをもたらす……」

息絶えるニコール。

ルーンはこらえきれずにしゃくりあげた。

トミーは貪欲そうな暗い目でビデオを観ている。「シェリーを本気で愛してた」不明瞭な声で言う。「あいつに捨てられたとき、ぼくは死んだ。ほんとうに行ってしまったなんて信じられなかった。どうしたらいいかわからなかった。朝起きると、あいつのいない一日が、あいつのいない長い長い時間が待ち構えていた。どうしたらいいかわからなかった。何をする気も起こらなかった。はじめは憎んだよ。そのうち、シエリーは病気だってわかった。気が変になったんだと。それが本人のせいだけじゃないこともね。ほかのやつらのせいでもあったんだ。ニコールみたいなやつら。おまえみたいなやつら。シェリーをたぶらかしたやつら」

「たぶらかしてなんかいない！」

ルーンのことばは届かなかった。トミーはビデオカメラをセットして、ふと手を止めた。「疲れた。ひどく疲れたよ。きつい作業なんだ。どれだけきついか他人にはわからない。嫌気が差すことだってある。それでもやめないのは、必要な仕事だからだ。ぼくはそう考えてる」

トミーは照明のスイッチを入れた。突然の光の洪水にルーンは悲鳴をあげた。

「被写体が死ぬとき」トミーは静かに言った。「ぼくの一部も死ぬ。だけど、だれもわかってくれない」

トミーはルーンを見つめ、顔にふれた。ルーンは金属っぽい血のにおいを感じた。トミーが言う。「きみが死ぬとき、ぼくの一部も死ぬ。芸術家はそれを乗り越えなきゃならない……。そう、ある晩……」話のつづきが脳裏から消えたらしい。床にへたりこみ、小型のカメラに手を載せて、床を見つめている。ルーンはもがいた。ワイヤーは細かったが、びくともしなかった。

トミーはやがてつづきを思いだした。「ある晩、パシフィック・グローブに住んでたころのことだ。ビーチからそれほど遠くなかった。妙な晩だったよ。映画の仕事はうまくいっていて、けっこうな実入りがあった。そのころは監督をしてたんだ。その晩、シェリーとふたりで未編集のフィルムを観てた。自分の濡れ場を観るとシェリーは興奮して、そのまま激しく愛を交わすのが常だった。けどそのときは、何かが変だった。ぼくが腕をまわしても、シェリーは応じなかった。何も言わず、ただどんよりした目でぼくを見ていた。死んでいく自分を見るような目つきだった。その後まもなく、シェリーは出ていった。

ぼくは何時間も何時間もかけて考えた。あんなふうになったシェリーのこと、あの表情……」真剣な面持ちで、トミーはルーンを見つめた。大事な話をする男の顔だった。「そしてぼくはついに悟った。セックスと死——そのふたつはまったく同じものなんだと」

トミーはしばし追憶にひたっていたが、やがて顔をあげ、驚いたようにルーンを見た。そしてバッグからウォッカの瓶を探りだし、ひと口あおった。笑みを浮かべる。

「さあ、はじめよう」

トミーはカメラの電源を入れ、ルーンにピントを合わせた。ライトの熱のせいで目のくぼみからしたたる汗を、ぬぐおうともしない。

ルーンは泣きじゃくっていた。

トミーはナイフをなでた。「おまえと愛を交わしたい」

前へ進み出て、ルーンの前腕にナイフの刃をあてた。皮膚に押しつけ、短く切れ目を入れる。

ルーンはまた泣き叫んだ。

こんどはもっと短く、切れ目がはいった。トミーはそれを注意深くながめた。十字ができていた。

「こいつが受けるんだ」トミーは説明した。「客たちにね。こういうちょっとした描写が喜ばれるのさ」

ナイフをルーンの喉もとへもっていく。

「おまえと愛を交わしたい。おまえと愛を交わし――」

最初の弾丸は下方にそれた。ランプが粉々になった。

トミーは身をひるがえし、パニックに陥った目で周囲を見まわした。

二発目はもっと近かった。トミーの頭を蜂のようにかすめ、窓を破って、ハドソン川の暗い水面のどこかへ消えた。

三発目と四発目が肩と頭をとらえるや、トミーはその場にくずおれ、トラックの荷台から落ちた大きな穀物袋のように、腰からぐにゃりと床に倒れた。

サム・ヒーリーが荒い息をつきながら、制式のスミス&ウェッソンをトミーの頭に向けたまま、ゆっくりと近づいてきた。銃を持つ手は震え、顔面は蒼白だった。

「ああ、サム」ルーンは涙声で言った。「サム」

「平気か？」

倒れているトミーの頭がルーンの足に載っている。ルーンは離れようともがいた。泣きながら、うわずった声で叫ぶ。「あっちへやって！　こいつをどけて！　お願い、どけて！」

ヒーリーはトミーの体を蹴って、死んでいるのをたしかめると、ルーンを縛ったワイヤーをほどきはじめた。「射撃の腕はお粗末なもんだ」冗談めかしていたが、声の震えが聞きとれた。

体が自由になると、ルーンはヒーリーの胸に飛びこんだ。

ヒーリーは繰り返し言った。「もうだいじょうぶ、だいじょうぶだよ」

「あいつはあたしを殺そうとした。それを撮影しようとした。ニコールにしたのと同じことをするつもりだったのよ」

ヒーリーはモトローラ製のトランシーバーに向かって言った。「二五五より本部へ」

「どうぞ、二五五」

「クリストファー通り付近のハドソン川のハウスボートでＤＣＤＳ。殺人課の人間と、救急隊のバン、それから検死局の当直医をひとりよこしてくれ」

「了解、二五五。DCDSだけか？　負傷者は？」

ヒーリーはルーンに向きなおって尋ねた。「怪我はないか？　手当てが必要かい？」

だが、トミーの死体を凝視するルーンの耳には、何も聞こえていなかった。


そこはやけに生活感に満ちていた。

それが落ち着かない理由だ。

ルーンは七時半に目を覚ました。悪夢を見ていたが、トミーやシェリーが出てきたわけではない。宿題をやるのを忘れてしまったたぐいの夢だった。その手の夢はしじゅう見る。隣で眠るサムを見ると、すぐに心がほぐれた。ゆっくりと寝息を立てるサムの、胸板のかすかな動きをながめたのち、ベッドから這い出て、家のなかをうろついた。

生活感漂う、郊外のマイホームそのものだ。

ルーンはコーヒーとトーストを用意し、冷蔵庫に詰めこまれた瓶ビールやスライスチーズやジャンクフードと向きあった。どうしてコーンチップスが冷やしてあるの？

こんな暮らしぶりはまちがっている。自分もたしかにジャンクフードを食べるけれど、ヒーリーは男だ。しかも警察官だ。ビールとコーンチップスではなく、もっと栄養のあるものを食べなくてはいけない。冷凍庫にはそれぞれ種類のちがう調理済みの冷凍食品が、三列に分けて積んである。同じ種類ばかりつづけて食べないように、列の右から左へと順に消費しているにちがいない。

ルーンは醜悪な黄色のキッチンを歩きまわった。冷蔵庫には大きなヒナギクのシールが貼られ、〈ラバーメイド〉のピンクのプラスチック製品——ゴミ箱、水切りラック、ペーパータオル・ホルダー、皿専用の水切り——がひしめいている。アダムの写真も数えきれない。

コーヒーを淹れ、パンをトーストするあいだに、そういったものすべてを見てとった。

これが奥さんになるってことなの？

たぶん、シェリルになるということなのだろう。

ルーンは牛の絵の描かれた白いマグでコーヒーを飲みながら、平屋建ての家を徘徊した。

寝室のひとつは書斎になっていた。家具があるべき場所に妙な空間がある。シェリルのしわざだろう。残り少ない家財を見るかぎり、かなりの数を持ちだしたらしい。

毛脚の長い白のラグが敷かれた居間で、本棚をながめた。ペーパーバックの通俗小説、学校の教科書、インテリア雑誌。『軍需爆発物処理——化学兵器』……『クレイモア地雷の威力と戦術』。

最後の一冊はかなり傷んでいた。水でふやけた跡もあり、浴槽に浸かりながら読んだらしかった。

その『爆破技術上級篇』は『フランス料理のコツ』と隣りあわせに並んでいた。

サム・ヒーリーは、恋人にはうってつけで、楽しく過ごせる人かもしれないが、結婚するにはそうとうな覚悟が要りそうだとルーンは思い知った。

キッチンへもどり、変色したフォーマイカ張りのテーブルの前に腰かけて、裏庭をながめた。

ニコール……

華やかさと、お金と、まばゆいライトに惑わされた女。コカイン、逆立てた髪、艶っぽいメイク、凶器のような爪、エアロビクスで鍛えた腿……身の振り方を知らない、愛すべきお人好し。

シェリーとニコール。

淫らな従姉妹……

ふたりとも、もうこの世にいない。

自分もそんなふうに突然死んでしまうのかと思うと、恐ろしかった。不意打ちを食らうより、迫りくる死を待ち受けて、少しは抗ったり、立ち向かったりできるほうがいいんじゃないか……

その刹那、ルーンはすべてを後悔した——ドキュメンタリーのこと、シェリーのこと、ニコールのこと。

ポルノ——あんな下種《げす》でくだらない映画は大きらいだ。ドキュメンタリーを作ろうという人間にあるまじき態度なのはわかっているけれど、とにかく、そう思うんだからしかたがない。

ゆうべの光景がよみがえってきた。トミーの顔、そしてもっとひどい、ニコールの血で染まったシーツ。トミーの両手に網目状にひろがった血。灼熱の照明。トミーが近づいてくるあいだ、自分をとらえていた不気味なレンズ。トミーの頭に弾丸が命中する音。手が震え、体の奥が寒々とうねるように波立つのをルーンは感じた。

いや、いや、いや……

サム・ヒーリーの眠そうな声が別室から聞こえ、ルーンはわれに返った。「ルーン、まだ早いよ。ベッドにもどっておいで」

「もう起きる時間よ。朝食を作ったの」良妻然とした台詞がさらに出かかった。が、そんな真似をしてシェリルの株をあげてどうするのか。「きょうは〈ハウス・オ・レザー〉のＣＭの仕上げをするの。前に話したでしょ？　あと一時間で出勤しなくちゃ」

「ルーン」ヒーリーがまた呼んだ。「おいで。ちょっと見せたいものがある」

「あなたのためにトーストを焼いたのよ」

「ルーン」

ためらったのち、ルーンはバスルームにはいって髪を梳かし、香水を吹きつけた。

朝の男がどういうものかはよく知っていた。

24

過激な人生を望んでいたわけではない。過激な死など、もちろん望んでいない。だが、シェリー・ロウは取りつかれていた——自分のかかわる映画が与えてくれる力と、観客の前ですべてをさらけだしたいという、芸術家ならだれしも覚えるであろう生々しい衝動とに取りつかれていた。

そして、取りつかれた者の例にたがわず、シェリーは危険を冒し、その力に打ち負かされた。

危険を承知していながら、あともどりしなかった。正面からぶつかり、そして敗れた。芸術と情欲、美と性のはざまに捕らわれて、シェリー・ロウは死んだ。

ニューヨーク州ロング・アイランドの小さな墓地に眠る彼女の質素な墓には、ただ一行、こう刻まれている。〝芸術に人生を捧げた〟——このブルームービー・スターにふさわしい墓碑銘だ。

フェード・アウト。

エンド・クレジット……


「どう思う？」ルーンはサム・ヒーリーに尋ねた。

「きみが書いたのかい」

ルーンはうなずいた。「百回は書きなおしたわ。凝りすぎ？」

ヒーリーは言った。「みごとな出来だよ」ルーンに腕をまわす。「これで完成？」

「まだまだ、ぜんぜん」ルーンは笑った。「ナレーションはプロの人を探さなくちゃ。それから編集に三週間ほどかけて、約十時間のテープを二十八分に短縮するの。撮影は遊びみたいなものよ。ほんとうの仕事はこれから……ねえ、サム、ちょっと思ったんだけど、爆発物処理班のドキュメンタリーを手がけた人っていままでにいた？」

ヒーリーはルーンの首筋にキスした。「きょうは病欠にしたらどうだ。ゆっくり話せるよ」

ルーンはすばやくキスを返し、身をひるがえしてベッドから出た。「もうじゅうぶんラリーとボブの機嫌を損ねてるのよ。この前の朝、焼きたてのクロワッサンを買っていかなかったから」

「それも例の〈ハウス・オ・レザー〉の仕事？　ほんとうにそんな会社名なのかい」

「あたしはＣＭを作ってるだけよ。クライアントの趣味が悪いのはあたしのせいじゃない」

ルーンはコーヒーを飲みほした。ヒーリーの視線を感じる。

そう、これはただの視線じゃない。

そう、もっとあぶない代物――ある感情の虜になっているとき、男が女にしばしば向ける愚かな視線のひとつだ。その手の感情を男は愛だと思いこんでいるけれど、たいていの場合、それは情欲か、やましさか、不安のどれかにあてはまる。こういう視線を注がれたら、女は窒息死しかねない。

ルーンは言った。「行かなくちゃ」蠱惑《こわく》的な笑みを浮かべて戸口へ向かう。うまくすれば、愛に溺れた男に冷や水をかけてやれる笑みだ。

「なあ」ヒーリーはいかにも刑事っぽい低い声で言った。

止まっちゃだめ。冷静に。距離を保って。あわてないで。

「ルーン」

そこで足を止めた。

出ていく前に、思いきりあだっぽく挑発的なウィンクをしよう。

「ちょっとだけこっちへ来いよ」

ウィンクするのよ。早く。

けれども、ルーンはゆっくりとヒーリーのもとへもどった。まだ手遅れじゃない、と自分に言いわけしながら……

オフィスへ足を踏み入れた瞬間、ルーンは異変を感じとった。そして、それが好ましいものではないことも。

ルーンはニスの剝げかけたラックにコートをかけながら、あたりを見まわした。

なんなの？

まずおかしいのは、床に落ちたままの郵便物だ。ふだんならラリーがキャシーの机――いまではルーンの机も同然だが――へ運び、中身に目を通しているはずなのに。

それに、ラリーがかならず朝いちばんに動かすコーヒーメーカーがコンセントにつながれておらず、おなじみの饐えたような焦げくさいにおいが漂っていない。

おまけに、ボブがいる。

九時四十五分にもう出社している！　気泡ガラスの仕切りの向こうにその姿が見えた。

何か大問題が起こったんだろう。

気泡ガラスの効果でいびつにゆがんだ、ふたつの頭が動いた。ラリーもいるが、それはふだんと変わらない。回収が遅れてクライアントの手形が消滅してしまうのを恐れて、ラリーはいつも早く出てくる。

「ご本人のお出ましだぞ」静かな声だが、仕切りの向こうでそう言うのがたしかに聞こえた。

ご本人。不穏な響きだ。

「よし。話をするか」

ドアがあき、ラリーが手招きした。「ルーン。ちょっと来てくれ」

ルーンは部屋へはいった。ふたりとも生気がなく、くたびれた様子だ。最近しでかしたへまをひとつひとつ思い浮かべる。リストは長いけれど、ほとんどはちっぽけなミスばかりだ。

「さあ、すわって」

ルーンはすわった。

ボブに視線で促され、ラリーが口火を切った。「実は、クライアントから電話があった」

「われわれの両方にだ」ボブが口をはさんだ。「けさ九時に」

「ミスター・ウォレット?」

あの編集プロダクションのやつ、発送しそこなったんだわ。ルーンは言った。「大至急発送しろって、担当者に言ったのよ。脅しつけるみたいにして。かならずそうするって請けあったのに——」

「テープはクライアントに届いてるよ、ルーン。問題は、先方がそれを気に入らないってことだ」

さては減給を認めさせたいのね。そういうことか。〈ハウス・オ・レザー〉が報酬を値切ってきたから、あたしの給料を減らそうってわけ。

ルーンはため息を漏らした。「何が気に入らないの？　どうせドミノでしょう？　ねえ、三度も並べたのよ。あたし――」

ラリーは手のなかでじれったそうに硬貨をもてあそんでいる。「いや、ドミノは問題ないと思う。ロゴがまだちょっと不恰好だとは言ってた。しかし、許容範囲だそうだ」

ルーンは言った。「じゃあ、つなぎの部分？　オーバーラップはすごく気をつけてやったつもりだけど……」

ボブがラリーに言った。「先方のお気に召さなかった個所を観せてやれよ」

ラリーはソニー製の四分の三インチテープ用ビデオデッキの再生ボタンを押した。著作権者名を示したカチンコが画面に現れる。十からカウントダウンがはじまり、電子音とともに秒読みがつづく。残り三秒のところで、画面が空白になる。そして……

フェード・イン――娘が笑顔で登場。〈ハウス・オ・レザー〉の財布には最高級の牛革が使用され、伝統ある染色技術によって手作業で作られていることを説明。

場面転換――札入れやポーチの製作にいそしむ工場の作業員たち。

場面転換――札入れ（HL141モデル）をいとしげになでる娘。

オーバーラップ――劇的なドミノのショット。

場面転換――ウォーターベッドでオーラル・セックスにふけるふたりの女。〈淫らな従姉妹〉のエンド・クレジットが流れる。

ルーンは声をあげた。「やだ」

フェード・アウト。

ラリーは言った。「おれたちはお払い箱になったよ、ルーン。報酬も経費も、いっさい払う気はないとさ」

ルーンは言った。「なんだか変なものがまぎれこんじゃったみたい」

「まぎれこんじゃった、か」とラリー。

ボブが付け加えた。「というわけで、われわれは利益を得るどころか、七万五千ドルを持ちだしたことになる」

「やだ」

ラリーは言った。「事故だってことはわかってる。わざとだなんて疑っちゃいない……ただ、ルーン、きみはとってもいい子だ……」

「クビってことね？」

ふたりはうなずきさえしなかった。

「私物をまとめたら、もう行っていいさ」

「幸運を祈ってる」ボブは言った。

本心でないのは百も承知だが、ともかくそう言ってくれたのはうれしかった。

自分が無能だというわけじゃない。

さざ波の立つ水面に伸びる濃いオリーブ色の影をながめながら、ルーンはハドソン川沿いを歩いていた。片肢で立つカモメたちが、ひんやりした朝の風を浴びて背をまるめている。

アインシュタインは数学で落第して退学になったんじゃなかったっけ？　チャーチルは一度失脚したんじゃなかったっけ？

それでも、逃げも隠れもしなかった。

ただ、自分とちがうのは、彼らには二度目のチャンスがあったことだ。

問題はそれに尽きる。配給主がいない。編集や、ナレーションや、タイトルや、サウンドトラックにかけるお金がない……

ルーンの手もとには、六ヵ月もすれば――シェリー・ロウの死が世間から忘れられてしまえば――無価値ながらくたと化す三十時間ぶんの未編集テープがあるばかりだ。

ルーンはハウスボートにもどると、それらのテープをすべて棚に積みあげて、てっぺんに脚本を載せ、それからキッチンへはいった。

その午後はデッキにすわってハーブティーを飲みながら、本を何冊か拾い読みして過ごした。最後に落ち着いた一冊は、どういうわけか、読み古したダンテの「地獄篇」だった。

『神曲』のなかで、なぜ煉獄や天国ではないその篇がいちばん売れているのかと考えた。

人々が地獄の何番目の圏まで堕ちるかについて考えた。

想像したのはおもにトミーのことだった。しかし、別の人物も頭に浮かんだ。

ダニー・トラウブ。真っ当な寄付をする一方で、女を痛めつけるのを好む最低な男。

マイケル・シュミット。おのれを神と信じ、すぐれた女優のチャンスを理由もなく壊した男。

アーサー・タッカー。シェリーの死後、その脚本を盗んだ男。

転落するのはなぜこれほどたやすいのか。そして、這いあがるのはなぜ、シェリーがそうだったように、格別むずかしいのだろうか。巨大な暗黒の重みが存在するかのようだ。

〝暗黒の重み〟ということばが気に入って、ルーンはそれをノートに書きとめた。この言いまわしを使える脚本があればいいのにと思いながら。

もし生きていたら、シェリーはエウリュディケのように冥界から抜けだすことができただろうか。

ルーンは眠りに落ち、夕暮れどきに目を覚ました。濃密な空気のもと、オレンジ色の円盤が徐々にせばまって、ニュージャージーの平坦な土地に吸いこまれていく。ストレッチをしてからシャワーを浴び、チーズ・サンドイッチの夕食をとった。

そのあと公衆電話まで歩いていって、サム・ヒーリーに電話をかけた。

「クビになったの」ルーンはいきさつを話した。

「おやおや。かわいそうに」

「ひとつ残念なのは、そのテープをまだ各局に送ってなかったことよ」冗談を飛ばす。「想像できる？　ゴールデンタイムに〈淫らな従姉妹〉が流れるなんて。きわめつけの快挙よね」

「金が要るんじゃないか？」

「いいえ、たいして困らないわ。こういうのは慣れてるもの。雇われるよりクビにされるほうが多いかも。理屈には合わないけど、そんな気がする」

「なら、憂さ晴らしに飲みにいくか?」

「ううん、きょうは予定があるの」ルーンは言った。「あしたにしましょう」

「いいよ。おれがおごる」

電話を切ると、ルーンはポケットから二十五セント硬貨を数ドルぶんつかみ、番号案内を呼びだした。

その硬貨をほとんど使いきった。ひと晩でテキサス流ツーステップの達人を養成してくれるダンス教室を見つけるのは、なかなかむずかしかった。

そこは見こみどおりの教室とは言いがたかった。各種のラテン・ダンスにも、〝フレッド・アステア&ジンジャー・ロジャース特専科〟にも興味がないとわからせるのにひと苦労した。

けれどもレッスンがはじまると、ルーンはあっという間にコツを覚え、すっかり自信をつけた。翌日の夜、ギンガムチェックのスカートに青いブラウスという装いでヒーリーの家へ出向き、驚きを誘った。

「ラゲディ・アン人形みたいでしょ。この恰好でブリーカー通りの南を歩く勇気はないけど——気に入ってもらえたかしら」

ふたりはこの前のテキサス風クラブへ繰りだして、何時間か踊った。レッスンの成果は、ヒーリーを大いに感心させた。その後、客のひとりがステージにあがり、その指示に合わせた即興のスクエアダンスがはじまった。

「もうじゅうぶん」ルーンは言った。ふたりは席へもどってベイビーバック・リブにかぶりついた。

十一時になるとヒーリーの顔見知りの警官が数人やってきたが、半時間後に混みあってきたので、一同はグリニッジ街にある怪しげなバーへ移動した。銃や死んだ犯人や血痕の話題が出るかとルーンは期待したが、みなごくふつうの人たちで、市長やワシントン情勢や映画の話をしていた。

ルーンは大いに楽しみ、いっしょにいるのが全員警官だということをすっかり忘れたが、街路でトラックがバックファイアを起こしたとき、はじめてそのことを意識した。仲間のうち三人（サムは含まれない）が腰の拳銃に手を伸ばしたからだ。ただのバックファイアだとわかったとたん、彼らは会話の間《ま》を崩すこともぎこちなく笑うこともなく、手をおろした。

だが、そのせいでルーンはトミーやニコールのことを思いだし、つらい気分になった。ハウスボートへ引きあげてベッドにはいり、ほっとひと息ついた。

つぎの日、ほとんどの職員の名前を覚えている六番街の就職斡旋所へ、失業手当の申請に出向いた。行列は長くなかった——ルーンはそれを、景気がよいしるしと受けとった。正午には用がすんだ。

それから翌週にかけて、ルーンは三度ヒーリーと会った。ヒーリーはもっと頻繁に会いたいようだったが、再起をめざす男については、母が一家言持っていた。再起をめざす年嵩の男に深入りするのは、どう考えても賢明ではない。

それでも、ルーンはヒーリーに会いたかったし、木曜日に電話をしてこう言われたときには、うれしさに震えた。「あすは非番だから、ふたりで——」

「何か爆破する?」

「ピクニックに行こうって言おうとしたんだが」

「いいわね! 街を抜けだすのは大賛成。通りは濡れた犬みたいなにおいがしてるし、それに途中で九十七丁目を通るわよね。あすはひとつだけ予定があって、レストランで人と会うの」

ヒーリーは言った。「レストランのドキュメンタリーを作るとか?」

「ウェイトレスの求人に応募したのよ」

「一日延期してもらえよ。街を出たいから」

「無理言わないで」

「くわしいことはあす連絡する」

「いいって言ってないのに」

「じゃ、あす」

ヒーリーは電話を切った。

「いいわ」ルーンは言った。

25

ケントはパトナム郡にある小さな町で、ニューヨーク市の北六十七マイルの、コネチカットとの州境近くに位置している。人口は三千七百人。

一七九八年に町として認められて以来、大きな変化はとげていない。ニューヨーク、アルバニー、ハートフォード各市への通勤は遠すぎてむずかしいが、ポキプシーのバッサー大学へ車でかよう人々は少数ながらいる。住民の多くは農業や観光、そして小さな町を支える保険や不動産や建築の仕事で生計を立てている。

この地方の観光ガイドのほとんどは、ケントの町を紹介していない。『モービル・トラベル・ガイド』が国道近くのチェーン・ホテル〈トラベルロッジ〉のレストランにいくつか星をつけている程度だ。農業博物館と、春のフラワー・フェスティバルのことは掲載されている。

静かなところだ。

ささやかな繁華街を出て、七ヵ所あるプロテスタント教会の最後のひとつからさらに一マイルほど進んだところに、古い石切り場がある。そこの巨大な採掘坑はふたつの役目を果たしている。土曜の夜には、ティーンエイジャーの男女が落ちあったり、バドワイザーの六缶パックを持ちこんだりする隠れ家と化すが、昼間は非公式の射撃訓練場として使われる。この日の午後は、ライフルを支え撃ちしたり、弾薬や標的や予備の弾倉を載せたりするのにちょうどいい朽ちかけた板の前に、三人の男が陣どっていた。

みな一様に、全米ライフル協会《NRA》が公認する立射の姿勢——右脚を後ろ、左脚を前にし、標的に向かって平行に立つ構え——をとっている。そろって長身で、短く刈った髪をきっちり固めている。ふたりは白髪交じりのやせ型だ。やや年少で髪の黒い三人目の男は、ビール腹の持ち主ではあるが、脚は細く肩幅が広い。三人とも、淡色の靴に薄手のズボン（ふたりはピンク、ひとりはグレー）、半袖のドレスシャツといういでたちで、ネクタイはピンで留めてある。腹の出た男のシャツのポケットには、プラスチックのペンケースが差しこまれている。

全員が、耐衝撃性の黄色いレンズを使ったティアドロップ形の射撃用サングラスと、鮮やかな色の耳栓を装着している。

やせ型のひとりと腹の出た男は、カラシニコフのアサルトライフルで百五十フィート先の紙の標的を撃って、弾倉を空にしたところだ。ふたりは銃口を上にしてライフルを置くと、週末の再装塡に備えて、真鍮の空薬莢を拾い集めはじめた。

もうひとりの男は角張った無骨なイスラエル製のウージーを構え、二秒間隔で連射した。銃口には十インチのサプレッサーがつけられており、チェーンソーの響きをくぐもらせたような音を発した。

どの銃もフル・オートマティックで、それゆえ連邦法と州法に違反している。サプレッサーもまた違法だ。しかし三人とも、FBIやこの郡のア《B》ルコ《A》ール・タ《T》バコ・火《F》器局の捜査官を見かけたことすら一度もなく、三〇－〇六弾の鹿撃ち銃やレミントンの水平二連式ショットガンなどの気に入りの銃と同様、ことさらに隠してもいなかった。

ウージーを持った男は慎重に狙いを定め、弾倉を空にした。

そして耳栓をはずして「撃ち方やめ」と言ったが、ほかのふたりはすでに、銃口を標的側へ向けて台に銃を置いていた。この場には三人しかいないが、銃器取り扱いの作法をそんなふうに厳格に守るのが、以前から培った彼らの習慣だ。一時間前にこの場へ到着したときも、ウージーの男はふたりにこう号令をかけた。「左よし、右よし、射線よし……射撃開始」

三人はこうした儀礼を重んじ、楽しんでいた。

男はウージーを台に置いて、標的を回収しにいった。射撃位置にもどると、銃を集めて弾倉を引き抜き、ボルトをあけて安全装置を装着してから、駐車場へ向かった。銃はキャデラック・エルドラドのトランクにおさまった。

十分も走ると目的地に着いた。車は黒い砂利敷きの私道へはいった。そこにあるコロニアル様式の白い家は、男のひとりが保険業で稼いだ金で建てたものだ。三人は粗石敷きの通路を歩いて小さな部屋の入り口にたどり着いた。深緑のカーペットとヨモギ材の壁でしつらえられた広い部屋のなかで、男たちはグレーの防水シートを床に敷き、その厚い帆布の上に銃を並べた。使いこんだ手入れ用具一式がひろげられ、溶剤の甘いにおいが部屋を満たした。

三十秒で銃をパーツに分解し、三人は銃腔内を、アルミ製の棒の先端に布きれをつけたもので拭いた。嬉々として武器の手入れに励む。

やせた男のひとり、ジョンが腕時計を見て机に歩み寄り、腰をおろした。ここはジョンの家だ。七秒後に電話が鳴り、応答した。電話を切り、帆布のところへもどる。そしてカラシニコフのストラップにオイルをすりこみはじめた。

「ガブリエルか？」黒髪で恰幅のいいハリスが尋ねた。

ジョンはうなずいた。

「どうなってるのか突きとめたのか」

「ああ、そうだ」ジョンは答えた。

三人目の男、ウィリアムが言った。「われわれのパレードに飛び入りしたのはだれなんだ」

「あの穢らわしい映画に出てた女を殺したがってたやつがいるらしい。二番目の爆弾はそいつが仕掛けたんだ。すでに警察に射殺されてる」

「すべての爆破事件がそいつのしわざだとマスコミは見てるのか」ウィリアムが訊いた。

「そうらしい。カモフラージュのためだったとな」

「メディアってやつは」ハリスが言った。「ありがたくもあり、目障りでもあるな」

ジョンはカラシニコフの組み立てを終えると、ボルトを閉じて安全装置をつけ、紫檀材の銃架に置いた。その銃架にはトンプソン短機関銃や、レミントンのポンプ・アクション式ショットガン、三〇三口径のエンフィールド銃、M1カービン銃、三〇-〇六弾のボルト・アクション式ライフルが架かっている。「おまえらはどう思う？」

ハリスが言った。「ほかのやつが爆破したと見なされてるなら、ガブリエルのやったことは全部水の泡だ……ただし、いい煙幕にはなる。いまなら気負うこともないだろう。二件目の爆破につづいて、三番目の天使の一節を使えるのも都合がいい」

ウィリアムは小型のペリスコープを使って銃腔内を観察し、火薬の拭き残しがないかを調べた。「とにかくやめるわけにはいかない。ブラザー・ハリスの言うとおりだ」

「そうだ。やめるわけにはいかない」ジョンがゆっくりと言った。コーヒーメーカーに水を注ぎ、ポット一杯ぶんのカフェインレス・コーヒーを沸かした。ほかのふたりと同じく、カフェインは罪深い刺激剤だと考えている。「だが、ガブリエルの件については同意しかねる。警察がほかの爆破事件を軽視するとは思えない。専門家の報告書が出てくれば、背後に別の人間がいることも見抜くだろう」

ハリスが言った。「ガブリエルは最後までやりとおす。自分が犠牲になることも辞さないはずだ」

ジョンが言った。「そんなことはさせられない。かけがえのない人間だ」

「なら、ニューヨークはあきらめよう」ウィリアムが言った。「ロサンゼルスへ行かせるんだ。ハリウッドがいい。そこからはじめるべきだと、おれは前からずっと言っていた。カリフォルニアなら、だれもガブリエルを知らない。マンハッタンの人脈がすべてだからな」

「もっともな意見だが」ジョンが言った。「当初の計画を全うすべきだと思う」異論を唱えるのをためらっているかのような、柔らかな口調だ。

ジョンのまとう穏やかさは人を惑わせる。鹿や雁を狩るとき、ハリスとウィリアムは貪欲なまでの情熱をもって挑むが、ジョンはちがう。ジョンはヴェトナム戦争当時、海兵隊に属していたが、これまで一度として在任中の話をしたことがない。殺しの経験について話さない人間こそが、それに最も深くかかわった人間だと、ハリスとウィリアムは知っていた。

ジョンは言った。「ニューヨークを去るのはまだ早い」肩をすくめる。「そんな気がする」

ウィリアムが咳きこみ、麻のハンカチに痰を吐いた。「わかった。ガブリエルはどう思うだろうか」

ハリスが機関銃のボルトをもとの位置にもどした。「こちらの望むとおりにするさ」

「しかし、すみやかに動かないとな」

ジョンはコーヒーをマグカップに注ぎ分け、ウィリアムとハリスに手渡した。「ああ、もちろんだ」

ウィリアムはうなずいて、それから言った。「つぎの標的はだれにする？」

ジョンは机の上方の色鮮やかな十字架をちらりと見やったのち、ほかのふたりに視線をもどした。

「こういうとき、おれはとことん大胆な気分になるんだ」ハリスが言った。「だれを生かして、だれを死なせるかを決める段になると」

「ひとり候補をあげていたぞ、ガブリエルが。おもしろいアイディアだと思う」

「だったらその線で行こう」ハリスがうなずきつつ言った。

「決まりだな」

「任務の成功を祈ろう」

　膝を突いてきつく目を閉じ、新パトナム・ペンテコステ派キリスト啓示教会——内輪での通称は〈イエスの剣〉——の幹部会を構成する三人は祈りを捧げた。険しい表情で声をともなわぬことばをつぶやき、目に涙を浮かべて、熱心に祈りつづける。

　十分後、三人は英気に満ちたすがすがしい気持ちで床から立ちあがった。そしてジョンは、邪悪なソドムの都での使命を待ち受けるガブリエルに電話をかけた。


　サム・ヒーリーの声つきはどことなくおかしかった。

　それがなぜなのかルーンは測りかねた。五ポンドぶんのC－4爆薬か地雷の横にでもいるのだろうか。

「で、こんどは何を見せてくれるわけ？　太陽と砂？　それとも山々？　あたしには新鮮な空気と野生動物が必要なのよ、スカンクとかアナグマとか、もしかしたら虫とかヘビなんかも。どこへ行くの？」

　ラッシュアワーの車が、電話ボックスの前をすばやく流れていく。いまは午前八時。

「ええと、ルーン……」

ああ、やめて。そんな切りだし方ってある？

「ちょっとした問題が起こってね」

へえ、ちょっとした、ね。

「何？　仕事がはいったの？」

沈黙。

ヒーリーは言った。「きみには正直でいたいんだが……」

ほら、来た。正直なんてことばは大きらいだ。〝さあ、そこにおすわりなさい〟と言われた気分になる。〝大事な話があるんだ〟といい勝負だろう。

「シェリルから電話があった」ヒーリーは言った。

ちょっと、この世の終わりじゃないのよ。

まだいまのところは。

「アダムのこと？　何かあったの？」

「いや。だいじょうぶだ」

ふたたび沈黙。

「会いたいと言われた。話しあうために……おれたちのいまの状況について」

あたしのことを話してくれたの？　喜びで胸が熱くなる。ルーンは言った。「あたしたちの……」

「つまり、シェリルとおれのことなんだが」

「ああ」そっちのおれたちね。

「いろいろ計画したのにすまないけど、やっぱり……きみに隠し事をしたくなくて……」

「ううん、いいのよ」ルーンは快活に言った。何も訊かない。死んでも訊かない……。ふたりがどこへ行こうと、何をしようと、知ったことじゃない。ぜったい訊かない。そして言った。「シェリルは泊まるの？」やだ、もう、ばか、ばか、ばか……

「ごめんなさい、あたしには関係ないことね」

「いや、泊まらない。ランチをいっしょに食べるとか、そんな予定さえない」ヒーリーは笑った。「ただ話をするだけだ。冷静な立場で」

いまの状況について話しあう？　サムはあの女に捨てられた。そんなのは状況とは言わない。交戦状態だ。

なるだけ愛想よく言う。「じゃあ、話がうまくまとまるといいわね」

顔には大きな笑み。自分が誇らしい。

「あす電話するよ」

「うちは電話がないのよ。忘れた？」

「きみがかけてくれるかい」

「そうする」

「声は怒ってるように聞こえないな……」

そう？　もっと努力しなくちゃ……

「……でも、たぶん怒ってるはずだ。とにかく、大好きだよ、ルーン。きみに嘘はつきたくなかった」

「正直ね、ほんとに。隠さず話してくれてうれしいわ、サム。とっても大切なことだもの」

電話を切った。

「正直なんて最低」ルーンは大声で言った。

サムは白々しく嘘をつくべきだった。爆弾の除去をするとか。胆嚢《たんのう》の摘出手術を受けるとか。メッツの試合のチケットが手にはいったから、アダムを連れていくとか。

ルーンはしばらく電話台に寄りかかって、ボックスのガラスにスプレーされた落書きをながめた。バイク野郎が通りすがりに「乗ってくかい？」と声をかけてくる。だが、そのホンダは速度を落とさなかった。

むずがゆい汗が幾筋も顔を流れ落ちる。ルーンは汗をぬぐい、川をめざして西へ歩いた。タールの塊を踏んでしまい、靴が粘りついた。剝がそうとすると、ねっとりと黒く糸を引く。

ルーンはため息をついて縁石に腰をおろし、できるだけ拭きとった。

ピクニックのことを考える。ビーチや、山のことも。

頭痛がするとでも言ってくれればよかったのに。インフルエンザでおなかが痛い、でもいい。

いまの状況について話しあう……

切り捨ててしまいなさいよ、ヒーリー。シェリルはあなたにふさわしくない。けれども、話しあいの結末は想像がついた。

ヒーリーは妻のもとへもどるだろう。

火を見るより明らかだ。ヒナギクのシールが好きなシェリル。白いシルクのブラウスを着て、豊満な乳房を持つシェリル。〝アンダーソン家のパーティーには茄子のキャセロールを作るわ、ダーリン〟タイプのシェリル。たぶんよくできた妻で、爆発物処理の仕事をやめるよう涙ながらに説得したのに拒絶され、しかたなく出ていったのだろう。

上品で、やさしくて、善良な人間にちがいない。完璧な母でもある。

なんていけ好かない女……

ビーチへ行くつもりだったから、レストランの面接はキャンセルしてしまった。映画に取り組むお金もない。焼けつくほど暑い八月の週末に、砂漠みたいなニューヨークを抜けだすこともできない。おまけに、たったひとりのボーイフレンドは妻と一夜を過ごすなんて。

ねえ、サム……

顔をあげて店のウィンドウを見やったとき、色あせて端のめくれた古いポスターが目に留まった。確定申告の準備を促す会計士の広告だ。

ルーンはそのポスターを見てにんまり笑い、こうつぶやいた。「神さま、ありがとう」

そして立ちあがると、左だけタールの黒い足跡をつけながら、電話ボックスへと歩いてもどった。

ルーンはハウスボートのドアをあけ、ビーチバッグをふたつぶらさげたウォーレン・ハサウェイを招き入れた。アイゾッドの深緑のシャツに、ショートパンツとテニスシューズというスポーティーないでたちのせいか、スーツ姿のときほど珍妙な印象は受けない。

「ねえ、ウォーレン、きょうはナウいわね」

「ナ、ナウい？」

「いかしてる、のほうがいい？　とにかく、すてきよ」

「そりゃどうも」ハサウェイは笑った。

「あたしはどう？」ルーンは爪先立ちでくるりとまわった。ビキニの上に、赤いタンクトップとミニスカートという恰好だ。

「きみのほうこそ、すごくナウいよ。そのスカートの柄は何？　電気ウナギ？」

蛇行した数本の線から同じような短めの線が四方にひろがるその模様を、ルーンは見おろした。「南米にこういうのがあるのよ。宇宙船の発着場だとあたしは思ってる」

「へえ、宇宙船か。なるほど」

ルーンはヒョウ柄のバッグを肩に掛け、入り口のドアを外から施錠した。

「連絡をもらってすごくうれしかったよ。こっちから電話するつもりだった。というか、したんだよ——きみの前の職場に。けど、自宅には電話がないっていうじゃないか。連絡をもらえてよかった。もう会えないんじゃないかと思ってたから」

きょうのきょうまで忘れていたことはもちろん、相手が少なくともほろ酔い加減になるまでは、映画を作るのに後ろ楯がほしいだとか、資金繰りの方法について調べてくれたのかなどとは、まちがっても口に出す気はなかった。だからただこう言った。

「たまには新鮮な空気を吸うのもいいかなと思ったの。まさかファイア・アイランドへ連れてってもらえるなんてね。あそこに別荘を持ってるの？」

ふたりは桟橋を歩いてハサウェイの車のほうへ向かった。

「だといいんだけど。夏のあいだだけ共同で借りてるんだ。会社の同僚みんなでね。街を抜けだしたいって聞いて、あの島のことを思いだした」

「行ったことがないの。どうしてあんなふうに呼ぶのかしら。ファイア・アイランド――火の島なんて」

ハサウェイは肩をすくめた。「わからないな。こんど調べて電話するよ」

そう請けあいながらも顔をこわばらせているのに、ルーンは気づいた。母親のしつけのせいか、打ち解けるにはもう少し段階が必要らしい。

ふたりは荷物をトランクに積んで、車に乗りこんだ。

「シートベルトをして」ハサウェイは言った。

「はい、了解」

ハサウェイは車を発進させると、幹線道路に乗って南へ向かった。

ルーンは例の話題を自分から持ちださずにすんだ。半マイルも行かないうちにハサウェイがこう言った。「ドキュメンタリー映画について、いろいろ調べてみたよ。なかなかおもしろい。宝の山というわけじゃないけどね。ただ、儲ける方法はたぶんある。くわしく知りたければもっと調べよう」

「ええ、お願い」

ハサウェイは方向指示器を出し、死角をたしかめながら慎重に車線を変更した。

二時間後、ふたりはファイア・アイランドに着いてフェリーからおり、キズメットとオーシャン・ビーチの中間にある貸別荘まで、砂地の歩道を歩いていった。その貸別荘は、灰色の木材やガラスと、木目がゆがんで見えるほど厚く塗装をした黄色のマツ材とを無骨に組みあわせた、安普請な作りのビーチハウスだった。ウォーレンがやっとのことでドアをあけたとき——鍵をうまく差しこめなかったのだ——ルーンはがっかりした。窓はどれも汚い。砂と塩がそこらじゅうに散らばっている。消毒液の刺激臭と黴の饐えたにおいがせめぎあっている。

薄汚いビーチハウスと、ロマンチックな浜辺——そして会計士……

大いに感謝するわ、サム。

とはいえ、もっと悲惨な一日になっていたかもしれない。少なくとも相手はリッチな会計士で、ドキュメンタリー映画に投資する気がじゅうぶんにある。

そのうえ、ぎらぎらした黄色い太陽、バドワイザー一ケース、ポテトチップス、ディップ用のチーズ・ウィズ、トウィンキーズのミニケーキ、そして波打つ大西洋がここにはそろっている。

これ以上何が望めるだろう。

アーサー・タッカーは、仕事用のスーツ姿ではなく、古いワークシャツとズボンとゴム底の靴という身なりでタクシーの後部座席に浅く腰かけ、運転手に速度を落とすよう告げていた。

タクシーはウェストサイド・ハイウェイを走っていた。

「何をお探しなんで？」運転手はひどい外国訛りで尋ねた。

「ハウスボートだ」

「へっ、ご冗談でしょう」

「もっとゆっくり」

「ここだ」タッカーは言った。「ここでおりる」

「いいんですか？」運転手は言った。「ここで？」

タッカーは返事をしなかった。シボレーが停止する。かたわらに置いてあった重いキャンバス地のバッグを持ちあげ、料金を払ってタクシーをおりた。領収書はもらわなかった。証拠は少ないほうがよい。

26

ハリスが唱えた。「〝彼らは大きな苦難を通ってきた者で、その衣を小羊の血で洗って白くしたのである〟」

ジョンがすり切れた欽定訳聖書に指を走らせた。「〝神は彼らの目の涙をことごとくぬぐいとってくださる。もはや死はなく、悲しみも嘆きも苦痛もない……〟」

ふたりの男はウィリアムとともに、心のこもらない声で言った。「アーメン」

ジョンはレモネードをひと口飲み、その一節にラインを引いた。彼らの教会に聖職者はいない。神は偉大で、あらゆる者（信仰が篤く清廉な白人という意味だ）に等しく接してくださるのだから、聖職者を介在させる必要はない。教義を説いたり、儀式を執りおこなうのは、ごくふつうの信徒だ。ジョンは説教を得意としていた。

ジョンは腕時計を見て仲間に目配せをした。ふたりがうなずくのを見届けてから、長距離電話をかけた。

四度目のベルで電話はつながった。

「ガブリエルか？　どんな具合だ……よかった。それを聞いて安心した。ブラザー・ハリスとウィリアムもここにいる。みんなで案じていたよ……手助けする準備はできている」

ジョンは先方の話に耳を傾け、うなずいた。白いものの交じった眉があがり、興奮で顔に赤みが差す。「そこの番号は？」

ジョンはニューヨーク市内の電話番号を書きとめた。

通話を終え、ハリスのほうを向く。「ガブリエルが妙案を思いついた。だれもわれわれの存在を信じないから、神のご意志を生き証人に体現させるそうだ」そう告げると、メモした番号を見ながら電話をかけた。

妻がいると部屋がせまく感じられた。

ヒーリーの印象では、背が伸びたような気がする。とはいえ、過去の女といっしょにいるとどんな部屋も小さく思えるのかもしれない。

「元気でやってるかい」ヒーリーは尋ねた。

「まあまあね。あなたは？」シェリルが尋ね返した。「太ったみたいだけど」

「前ほど鍛えてないから」

「週に三晩はジムで過ごしてるんじゃないの？」

ヒーリーは答えず、シェリルもそれ以上深追いしなかった。

「ガールフレンドがいるって、アダムから聞いたわ」

「ガールフレンドじゃない」

「若いんですってね」

「きみのほうが先に――」おっと。気をつけろ。

「何も言ってないわ。ご清潔に過ごしてるなんて思ってなかったし」

「ただの友達だ」

「お友達、ね」シェリルはピンクのドレスを着ていた。ベティ・クロッカーのケーキミックスのＣＭにでも出てきそうだ。朗らかに手際よく、小麦粉をカシャカシャとふるいに掛ける女。

別居しているからにはもっと、そう、深刻な顔でいてもらいたかった。

ふたりはソファーに窮屈に並んで腰かけた。もう少し家具をそろえなくては、とヒーリーは思った。「何かほしいものは？　飲み物とか」

「要らない」

ヒーリーは言った。「まだ離婚届の用紙をとってきてないんだ」

「わたしもまだ弁護士に用意してもらってない」

「急いでると思ってたんだが」

「急いでるのかどうか、自分でもわからないの」

「ふうん」

白いラグに陽光が見慣れた模様を描いている。そのラグを買った日のことをヒーリーは思いだした。安いわりに見映えがよかったので、毛脚の長いものを選んだのだった。販売員のことも覚えている。黒髪をレザーカットで整え、両方の眉が一直線につながった若者だった。帰りにパラマス・モールのフードコートへ出かけ、家にもどるなり愛しあった。古いカーペットの上で。

きょうは一時間しゃべっているだけだ。

この話しあいがどこへ行き着くのか、ヒーリーにはわからなかった。慣れた場面ではあるが、今回は手応えがちがう。守勢に立っている気がしなかった。捨て鉢になってもいなければ、混乱してもいない。ルーンと付きあっているせいかもしれない。この家の空気が微妙に変化し、いまではふたりの家というより自分の家と強く感じるせいかもしれない。かつては敵対する場面が幾度となくあった。それなら慣れている。

〝おい、それはおれじゃなくてきみのほうだろう〟……〝話してくれてればいいわ、わたしだって〟……〝おれのせいじゃない〟……〝好きなだけ言ってればいいわ、どうせ本心じゃないんでしょう〟……

さんざん繰り返した議論だ。パイプ爆弾の処理でもしていたほうがいい……

しかし、どちらも相手をとことんやりこめたい衝動には駆られなかった。そして、当たり障りのない論戦がすむと、ふたりは楽しいひとときを過ごした。ヒーリーは少しビールを飲み、ふたりで思い出話をはじめる。シェリルは、夫婦の旧友があわてて電話をしてきた日の話をする。その男が言うには、妻が家出したのであすの夕食の招待を受けられなくなった、妻が出ていってしまい、持ち寄る予定だったキャセロールの作り方がわからないからだということだった。

ヒーリーのほうは、あるときいっしょに家に帰ると、ダイニングテーブルの真ん中に置かれたキャンドルスタンドめがけて愛犬が小便を発射していた話を持ちだした。

そして、シェリルの実家に泊まったある晩の話になると、ふたりとも噴きだした。そうそう、覚えてる？　娯楽室にあったビリヤード台で……

「忘れるわけないだろ……」

やがて沈黙が訪れ、決断のときが来たように思えた。けれどもヒーリーは心を決めかね、あいまいな発言をつづけた。シェリルに判断を委ねたものの、やはりどうにもならない。シェリルは手を組みあわせてすわったまま、かつて自分が千回磨いた窓から、ヒーリーが芝を百回刈った庭をながめていた。

ヒーリーはついに言った。「なあ、考えてたんだが――」

電話が鳴った。

もしルーンだったらどうしようと考えた。

予想ははずれた。

「サムか?」爆発物処理班のブラッド副班長だった。「爆破予告があった」

「話してください」

「〈イエスの剣〉のやつらが電話してきた。ハウスボートのなかのバッグに仕掛けたらしい。ハドソン川の――」

「ハウスボート? 場所は?」心臓が早鐘を打っている。

「クリストファー通りのあたりだ。十一番街の近くだろう」

「友達のボートです」消え入るような声で言う。

「なんだって? 前に来てたあの女の子か?」

「ええ」

「そうか、あわてるな。すでに付近一帯から市民を避難させたし、ボートも無人だ。あの娘はいない」

「どこにいるんですか」

「それはわからんが、ボートはくまなく調べた」

「爆破装置の形は?」

「今回はこれまでとちがう。こっちに連絡する前に警邏巡査が見たところじゃ、少量のC－3かC－4のなかにボールベアリングの球が詰めてあったらしい。たいした威力はない。ほんの数オンスだろう」

「つまり対人爆弾か」爆薬にボールベアリングの球や硬貨を加えるのは、人間の肉体に最大のダメージを与えるためだ。

「そのとおり」

「ロボットを使えますか」

「いや。バッグは甲板にあるんだ。通路がせますぎる」

ヒーリーはルーンのボートを思い浮かべた。処理員が直接近づくほかなさそうだ。

「しかたがない、毛布をかぶせて爆発させせましょう」

「ひとつだけ問題がある。おまえのガールフレンドは知らなかったと思うが、そのハウスボートのすぐ隣に、五千立方ヤードのプロパンガスを満載したはしけがあってな。爆発させれば、はしけも吹っ飛ぶ——そうなったらウェストサイドの三ブロック四方が火の海だ」

「なら、牽引してはしけを移動すればいい」

「電話してみたんだが、タグボートをよこして牽具を装着するのに二時間かかるらしい。はしけは陸の荷おろし用ポンプにボルトで留めてある。動かすことは無理だ」

「爆発までの残り時間は？」

「四十五分だ」

「すぐそっちへ向かいます」

「サム、ひとつ妙なことがある」

「なんですか」

「〈イエスの剣〉なんだが……ただ脅しの電話をかけてきたんじゃないんだ。〝爆発物処理班をクリストファー付近のハドソン川のハウスボートへ向かわせろ〟と言ってる。処理班のだれかを現場へ行かせるのが最重要だと言わんばかりだ」

「対人爆弾を使ったのもそのためだと思いますか」

「ああ。われわれを狙ったものだろう」

「覚えておきます」ヒーリーは言った。電話を切り、聞き耳を立てていたシェリルのほうを向く。

怒りの視線を投げつけられるのを覚悟した。〝またなのね〟というあの視線。ヒーリーの頑固さと身勝手さに対抗する楯だ。ところが、シェリルは白いエナメルのバッグが床へ落ちるのもかまわず立ちあがり、まっすぐ歩み寄ってきた。両腕がそっと体にまわされる。「気をつけてね」思いのほかきつく抱きしめ返す自分に、ヒーリーは驚いていた。

防護スーツを着て、深く息をする。

歩み板を渡ってルーンのハウスボートへ乗りこむ。前にここへ来たときのことは考えないようにした。ベッドをともにしたことも。床に落ちたぬいぐるみのペルセポネのことも。

バッグを見つけ、中をのぞく。

ははあ。問題だらけだ。

それはいままで見たなかでも最も精巧な部類に属する爆弾だった。赤外線式の感知板が仕込まれ、手が近づくと起爆する仕組みだ。そのうえ、遮蔽された電源から雷管へ向かって二、三十本の細い導線が走っている。よくある導線二本の回路の場合、二本を同時に切れば無力化できる場合があるが、これほど多くに枝分かれした導線を一度に切るのは不可能だ。時限装置にはデジタル時計を使ってあるので、物理的に時計自体を壊す方法もとれない。

そしてきわめつけに、回路の中間に水銀ロッカースイッチが取りつけられている。

まいったな、ハウスボートの上の爆弾にロッカースイッチとは……

桟橋のへりに積みあげた砂袋の後ろで、ルービンや何人かの班員とともに控えていたブラッドに、ヒーリーはそうした詳細を伝えた。ここへは数名の班員しか動員しないと事前に決まっていた。プロパンガスを積んだはしけがもし吹き飛ばされれば、二ブロック圏内にいる人間は残らず命を落とす。班員の大半を失う危険は冒せなかった。

「ロッカースイッチを切ればいいんだが」苦しげに息をしながら、ヒーリーは言った。スイッチ自体は回路に組みこまれていなかった。「バッグに手を入れられないんだ。感知板が作動してしまう」

「振り子の感度はどうだ」ルービンが無線で尋ねた。

「かなりいい」ヒーリーは答えた。「角度が三、四度傾くだけでスイッチがはいると思う」

「水銀を凍らせられないか」

「バッグには何も入れられない。感知板があるから」

「ああ、そうか」

「ゆっくり運びだすしかないな」

ヒーリーは筋書きをざっと思い描いた。歩み板のあるハウスボートの手すりの切れ目まで爆弾を移動させる。そこまではだいじょうぶだろう。滑らせていけば、比較的水平を保ちやすいからだ。しかしその先はバッグを手に持って運ばなくてはならない。歩み板を渡って、ハウスボートから十フィート離れた栈橋に待機しているコンテナ運搬車まで。

人生で最も長く感じる十フィートになるだろう。

時限装置に目をやる。残り十七分。

「オイルをくれ」

「どんな？」ルービンが訊いた。

「どんなのでもいい」

「待ってろ……」

あと十五分……

車輪用潤滑油の缶を手にしたルービンがかたわらに現れ、ヒーリーはわれに返った。

すでに無線機をはずしていたルービンに向かって、感謝のしるしにうなずいたあと、バッグを動かす際の摩擦を最小限に抑えるため、塗装された甲板にオイルを垂らした。缶を脇へ投げ捨て、腕を伸ばしてキャンバス地のへりに手をかける。アダムを、シェリルを、ルーンを思う。そして、バッグを手前に引き寄せはじめた。

ルーンはバスタオルの上で肌を焼きながら、ウォーレン・ハサウェイが浜への小道を歩いてくるのを見守っていた。

「何人かの投資家にいま電話した。話がついたよ。たいした内容じゃないけど、きみに映画制作の実績がないことを考えたら、喜んでもらえるんじゃないかな」

取り決めの内容はこうだった。映画の編集作業を終えるまでの資金をハサウェイがルーンに貸す。無担保で、金利は八パーセント。「プライムレートは十二パーセントだけど、きみは友達だから……」

ルーンはハサウェイに抱きついた。

「もっと低くしてあげたいんだが、相場とかけ離れた金利で融資を受けると、差額が国税局から所得と見なされてしまうんだ」

どうでもいいけど……

つづく説明によると、ふたりがはじめるのはジョイント・ベンチャーとかいうものらしい。その用語をはじめて耳にしたルーンは、思わず笑いだした。配給会社を探す費用はハサウェイが負担し、収益はふたりで分配すると聞かされたときには、息を呑んだ。取り分はルーンが八十パーセント、ハサウェイが二十パーセント。それでいいかい？

「大満足よ。ねえ、なんだか本物のビジネスみたいね。成熟した、大人のビジネス」

「出資者たちに伝えてくるよ」

そう言ってハサウェイはビーチハウスへもどった。広い浜辺に残されたルーンは、まうとうとしてはサム・ヒーリーのことを考え、それから自分の映画のことを考え、またうとうとして、こんどはヒーリーのことを考えまいとした。はじける波の音と、頭上を舞うカモメの鳴き声が聞こえる。その音を子守唄に、ルーンは眠りに落ちた。

一時間後に目を覚ますと、まず痛みを感じた。

ルーンは腕に目をやった。

ああ、ひどい……

髪も肌ももともと浅黒いし、半インチもこってり日焼け止めを塗ってある。第三度の熱傷など負うはずがない。

それなのに、背中には水ぶくれができつつある——むずむずして、冷たく湿ったこの感覚。

ふらつきながらゆっくり立ちあがって、ブランケットを肩にかけた。ビーチハウスのほうへ歩いていく。

ウォーレンに日焼け止めを塗ってもらえばいいのだろうが、そのあとのことを考えると、どうも……。ウォーレンに魅力がないわけではないし、サムにちょっと嫉妬させてやりたい気持ちもある。だが、映画作りに力を貸してくれるウォーレンとは、性的な関係を持たないのが得策だと思えた。仕事上のパートナーに徹したい。

腹立たしいほどの痛がゆさを背中に覚えつつ、ルーンは中庭の熱いコンクリートの上を飛び跳ねてビーチハウスへはいった。

ハサウェイは室内で、スポーツバッグをのぞきこんでいた。

「そこに日焼け止めがはいってるとうれしいんだけど」ルーンは言った。「消毒用スプレーでもいいわ。ロブスターになっちゃった」

「すぐに効くやつがあったと思う」

ルーンは周囲を見まわした。「バッグをふたつ持ってなかった?」

「ああ」ハサウェイはこともなげに言った。「ひとつはきみのハウスボートに置いてきた」

「やだ、困った」

「いいんだ、わざとそうしたんだから」そう言って、目を細めてバッグを探る。

「どうしてそんなことを?」

「爆発物処理班を忙しくさせておくためさ」

そして、バッグから赤いウィンドブレーカーを取りだすと、注意深くそれをひろげ、プラスチック爆薬と雷管からなる握りこぶし大の塊をとって、べとついた流木のテーブルに載せた。

27

ルーンはガラスのドアからできるかぎり離れようとした。

ハサウェイは柔《やわ》に見えて、コートハンガーの針金より強靱だった。ルーンの両手首をつかんでけっして離さず、羽目板張りの寝室のひとつへ引きずりもどした。まさに埠頭でそうしたように。跡をつけまわしていたのも、襲ってきたのもこの男だったのだ！

強烈な平手打ちを食らい、ルーンは身をよじって床に倒れこんだ。とっさに手を突くこともできず、頭をもろにぶつけた。気絶寸前でそのまま横たわっていると、痛みが目から頭蓋の奥へとひろがっていった。強烈な吐き気を覚える。

「ウォーレン――」

「ガブリエルだ」教会の懇親会で顔を合わせたばかりのように、愛想よくハサウェイが言った。寝室を出て、バッグと爆弾をとりにいく。やがてアイスティーを飲みながらもどってきた。「大天使ガブリエルと呼んでくれ」

ルーンはつぶやいた。「〈イエスの剣〉ね……まさか〈イエスの剣〉が実在するなんて……」

「どこかのいかれた殺人者の創作物のように思われて、ぼくたちは非常に迷惑している。感謝するがいいさ。きみ自身と、きみの映画に」

「何が望みなの？　あたしをどうしようっていうのよ」

ハサウェイはキャンバス地のバッグから、工具類や導線や小さな箱をつぎつぎと出した。「誤解しないでもらいたいんだが、ぼくたちは罪悪を完全に排除できるとは考えていない。いつの世にも淫売は存在したし、罪も存在した。しかし、命を犠牲にしてまでそれに抗う者もまた、つねに存在した」そう言ってルーンを見据える。その理性的な口調は、トミー・セイヴォーンの狂気に劣らず恐ろしかった。「ある意味で、ぼくたちは人々に忠告を与えているに等しい。メッセージを伝えているんだ。それをどう解するかは、受け手しだいだ」

ルーンは言った。「あなたは現場証人なんかじゃなかった。最初の爆弾――あれはあなたが仕掛けたのね」

「あの映画館を出る間際に、ある男に呼びとめられた。男はぼくを〝ブラザー〟と呼んだ。やさしい顔つきをしていた。ぼくはその男を救済できると思った。改悛《かいしゅん》させ、イエスの教えを受け入れさせられるとね。あの爆発で互いに命を落としたとしても、あの男は神の国へ導かれただろう。それほどの奇跡が起こりえた。あいにく、男が求めていたのは救済なんかじゃなく、フェラチオの代価の二十ドルだった。ぼくが背を向けて立ち去りかけたとき、爆発が起こった。男の頭はほとんど吹っ飛んだが、残った体のおかげでぼくの命は救われた。皮肉なものだよ。神は奇想天外なことをなさる」

顔にある傷跡――その一部は催涙ガスでやられたものだろう。

赤いウィンドブレーカーの男が年寄りっぽかったというのも、自分から疑いをそらすための嘘だったことになる。帽子をかぶっていたのは、禿げた頭を隠すためだ。

ハサウェイはつづけた。「映画館の外できみを見た。カメラを持ってたね。きみもその手の罪人《つみびと》だと思った。殺すつもりだったよ。しかし、きみを利用できるかもしれないと考えた」うなずきながら部屋を見まわす。「予想は正しかったようだ」

「あたしに何をするつもり？」

「神のご意志の生き証人になってもらう」

「なぜあたしなの？　あの手の映画を作ってるわけじゃないのに」

「ポルノ女優のドキュメンタリーを作ってるじゃないか。あの女を理想化して――」

「ちがう。あの業界が彼女をどう変えたのかを描こうとしてるのよ」

「あの女はまったく当然の報いを受けた。きみは別のものを手がけるべきだ、宣教師とか、神の栄光とか――」

「撮ったものを見せてあげる！ 扇情的なところなんかないんだから」

ハサウェイはルーンを見て微笑んだ。「ルーン、ぼくたちはみな犠牲を払わなくてはいけない。きみはいまから自分の身に起こることを誇りに思うべきだ。一年は報道されつづけるだろう。有名になる」

ハサウェイは小さなベッドに腰かけると、爆弾のパーツを並べて、ひとつひとつ入念に確認しはじめた。

ルーンはそっと身を乗りだし、ベッドの下で足をわずかに動かした。

ハサウェイは言った。「飛びかかろうなんて思うなよ」最初に埠頭で襲われたときに見た覚えのあるカッターナイフが手に握られている。「ひどく痛めつけてやってもいいんだぞ。赤いウィンドブレーカーを着るのには理由がある――ときには人を痛めつける必要があるからな。血を浴びたりもするし」

ルーンはベッドに深くすわりなおした。

ハサウェイはゆったりした口調でしゃべりながら、敷き詰めた爆薬の真ん中に白い円筒を押しこんだ。「C－3爆薬が三オンスほどある」そこで目をあげる。「ふつうはこんなことをくわしく説明しないんだが、このプロジェクトできみはパートナーになるわけだから、何が起こるのか少しは知りたいだろうと思ってね。ただ導線をまとめて引っこ抜いて救援を待つなんて思わせるのはフェアじゃない」爆薬を押しこんだ黒いプラスチックの箱を掲げる。「こいつはすごく有能でね。ロッカーボックスだ。液体水銀スイッチを備えてる。手にとって雷管を引き抜こうとすれば、スイッチが作動して爆発が起こる。電池は奥にあるから、電源を切ることはできない」時計のついたもうひとつの黒い小箱に導線をつなぐ。「時限装置だ。電子制御で作動状態になる。迂回路もある。導線をはずしたり切断したりすれば、雷管が電圧の低下を感知して爆発が起こる」笑みを浮かべる。「神は奇跡の頭脳を人間にお授けになったと思うよ」

「ねえ、なんでも望むとおりにする。神についての映画を作ってほしいの？　なら作るから」

ハサウェイはしばらくルーンを見つめていた。「おのれの意志で罪を犯した者であれ、たとえば拷問されてやむなく罪を犯した者であれ、どんな罪人にも改悛を認める聖職者がいる」首を左右に振る。「でも、ぼくは変わり者でね。少しばかりの誠実さを示してもらわないかぎり、受け入れるわけにはいかない。だから、きみの質問に対する答えはこうだ。きみのようなけちな淫売に、神についての映画など作ってもらいたくない」

ルーンは言った。「そう？　じゃあ、あ、あ、あなたは何様のつもり？　——敬虔なクリスチャン？　笑わせないで。ただの殺し屋よ。それ以外の何者でもない」

ハサウェイは導線をまとめながら目をあげた。「好きなだけほざくといい。だれが忠実な僕《しもべ》なのかは神がご存じだ」

ハサウェイはまた立ちあがった。「はじめよう」組み立てた箱と導線一式をナイトテーブルに置き、テーブルごと部屋の中央へ移動させる。「では、これから起こることを教えよう」いかにも誇らしげだ。天井や壁へきびしい目を向ける。「室内の壁は——ただの石膏板だから——爆発でほとんど吹っ飛ぶだろう。床や天井も同じだ。外壁は頑丈だからくずれることはない。そうは言っても、外壁と爆弾のあいだにはさまれたくはないだろうな」

ハサウェイは爆弾のそばの床で軽く跳ねた。「木の床か」首を横に振る。「これは予定外だったよ。木片はやっかいだ。もちろん火の手も。とにかく望みを捨てないことだな。ここにはきみを難なく殺せる量の爆薬が仕掛けてある。さらに言うと、即死の可能性も二十パーセントほどだ。そんなわけだから、マットレスを持ってきて、それにくるまることを勧めるよ」そこで周囲を見まわす。「あの隅にいるといい。居間のほうまで吹っ飛ぶはずだ。正確に何が起こるかは想像しづらいけど、聴力と視力を永久に失うのはまちがいない。C－3が爆発すると有毒ガスが発生する。だから、爆発で目をやられなかったとしても、ガスでやられるだろう。腕か脚か手先のどれかを失うかもしれないな。ガスを吸った肺も焼けただれる。はっきりとはわからない。さっきも言ったように、木片はやっかいだ。十九世紀の海戦でほとんどの水兵を殺したのは、砲弾じゃなく木の破片なんだ。知ってたかい？」

「なぜあたしにこんなことするの？　狙いは何？」

「ぼくたちの存在を世に知らせることだ。人々がぼくたちを信じ、畏怖するように。きみは人の恵みと神の慈愛を糧《かて》に生きていけばいい。もちろん、爆発で命を落とすかもしれない。それどころか、いつでも死を選べる。それを手にとるだけで」箱のほうを手ぶりで示す。「でも、できればそんなことは避けてほしい。この罪深く哀れな世のためになにができて、どんなメッセージを残せるかを自覚してもらいたいんだ」

「あたしはあなたの正体を知ってるわ。それを世間に――」

「きみが知ってるのはウォーレン・ハサウェイだ。もちろんほんとうの名前じゃない。それに視力を失ったら、面通しでどうやってぼくを見分けるんだ」ハサウェイは一笑し、うなずきながら言った。「あと三十分だ。神よ、この者を許したまえ」

ルーンは無言でにらみ返した。

ハサウェイはにっこり笑い、首を振り振り寝室を出ていった。ドアの枠に半ダースの釘を打ちつける音がした。やがて静寂が訪れた。一瞬ののち、例の黒い箱がカチリと音を立て、赤いランプが灯った。時計の針が動きはじめる。

ルーンは窓辺に駆け寄り、手のひらでガラスをたたき割ろうと、腕を後ろへ引いた。

急に窓が真っ暗になり、ハサウェイがガラスの向こうから厚いベニヤ板を打ちつけはじめると、ルーンは弱々しく悲鳴をあげた。

「やめて」ルーンは叫んだ。ハンマーの大音響が爆発を引き起こすのではないかと、気が気でなかった。


あと十分。

キャンバス地のバッグはいま、歩み板の手前の、手すりの切れ目にある。

サム・ヒーリーは深く息をついた。コンテナ運搬車に目をやる。

――人生で最も長く感じる十フィート……

「どんな調子だ」ブラッドがヘッドホン越しに無線で尋ねた。

「絶好調です」ヒーリーは答えた。

「時間はたっぷりあるぞ」

呼吸を整える。吸って、吐いて、吸って、吐いて。

バッグの上にかがみこんで、注意深く袋の口を閉じた。持ち手をつかむ高さを一定に保てないから、両手で底を持って運ぶほかないだろう。

ヒーリーは後ろ向きで歩み板を少しおり、それから片膝を突いた。

息をしろ、息をしろ、息をしろ。

だれよりも安定した運び手だ、と同僚から評されたことがある。いまこそ、その技術を活かすときだ。ロッカースイッチなんか、くそ食らえ。

ヒーリーはバッグのほうへ身をかがめた。

「ああ、なんてことだ」ヘッドホンから雑音混じりの声が響いた。

ヒーリーは凍りつき、後ろを振り向いた。

ブラッドとルービン、そしてほかの班員たちが川のほうへ必死に手を振っている。

ヒーリーは注意の向けられている方向に目をやった。ばかな！　一艘のモーターボートが、すさまじい波を巻き起こしつつ、海岸付近を三十ノットのスピードで疾走している。ボートの運転者とその連れ――サングラスをかけた金髪女――は、手を振る班員たちに気づいて、にこやかに手を振り返した。

十秒もすれば大波がハウスボートに達し、船体を揺すってロッカースイッチを作動させるだろう。

「サム、さっさとそこを離れろ。走るんだ」

しかしヒーリーは凍りついたまま、モーターボートの登録番号を見つめた。末尾の二桁は1と5だった。

十五。

ああ、ちくしょう。

「走れ！」

無駄な忠告だとヒーリーは知っていた。防護スーツを着たまま走るのは無理だ。それに、プロパンガスが発火して燃えさかる爆風が起これば、桟橋はまるごと呑みこまれて消滅するだろう。

波は二十フィート先まで来ている。

ヒーリーはかがんで、バッグを両手で持ちあげると、歩み板をおりはじめた。

十フィート。

歩み板の半ばまで達する。

五フィート。

「逃げろ、サム！」

あと二歩で桟橋にたどり着く。

だがそれはかなわなかった。

桟橋の板に足をつけようとしたまさにそのとき、波がハウスボートを襲った。衝撃でボートが大きく揺れ、歩み板がはずれて桟橋の二フィート手前に落ちる。ヒーリーはバランスを崩して前のめりになったが、それでも爆弾を離さなかった。

「サム！」

自分の体がプロパンガスの山とバッグを隔てる楯になるよう身をよじりながら、ヒーリーは考えた。自分は死ぬけれど、防護スーツが破片の飛散を食いとめてくれるだろう。

ヒーリーはドスンと音を立てて桟橋へ飛び移った。目を閉じて、どれほどの苦痛を感じるのかと考えつつ、死のときを待った。

つぎの瞬間、何も起こっていないのに気づいた。さらに間を置いて、かすかに聞こえてくる音楽に気づいた。

立ちあがり、砂袋の山と、その後ろで茫然と立ちつくす班員たちを見やった。

ヒーリーはバッグのジッパーを開いて中をのぞいた。ロッカースイッチはたしかに回路をつないでいる。だが作動したのは雷管ではなく、小型のラジオらしきものだった。防護スーツからヘルメットをはずす。

「サム、何をやってる？」

ヒーリーは問いかけを無視した。

うん、やはり音楽だ。イージーリスニングのたぐいらしい。全身の力が抜け、ラジオを凝視したまま動くことができなかった。雑音がさらに響く。やがてディスクジョッキーの声が聞こえた。「こちらはＷＪＥＳ、心洗われるキリスト教音楽をお届けします……」

ヒーリーは爆薬を観察した。手袋を脱いで、爪ですくった。においを嗅ぐ。記憶にあるにおいだが、嗅いだのは爆弾処理の訓練中ではない。アダムといっしょのときだ。爆薬の正体は工作用粘土だった。

ルーンは時間の無駄を避け、壁を突き破ろうと試みたりしなかった。床にひざまずき、部屋に引きずりこまれたときに目にしたあるものをベッドの下から取りだした。

電話機。

さっき、ベッドの上で身を乗りだすのをハサウェイに見とがめられたが、あれは飛びかかろうとしていたのではない。ダイヤル式の古い黒電話が床にあるのを知っていたから、ベッドの下の暗がりへ足で押しやったのだった。

ルーンはそれを引き寄せて受話器をとった。何も聞こえない。

そんな！

回線が通じていなかった。コードを目でたどる。ハサウェイのしわざかどうかわからないが、壁から引きちぎられていた。

ルーンは床にすわりこんで、コードの表面の絶縁体を歯で嚙みちぎり、白、黄、青、緑の四本の導線を露出させた。

五分かかって、四本すべてから銅の心線をむきだしにした。壁面の、差しこみ口が四つある電話回線用ジャックと向きあう。ルーンは四色の順序をあれこれ変えて、心線を差してみた。床の上で窮屈に縮こまり、顎の下に受話器をはさんだまま。

ついに、最後に試した配列で、ダイヤルトーンが聞こえた。

爆弾の時限装置によると、残り時間は十二分。

ルーンは九一一をダイヤルした。

でも、これでほんとうにうまくいく？　ファイア・アイランドに消防署なんてあるの？　それに、この場所をどう説明すればいい？

だめだ！

ルーンは切断ボタンを押しさげ、ヒーリーの自宅の番号をダイヤルした。

応答なし。受話器をたたきつけそうになったが、かろうじて思いとどまり、慎重に切断ボタンを押した――残りわずかなダイヤルトーンを尽き果てさせたくないような気分だ。そこで電話交換手を呼びだし、緊急事態だからマンハッタンの第六分署につないでもらいたい、とかすれた声で告げた。驚いたことに、五秒でつながった。

「緊急事態なんです。爆発物処理班のサム・ヒーリーと話をさせて」

雑音につづいて、交換手のだれかがポーランド人にまつわるジョークを言っているのが聞こえ、また雑音がはいった。

「早くつないで」ルーンは耳をそばだてた。さらに雑音。ジョークの落ち。

雑音。

お願い……

そのとき、ヒーリーの声がした。

交換手が言っている。「本部より二五五へ。あなた宛に地上回線で電話がかかっています。女性からで、緊急事態だそうです。応答できますか」

「現場にいるんだ。だれからで、どんな用件かな」

「サム！」ルーンは叫んだ。

だが、ヒーリーには聞こえていなかった。

28

「ルーンからだと伝えて」ルーンは交換手を怒鳴りつけた。「早く！」

一瞬ののち、まだ雑音だらけではあったが、回線の状態が少しよくなった。

「サム」ルーンは泣き声で言った。「爆弾といっしょに部屋に閉じこめられたの。〈イエスの剣〉の男に」

「どこにいる？」

「ファイア・アイランドにあるビーチハウス。たぶんフェア・ハーバーだと思う。あいつ、爆弾をここに置いたの」

あと七分。

「仕掛けたやつはどこに？」

「出てった。ウォーレン・ハサウェイ……最初の爆破事件の現場証人よ。フェリーでベイ・ショアへもどるつもりだと思う」

「わかった、ヘリを向かわせる。ビーチハウスの外観を教えてくれ」ルーンは伝えた。恐ろしく長い二十秒間、ヒーリーは通話を中断した。

「それで、どんな爆弾だ」

「どっさりひとつかみの――なんて言ったっけ――C－3爆薬。それに時限装置。あと六分くらいで爆発するようにセットされてる」

「とんでもないな、ルーン、さっさとそこを出――」

「出口を釘づけにされてるの」

一瞬の沈黙があった。ため息をついてるの？　ふたたび聞こえたのは、精神安定剤並みに心を癒す声だった。「よし、いっしょになんとか切り抜けよう。よく聞いて。いいね？」

「何をすればいいの？」

「くわしく話してくれ」ルーンはハサウェイが爆弾について語っていたことを伝えた。説明しているとき、ヒーリーが口笛を吹いた気がしたが、ただの雑音だったかもしれない。

あと五分。

「部屋の広さは？」

「二十フィート×十五フィートくらい」

しばしの間《ま》があく。

「よし、聞いてくれ。爆弾からできるだけ離れて、マットレスかクッションで体を覆うんだ。そうすれば命は助かる」

「でも、耳も目もやられるってあいつが言ってた」

沈黙が流れた。

「ああ」ヒーリーは言った。「そうかもしれない」

あと四分二十秒。

「こわいのは、きみ自身が解除しようとして、逆に起爆させてしまったら、まちがいなく命を落とすってことだ」

「サム、あたしやってみる。どうするの？　やり方を教えて」

ヒーリーは躊躇していた。ようやく言った。「ぜったい雷管を引き抜いちゃだめだ。圧力スイッチが組みこんであるんだから。迂回路を作って電源コードを切断するんだ。ただし、コードが切れていないと検流計に錯覚させる程度の電流は保たなきゃいけない」

「意味がわかんない！」

「よく聞くんだ。爆弾を見て。電池の近くに小さな箱があるだろう」

「グレーの箱ね。うん、ある」

「金属の端子が二本ついてる」

「ええ」

ヒーリーは言った。「導線を一本つなぐんだ、極細のゲージの――」

「〝ゲージ〟って何?」ルーンは叫んだ。

「ごめん……とにかく、ものすごく細いやつだ。さっきの箱の端子のひとつと、電池につながってるメインの端子をつなぐんだ。言ってること、わかるかい」

「わかる」

「それから、時限装置につながってる導線を切る」

あと三分三十秒。

「わかった」

「導線を一本見つけて、絶縁体を剝ぎとってから、よりあわさったものの一本――全部じゃなく、一本だけの端をグレーの箱の端子に巻きつけて、反対の端を時限装置の端子に巻きつけるんだ。そのあと、時限装置から出てるほかの導線を切る」

「うん、やってみる」プラスチックを組みあわせたその爆弾に、ルーンは目を凝らした。手順を思い描く。

「ロッカースイッチのことを忘れるな。爆弾そのものを動かしちゃいけない」

ルーンは涙ながらに言った。「IEDっていうんでしょ、サム。爆弾じゃなくて」

「ヘリがそっちへ向かってる。ベイ・ショアでは、郡警察がフェリーを待ち伏せる。

フェア・ハーバーにもひとチーム送るよ」

「ああ、サム。あたし、ただマットレスの下に隠れてたほうがいいの？」

ヒーリーは黙した。ふたりのあいだに嵐のような雑音が湧きあがる。やがて口を開いた。「〝信じつづければ現実になる〟だろ？」

あと二分。

「またあとでね、サム」ルーンは電話からコードを引きちぎった。そして、現れたうちの一本――白い導線――の絶縁体を歯でむしりとり、ヒーリーに教わったとおり、両端をふたつの端子に巻きつけた。

九十秒。

つぎは電源コードの切断だ。爆弾の上にかがみこみ、わずか数インチ先に爆薬の油っぽいにおいを感じながら、黒い導線の一本を歯にくわえた。思いきり噛みつく。装置の上に涙が落ちる。

その導線は思いのほか太かった。

五十秒。

歯の一本が欠け、ルーンは痛みと驚きで激しく身を震わせた。吸いこむ息が乾いた音を立てる。

四十秒。

三十秒……

切れた。

もう一本の導線を嚙み切る時間はない。両方切れと言ってたっけ？　そんな気がする。どうしよう。ルーンは爆弾からあとずさり、ベッドからマットレスを引っ張ってきて、ハサウエイが言ったとおり、隅の床に横たわった。耳も目もやられる……

三十、二十九、二十八、二十七……

神に祈った──〈イエスの剣〉が崇める神とはまったく別人だと信じて。

十四、十三、十二、十一……

ルーンは体を縮めて頭をかかえこんだ。

ウォーレン・ハサウェイは自分の几帳面さを誇りに思っていた。爆弾を作っていないときの仕事は、実のところ簿記係──あいにく公認会計士ではない──で、薄緑の用紙に万年筆や極細のフェルトペンできっちり端をそろえて数字を埋めていくのが心地よかった。その厳密さと細かさが好きだった。

大爆発を見守るのも好きだった。

だから、ビーチハウスの窓が木っ端微塵に砕けず、足もとの砂地も爆発の余波で揺らがないとわかったときには、驚愕で腹がねじれる思いだった。毒づきはしなかった

――そんな考えを起こしたことはない。ハサウェイはハンマーを手に、数百ヤード離れたビーチハウスへ歩いて引き返した。

ヨブの試練を思え……

仕掛けに不備がなかったのはたしかだ。装置のことは知りつくしている。雷管は適切な厚みの爆薬層に埋めこんだ。C－3爆薬の状態もよかった。電池も充電した。

あのけちな淫売が、その力作を破壊した。

ハサウェイはビーチハウスへ踏みこみ、寝室のドアに渡した横木にハンマーを振りおろした。釘の近くをたたいて頭を浮かせたのち、釘抜きを引っかける。幽霊屋敷さながらの耳障りなきしみとともに、釘が抜けはじめた。

一本目の釘――取り乱した女の声が、そこにいるのはだれ、と尋ねた。

二本目の釘――助けて、と叫んでいる。なんと愚かでヒステリックなのか。女というやつは。ことに売女は。

三本目の釘――声がやんだ。

そこで手を止めた。耳をそばだてる。何も聞こえない。

ハサウェイは残りの釘を抜いた。ドアが開く。

ルーンがテーブルの前に立って、挑むような目つきで見返していた。髪が汗で顔に張りつき、目は険しくせばまっている。手の甲で口もとをぬぐい、唾を呑んだ。もう一方の手には棒が握られている。テーブルか椅子から折りとった脚だ。ハサウェイはそれを見て笑い、それから眉をひそめて、ルーンの向こうにある爆弾をながめた。職業的な興味をもってそれを観察する。迂回路を作ったらしい。怪訝な表情を浮かべている。「きみがやったのか？　どうしてやり方が――」

ルーンは棒を振りかざした。

ハサウェイは言った。「淫売め。この程度のことであきらめると思うのか？」

ルーンのほうへ足を踏みだす。ほんの六インチしか進まないうちに、戸口の下に張り渡してあった電話線に足をとられた。

ハサウェイはどさりと倒れた。とっさに腕を突きだしたが、床にぶつかったとたん、手首の骨が砕ける音が大きく響いた。苦痛の叫びをあげ、立ちあがろうともがく。そのさなか、肩をルーンに棒で強打され、傷めた手の上に倒れて悲鳴をあげた。

ルーンは脇をすり抜けて戸口へ走っていく。

ハサウェイはふたたび起きあがろうと試み、片膝と片足で体を支えながら、傷めていないほうの手でポケットのカッターナイフを探った。地上におり立った悪魔を見るような目でルーンをにらみつける。そしてゆっくりと立った。

ルーンはほんの一瞬待ってから、棒をハサウェイの向こうへほうり投げた。

　そのあとのことは、おぼろげにしか覚えていない。

　ルーンは居間の壁際めがけて、床へ身を投げた。

　あわてたハサウェイが不器用に棒をつかみとろうとしたが、ルーンの狙いどおり標的にあたった。

　阻止に失敗した瞬間——棒が爆弾にぶつかった瞬間——ロッカースイッチがC－3爆薬を起爆させると同時に、閃光が一気にひらめき、球状の炎があがった。

　そして、あらゆるものの輪郭がいっせいにぼやけた。砂、木片、石膏板の断片、煙、金属——すべてが渦巻く爆風に巻きこまれた。

　壁についてハサウェイが言っていたことは正しかった。外壁は持ちこたえている。ハリケーンの残骸のように粉々に砕けてルーンのまわりへ飛び散ったのは、室内の壁だった。床は六インチ陥没した。火事にはならなかったものの、ハサウェイが請けあったとおり、有毒ガスの刺激は強烈だった。横になって体をまるめていたが、喉が締めつけられて咳がひどくなると、ルーンは立ちあがった。寝室には目もくれず、ふらつきながら外へ出た。

　何も聞こえず、涙が止まらないまま、地面にひざまずき、吸いこんだ苦い化学物質を咳といっしょに吐きだしながら、浜辺までのろのろと這い進んだ。

　ファイア・アイランドは平日にはほとんど人がいない。爆発音を聞きつけてやってきた野次馬さえも見あたらず、浜辺は完全に無人だった。

ルーンは砂の上にくずおれ、仰向けに寝転がって、もっと潮が満ちて足もとまで波が打ち寄せたらいいのにと夢想した。その思いが頭を離れなかったが、なぜ水の感触が恋しいのかはわからなかった。そもそも人を癒すものだからかもしれない。おそらくいまは、何か生き生きとしたものとふれあう必要があるのだろう。

冷たい波が最初に足をなでたとき、ルーンは目をあけて地平線を見渡した。

ヘリコプターだ！

低空を飛んでこちらへ向かってくるのが見えた。そしてもう一機。

さらに十数機！　それだけのヘリが緊急救助の命を帯び、まっすぐここをめざして飛んでいる。それを見てルーンは、自分では聞こえないものの、全身に響き渡る哄笑をあげた。まるで奇跡のように、ヘリの一団はまるまるとしたカモメの群れに変わり、ルーンにはなんの注意も払うことなく、硬い砂浜へ舞いおりてぎこちなく着地した。

29

ルーンはその後の二週間ほどをひとりで過ごした。みずから望んでそうしたのだった。サム・ヒーリーとは数回会ったが、大切なのは深刻ぶらないことだと思っていた。

そして、専門家にまかせること。事件後も捜査はつづいていた。自分が寝室に閉じこめられる少し前にハサウェイが電話をかけていたことを、ルーンは警察に話した。〈イエスの剣〉のメンバーへの連絡だった可能性がある。州警察が通話記録を調べ、独自に捜査を開始した。ガブリエルの体が木っ端微塵になった三日後には、〈イエスの剣〉の幹部三人が逮捕された。

アーサー・タッカーの件もあった。ルーンがファイア・アイランドから帰ると、ハウスボートに何者かが侵入した形跡があった。何も盗られていないと思ったのもつかの間、タッカーのオフィスから失敬してきた脚本がなくなっているのに気づいた。

ルーンはタッカーに電話をかけ、死んだシェリー・ロウの脚本を横どりしたことを警察に知らせてやると怒鳴った。タッカーは傲然と答えた。「好きにしろ。その脚本にはきみの指紋がついているし、一週間前、きみがわたしの話を聞きにきた直後にそれが盗まれた事実は、警察の調書に残っている。さらに言うと、わたしが爆破事件の容疑者だと世界の半分にふれまわってくれたようだが、冗談じゃない。名誉毀損もいいところだ」

ふたりはある合意に達した。どちらも訴えはせず、タッカーがその脚本によって収入を得た場合は、その四分の一をニューヨーク・エイズ対策連盟に寄付する、というものだ。

それから、妙なことが起こった。

ラリー――〈L&R〉の片割れのラリー――がハウスボートの戸口に現れた。

「電話がないってのは困ったもんだ。何か得することがあるのか」

「ラリー、あたしはずっとさんざんな目に遭ったのよ」

「たいしたハウスボートだな」

「何か飲む?」

「長居はできない。伝えることがあって寄ったんだ。あの〈ハウス・オ・レザー〉の屑野郎のことなんだが」

「あたしは取引をぶち壊したのよ、ラリー。また雇ってくれるわけないわよね」

ラリーはオーストラリア人っぽく鼻で笑った。「ああ、そんなことは断じてない。実は、あの野郎から電話があって、ＰＢＳで小耳にはさんだらしいんだが、こんど新人ドキュメンタリー作家の作品を何本かシリーズで放映するとかで、有望な……」

「ラリー！」

「ああ、おまえを推薦しておいたよ。予算も出る。多くはないけどな。一本につき一万ドルだ。けど、ふつうなら実績がなきゃ作品を持ちこむこともできないんだからな」

ラリーは担当者の名前を書いた。ルーンはラリーの胴に腕を伸ばせるだけ伸ばして、ぎゅっと抱きしめた。「大好きよ」

「しくじったら承知しないぞ。ああ、それからこのことはボブには言うな。あいつときたら、ちっちゃな人形におまえの名前を書いて、夜な夜なピンを突き刺して――」

「そんなの、駄法螺《コズワロップ》でしょ、ラリー」

「ルーン、そいつはオーストラリアじゃなくてイギリスの言いまわしだ。ちょっとは外国語も勉強しろよ」

ラリーが帰った五分後、ルーンは電話をかけていた。配給会社の男はひどく無愛想で、企画書を出してもらえば出資の判定ができるだろう、とあいまいに告げた。

「企画書？　編集前のテープがあるんですけど」

「ほんとうに?」男は業界人らしからぬ感心した口調で言った。「ほかの応募者たちは、構成を書いた紙切れ一枚しかよこさないのに」

二日後にまた連絡すると、〈あるブルームービー・スターの墓碑銘〉がPBSに売れたと言われた。若手の映像作家を採りあげる番組で、放映は九月の予定だ。編集その他の費用をまかなえる額の小切手が、まもなく送られてくるという。

サム・ヒーリーがまた顔を出し、そのうち頻繁に泊まっていくようになった。ボートの揺れにしつこく文句をつけていたが、それはたぶんルーンの心変わりを促すためだったのだろう。自分の家へ引っ越せばいいのに、と心のどこかで思っているにちがいない。

ヒーリーはシェリルともときどき会っていた。ヒーリー自身がそう教えてくれた——例のごとくばか正直に。とはいえ、会うのはあくまで離婚寸前の夫婦として、具体的な話を進めるためだったらしい。だとしてもシェリルはまだ書類に手をつけておらず、ルーンが泊まりにいった夜には、ヒーリーは一、二度遅くに電話を受けて、三、四十分話しこんでいた。内容は聞こえなかったが、相手が警察の作戦本部でないことは察しがついた。

アダムは断然ルーンを気に入り、流行りのロック・グループや、かっこいい古着を買える店について訊いてきた(〝まかせといて、サム。息子がオタクになったらいやでしょう?〟)。ふたりでメッツの試合にも出かけた。もともとヒーリーがチケットを買ったのだが、ポート・オーソリティーのバスターミナルで、ロッカーに預けられたスーツケース内の目覚まし時計がチクタク鳴りつづけたせいで、行けなくなってしまった。ルーンとアダムは思いきり楽しんだ。ルーンをナンパしようとして、かわいい弟だね、と声をかけてきた男に、アダムはこう言い放った。「ぼくのママにそんなこと言わないで」

ふたりは家へ帰るまでのあいだ、その男の反応を話題にして、ほとんど笑いどおしだった。

きょうは日曜日で、ヒーリーがハウスボートに泊まったあとだった。テレビで野球を観戦しているヒーリーのかたわらで、まともな朝食を作ろうと奮起したルーンは、ワッフルに挑戦するのは無謀だろうかと思案しながら、《ニューヨーク・タイムズ》紙に目を通していた。ある記事に目を留め、それを読み終えると、唐突に身を起こした。

ヒーリーはルーンに視線を向けた。

ルーンは記事を指し示した。「二、三日前、ラ・ガーディア空港で車のトランクから男の死体が発見されたでしょ?」

「あのマフィアの一員?」

「そう」

「それがどうかしたのか」

「解剖の結果、死後一週間と判定したそうよ」

ヒーリーは試合に注意をもどした。「ヤンキースが七点差で負けてるっていうのに、きみは死んだ殺し屋のことを気にしてる」

「その解剖を担当した検死官助手だけど——アンディー・ルウェリンって名前なの」

しかしヒーリーは、ブロンクスの男たちが八回の攻撃で巻き返すのを応援しようと、全神経を集中していた。

「ちょっと出かけてくる」ルーンは言った。「帰ってきてもまだいるでしょ？」

ヒーリーはキスで答えた。「やってのけるぞ」

ルーンはぽかんと見つめた。

「ヤンキースのことさ」

「幸運を祈ってる」ルーンは真顔でそう言った。

ルーンはあてもなく歩きつづけ、気がつくと——自分でも驚いたことに——タイムズ・スクエアにいた。昔懐かしい〈ネイサンズ・フェイマス〉にはいって、コーラとカリカリのフライドポテトひと箱を注文し、ザウアークラウトとケチャップとマスタードをたっぷりかけてから、フォーク代わりにもらった小さな赤い串を使って、苦労して口に運んだ。

全部食べきらないうちに、ルーンはいきなり立ちあがり、外の公衆電話へ向かった。長距離電話を二本かけ、その五分後には、ハウスボートへもどるタクシーのなかで、サムが飛行機代を貸してくれるだろうかと考えていた。

ボーイング727の下方には、ニューヨーク港よりはるかに青いミシガン湖がひろがり、ウィルメット近郊のノース・ショアと呼ばれる一帯と接していた。バハーイ寺院の繊細な透かし模様の円蓋が、深緑に生い茂る晩夏の木々の上にそびえている。

ＪＶＣの小型ビデオカメラのファインダーをのぞいていたルーンは、飛行機が寺院から離れて視界から消えるのを待った。そこで録画をはじめる。後流に抗って激しく振動しながら、着陸用の車輪がさがった。ベルの音とともに機内灯がつき、五分後にはオヘア空港に着陸した。滑走路で逆噴射の音に耳を傾けつつ、死への不安が消えるのを感じた。

「シカゴへようこそ」客室乗務員が言った。

ほんとうに来てよかったのかと迷いながら、ルーンはシートベルトの留め金をはずした。

「〝この街は平坦だ……全エネルギーがビルだらけの島に押しこめられているニューヨークとはちがう。ここは街並みが無秩序にひろがり、濃密さに欠け、建物が……〟」ルーンの声は途切れた。小型のテープレコーダーを持つ手がさがる。

「散らばっている?」タクシーの運転手が助け船を出した。

「散らばっている」カチッ。ルーンはレコーダーを切った。

ルーンは運転手の頭に目をやった。頭頂部は禿げているが、横の髪を後ろでひとつにまとめて長く垂らしてある。バックミラーで顔を見ると、素朴な山羊ひげを生やしていた。

「散在している?」運転手はなおも言った。

カチャッ。

「〝……建物が散在している……広々とした大地が山間《やまあい》までひろがり……〟」

「〝つづき〟にしたらどうだ」と運転手。「〝ひろがり〟はさっき使ったよ」

「そうだった?」詩的に考えをつむぐ気分が失せた。ルーンはテープレコーダーをバッグのなかへ落とした。

「お客さん、小説家なのかい」運転手は尋ねた。

「映画作家よ」定期収入を得る仕事という意味なら、厳密にはちがうけど、とルーンは思った。そうは言っても、最近得た肩書である〝六番街のベーグル・レストランで臨時雇用中のウェイトレス〟よりも〝映画作家〟のほうがはるかに聞こえがいい。

それに、だれがたしかめるっていうの？

その運転手――実は勤労学生でもある――は大の映画好きで、ローレンス通りにはいったあたりで、ぜひシカゴで撮ってくれと強く勧めはじめた。

運転手はそこで料金メーターを切り、半時間かけて市内を案内した。

「シカゴは〝野生の玉ネギ〟って意味なんだ。映画の幕開けにはうってつけの街だよ」

運転手の解説がつづく。開拓者キャプテン・ストリーター、ヘイマーケット広場の労働紛争、マコーミック大佐、ウィリアム・リグレー、カール・サンドバーグ、サリヴァンとアドラーの共同建築、ホワイトソックスとカブス、蒸気船イーストランド号の転覆、ウォータータワー、スティーヴ・グッドマン、ビッグ・ビル・トンプソンとリチャード・デイリー市長、ピカソ作の醜悪なモニュメント、雪と風と湿気、ソール・ベロー、そしてポーランドやドイツやスウェーデンの料理。

「ああ、キールバーサ（ポーランドの燻製ソーセージ）」運転手はうっとりした声で言った。

シカゴ大火についても多くを語り、川に近い西の出火地点と、ずっと北にある鎮火地点を見せてくれた。

「そうだ、こういうのもいいんじゃないかな」運転手はルーンを振り返った。「都市災害のドキュメンタリー。サンフランシスコや、ドレスデンや、ナガサキや……」

タクシーはホテルに到着した。せっかくの提案だが、その手のドキュメンタリーはぜったいに手がけまいと内心思いながら、ルーンは運転手に礼を言った。災難はもうたくさんだった。

ふたりは名前と電話番号を教えあった。運転手はチップを受けとらなかったが、街の雰囲気を伝えるのに必要になったら、案内人として登場してもらうとルーンは約束した。

リンカーン・パークのすぐそばのこぢんまりしたホテルにチェックインした。部屋からは湖が見渡せ、ルーンはしばし腰をおろして景色をながめた。

バスルームは夢のようだった――タオルがふんだんに用意され、腕や脚を一本拭くたびに取り替えてもよさそうだ。鏡もたくさんあり、おかげで腰のくびれの部分に自分でも知らなかった母斑を見つけた。香りのよい小さな化粧石鹸で顔を洗い、それから小さなボトル入りのシャンプーとリンスを使った。まともなお手入れとはこういうものだ。家では、皿洗いも含めてなんにでも、昔ながらのアイヴォリーの固形石鹸を使っている。無料のシャワーキャップは頂戴することにした。シャワーを浴び終えると、一張羅のドレスを身につけた。母が四年前に送ってくれた青いシルクのワンピースだ（でも三回しか袖を通していないから、まだ新品同様に見える）。

等身大の鏡に映った自分を見つめる。

ドレスを着て、ホテルに滞在している自分。ここからは青緑色のさざ波が揺れる美しい湖が見える。焼け落ちた廃墟から復興した街の……

ルーンは机のランプを灯し、メイク道具を取りだした。ここ一年近くご無沙汰していた、マニキュアを塗る作業をはじめる。色は深紅。なぜその色を選んだのかは自分でもわからないが、洗練された教養人を思わせる――劇場へ行くときにつけたくなる色だった。


「ジョン・ディリンジャー（シカゴで死んだ著名な強盗犯）はあそこでくたばったんだぜ」顎の角張った、砂色の髪の若い男がそう言った。ルーンは半ば見捨てられたようなフォークミュージック・クラブでハンバーガーを食べていた。男はカウンターに片肘を突いて、通りの向かいにある古い無声映画専門の映画館を指さした。

「赤いドレスの女に裏切られたんだ」男は意味ありげな声つきで言った。

けれどもルーンは、いまも血の痕が残ってるかしら、とぎらつく目で訊いて、男を追い払った。

ヘイマーケット劇場は、リンカーン通りに面したヴィクトリア様式の小さな二階建ての建物で、無声映画館の通りを進んでいくと、フラートン通りのすぐ北にあった。ルーンは窓口でチケットを受けとって、せまい客席へ歩み入った。自分の座席を見つけ、プログラムをめくる。八時一分に照明が落ち、幕があがった。

芝居のことはよくわからなかった。映画は大好きでも、芝居は概してあまり好きではない。書き割りが本物に見えはじめ、妙なしゃべり方や歩き方にようやく慣れたころには、すでに二時間がたっていて、あえなく現実に引きもどされるからだ。それは痛快な体験とは言えない。

しかしこの芝居はけっして悪くなかった。おおかたの現代劇とちがって、しっかりしたストーリーがある。家族のために自分の夢をあきらめつづける若い女の話で、レベッカ・ハンソンというブルネットの美人女優がその役を演じていた。最大の山場は、その女が三十二歳にして家を出る決意をするところだった。

別の役者に話しかけられた役者が、それをきっかけに過去へもどって別人になるというような、しゃれた演出がいくつか見られた。おもしろおかしいやりとりの合間に、悲しい場面が織り交ぜられる。ヒロインが田舎町の恋人と別れてヨーロッパへ旅立つ場面で、ルーンは大いに涙した。

客席の反応も上々で、観客のほぼ半数が立ちあがって主演女優に喝采を送った。長い上演で、カーテンコールが終わったときには、十時四十五分になっていた。ルーン以外の観客はみな、照明がつくとそそくさと帰っていった。

ルーンは俳優たちが引きあげるのを待って、舞台裏へまわった。

だれにも引きとめられなかった。

レベッカ・ハンソンの楽屋は廊下の突きあたりにあった。

ルーンはその前で足を止め、心を落ち着けてから、ドアをたたいた。

「はい？」

ルーンはドアをあけた。

コールドクリームで化粧を落とし終えたシェリー・ロウが、ルーンに微笑んだ。笑顔はさびしげだった。

「客席にあなたがいたような気がしたの」シェリーは言った。「さて、少し話したほうがいいわね」

30

ふたりの女は、店々がすでに閉まって酒場の客もまばらになったリンカーン通りを歩き、ホルステッド通りとフラートン通りが交わる広い交差点に出て、東へ曲がった。

目の前に見える街路とアパートメントの明かりの先には、漆黒の闇がひろがっている。そこにあるのは湖なのか公園なのか空なのかとルーンは想像した。

シルクのブラウスにブルージーンズ、リーボックのスニーカーといういでたちのシェリーに目をやる。

「感じが変わったみたい。ちょっぴりだけど」

「少し整形したの。目と鼻をね。髪は前から短くしたかったし」

「アーサー・タッカーは全部知ってたのね？」ルーンは尋ねた。

「ある意味では、アーサーの思いつきなの。六ヵ月ほど前、映画の仕事のことが知れて――もちろん、隠してたつもりはないいんだけどね。それでひどい口論になった」

「タッカーに会ったわ。ポルノはあまり好きじゃないみたいね」

「ええ、でも倫理の問題じゃないの。ああいう映画にかかわっていたら——なんだったかしら——才能が摩耗する。そんなふうに言ってたわ。大成する妨げになるって。創造力を鈍らせるんだそうよ、アルコールやドラッグみたいに。考えてみると、そのとおりだった。でも、あっさりやめられるものじゃないって話したわ。貧乏には慣れてなかったから。気が変にでもならなきゃやめられないって言ったの。気が変になるか、死ぬか。

アーサーは〝なら、死ぬことだ〟と言った。それで、ゴーギャンが身を隠した逸話を思いだしたの。だけど、そこそこの劇場がある大きな街は例外なくポルノも盛んだから、正体がばれる危険がある。ただし……」シェリーは微笑んだ。「ほんとうに死ねば別だけどね。その一週間後、例の宗教団体が映画館で最初の爆破事件を起こしたの。損傷がひどくて、身元が確認できない遺体もいくつかあるって報道された。だれかがそういう遺体をわたしと取りちがえたらどうなるか、って想像してみたのよ。そうすればどこへでも行ける、サンフランシスコ、LA、ロンドンへだって……

その考えが頭を離れなくなってね。寝ても覚めてもそのことばかり。そして、うまくいくかもしれないと思った。

爆弾はトミーの軍隊仲間から手に入れたの？　モンテレーで、トミーといっしょに軍法会議にかけられたっていう人？」

シェリーは一方の眉をあげた。ブルネットの髪にはどうも違和感がある。金髪こそシェリーの色だった。「そんなこと、どうやって知ったの？」

「人づてに」

「その男は闇で軍需品を売ってるの。軍では破壊工作を専門にやってたんだって。お金を払って爆弾を作ってもらったのよ。扱い方の指導も受けた」

「それからあなたは待った。あたしのようなだれかを。目撃者をね」

シェリーはしばらく口をつぐんでいた。ふたりの左手の少し先には公園があり、刈りこまれた芝生や、ナラとカエデの木立を、何組かのカップルがそぞろ歩いている。

「それからわたしは待った」静かに言った。「爆発した部屋にわたしがいたのを見てくれる人が必要だった」

「それをテープにおさめさせようとした。そう頼まれたのを覚えてるわ。そして爆発が起こった。あなたはその場を去り、アンディー・ルウェリンの用意した死体が電話のそばに残された」

シェリーは顔をほころばせ、ルーンはそれを賞賛の笑みと受けとった。「アンディーのことまで知ってるの？　それも自分で突きとめたの？」

「カレンダーにメモしてあった名前を見たのよ。それからこの前、新聞で殺人事件の記事を読んでたら、ルウェリンは検死官助手だって書いてあった。死体を調達してもらうにはうってつけの人間だと思ったの」

　少しの間を置いて、シェリーは言った。「死体ね……忘れもしないわ、アンディーのことは。あるときバーで声をかけてきたの。すごくおもしろくて、感じのいい人だった——日がな一日死体を解剖してる人にしてはね。おまけに安月給しかもらってなかったから、三万ドルの現金と引き替えに、死体の準備から検死解剖の手配、死んだのがわたしだと証拠づける歯の治療歴の偽造まで、喜んでやってくれた。死体を調達するのはそれほどむずかしくないって知ってた？　あの街では毎年何十もの身元不明の死体が出るのよ」

　シェリーはかぶりを振った。「あの晩のわたしは、一種の自動操縦で動いてた。死体は夕方、撮影のためにあなたのところへ出向く前に、アンディーとふたりで〈レイム・ダック〉の例の部屋に運びこんでおいたの。爆弾は電話機に仕込んであった。あなたが外にいたとき、わたしはひと声かけてから、スタジオの裏へ引っこんで無線送信機のボタンをいくつか押した。爆破は成功した。

　鞄のなかに持ってたのは、現金に換えた貯蓄の残りと、モリエールの戯曲の原版と、母からもらった指輪と、宝石類が少し。それだけよ。クレジットカードや運転免許証やシティバンクのキャッシュカード類は全部、〈レイム・ダック〉の部屋にハンドバッグごと置いてきたわ」

「この街のだれかに正体を見抜かれないか心配じゃない？」

「もちろん、それはあるわね。けど、シカゴはニューヨークとはちがう。ここにはポルノ映画館が二、三軒だけで、アダルト専門書店も数えるほどしかない。タイムズ・スクエアにあるようなシェリー・ロウのポスターなんかどこにもないわ。書店のウィンドウにもシェリー・ロウの出演ビデオは飾られてない。それに整形手術も受けたしね」

「そして髪も染めた」

「いえ、これはもともとの色よ」シェリーはルーンのほうを向いた。「そもそも、こうやって数フィートの距離でわたしと話してて、どう？　ハウスボートでインタビューしたのと同じ人間に見える？」

いや、見えない。まったくの別人だ。その瞳は——青さは変わらないが、もはやレーザー光線を放っていない。身のこなし、声つき、笑い方。年老いたと同時に若返ったようにも見える。

ルーンは言った。「撮影したときのこと、覚えてるわ。はじめはずいぶん気丈な感じで、なんていうか、抑えがきいてた」

「シェリー・ロウは強い女だったから」

「でも、少しずつ変わった。別の人みたいに思えてきた」

「そうね。だから……」シェリーは視線をそらした。ふたりはまた歩きはじめ、ルーンはにこりとした。

「だから、ハウスボートに忍びこんでテープを盗んだのね。自分をさらけだしすぎたから」

「悪かったわ」

「知ってるわよね、トミーが連続殺人犯だと思われてたのは」

「聞いたわ。ニコールのことも……ほんとうに悲しい」シェリーの声が小さくなる。

「ダニーやラルフ・ガットマンみたいな連中は――ただの俗物よ。でもトミーは恐ろしい人だった。だから別れたの。あんな映画を作るなんて。SMの実録物を撮りはじめたの。別れたのはそのあとよ。そのうち、苦痛を与えるだけじゃ飽き足らなくなって、スナッフ映画に手を出したんじゃないかしら。確信はないけど」

ふたりは何分かだまって歩きつづけた。さびしげに笑って、シェリーは言った。

「どうやって突きとめたのか、いくら考えてもわからない。わたしがシカゴにいることを」

「あなたの脚本のおかげよ。〈届けられた花束〉。アーサー・タッカーの机で見つけたの。タッカーはあなたの名前を消して自分の名前を書きこんでた。それで……あなたを殺したものと思いこんだの――脚本を自分のものにするために。みごとにだまされた」

「相手が演技指導教師だってことを忘れないで。しかも、あなたが出会える最高の役者のひとりよ」

「あの演技ならオスカーがとれる」ルーンはつづけた。「劇場の名前が記憶に残ってたの。ヘイマーケット劇場。脚本の表紙にたしかそう書いてあった。それで劇場に電話して、いまなんの芝居がかかってるか訊いたら、〈届けられた花束〉だって」

「アーサーの提案よ。自分が書いたことにしようって言ってきたの。ベッキー・ハンソンより、アーサー・タッカーの手がけた脚本のほうが上演される可能性が高いからって。上演料は送ってくれてるわ」

「エイズ対策連盟には一ドルも送ってないのね」

「ええ。そんな必要があるの？」

ルーンは笑いながら言った。「たぶんね。でも、あたしたちが取り引きしたときとは状況が変わったから」ほんと、たいした役者だわ。

「アーサーはこっちの劇団の関係者に話を持ちかけて、わたしを主役に据えるよう口添えしてくれた……。あとになって、わたしも振り返ってみたの。おかしなものね。ここで、わたしは自分自身の死を演出する機会を得たってわけ。女優にとっては願ってもないことよ。考えてもみて――これは人格を創造する機会なんだから。究極の意味でね。まったく新しい人間を生みだすの」

　ふたりはクラーク通りを数分歩いて、ヴィクトリア様式の褐色砂岩の建物にたどり着いた。シェリーはハンドバッグから鍵を取りだした。

　ルーンは言った。「芝居のことはぜんぜん知らないけど、きょうのは気に入ったわ。全部は理解できなかったけどね。不可解なところがあるものって、たいていあたしの好みに合うの」

「批評家の受けもいいのよ。ニューヨーク巡業の話も出てる。参加できないのはくやしくてたまらないけど、いまは無理。あと何年かはね。自分でそう決めたんだから、守らなくちゃ。シェリーには少しのあいだ、静かに眠っててもらうわ」

「いまは楽しい？」ルーンは尋ねた。

　シェリーは天を仰いだ。「破産寸前で、エレベーターのない建物の三階に住んでるのよ。お金が足りなくなって、先月、最後のダイヤのブレスレットを質に入れたわ」そう言って肩をすくめ、大きな笑みを浮かべた。「だけど、演技三昧の暮らしよ。それはもう、楽しいわ」

　ルーンは曲線を描く錬鉄製の門を見つめた。「ちょっと問題があるの」

「問題って？」

「あなたのドキュメンタリーのこと」

「わたしが死んだときに撮ってたやつ？」シェリーは不思議そうな目を向けた。「でも、爆破事件のあと……撮る材料がなくなったでしょう。あの時点であきらめたんじゃないの？」

ルーンは門の格子にもたれて、シェリーに顔を向けた。「こんどPBSで放映されるのよ」

シェリーの目が大きく見開かれた。「ああ、ルーン、そんな……PBSは全国放送よ。この街の人も観るかもしれない」

「あなたに以前の面影はない」

「見る人が見ればわかる程度の面影はあるわ」

ルーンは言った。「あなたはあたしを利用したのよ。不誠実なやり方で」

「頼める立場じゃないのはわかってるけど――」

「あたしの映画に協力する気なんか端《はな》からなかったんだものね。ただ利用しただけ」

「お願い、ルーン、わたしの未来は……まだはじまったばかりなのよ。これまでの人生ではじめて幸せだと感じてる。わたしの過去を――映画のことを知ってる人はだれもいない。物を見るみたいに扱われないのがどんなにすばらしいか、ことばじゃ言い表せない。恥じるところのない人生がどんなにすばらしいか……」

ルーンは言った。「でも、あたしにとっても、これが一度きりの大チャンスなのよ。この映画に何ヵ月も費やした。おかげで仕事はクビになるし、何度か殺されそうにもなった。あたしにはこれしかないの、シェリー。あきらめるなんてできない」

女優の目に涙が浮かんだ。「あなたのハウスボートで、神話の本を手にとったのを覚えてる？　オルフェウスとエウリュディケの物語。シェリー・ロウは死んだのよ、ルーン。呼びもどさないで。お願い」つぶらな瞳から涙があふれそうだ。その手がルーンの腕へ伸びる。「わたしを見守って、ルーン。お願いよ。オルフェウスみたいに。わたしを見守って、冥界へ送り返して」

ハドソン川は波立っていた。嵐が近づいている。電気が止まるのではないかとルーンは心配だった。

今夜は何を措いても電気が必要だ。晴れのテレビ放映の日に、ニューヨークじゅうが停電するなんて。

ニュージャージーの上空で稲妻が光り、二本の缶ビールのタブを同時にあけるサム・ヒーリーの姿が凍りついた。

降りだした雨が、驚くほど速い風とともにハウスボートの側面に吹きつける。

「舫《もやい》が解けないといいけど」ルーンは言った。

ヒーリーは窓の外を見やったが、青いフォーマイカのコーヒーテーブルに載った夕食へ注意をもどした。ニューヨーク・ハーバーへの予定外の航行よりも、冷めたアンチョビのピザのほうが気にかかるらしい。

「ドキュメンタリーは高値で買ってもらえたのかい」

「ううん。公共放送だもの——欲張りなことは言えない」ルーンは言って、テレビのスイッチを入れた。「それに、もし運がよければ、うなるほどのお金をばらまきたがってるスケベなプロデューサーの目に留まるかもしれないでしょ」

「本名を使ったのかい」

「あたしの名前がルーンだって信じてないの？」

「信じてない」ヒーリーはミラー・ビールをあおった。「本名なのか？」

「クレジットにはアイリーン・ドッド・サイモンズって出るわ」

「お上品だな。すると、それが本名なんだ」

「そうかもしれないし、そうじゃないかもしれない」ルーンは謎めいた笑みを浮かべ、福祉団体の店で買った中古のソファーに身を沈めた。お金でも隠されていないかと詰め物を切り裂いてみたせいで、いまだにでこぼこしているが、いい位置を探りあてるとなかなかのすわり心地だ。

ヒーリーはソファーを試したのち、床にすわりなおし、ピザの半分からアンチョビをつまみあげて、残りの半分に移した。

「爆弾処理をやってるくせに」ルーンは指摘した。「ちっぽけな魚には怯えるわけ？」

古いテレビのぼやけた色と画像が溶けあい、かすかな反響とともに、大型スピーカーの音が部屋にとどろいた。

ふたりは今後放送される番組——羊水穿刺《せんし》を採りあげた科学番組や、親ハゲワシが何やら赤くて生々しい餌を幼いハゲワシに与える様子をとらえた自然番組——の予告をひとしきりながめた。

ヒーリーはピザを食べるのをあきらめた。

特集〈若き映像作家たち〉の紹介を、イギリス人の中年男がはじめた。アイリーン・ドッド・サイモンズについては、マンハッタンに住む新進気鋭の若手で、映画制作を正式に学んだことはないが、テレビＣＭの現場で経験を積んだと説明した。

「みんながそんなふうに思ってくれたらね」ルーンは言った。

司会者の顔がクローズアップになる。「では、最初の作品、〈あるブルームービー・スターの墓碑銘〉をお送りしましょう……」

フェード・インのあと、黄昏どきのタイムズ・スクエアの華やかなモザイクがゆっくりと現れる。レインコートを着た男たちが歩き過ぎる。

女性のナレーション――「成人映画。それによって興奮を得る者もいれば、頑なに否定する者や、刺激されて倒錯行為や犯罪に走る者もいる。これは、ポルノの世界に生き、その底知れぬ闇に引きずりこまれていった、才能ある若い女性の物語である……」

「いまのは自分で書いたのか」ヒーリーが尋ねた。

「シーッ」

タイムズ・スクエアの映像がにじんで単なる色の塊となり、やがてモノクロの高校の卒業写真に変わる。

「この転換はうまいな」

「……答えを追い求めても見つけることができず、自分の知る唯一の世界に――幻想に彩られた虚飾の世界に――悲しみを封じこめた若い女優……」

卒業写真が徐々に大きく映され、ひとりの女に焦点が合っていく。

「ニコール・ドルレアン。これは、あるポルノスター――ブルームービー・スターの生と死の物語である」

画面が生身のニコールに切り替わる。アパートメントで窓の外へ目をやり、頬を涙で濡らすその姿を、手持ちのカメラがとらえている。ニコールが穏やかに語る。「それでも、あたしにはポルノしかないの。セックスならうまくできる。だけど、ほかのことは何ひとつ満足にできない。いろいろやってみたわ。でもだめなの……自分のただひとつの取り柄を受け入れられなくなるって、ひどくつらいことよ」

また卒業写真が映され、オープニング・クレジットが流れる。

ヒーリーが尋ねた。「ナレーションをしてるのはだれ？　やけにうまいな」

ルーンはしばらく答えなかった。そして言った。「プロに頼んだの。シカゴで活躍してる女優よ」

「プロの女優？　おれも知ってる人かな」

「さあ、どうかしら」ルーンはピザをテーブルの上へどけ、ヒーリーに体を寄せてその胸に頭を預けた。オープニング・クレジットが終わって、ニコールの写真がフェード・アウトし、八番街の映画館の冷たく光る薄汚れたひさしが画面に浮かびあがった。

解説

穂井田直美

ジェフリー・ディーヴァーの初期の作品が出るという話を担当の編集者から聞いたとき、それがルーンものだと知ったとき、私は、長い間音信不通だった友人の消息を偶然耳にしたときのような切迫した思いにかられてしまった。作品を読めばわかることなのに、ついつい、彼女は元気なの、まだマンハッタンにいるの、何をしているのと、編集者に矢継ぎ早に質問をしてしまったのだが、この気持ち、十二年前に翻訳出版された『汚れた街のシンデレラ』を読まれた方なら、わかって下さるだろう。

ルーンは、相変わらずはじけるように元気に暮らしていた。「背が低いのも、ときには魅力になる。基本のアイテムは、Tシャツとブーツと恐竜。ヘアスプレーを使うのは、ハエを殺すときか、スクラップブックに何か貼るときだけ」という、彼女のおしゃれ哲学からみると、パンクな服装はそんなに変わってないようだ。彼女は、二十一丁目の零細映画制作会社〈L&Rプロダクション〉で働くようになって一年くらいになるらしい。アシスタントといえば聞こえはよいが、要は雑用係をしている。それでも、自分は映画をとるために生まれて来たと信じており、いつかはドキュメンタリー映画をとりたいという夢を抱いていた。定職につくことを彼女なりの哲学で毛嫌いしていた頃に比べれば、少しは大人になったようだ。そのせいだろうか、本書のマンハッタンは、彼女のイマジネーションが創り出したファンタジックなワンダーランドではなくなっていたのは、少々淋しい気がする。そのかわりにルーンは、猥雑な賑わいに溢れるチェルシー界隈で生き生きと働き、ハドソン川岸に停泊しているハウスボートで居住し、彼女らしい様々な小物や恐竜のぬいぐるみに囲まれ暮らしている。

ルーンは、ミッドタウンの光学機器店からレンズを借りて帰る途中、成人映画を上映している映画館の爆発事件に遭遇する。もう少し遅く、その前を通り過ぎていれば、彼女も爆発に巻き込まれ命を落としていたかもしれなかった。しかし、好奇心のかたまりである彼女は、そんなショックなどものともせず、これはチャンスだと、その映画館で上映中だったポルノ映画の女優をモデルにドキュメンタリーを撮ろうと決意する。しかし、快くインタビューに応じてくれた女優が、彼女のプロダクション事務所で爆死してしまったことから、彼女と利害関係のある者も含めて、連続爆破事件は複雑な様相を呈してくる。

今日、ディーヴァーといえば、ニューヨーク市警捜査顧問の科学捜査専門家のリンカーン・ライムと、同市警の殺人課刑事のアメリア・サックスが活躍する人気シリーズの作家として知られている。一九九七年、彼は『ボーン・コレクター』を発表し、捜査中の事故によってほとんど身動きのとれない身体になってしまったライムと、彼の五感になって捜査現場に赴くアメリアを登場させ、現代を代表する安楽椅子探偵の誕生を鮮やかに宣言したのだった。質・人気とも一級ミステリー作家として不動の地位を築いているディーヴァーは、この作品によってブレークしたとみることができる。それまでの作品の積み重ねがなければ、実現しなかったにちがいなく、その原点を、ルーン・シリーズにみることができる。

一九八八年に出版された『汚れた街のシンデレラ』は、レンタル・ビデオ屋の店員として働くルーンが、現実の世界と、『不思議の国のアリス』よろしく彼女のイマジネーションでファンタジーランド化したマンハッタンを自由闊達に冒険し、私達に新鮮な印象を与えてくれたのだった。ルーン・シリーズは、本書と、翌年に出版されたHard Newsで一応の完結をみている。その後、ウィリアム・ジェフリーズ名義で、映画のロケ地を探して歩くジョン・ペラムを主人公にしたシリーズを『死を誘うロケ地』『ブラディ・リバー・ブルース』『ヘルズ・キッチン』と出している。私自身は、ルーンの元気さ、ペラムの人間味溢れた性格が大好きだし、どの作品もミステリーとして一ひねりも二ひねりもされており、お気に入りシリーズになっている。しかしあえていえば、当時、主流になっていたサイコ・サスペンスの強烈さ、ノンストップとかジェットコースターと称されるスピーディでスリリングな展開の作品に比べれば、刺激の強さでは不利な立場にあった。

その後、『ボーン・コレクター』を出して私達に衝撃を与えるまでの間、ディーヴァーは、『死の教訓』『眠れぬイヴのために』『静寂の叫び』『監禁』と、サイコ・サスペンスの秀作を精力的に書いている。これらは単独作品だが、どれもノンストップなサイコ・サスペンス、ツイスティングなストーリー展開と、今日の人気シリーズに負けない出来に仕上がっている。

作者自身、数々のインタビューに答えてよく知られている話だが、『ボーン・コレクター』は、シリーズ化を意識して書かれた作品ではなく、読者から続編をという強い希望があったために、シリーズになったという経緯がある。リンカーン・ライムという強烈な個性を持つ主人公を創造できたことと、それを時流のサイコ・サスペンスと合体させたこと、これが作者のブレークにつながったのではないだろうか。そして初期のシリーズもので培ってきたミステリー本来の魅力、個性豊かな主人公像や脇役の描き方、その後のサスペンス性の磨きが、今日の人気シリーズを支えているとみることができる。

ルーン・シリーズの二作目にあたる本書が翻訳されたことは、長い間、ミッシング・リンクになっていた部分がつながることになり、うれしい話にはちがいない。が、名実ともに一流ミステリー作家となったディーヴァーが、精力的に新作を出している今日に出版されるのは、ルーンのファンとしては、正直言って、彼女にはハンディではないかと心苦しい思いもしている。しかし結果的には、過去の作品を遡って読むことで、今日の作品に対して意外な発見ができるという楽しみがあることも、つけ加えておきたい。本書を読んで、私はちょっぴり大人になったルーンに出会い、彼女にアメリア・サックスと性格的に重なり合う部分を色々発見している。また、ルーンは、本書の中で、サム・ヒーリーというニューヨーク市警爆発物処理班の刑事と出会うことになるが、クライマックスでの二人の関係に、『ボーン・コレクター』でのライムとアメリアの仕事ぶりを連想していただけるのではないだろうか。

本書で、ちょっと大人になったルーンと出会うことができるが、彼女がこれからどう成長していくのか、Hard News も翻訳されればと、願っている。

|著者|ジェフリー・ディーヴァー　1950年米国イリノイ州シカゴ生まれ。雑誌記者、弁護士等として勤めた後、'90年より専業作家に。以来、読みだしたらやめられないジェットコースター型サスペンスのヒット作を連発している。著書にデンゼル・ワシントン主演で映画化された『ボーン・コレクター』に始まるリンカーン・ライム・シリーズ、『悪魔の涙』『死の教訓』などがある。

|訳者|越前敏弥　1961年生まれ。東京大学文学部卒業。英米文学翻訳家。訳書にロバート・ゴダード『惜別の賦』『鉄の絆』、ジェレミー・ドロンフィールド『飛蝗の農場』（以上、創元推理文庫）、ダン・ブラウン『ダ・ヴィンチ・コード』『天使と悪魔』『デセプション・ポイント』（ともに、角川文庫）、ジェフリー・ディーヴァー『死の教訓』（講談社文庫）などがある。

死《し》の開幕《かいまく》

ジェフリー・ディーヴァー|越前敏弥《えちぜんとしや》 訳

講談社文庫
定価はカバーに
表示してあります

2006年12月15日第1刷発行

発行者——野間佐和子
発行所——株式会社 講談社
東京都文京区音羽2-12-21　〒112-8001
電話 出版部 (03) 5395-3510
　　 販売部 (03) 5395-5817
　　 業務部 (03) 5395-3615

デザイン—菊地信義
本文データ制作—講談社プリプレス制作部
印刷———豊国印刷株式会社
製本———株式会社千曲堂

Printed in Japan

ISBN4-06-275594-7

講談社文庫刊行の辞

二十一世紀の到来を目睫に望みながら、われわれはいま、人類史上かつて例を見ない巨大な転換期をむかえようとしている。

世界も、日本も、激動の予兆に対する期待とおののきを内に蔵して、未知の時代に歩み入ろうとしている。このときにあたり、創業の人野間清治の「ナショナル・エデュケイター」への志を現代に甦らせようと意図して、われわれはここに古今の文芸作品はいうまでもなく、ひろく人文・社会・自然の諸科学から東西の名著を網羅する、新しい綜合文庫の発刊を決意した。

激動の転換期はまた断絶の時代である。われわれは戦後二十五年間の出版文化のありかたへの深い反省をこめて、この断絶の時代にあえて人間的な持続を求めようとする。いたずらに浮薄な商業主義のあだ花を追い求めることなく、長期にわたって良書に生命をあたえようとつとめるところにしか、今後の出版文化の真の繁栄はあり得ないと信じるからである。

同時にわれわれはこの綜合文庫の刊行を通じて、人文・社会・自然の諸科学が、結局人間の学にほかならないことを立証しようと願っている。かつて知識とは、「汝自身を知る」ことにつきていた。現代社会の瑣末な情報の氾濫のなかから、力強い知識の源泉を掘り起し、技術文明のただなかに、生きた人間の姿を復活させること。それこそわれわれの切なる希求である。

われわれは権威に盲従せず、俗流に媚びることなく、渾然一体となって日本の「草の根」をかたちづくる若く新しい世代の人々に、心をこめてこの新しい綜合文庫をおくり届けたい。それは知識の泉であるとともに感受性のふるさとであり、もっとも有機的に組織され、社会に開かれた万人のための大学をめざしている。大方の支援と協力を衷心より切望してやまない。

一九七一年七月

野間省一